W0242997

À PROPOS DE L'AUTRICE

Après avoir passé son enfance en région parisienne, bercée par l'amour des belles histoires, Natacha J. Collins vit à présent en Loire Atlantique. Entourée de son mari et de ses enfants, c'est là qu'elle écrit ses romances, historiques ou contemporaines, avec toujours la même envie de partager sa passion avec ses lectrices.

Le Highlander et la Valkyrie

*

Un Viking de glace et d'acier

Collection : VICTORIA

© 2021, HarperCollins France.

Tous droits réservés, y compris le droit de reproduction de tout ou partie de l'ouvrage, sous quelque forme que ce soit.
Toute représentation ou reproduction, par quelque procédé que ce soit, constituerait une contrefaçon sanctionnée par les articles 425 et suivants du Code pénal.

Si vous achetez ce livre privé de tout ou partie de sa couverture, nous vous signalons qu'il est en vente irrégulière. Il est considéré comme « invendu » et l'éditeur comme l'auteur n'ont reçu aucun paiement pour ce livre « détérioré ».

Cette œuvre est une œuvre de fiction. Les noms propres, les personnages, les lieux, les intrigues, sont soit le fruit de l'imagination de l'auteur, soit utilisés dans le cadre d'une œuvre de fiction. Toute ressemblance avec des personnes réelles, vivantes ou décédées, des entreprises, des événements ou des lieux, serait une pure coïncidence.

Le visuel de couverture est reproduit avec l'autorisation de :
© REKHA GARTON / ARCANGEL
Réalisation couverture : C. ESCARBELT (HarperCollins France)

Tous droits réservés.

HARPERCOLLINS FRANCE
83-85, boulevard Vincent-Auriol, 75646 PARIS CEDEX 13
Service Lectrices — Tél. : 01 45 82 47 47 - www.harlequin.fr
ISBN 978-2-2804-5280-9— ISSN 2493-013X

Composé et édité par HarperCollins France.
Imprimé en octobre 2021 par CPI Black Print (Barcelone)
en utilisant 100% d'électricité renouvelable.
Dépôt légal : novembre 2021.

FSC
www.fsc.org
MIXTE
Papier issu de sources responsables
FSC® C159065

Pour limiter l'empreinte environnementale de ses livres, HarperCollins France s'engage à n'utiliser que du papier fabriqué à partir de bois provenant de forêts gérées durablement et de manière responsable.

NATACHA J. COLLINS

Le Highlander et la Valkyrie

Victoria

HARLEQUIN

À Danielle et Lynda,
toutes deux des guerrières, chacune à sa façon…

Prologue

An 864
Archipel des îles Shetland,
Nord du royaume d'Alba[1],

Glacial, le vent chargé d'embruns balayait violemment la côte. Dans un fracas sonore, les vagues se brisaient sur les rochers affleurant la plage et sur la falaise escarpée. Des nuages noirs annonciateurs de tempête se regroupaient dans le ciel malmené. Depuis la veille, les éléments se déchaînaient sur l'archipel des Shetlands. Mais cela n'effrayait pas Solveig. Au contraire, leur fureur lui donnait de la force. Affermissait sa détermination. Chaque hiver, elle se délectait de la splendeur du paysage. Même si la vie était rude, sur cette petite île où son clan venu de Norvège s'était établi trois ans plus tôt[2], elle s'y plaisait. Chaque année,

1. Issu du celtique, ce mot d'origine gaélique désignait l'ensemble de l'île de Grande-Bretagne, avant de nommer uniquement les royaumes des Pictes et des Scots.

2. En 802, les Danois conquièrent les îles Shetland, Orcades et Hébrides. Leurs colons s'y installent ensuite progressivement, au fil des années, pour y rester. Le clan du loup blanc, auquel Solveig appartient, fait le grand voyage vers ses nouvelles terres en 861, année où les Vikings s'emparent pour un temps de Winchester, en Angleterre.

de nouveaux colons arrivaient. Ils grossissaient les rangs des Nordiques, s'établissaient sur des terres de plus en plus disputées par des alliés – du moins pour le moment –, ou n'étaient que de passage, avant de rejoindre les Orcades ou les Hébrides. Des guerriers, qu'on appelait Vikings pour les distinguer des paysans, artisans et commerçants scandinaves, partaient quant à eux en quête de richesses et de gloire sur les territoires de Francie[1], d'Anglie[2] ou de Scotia[3], voire plus loin encore. Quand Solveig pourrait-elle enfin voyager avec eux, à bord de l'un de leurs magnifiques *langskips*[4], à l'aventure ?

Pas avant qu'elle n'ait fait ses preuves. Ingvald Oldavson, le *jarl*[5] de leur clan, ne l'y autoriserait jamais autrement ! Mais comment lui assurer sa valeur, puisqu'il ne la laissait pas combattre ? Elle n'était qu'une fille de ferme, pas une *skjaldmö*[6] ! Du moins, pas encore. Sa grand-mère n'était-elle pas une guerrière, en son temps ? Hélas, elle était morte bien avant la naissance de Solveig. Sans doute l'encouragerait-elle à persévérer, à s'entraîner comme elle le faisait chaque jour, à l'aube, puis au crépuscule, lorsqu'elle en avait terminé avec ses corvées. Si seulement son oncle et sa tante lui octroyaient davantage de liberté ! Certes, ces derniers la traitaient bien, mais ils voyaient d'un mauvais œil sa détermination à devenir une guerrière.

1. France.

2. Angleterre.

3. Mot latin désignant à l'origine l'Irlande, puis l'Écosse du Moyen Âge.

4. Navires de guerre des Vikings, appelés communément drakkars depuis le XIXe siècle.

5. Un *jarl* (prononcer « yarl ») est l'équivalent d'un comte et aurait été considéré par les siens comme davantage qu'un simple chef de clan.

6. Terme en vieux norrois pour désigner une guerrière au bouclier.

Il y avait aussi le souhait de sa mère. Elle avait succombé à une longue maladie, l'an passé. Elle qui avait souffert de l'absence de sa propre mère désirait que Solveig soit une *húsfreyja*[1], et certainement pas une combattante. Mais Solveig ne voulait pas de cela. Hors de question de subir les assauts d'un homme choisi par ses tuteurs ! Si un jour elle devait se marier, cela serait sa propre décision. En tant que femme libre, elle avait son mot à dire sur le sujet et pourrait également demander le divorce, si son époux ne lui convenait plus. Mais jusqu'à présent, bien qu'elle soit en âge, aucun prétendant n'avait eu le loisir de lui plaire suffisamment pour qu'elle songe sérieusement au mariage. Même Sven, qu'elle avait cru aimer un temps…

Qu'en aurait dit son père, lui que sa mère avait choisi par amour ? Ce dernier avait péri lors d'un raid en Francie. Solveig n'était alors qu'une enfant, mais elle se souvenait malgré tout de son sourire, de l'éclat dans ses yeux bleus et de son enthousiasme quand il lui narrait ses voyages lointains. Impossible de compter le nombre de fois où elle se l'était imaginé, arme au poing, luttant vaillamment contre ses ennemis ! Comme il se devait pour un guerrier, il avait péri au combat, ses doigts enserrés sur le pommeau de sa hache. Depuis, il festoyait au *Valhalla*[2], auprès d'Odin, parmi les plus braves, se préparant à reprendre le combat pour empêcher le *Ragnarök*[3].

De lui, elle tenait son attrait pour l'aventure. Il y avait forcément plus exaltant à parcourir et découvrir dans le monde que ces rudes contrées où la vie était si assommante. Distraitement, elle caressa l'amulette en forme de marteau qu'elle portait au

1. Maîtresse de maison. Mère. Épouse.

2. Palais d'Odin dans la mythologie nordique, où les guerriers les plus braves sont conduits après leur trépas.

3. Vision de fin du monde, dans la mythologie scandinave.

cou, celle que son père lui avait offerte avant de partir pour son ultime voyage.

Je te rendrai fier, père. Je te le promets.

Elle leva devant ses yeux l'épée qui avait appartenu à ce dernier. La lame brillait à la lueur du soleil. Le pommeau vibrait entre ses doigts, comme si l'arme était douée d'une vie propre et n'attendait plus que de servir de nouveau. Solveig soupira. Parviendrait-elle à la manier aussi habilement que l'avait fait son père ? Saisissant sa garde à deux mains, elle se campa fermement sur ses jambes. Les pieds enfoncés dans le sable, ignorant l'humidité qui cherchait à transpercer le cuir et la fourrure de ses bottes, elle inspira une grande goulée d'air frais et iodé. Effectuant des moulinets des bras, elle répétait les mouvements des guerriers qu'elle avait observés, durant leur entraînement journalier. Impossible évidemment, seule, de reproduire leur technique pour former un mur de boucliers, mais elle pouvait feinter, parer, esquiver une lame qui n'existait pas. Si elle n'était pas aussi forte physiquement que nombre de ces hommes, elle gagnait en souplesse et ne doutait pas d'en épuiser plus d'un avant qu'il ne puisse la toucher. Comme elle avait hâte de mener son premier vrai combat ! Inlassablement, ignorant le feu courant dans ses muscles, elle tailladait dans le vide des ennemis imaginaires, feignait lutter contre des hordes d'assaillants aux traits cruels. Virevoltant avec adresse, il lui était aisé de vaincre ce qui n'existait pas.

Bientôt, bientôt, tu feras face à de véritables adversaires ! s'encouragea-t-elle. *Et alors, tu seras prête…*

Enfin, au bout d'une éternité, elle ferma les yeux et s'accorda le temps de reprendre son souffle. Lorsqu'elle les rouvrit, elle aperçut en mer trois bateaux longs et étroits, remplis de guerriers qui partaient en expédition. Les navires étaient splendides, avec leurs proues et leurs poupes incurvées fièrement dressées, parées de têtes de serpent pour l'un, de dragon pour le second et d'un mélange des deux pour le troisième. Ils glissaient avec aisance sur la surface calme de l'eau, fendaient les vagues à la seule ardeur des rameurs. Mettant une main sur son front en sueur pour mieux les observer, une multitude de questions saisit Solveig. Où se rendaient-ils ? En terre Scot, plus au sud ? Ou peut-être iraient-ils renforcer les troupes vikings aux Orcades, qui se préparaient, disait-on, à envahir la Northumbrie[1] ? Que n'aurait-elle donné pour partir avec eux ! Explorer, découvrir de nouveaux horizons, revenir ensuite auprès des siens, auréolée de gloire et de richesses, ne plus jamais dépendre de personne, ne…

Ce fut alors qu'elle entendit les cris.

— Debout ! Lève-toi, je te dis !

Aiguillonnée par les féroces hurlements qui s'intensifiaient, le bas de sa robe chasuble en laine plissée relevé d'une main, épée de son père dans l'autre, Solveig se précipitait. Dévalant une butte à l'herbe gelée et glissante, elle manqua trébucher, se rétablit adroitement et courut encore plus vite. En découvrant l'origine des cris, son ventre se noua. Erling, le fils d'Arvid, l'un des membres du *Felag*[2] du *jarl*, et deux de ses camarades malmenaient des enfants. Solveig les reconnut instantanément : Leif, le fils chétif du potier, et Ragnhild, la sœur cadette d'Erling.

Leif cria de douleur. Erling venait de le frapper durement dans les côtes.

— Laisse-le tranquille ! s'écria Ragnhild.

Ses longues nattes blondes battaient dans son dos pendant qu'elle essayait de s'accrocher à son frère, sans effet. Il faisait bien deux têtes de plus qu'elle et était beaucoup trop fort. Il la

1. Royaume médiéval situé au sud de l'Écosse, dans l'actuelle partie nord de l'Angleterre, que les Vikings ont entrepris de conquérir et de coloniser dès 865.

2. Groupe de guerriers d'élite choisis par le *jarl* pour l'entourer, et qui jurent chacun de le défendre, de lui obéir et d'agir pour sa gloire.

repoussa pour cogner encore Leif à coups de pied. Recroquevillé sur lui-même, ce dernier ne cherchait même plus à se défendre, tant il semblait sonné.

Erling le releva en le maintenant par le col de sa blouse.

— Misérable étron ! Je t'avais interdit de t'approcher de ma sœur ! Qu'est-ce que tu t'imagines ? Qu'un pourceau de ton espèce pourrait l'avoir ? Mon père ne l'acceptera jamais ! Et moi non plus ! Je vais te tuer !

Ragnhild hurla. Un long couteau avait jailli dans la main d'Erling. Il allait frapper ! Solveig, telle une *valkyrie*[1] furieuse, se jeta sur lui. Dans leur chute, elle lâcha son épée et se retrouva à califourchon sur le ventre d'Erling, à le marteler de coups de poing. Il lui saisit durement les poignets pour la faire cesser.

— Quelle belle prise que voilà, s'exclama-t-il, goguenard et étrangement, nullement en colère. Ma promise vient me réclamer un baiser !

— Je ne suis pas ta promise, je ne le serai jamais !

Il s'esclaffa, et entreprit de l'embrasser. Elle lutta, mais il la maintenait fermement et elle ne put lui résister. Le contact de ses lèvres sur les siennes lui donna la nausée. En plus de la dégoûter, il empestait l'*ale*[2] *!* Elle gigota de plus belle pour lui échapper et se débattit tant et si bien qu'il fut obligé de la relâcher. À peine fût-elle debout, qu'elle lui envoya un coup de pied dans l'entrejambe.

— Voilà tout ce que tu mérites, Erling ! s'écria-t-elle.

Plié en deux, il beuglait de douleur, les mains pressées sur son sexe malmené… sous les railleries de ses deux camarades. À présent, Erling ne s'amusait plus. Son humiliation ne le rendait que plus furieux… et dangereux.

1. Déesse guerrière mineure des légendes scandinaves, supposée conduire l'âme des guerriers morts au *Valhalla*.

2. Bière.

Il la foudroya du regard.

— Tu seras à moi, Solveig. Je le jure devant les dieux !

— Et moi, je te jure en retour que je te tuerai avant que tu ne me touches encore !

— C'est ce qu'on verra !

D'un geste si vif qu'elle ne put réagir, il l'agrippa par le bras et l'attira à lui. Elle le cogna de son poing libre, se débattit en vociférant, en vain. Une main d'Erling lui tira les cheveux en arrière, l'autre vint presser durement l'un de ses seins.

— Je vais te prendre, ici même, et tu en redemanderas !

Elle hurla… et fut arrachée à son tortionnaire, repoussée sur le côté par une force invisible. Erling fut relevé de force. Face à lui se tenait Erik, membre comme le père d'Erling du *Felag* du *jarl*, et ami d'enfance de Solveig. La pointe de son poignard était plaquée contre la gorge d'Erling. Les précieux bracelets ciselés obtenus en récompense de sa bravoure au combat tintinnabulaient à son poignet armé. À raison, Erling craignait Erik, et cela se voyait, particulièrement en cet instant. Leurs nez se touchaient presque, et tandis que le sang semblait quitter le visage d'Erling, un rictus menaçant se dessinait sur celui d'Erik.

— Reprends tes esprits, Erling, et tout de suite, avant que tu ne puisses vraiment le regretter. Je vais mettre ton attitude sur le compte de l'alcool, mais tu sais ce qui arrive à ceux qui forcent une de nos femmes, n'est-ce pas ?

— Elle n'a pas de père ni de frère pour…

— Elle m'a moi, et ce sera bien suffisant.

Erling ne pouvait ignorer quel guerrier dangereux était Erik. Il n'aurait aucune chance en se confrontant à lui loyalement. Alors, il leva les bras en signe de capitulation.

Erik baissa sa lame. Lentement.

— Tes amis et toi, retournez au village et décuvez, ordonna-t-il. Si je vous surprends encore à malmener plus faible que vous, ou à vous en prendre à Solveig, je vous combattrai, tous les trois en même temps, et j'étalerai vos tripes au soleil. Me suis-je bien fait comprendre ?

— Mon père ne…

— Ton père n'y pourra rien.

Un éclair de défi traversa les pupilles d'Erling, mais il finit par baisser la tête. D'un signe à ses camarades, tous les trois rebroussèrent chemin vers le village. Après avoir jeté un coup d'œil à Leif et Ragnhild, qui se réconfortaient l'un l'autre, Solveig récupéra son épée tombée dans le sable, puis se tourna vers Erik.

— Merci de ton aide.

L'admettre était difficile, mais elle n'aurait pas été de taille à remettre seule ces vauriens à leur place. Erik rangea la lame dans son fourreau en cuir.

— Je ne supporte pas les lâches comme Erling, mais méfie-toi. Je doute qu'il en reste là, et je ne pourrai pas toujours te protéger. Tu devrais te trouver un bon époux, et vite, avant qu'il ne revienne à la charge pour te jeter dans son lit.

— Je l'ai juré, je le tuerai avant qu'il n'y parvienne.

Sa menace déclencha l'hilarité d'Erik. Ses yeux d'un bleu saisissant, aussi clair qu'un ciel d'été, flamboyaient de malice.

— Sans doute, mais tu t'éviterais cette peine si tu te choisissais un compagnon. Nous ne manquons pas de valeureux guerriers qui seraient ravis de te prendre pour femme. Tu ne rêves pas de te marier ?

— Pas avec un homme que je n'aimerais pas.

— Oh ! et qu'à donc à voir l'amour dans un mariage ?

— Cela à tout à voir ! J'espère un jour connaître le même bonheur que mes parents. Ils se sont choisis, leurs cœurs battaient l'un pour l'autre, et j'aspire à ressentir cela, moi aussi.

Il se frotta le menton, comme pesant le poids de ses paroles.

— Eh bien, je te souhaite qu'un tel homme existe. Dans le cas contraire, tu dois envisager de…

— Et pourquoi pas toi, dans ce cas ? Cela te plairait-il de m'épouser ?

Elle cherchait à le provoquer, car elle l'avait toujours considéré comme un frère, et certes pas comme un éventuel prétendant, qui n'avait par ailleurs jamais – vraiment – tenté de la séduire. Pourtant, n'importe quelle femme aurait été fière de partager sa vie et sa couche. Il était magnifique et impressionnant : grand et musclé, bâti comme un ours et tout aussi solide. Ses yeux étaient vifs et perçants. Ses cheveux naturellement blonds[1] étaient nattés, tirés en arrière et rasés sur les côtés de son crâne. Une barbe de quelques jours encadrait sa mâchoire carrée, soulignant la virilité de ses traits. Loyal et droit, Erik était aussi généreux avec ceux qui méritaient son respect qu'impitoyable avec les lâches, les peureux et tous ceux qui pourraient essayer de se dresser sur son chemin.

Pour le moment, il se montrait surtout d'humeur joviale.

— Me proposerais-tu, belle et impétueuse Solveig, de supporter chaque jour ton mauvais caractère ? Pas question ! Tu es superbe, c'est un fait, mais je préférerais affronter des hordes de trolls, plutôt que de…

— Je n'ai pas si mauvais caractère, tu exagères !

— Pas tant que ça.

— Erik !

— Fais-moi plaisir, ma jolie, répondit-il cette fois avec sérieux. Les temps sont durs et incertains, alors, trouve-toi parmi nos braves un homme fort pour veiller sur toi en mon absence. J'en serai rassuré.

1. Il semblerait que nombre de Nordiques, du moins de Vikings, se teignaient les cheveux pour les blondir ou les éclaircir.

Elle allait répliquer lorsqu'un toussotement les fit se retourner. Leif et Ragnhild les dévisageaient avec gravité.

— Merci à tous les deux, dit la jeune fille.

— Oui, grand merci, mais j'ai honte de n'avoir pu me défendre, ajouta Leif. Et, pire encore, de ne pas avoir été capable de te défendre, toi, Ragnhild. Erling a raison sur ce point : je ne suis pas digne de toi.

Celle-ci s'offusqua.

— N'aie aucune honte ! Au contraire, tu as cherché à me protéger, tu as lutté contre eux, seul contre trois brutes !

— Peut-être, mais…

Erik s'avança, posa une main ferme sur l'épaule frêle de Leif.

— Tu ne manques pas de courage, petit, mais tu es encore très jeune. Prends le temps de grandir, de gagner des muscles. Apprends à manier une arme et à former le mur de boucliers, et si les dieux le veulent, tu feras tes preuves sur le champ de bataille, tu susciteras l'effroi parmi tes ennemis et les imbéciles comme Erling craindront jusqu'à ton nom.

Ces paroles semblèrent rasséréner Leif, qui hocha la tête.

— J'épouserai alors Ragnhild. Son père ne pourra plus me la refuser, parce que telle est ma destinée.

— Je t'attendrai, autant qu'il le faudra, assura cette dernière.

Ils scellèrent cette promesse d'un chaste baiser. L'affection qui les liait toucha profondément Solveig. Ce sentiment d'amour sincère, le connaîtrait-elle un jour à son tour ? Leif et Ragnhild se prirent par la main et partirent à la recherche de crabes entre les rochers. Solveig les couva du regard. Ils étaient encore si jeunes, si innocents !

Que Frigg[1] *vous protège*, souhaita-t-elle en une prière muette à l'épouse d'Odin.

1. Déesse de l'amour, du mariage, du foyer et de la maternité.

Erik attendit que le couple soit hors de portée d'oreilles pour reprendre la parole.

— Leif ferait bien de se renforcer vite et de devenir riche, parce que je doute qu'Arvid patiente plus d'un an ou deux avant de trouver à Ragnhild un meilleur parti.

Cette éventualité, plus que probable, fit frémir Solveig.

— Si jamais cela se produisait, Leif en mourrait.

— Leur destin[1] est déjà écrit, et nous n'y pourrons rien. Dis-moi, à présent, pourquoi te promènes-tu sur la plage avec l'épée de ton père ? Pour qu'elle profite du bon air marin ?

— Fichtre non. J'apprends l'art du combat, comme mon père et ma grand-mère avant lui.

Il haussa un sourcil.

— Je l'ignorais. Tu t'entraînes donc seule, et en secret ?

— Depuis quelques semaines.

— Ta grand-mère était une *skjaldmö*, n'est-ce pas ?

— Une valeureuse guerrière, de ce qu'on m'a raconté, qui a péri sur le champ de bataille et siège à présent auprès du grand Odin.

— Comme il se doit. Ainsi, tu souhaites suivre sa voie… Pourtant, tu n'ignores point que notre *jarl* rechigne à ce que des femmes prennent part aux raids. Vous nous êtes trop précieuses, surtout en ce moment où nous cherchons à nous établir sur de nouveaux territoires, pour qu'on risque vos vies au combat.

— Ce n'est pas juste ! Nous devrions pouvoir choisir !

— Notre destinée à tous est déjà écrite, Solveig. Personne ne peut s'écarter de son chemin.

— Et si mon chemin, à moi, était de devenir une guerrière ? M'y aiderais-tu ?

Il la dévisagea longuement, dans un silence pesant. Quelle

1. Le destin, qui portait différents noms selon les dialectes parlés par les différentes peuplades nordiques, était considéré comme une force supérieure à leurs dieux.

idiote ! En dépit ou à cause de l'affection qu'il éprouvait pour elle, il refuserait ! Comment avait-elle osé lui adresser une telle requête ? À présent, il pourrait même essayer de lui interdire de s'exercer, ou…

— Très bien.

— Très bien ?

— Tu m'as entendu. Je t'apprendrai. Du moins, autant que possible. Si tu rechignes à choisir un homme parmi les nôtres, que tu saches au moins comment te protéger efficacement de leurs assauts.

Solveig écarquilla les yeux. Elle en aurait pleuré de joie et de soulagement.

— Vraiment ? Tu accepterais ?

— Je n'ai rien de mieux à faire ces prochaines semaines, et même une cause perdue est un défi stimulant à relever.

Il pouvait bien plaisanter, Solveig n'en avait cure ! Oubliés la fatigue, l'inquiétude, le ressentiment. Erik, l'homme qu'elle respectait le plus au monde, la prenait au sérieux ! L'occasion était trop belle, inespérée, pour oser refuser… ou risquer qu'il change d'avis.

— Peut-on commencer, dans ce cas ? Tout de suite ?

Le cœur battant d'anticipation, ses doigts enserrèrent le pommeau de son arme, et elle se mit en garde, comme elle avait vu Erik le faire si souvent.

Il lui sourit et prit position à son tour. Le véritable entraînement pouvait débuter.

Son destin était en marche.

Enfin.

Chapitre 1

Un an plus tard…

Cette année-là, l'hiver se montrait particulièrement rigoureux. Les flocons poussés par un vent rugissant remplissaient le lit des rivières. L'eau des ruisseaux les plus minces gelait. Une épaisse couche de neige d'une blancheur immaculée recouvrait tout, jusqu'au sable au bord de la plage. En dépit des capes, des manteaux fourrés et des feux dans les cahutes, le froid glaçait les chairs et les os. La pâleur du soleil était telle que certains prétendaient que le rude vent du nord cherchait à en aspirer la lumière. Pourtant, les cœurs étaient à la joie. Depuis plus de huit jours, la fête de Jul[1] battait son plein. Les villageois participaient tous à cette célébration, sans doute pour eux la plus importante de l'année, qui succédait aux travaux de l'automne. Durant près d'un mois autour du solstice d'hiver, défis, provocations amicales, joutes et banquets se suivaient. Ce soir-là, tous festoyaient. L'*ale* et l'hydromel coulaient à flots, servis dans des gobelets ou dans des cornes par les esclaves. Beaucoup de convives en profiteraient pour se chamailler et se battre avant de se réconcilier pour boire à

1. Ou fête de Yule, célébrée alors le 21 décembre, au solstice d'hiver.

nouveau. Pour le plus grand plaisir de tous, on conterait histoires et légendes héroïques, et des jeux seraient organisés : tir à la corde, tournois de lutte, lancers de haches, de roches ou de javelots...

Solveig adorait cette période de l'année, toujours emplie de rires et de joie, même si on y trouvait immanquablement des ivrognes écroulés qu'il fallait enjamber.

Ce soir-là, entouré d'hommes, de femmes et d'enfants, Knut, le vieux *scalde*[1], déclamait avec force et conviction une épopée à la gloire du grand Odin et du dieu Thor. Solveig ne s'attarda pourtant pas. Où pouvait bien se trouver Erik ? D'après les rumeurs, comme deux autres capitaines, il partirait bientôt sur son navire, et elle devait lui parler avant son départ. Plus vite cela serait fait, mieux cela serait ! Erling persistait à harceler son oncle pour qu'il la persuade, elle, de l'épouser ! Comme si elle pouvait accepter de partager la couche et la vie de cet homme répugnant ! Hélas, son oncle finirait par céder et la presserait à son tour. Plutôt mourir ! Frigg soit louée, Solveig avait une idée pour y échapper, mais pour cela, Erik devait l'écouter...

Un attroupement attira son attention. Elle se fraya un chemin et découvrit Erik qui luttait avec Bjorn, l'un de ses membres d'équipage. Les deux étaient torse nu, de stature et de force égale. Leurs muscles tendus ruisselaient de sueur sous l'effort. L'objectif était de faire chuter l'adversaire, et qu'il accepte sa défaite. Avec ces deux-là, aussi entêtés l'un que l'autre, le combat pourrait durer jusqu'au lendemain, mais le spectacle en valait la peine. Comme les autres, Solveig ne pouvait en détacher les yeux. Avec souplesse, Erik se baissa pour échapper à la tentative de prise de Bjorn, qui s'écarta à son tour afin d'éviter l'attaque en représailles. Des coups s'échangeaient, de poing et de pied, sans qu'aucun ne cède un pouce de terrain. Les spectateurs encourageaient bruyamment

1. Chanteur, conteur, poète.

l'un ou l'autre, ne s'arrêtant que pour boire à même une corne qu'une esclave leur présentait. Juste après avoir cogné Bjorn à la mâchoire, Erik poussa un rugissement bestial et se jeta sur lui. Déséquilibré, Bjorn chuta en arrière en lâchant un juron. Assis sur son torse, Erik lui bloqua les bras de ses genoux.

— Te rends-tu, Bjorn, ou dois-je te frapper jusqu'à ce que tu me concèdes la victoire ?

— Essaie donc, et tu te fatigueras avant moi !

Erik leva le poing, mais ne l'abaissa pas. Au lieu de ça, il s'esclaffa.

— Aussi tentant que ce soit, j'ai trop besoin de toi pour risquer de te tuer, Bjorn, et trop pitié des femmes que tu chercherais à séduire pour réduire ton visage en bouillie.

— Quelle générosité ! Moi, j'ai trop soif pour rester à terre ! Allons, lève-toi, Erik. Tu as gagné… pour cette fois !

Erik sourit puis ouvrit sa main et la tendit à Bjorn qui l'accepta. Tous deux partagèrent une accolade virile et engloutirent d'une traite les boissons qu'on leur apportait. La bière ruisselait sur leurs mentons et leurs barbes. Erik s'essuya du revers de la main puis réclama encore à boire sous les acclamations enjouées. La moitié au moins des hommes étaient déjà ivres. Bientôt, certains iraient vomir dans la neige, ou s'endormiraient là où ils se trouvaient. Solveig attendit qu'Erik la remarque pour lui faire un signe. Il la rejoignit aussitôt, un large sourire aux lèvres.

— Ah, parfait, tu as assisté à ma victoire ! Comment souhaites-tu la célébrer avec moi ?

Il glissa un bras autour des épaules de Solveig qui se dégagea doucement.

— Tu as trop bu, Erik.

— On ne boit jamais trop à Jul !

— Sans doute, mais j'ai une faveur à te demander et, lorsque tu auras accepté, je tiens à ce que tu t'en souviennes à ton réveil.

— Oh. C'est donc très sérieux.

Le sourire qui s'épanouit sur son visage fit douter Solveig. Se rendait-il vraiment compte ? Elle plongea son regard dans le sien.

— Certes. Parce que mon avenir se jouera sur la décision que tu prendras.

Il la dévisagea longuement, comme jugeant de l'importance de ces mots. Toute trace d'ivresse disparut de ses traits et de ses yeux. Il revêtit rapidement sa tunique puis glissa la main de Solveig dans la sienne.

— Dans ce cas, viens. Chez moi, nous serons loin des oreilles indiscrètes.

Fébrile, mais déterminée, elle le suivit à travers la foule, se répétant les paroles qu'elle espérait capables de le convaincre… S'engageant entre les maisons aux rondins apparents et aux pans inclinés d'où s'évadait la fumée des cheminées, ils contournèrent des petits groupes hilares et des esclaves chargés de victuailles ou de bois de chauffe qui se hâtaient vers le bâtiment principal. Les récoltes avaient été meilleures que l'année précédente, et chacun voulait y déceler un bon présage pour les mois à venir. Solveig prenait garde où elle mettait les pieds. Les chemins les plus boueux parmi ceux qui reliaient les différentes constructions étaient recouverts de planches pour éviter qu'on ne s'y enfonce. La maison d'Erik était petite et isolée, de son propre choix. Il aimait s'y retrouver seul, pour mieux y préparer ses voyages. Solveig le comprenait. Elle appréciait tout autant réfléchir et rêver, sans que ses pensées ne soient interrompues par des distractions malvenues. Une fois ses corvées terminées, elle estimait avoir droit, elle aussi, à un peu de liberté ! Et de cela, elle en disposerait bientôt autant qu'elle le souhaiterait. À part le *jarl*, qui oserait donner des ordres à une farouche guerrière ? Ce qu'un jour elle deviendrait !

Enfin, après avoir salué quelques connaissances, ils passèrent le seuil de la maison d'Erik. Un long banc était aligné contre chaque paroi et recouvert de fourrures. Aux murs étaient accrochés des boucliers, ainsi que deux haches de combat. Dans un recoin étaient posés des lances, un arc de chasse et un carquois empli de flèches empennées. Près du foyer se tenait Eawynn, une esclave originaire de Scotia qu'Erik avait ravie l'année précédente à un fermier qui la maltraitait. À la manière dont Eawynn rougissait en présence d'Erik, il était évident qu'elle ne se plaignait nullement de son changement de propriétaire. Solveig appréciait la jeune fille qui ne rechignait jamais à la tâche, et avec qui elle conversait autant que possible en Scot depuis quelques semaines pour se familiariser avec cette langue, en prévision de ce qu'elle comptait accomplir. En vérité, Eawynn ne semblait guère regretter son existence passée avant de rencontrer Erik, qui la traitait avec plus de respect que, selon elle, elle n'en avait jamais connu. À l'évidence, elle partageait également son lit.

Il la gratifia d'un sourire.

— Eawynn, va nous chercher de l'hydromel, et profites-en pour ramener quelques gâteaux au miel. Prends ton temps, Solveig et moi avons à parler.

La jeune Scot obéit tout de suite. À peine était-elle sortie qu'Erik plongeait son regard brûlant dans les yeux de Solveig. Elle comprenait combien il était facile aux femmes de lui succomber, et si elle ne l'avait pas considéré comme un frère, elle aurait certainement déjà partagé sa couche, elle aussi.

— Bien, clama-t-il de sa voix grave. Qu'attends-tu de moi ?

Elle déglutit avec difficulté, tant elle pressentait que son avenir se jouait en cet instant, puis lui dévoila tout. Il l'écouta sans l'interrompre, mais son expression indéchiffrable quand elle en eut terminé l'irrita davantage que s'il lui avait ri au nez.

— Parle donc, Erik. Qu'en penses-tu ?

Les bras croisés, il la contempla soudain comme si elle avait perdu l'esprit. Ses yeux bleus étaient durement plissés, ce qui accentuait la sévérité de ses traits. Après ce qui sembla durer une éternité, il poussa un long soupir.

— Je regrette, Solveig, mais c'est impossible. Tu es superbe, et talentueuse, mais je ne te prendrai pas pour femme pour que tu puisses échapper à Erling. Cependant, s'il persiste à te poursuivre contre ton gré, j'entends bien lui faire passer l'idée de…

— Non, Erik ! Ce n'est pas du tout ce que j'attends de toi ! M'as-tu seulement écoutée ?

Oh que oui, il l'avait fait ! Et il avait parfaitement saisi ce qu'elle lui demandait, mais il s'en amusait ! Il se jouait d'elle ! Elle le voyait à présent, à la lueur coquine dans ses yeux. Au sourire qui se dessinait sur son visage ! Comment osait-il se moquer ? Sa requête était des plus sérieuses !

— Il est temps, insista-t-elle. Laisse-moi faire partie de ton équipage. Je ferai mes preuves et…

— Tu n'es pas prête. Pas encore. Nous verrons dans un an ou deux.

— Je n'attendrai pas aussi longtemps ! Mon oncle aura tout fait pour me marier à Erling avant cela ! Ou à un autre, qu'il m'imposera !

— Il ne peut t'y obliger. Tu es une femme libre, pas une esclave dont il peut user à sa guise.

— Et pourtant cela se produira tout de même, tôt ou tard.

Elle leva les yeux vers lui. Ne pouvait-il comprendre qu'elle ne se satisferait jamais d'une union sans amour, sans respect mutuel ? Sans qu'un homme fasse battre son cœur plus vite, par le simple fait de sa présence ? Un tel homme existait-il seulement ?

— Je t'en supplie, Erik. Nous sommes amis depuis longtemps. Tu es comme un frère, pour moi, alors, accorde-moi de t'accompagner. Offre-moi la chance d'accomplir ma destinée.

Il soupira, posa ses larges mains sur ses épaules, puis secoua doucement la tête.

— Non. Je ne t'emmènerai pas. C'est dangereux et je tiens trop à toi pour risquer ainsi ta vie. Que crois-tu ? Qu'une seule année d'exercices parsemés fait de toi une guerrière capable d'affronter les Scots ou les Saxons ? Ils te massacreraient avant que tu n'aies eu le temps de sortir ton épée ! Réfléchis, Solveig. Tu as du talent, je l'admets, mais je te le répète : tu n'es pas prête.

— Erik !

— N'insiste pas. Je t'aime beaucoup, mais je suis fatigué, et j'ai mal au crâne. Nous en reparlerons à mon retour, d'ici quelques semaines.

Son ton était ferme. Il ne changerait pas d'avis. Le ventre noué, elle retint avec peine les larmes qui pointaient et sortit prestement de la maison. L'air frais chargé de flocons la frappa de plein fouet, mais rien n'était aussi douloureux que le refus qu'elle venait d'essuyer. Ses poings se serrèrent et elle détala.

Chapitre 2

Trois jours plus tard, à l'aube…

— En avant ! Pour la gloire et la victoire !

Debout sur le pont de son *herskip*[1], Erik exultait. Le vent glacial fouettait son visage et galvanisait son impatience. Il rêvait aux richesses qui l'attendaient. Aux monastères qu'il pillerait. Aux femmes qu'il séduirait… Et il obtiendrait tout cela, Solveig en était certaine. De sa cachette, par un interstice dans le bois depuis la cale, elle l'observait tout en retenant son souffle, de crainte d'être découverte. Autrement, le navire pourrait faire demi-tour et la ramener à terre… ou pire encore, pour lui donner une leçon, on la jetterait par-dessus bord pour qu'elle retourne d'elle-même à la nage sur la berge ! Hors de question, pas alors qu'elle touchait au but ! Se faufiler à bord du *Dragon Écarlate* s'était d'ailleurs avéré plus aisé qu'elle ne l'avait redouté. Après avoir emprunté des vêtements à son oncle, elle s'était saisie du peu de biens de valeur qu'elle possédait – à savoir l'épée de son père –, puis s'était glissée dans la cale à la faveur de la nuit. Le guerrier posté à la

1. Bateau de guerre viking pourvu d'un *skjaldrim*, à savoir un bordage où l'on plaçait les boucliers des rameurs de sorte à les protéger des projectiles ennemis.

garde ronflait si fort qu'il ne l'avait ni vue ni entendue. Pourquoi se serait-il méfié ? Nul danger n'aurait pu menacer les bateaux, et personne ne se doutait de ce qu'elle planifiait.

Le navire d'Erik était l'un des plus beaux du clan. Sa poupe s'incurvait et s'élevait aussi haut que sa proue, décorée d'une tête de dragon sculptée et peinte en rouge. De là lui venait son nom. Une rangée de boucliers étaient accrochés à chaque flanc, mais ils seraient ensuite remisés à bord une fois le bateau arrivé en pleine mer. À partir de là, Solveig pourrait se montrer, cela n'aurait plus d'importance ! Sous ces boucliers, des écoutilles, toutes bordées de cuir, avaient été percées pour faire passer les avirons. Il y en avait une dizaine, de chaque côté. Lorsque l'on rentrait les rames pour sortir la voile, ces trous étaient obturés avec des tampons de bois, afin que le navire ne risque pas de prendre l'eau. L'équipage du *Dragon Écarlate* comptait une trentaine d'hommes. Tous des guerriers. Certains étaient expérimentés, d'autres, moins nombreux, n'avaient au contraire vu que peu de combats. Solveig fronça les sourcils. Erik acceptait quiconque savait se battre, possédait du courage et avait soif d'aventure. Quiconque, sauf elle ! Son refus la contrariait encore terriblement. Cependant, elle s'autorisa un sourire. Quelle tête il ferait en comprenant qu'il n'avait plus d'autre choix que de la garder à son bord !

À présent, cela faisait une éternité, lui semblait-il, qu'elle était cachée sous le pont du navire au milieu de la cargaison de provisions et d'armes. Ses muscles étaient ankylosés. Ses extrémités étaient gelées, et elle souffla sur ses doigts pourtant gantés, pour tenter de les réchauffer. Bientôt, le *Dragon Écarlate* aurait atteint la haute mer, et elle ne craindrait plus rien d'autre que la colère d'Erik. Ensuite, il se calmerait, s'esclafferait comme à son habitude et la féliciterait de son audace.

Oui, il serait impressionné, et… le bateau tangua si fort qu'elle en perdit l'équilibre. Se réceptionnant sur son poignet sur le bois dur de la cale, elle ne put retenir un petit cri qu'elle regretta aussitôt. L'avait-on entendue ? Tassée derrière une caisse, elle attendit, fébrile, le cœur battant vite et fort. Mais personne ne vint. Quelque peu rassurée, elle respira à nouveau, s'apprêta à s'étirer… et se figea. Là-haut, la trappe s'ouvrait ! La lumière du jour perça les ténèbres, et Solveig se recroquevilla de plus belle. Inévitablement, elle finirait par être découverte, mais il était encore trop tôt !

Elle perçut un grommellement, puis des pas.

— Des rats, tu crois ? dit une voix.

— Impossible. On s'est assuré qu'il n'en restait plus un seul hier encore.

Un homme, qu'elle ne connaissait pas, et… Erik ! Elle frémit. Le dos pressé contre le bois du navire, elle n'avait aucune échappatoire. Les pas se rapprochaient. Beaucoup trop ! Puisqu'elle n'avait plus le choix, elle se battrait pour prouver sa valeur. Tout, pourvu qu'elle reste !

Avant qu'elle n'ait pu esquisser le moindre geste, une paire de mains énormes l'agrippa par son manteau, et l'extirpa de sa cachette. Un géant chauve à la barbe rousse fournie la maintenait fermement, et elle se débattit vainement pour qu'il la relâche. Enfin, s'esclaffant, il la fit chuter à terre, où, humiliée, elle atterrit brutalement sur les fesses. Sa capuche retomba en arrière, dévoilant ses traits.

De toute sa hauteur, Erik la toisait, les yeux écarquillés de stupeur.

— Par la lance d'Odin ! Solveig ! Que fais-tu là ?

— Ça me semble plutôt évident, répliqua le géant, elle…

— Silence, Ranald ! Et arrête de rire, ceci n'a rien d'amusant ! Quant à toi, Solveig, réponds ! Que fais-tu à mon bord ?

À l'évidence, il était furieux, mais elle refusa de se laisser décontenancer. Fièrement, elle redressa le menton et plongea son regard dans le sien. Si elle montrait la moindre faiblesse, c'en était terminé !

— Je te l'ai dit, je veux venir avec toi ! Faire partie de ton équipage !

— Oh ! voyez-vous ça. Si je me souviens bien, je te l'ai interdit ! Et plus d'une fois !

Ranald, visiblement toujours amusé, frotta son épaisse barbe de sa grosse main.

— On la jette par-dessus bord, alors ? proposa-t-il avec un sourire narquois. Une jolie fille comme ça, ce serait dommage, mais je peux m'en charger s'il le faut… de cette manière ou d'une autre.

Solveig le foudroya du regard et sortit un couteau de sa ceinture. Utiliser son épée dans un espace aussi étroit serait folie. Elle tendit le bras, menaçante.

— Essaie un peu de me toucher, gros tas de viande, et tu verras que je sais me défendre !

Cette fois, Ranald ne retint aucunement son hilarité.

— Ah, elle me plaît, cette petite. Je vote pour qu'on la garde avec nous !

— Ce n'est pas à toi de décider, Ranald. C'est mon navire, ici, pas le tien !

La fureur se lisait clairement à présent dans les yeux limpides d'Erik. Une multitude de sentiments contraires s'y combattaient. Jamais Solveig ne l'avait vu aussi en colère ! Enfin, au bout d'un long moment, il se passa une main sur le visage puis exhala un profond soupir.

— Il est trop tard pour faire demi-tour, donc tu ne me laisses pas le choix : tu peux rester à bord. Mais, une fois à terre, ne t'avise pas de mettre un pied en dehors du bateau avant que je ne t'y autorise. Est-ce bien compris ?

Elle se retint avec peine de se jeter à son cou, fière de sa victoire.

— Tout ce que tu voudras, Erik !

— Il vaudrait mieux pour toi, si tu ne souhaites pas poursuivre ce voyage attachée au mât. Viens avec moi.

Maugréant un juron, il se hissa hors de la cale. Elle le suivit sans hésiter. Derrière elle résonnait toujours le rire gras de Ranald.

À peine eut-elle posé le pied sur le pont que la gifle d'un vent glacial et iodé l'accueillit. Il faisait claquer la grand-voile rouge, barrée de blanc. Leur île n'était plus qu'une ombre à l'horizon. Des regards interrogateurs se tournaient vers Solveig. Les murmures des hommes s'éteignirent cependant sous la fureur contenue, mais palpable, d'Erik. Une fois à la vue de tous, il leva haut les mains et s'exclama :

— Écoutez bien ! Nous avons avec nous un nouveau membre d'équipage ! Solveig participera aux corvées, comme chacun d'entre nous. Aucun traitement de faveur ne lui sera accordé ! ajouta-t-il en lui jetant un regard qui la fit frémir. Mais si jamais il vous prenait l'idée de la toucher, je me ferais un plaisir de vous étriper avant de balancer votre cadavre à la mer !

Son ton était ferme, sans équivoque. Tout ce qui importait à Solveig était qu'il l'accepte pour de bon à son bord. Son exaltation était si forte qu'elle ne put retenir un sourire. Les guerriers paraissaient à la fois surpris et amusés, comme Ranald avant eux. Du moins, la plupart. Au regard torve de certains, tous n'étaient pas ravis de son intrusion. Tant pis ! Ils devraient s'y faire et, s'ils lui cherchaient querelle, elle n'attendrait pas Erik pour se défendre.

— On fait toujours cap au sud, capitaine ? demanda un Viking à l'épaisse barbe brune tressée.

— Comme prévu, confirma Erik.

Au sud. Vers les côtes Scots, donc. L'attention de Solveig se perdit sur l'immensité de la mer, et sur les terres que l'on devinait au loin. Plus à l'ouest se trouvaient les Orcades, où de nombreux chefs danois préparaient une attaque d'ampleur et imminente sur la Northumbrie. Les Saxons ne se laisseraient pas faire sans se battre, mais les féroces Vikings vaincraient. Solveig avait entendu les hommes en parler à maintes reprises, au village, et Erik semblait aussi enthousiaste que les autres. Escomptait-il les rejoindre plus tard, après avoir pillé les côtes écossaises ? Les monastères chrétiens regorgeaient d'or, particulièrement en cette saison. Les Scots avaient pour habitude de déposer des offrandes dans leurs églises, à l'occasion de la fête qu'ils appelaient Noël. Cela, Solveig l'avait appris d'Eawynn et également de son propre père qui lui avait enseigné dans son enfance des bribes de scot et de briton : « Connais tes ennemis pour mieux les vaincre, avait-il pour usage de lui dire. » Elle s'en souvenait comme s'il le lui avait conseillé la veille, et même si elle n'en savait en réalité que très peu au sujet des Scots, des Saxons ou encore des Francs, les yeux bleus brillant d'un éclat féroce de son père lorsqu'il évoquait ses batailles et découvertes berçaient nombre de ses songes. Bientôt, elle connaîtrait à son tour la fureur du combat et l'exaltation de la victoire. Ensuite, quand elle reviendrait au village, tous la respecteraient et la féliciteraient. Son oncle ne la harcèlerait plus pour qu'elle se marie, et Erling n'oserait plus la poursuivre de ses assiduités. Qu'elle avait hâte de se confronter aux Scots, réputés cruels, simplets et mauvais !

Instinctivement, elle posa les doigts sur la garde de son épée, impatiente…

Chapitre 3

Le ciel, lourd et bas, était annonciateur d'orage. De gros nuages gris s'amoncelaient et la pluie qui commençait à tomber réduisait la visibilité. Le temps était idéal pour passer enfin à l'action ! La brume jouait contre les flancs du navire, et l'excitation à bord devenait palpable. Le *Dragon Écarlate* remontait à présent une rivière sinueuse dont Solveig ignorait le nom. Comme ceux qui l'entouraient, elle attendait le signal d'Erik, espérant que cette fois-ci, contrairement aux deux attaques précédemment menées par l'équipage, elle pourrait l'accompagner à terre et non rester confinée à bord, sous bonne garde. Quand débarqueraient-ils ? Quelle serait leur nouvelle cible ? Après avoir pillé la veille un monastère, où les moines avaient préféré donner tout ce qu'ils possédaient pour préserver leurs vies, les Vikings s'enfoncèrent encore davantage dans les terres. La rivière était plus profonde qu'elle ne le paraissait, et même dans le cas inverse, Erik avait assuré que son bateau pouvait naviguer partout où il le souhaitait. Même les quelques ponts ne les arrêtèrent pas : le mât du navire pouvait se rabaisser et se redresser à loisir, permettant aux navigateurs de passer sous d'éventuels obstacles autrement impossibles à traverser.

— Regarde, Solveig. Là-bas.

Plissant les yeux pour mieux percer l'épaisse brume matinale, elle vit ce qu'Erik lui désignait. À l'embouchure de la rivière se tenait un autre navire. Un *herskip*, semblable à celui d'Erik, sauf que sa proue était ornée de la tête d'un aigle, et non d'un dragon. Elle le reconnut instantanément, pour l'avoir vu à maintes reprises mouillé au port de son village : l'*Aigle des mers*, le bateau d'Arvid… Le père d'Erling.

Et ce dernier, savait-elle, faisait partie de l'équipage de son père.

Elle grimaça. Elle n'avait aucune envie de le voir !

— J'ignorais que nous les retrouverions, annonça-t-elle.

Erik posa une de ses larges mains sur son épaule.

— Je sais ce que tu penses, mais tu n'as pas à t'inquiéter. Reste auprès de moi, et Erling ne t'approchera pas.

— Je n'ai pas peur de lui.

— Puisque tu le dis.

— Pourquoi sont-ils ici ? Nous n'avons pas besoin d'eux.

— Tu te souviens du château, que nous avons dépassé en chemin ?

Elle acquiesça.

— Il est bien défendu et entouré de palissades solides, mais pas ses fermes et villages. En joignant nos forces avec celles d'Arvid, nous frapperons plus vite et plus efficacement, avant que les soldats scots ne viennent nous déranger. Non qu'ils nous effraient mais, l'un comme l'autre, nous refusons de risquer de perdre des hommes de valeur si nous pouvons l'éviter. Ensuite, nous partagerons équitablement le butin, donnerons sa part au *jarl* Oldavson avant de rejoindre l'armée danoise aux Orcades.

— C'est donc cela, que tu souhaites ? Envahir la Northumbrie ?

— Je ne fais que suivre mon destin, Solveig. Comme nous tous.

Elle soupira. Les *Nornes*[1] décidaient de la vie des mortels avant même leur naissance, et on ne pouvait que s'y soumettre.

1. Divinités nordiques qui tissent les vies et les destins.

Le *Dragon Écarlate* mouilla auprès de l'*Aigle des mers*. Erik sauta sur le pont de l'autre navire et donna l'accolade à Arvid. Derrière eux, Erling ne quittait pas Solveig des yeux, indéniablement fort surpris de sa présence… mais également ravi, à en croire l'éclat de concupiscence qui éclairait ses pupilles. Elle ne détourna pas le regard, mais ne chercha pas non plus à le provoquer. Dans son dos, Ranald à la barbe rouge grommela.

— Ce garçon a tout d'une fouine dans un corps d'ours. Je ne l'ai jamais apprécié, pas plus que son père, à vrai dire, mais ils savent se battre et Erik a raison. Nous rentrerons plus riches en combattant ensemble et le *jarl* sera satisfait. Allons, souris, petite ! La victoire nous attend !

Poussant une clameur joyeuse, il bondit à son tour sur le pont de l'*Aigle des mers*, et les hommes se lancèrent dans un brouhaha de paroles enthousiastes. Solveig les observa, sans mot dire.

Le lendemain, ils se préparèrent à l'assaut. Les éclaireurs d'Arvid avaient repéré un hameau où les granges regorgeaient, selon eux, de denrées. Les villageois, occupés à célébrer Noël, seraient des proies faciles. « Des moutons pour les loups », avait signifié Ranald. Sans doute, mais Solveig ne pourrait le vérifier d'elle-même, car Erik lui avait une fois encore interdit de les suivre ! Elle avait docilement acquiescé… et à la première occasion avait faussé compagnie aux quelques guerriers assignés à bord pour veiller sur les navires. Elle avait déjà manqué deux assauts, elle participerait à celui-ci, coûte que coûte ! Se faufilant à travers les hautes herbes, elle ne tarda pas à percevoir les clameurs des Vikings… et les hurlements des Scots. Elle les imaginait courant en tous sens, cherchant à échapper à ces rudes et terrifiants hommes du nord aux cheveux et barbes hirsutes, qui les attaquaient. Généralement, apercevoir les Nordiques suffisait pour que moines et villageois se rendent sans résistance. En se rapprochant, elle découvrit en effet des paysans déroutés et paniqués, et des Vikings qui abattaient les rares qui essayaient de lutter. D'autres rassemblaient des habitants qui, agenouillés, imploraient leur clémence et leur pitié. Les assaillants avaient besoin d'esclaves. La plupart seraient donc épargnés.

Mais pas tous. Loin de là.

Pendant que les hommes d'Erik pillaient maisons, église et greniers, ceux qui suivaient Arvid entendaient faire couler le sang et semer la terreur sur leur passage. Résonnant tout aussi fort que leurs vociférations tonitruantes, les cris de leurs victimes étaient horribles. Certains essayaient de se défendre et mouraient sous les assauts de leurs bourreaux. Un moine au crâne tonsuré, qui tentait de s'interposer, sans armes et les mains levées devant lui, eut la tête coupée d'un seul coup de hache. Des filles et des femmes étaient entraînées à l'écart par des guerriers goguenards. Elles hurlaient, se débattaient en vain, et Solveig retenait avec peine la nausée qui montait en elle en devinant le sort qu'il leur était réservé. Pas un des hommes d'Erik n'agissait ainsi, nota-t-elle cependant avec soulagement. Il ne l'aurait jamais toléré. Les compagnons d'Arvid, au contraire, s'encourageaient mutuellement à leurs viles exactions.

L'horreur de la réalité des raids tétanisait Solveig. Cela ne ressemblait en rien aux histoires glorieuses contées par les *scaldes* au coin du feu. En rien, non plus, aux récits de son père, aux images qu'elle s'en faisait ! Quel honneur y avait-il à s'acharner ainsi sur de pauvres gens incapables de se défendre ? Erik avait raison : elle aurait dû rester sur le bateau, ne pas assister à ce carnage ! L'odeur métallique du sang emplissait l'air, lui donnait la nausée. Les hurlements résonnaient à ses oreilles en un chant macabre. Le chaume des toits des cahutes s'enflammait sous les torches des Vikings. Comme si s'en prendre à ses habitants ne suffisait pas, fallait-il en plus détruire tout ce qu'on ne pouvait emporter ? Les muscles de Solveig étaient si tendus qu'elle avait l'impression qu'ils cherchaient à se rompre. Son cœur battait fort. De la sueur plus glaciale que le vent qui rabattait sur elle des flocons immaculés coulait le long de sa colonne vertébrale. Comme elle détestait ce sentiment d'impuissance qui la paralysait ! Refusant d'assister plus longtemps à ce spectacle, consciente qu'elle ne pouvait rien y changer, elle s'apprêtait à faire demi-tour et à retourner au *Dragon Écarlate* lorsque…

Un cri aigu jaillit, tout près. À travers les hautes herbes, émergeant du village en proie aux flammes, une toute jeune fille courait éperdument. Un homme la poursuivait.

Erling !

Solveig se rendit à peine compte que ses doigts se nouaient autour du pommeau de son épée.

Cours, petite, cours et enfuis-toi loin de lui ! encourageait-elle en pensée l'adolescente.

Mais la fille chuta, et Erling se jeta sur elle. Lâchant un juron, sans réfléchir, Solveig bondit de sa cachette.

— Misérable pourceau ! Écarte-toi d'elle !

Interloqué par son intervention, Erling cessa de fourrager sous la jupe de sa victime pour tourner la tête vers elle.

— Solveig ?

La reconnaissant, la surprise disparut de ses traits, remplacée par un sourire torve, dévoilant une rangée de dents carnassières. Il se redressa, hache en main. Il était terrifiant. Son visage, ses bras, son torse étaient maculés d'un sang qui n'était pas le sien.

Solveig ne ralentit pas pour autant.

— Je te le répète, écarte-toi d'elle !

Erling ne semblait guère impressionné, mais amusé.

— Qu'est-ce que tu fais ici ? Tu devrais être sur le bateau, comme Erik te l'a ordonné ! Oh ! mais je comprends, tu rêvais de me voir à l'œuvre, n'est-ce pas ? Je te manquais, avoue-le !

— Loki[1] a obscurci tes pensées, Erling. Laisse cette pauvre fille et retourne auprès de ton père…

— Un ordre, tu me donnes un ordre, à moi ? Eh bien soit, puisque tu échanges volontiers ta place avec cette Scot, je ne saurais te décevoir.

La lubricité emplissait ses yeux froids. Solveig tressaillit. S'il avait abandonné sa proie première, il entendait à présent s'en prendre à elle ! Campée fermement sur ses jambes, les pieds écartés, elle se positionna en défense.

Souviens-toi de ce que tu as appris ! s'intima-t-elle.

Ce combat, elle ne pourrait y échapper, car elle refusait de céder. Les autres, au village, étaient trop loin pour lui venir en aide. Erik était trop loin. Mais elle serait de taille à affronter seule Erling. Il le fallait !

— Viens, petit oiseau, viens à moi, susurra-t-il. Tu vas enfin obtenir ce que ton corps réclame, je vais…

— Si tu approches encore, je te castre !

Il s'esclaffa et tendit la main vers elle.

— Range cette épée, Solveig, tu vas te… Ah !

Elle l'avait touché à l'avant-bras. Loin de s'en formaliser, il lécha le sang qui s'écoulait de sa blessure – hélas à peine une égratignure.

— J'aime un peu de résistance, mais tu vas apprendre à m'obéir, femme.

— Jamais !

Elle attaqua de nouveau. Cette fois, il esquiva. Bien plus vif que ne le laissait supposer sa carrure, il lui agrippa fermement le poignet. Il serrait si fort qu'elle en laissa échapper son arme.

1. Dieu nordique des mensonges, tromperies et illusions.

Aussitôt, elle essaya de cogner son entrejambe de son genou, et manqua de peu y parvenir. De son poing libre, elle lui martelait la poitrine, la mâchoire, cherchait même ses yeux. Sa lutte ne semblait qu'exciter davantage Erling. La dureté de son sexe pressé contre son ventre la dégoûtait. L'imaginer en elle la révoltait !

— Enfin, Solveig, je…

Il ne termina pas sa phrase. Solveig l'avait frappé en plein sur la glotte. Ouvrant la bouche comme un poisson à la recherche de son air, il la lâcha, une main portée à sa gorge. Elle en profita pour plonger à terre afin de se saisir de son épée. Mais avant que ses doigts fébriles ne l'atteignent, quelque chose la cogna à l'arrière du crâne. La violence du coup et la douleur qui l'accompagna lui donnèrent l'impression qu'une montagne s'était écroulée sur elle. Elle s'effondra sur le ventre, le visage étalé dans la boue dure et froide. Elle chercha à se relever, crachant de la terre, et on la retourna sur le dos. Un poids énorme pesa sur elle. Quelqu'un cria, mais ses oreilles bourdonnaient tant qu'elle l'entendit à peine. La dernière chose qu'elle perçut avant de sombrer dans l'inconscience fut le regard brûlant d'Erling et le contact immonde de ses mains rudes pressant sa poitrine.

Dans le feu de la bataille, Erik se figea. Par le marteau de Thor ! Des cavaliers s'amassaient en haut des collines. Des troupes de Scots venant du château, sans aucun doute. Trop d'hommes ! Et trop tôt ! Réprimant un juron, il pressa sa main sur la blessure qui saignait à sa taille – un guerrier scot, parmi la dizaine qui gardait le village, était parvenu à le surprendre pendant qu'il en combattait deux autres et ce dernier l'avait payé de sa vie –, puis il lança le signal du départ. Plus tard, ils reviendraient, plus nombreux, et vaincraient ou mourraient, mais un autre jour. Rester plus longtemps serait stupide. Il était trop malin pour s'y risquer. De plus, ses hommes n'étaient plus ici qu'une petite quinzaine. Les autres étaient retournés aux bateaux avec des prisonniers, des calices et ornements venant de l'église, et des sacs de provisions arrachés à la réserve du village. Arvid et ses hommes, qui avaient agi avec une brutalité qu'Erik jugeait inutile, quittaient déjà les lieux derrière leur chef. À son tour, il lança le signal du départ à ses compagnons. Leur emboîtant le pas, il vit Erling surgir des hautes herbes bordant le hameau en flammes. Le sang d'Erik se figea en reconnaissant ce qu'il tenait dans la main. Sans hésiter, il l'arrêta et l'obligea à lui faire face.

— Cette épée, c'est celle du père de Solveig ! aboya-t-il. Son épée, à elle ! Comment…

— Lâche-moi, Erik !

— Non ! Pas avant que tu me répondes ! Qu'as-tu fait ?

— Par Odin, rien ! Mais Solveig est morte, Erik ! Elle a désobéi, elle nous a suivis et les Scots l'ont tuée ! J'ai voulu la sauver, mais je n'ai pu que la venger ! Il était trop tard, pour elle !

Erik était si choqué qu'il le libéra de sa poigne, et Erling détala comme un lapin. Solveig ? Morte ? Impossible ! Refusant d'y croire, il n'écouta que son instinct et retourna vers le village en flammes. Il devait la trouver ! Quelle folie l'avait prise ! La culpabilité lui broyait le cœur. Pourquoi ne l'avait-il pas attachée au mât, avant de partir, comme il l'en avait menacée ? Il la connaissait, pourtant ! Il aurait dû… La poigne d'acier de Ranald le stoppa en pleine course.

— Erik ! Loki t'aurait-il fait perdre l'esprit ? Ton bateau est par là !

— Et Solveig de ce côté ! Erling a juré qu'elle était morte, je dois…

— J'ignore de quoi tu parles, mais il est trop tard ! Regarde !

Une centaine de cavaliers scots, lourdement armés, dévalaient la colline. D'ici peu ils seraient sur eux.

Bouillonnant intérieurement, le cœur et l'âme déchirés à la seule possibilité d'abandonner à ses ennemis le corps de celle qu'il chérissait comme une sœur, Erik repoussa Ranald et s'élança vers le brasier.

Un violent coup dans le dos le fit s'effondrer en avant, l'assommant à moitié. Il sentit qu'on le soulevait, puis les ténèbres l'emportèrent.

Chapitre 4

Solveig se réveilla sous les vifs élancements qui lui vrillaient le crâne. En réalité, tout son corps lui faisait mal, comme si on l'avait sévèrement battue. Ouvrir les yeux était si douloureux ! Avec effort, elle y parvint cependant, et ne reconnut rien. Non seulement sa vue était brouillée, mais où qu'elle se trouve, il y faisait sombre. L'air était étouffant. Quelque chose pesait sur son front. Elle chercha à y poser les doigts, mais ses poignets étaient entravés, dans son dos, contre lequel se dressait un solide poteau de bois.

Prisonnière ! Elle était captive ! Poussant un grognement, elle gigota de son mieux pour se défaire de ses liens, mais ils ne cédaient en rien. Ses chevilles également étaient nouées par une corde épaisse. Du moins pouvait-elle remuer les jambes pour les dégourdir un peu… et frapper des genoux quiconque oserait s'approcher. Ou du moins, essayer. Si seulement elle avait son couteau ! Hélas, il ne se trouvait plus à sa taille, et pire encore, l'épée de son père avait disparu, elle aussi. Désarmée, elle se sentait presque nue.

Progressivement, ses yeux s'habituèrent à la pénombre. Elle était seule dans une cave humide. Le sol sur lequel elle était assise était de terre battue, et les murs de pierre épaisse. En dehors du poteau, la pièce était vide, sans fenêtre, et l'unique source de lumière venait de l'ouverture en haut de la porte en bois.

Maudit sois-tu, Erling !

La charge qu'elle avait menée contre lui, en le voyant s'en prendre à une innocente, lui revenait dans les moindres détails. Tout comme ce qu'il avait dans l'idée de lui faire subir, à elle, en représailles... Un gémissement lui échappa. La sensation encore présente de ses mains rudes et moites sur elle accentuait sa nausée, mais Freyja soit remerciée, il ne l'avait pas souillée. Erik l'avait-il arrêté ?

Non. Impossible, ou elle se trouverait à présent auprès de lui, à bord du *Dragon Écarlate*, et certainement pas enfermée dans une prison sordide, aux mains de ces maudits Scots ! Car il ne pouvait s'agir que d'eux. Ils l'avaient forcément capturée. En dépit de sa peur et de sa colère, elle n'autoriserait pas le désespoir à la gagner : ses ennemis la voulaient en vie, autrement ils l'auraient déjà tuée, et cela lui octroyait du temps pour élaborer un plan de fuite.

Ses pensées revinrent à Erik. Comment pourrait-elle le prévenir ? Jamais il ne l'aurait abandonnée. Il ignorait donc tout de son sort, et elle en était entièrement responsable. Quelle avait été sa réaction après avoir rejoint son navire et constaté son absence ? Hélas, il était trop tard pour revenir en arrière. Et Erling, ce misérable, ne lui avait certainement pas appris la vérité sur ce qu'il s'était passé...

Des murmures venant de loin, derrière la porte, l'extirpèrent de sa torpeur. Elle releva la tête, attentive, tous les sens aux aguets. Quelqu'un approchait ! Des bruits de pas, accompagnés de voix courroucées. Deux hommes se disputaient. À son sujet ? Une clé tourna dans la serrure. La porte grinça en s'ouvrant. Feignant l'inconscience, Solveig s'efforça de garder les paupières closes. Elle se tint immobile pendant que ses geôliers entraient, à l'affût de la moindre opportunité de les surprendre. Les voix étaient proches, à présent. Si les Scots parlaient trop vite pour qu'elle puisse tout saisir de leur conversation animée, elle comprit l'essentiel… et ne put s'empêcher de frémir.

— Fais-la parler, puisque tu y tiens tant, Liam, aboya l'un, et ensuite, tranche-lui la gorge, ou je m'en chargerai moi-même !

Sur ce, l'autre répliqua quelque chose d'un ton dur. Le premier homme, celui qui voulait sa mort, s'éloigna en jurant, la laissant avec son compagnon. Liam, l'avait-il appelé. Un prénom qu'elle entendait pour la première fois de son existence, et qu'elle trouva loin d'être déplaisant, contrairement à celui qui le portait. Un ennemi, qui chercherait à profiter d'elle, à lui extirper des informations sur les siens, comme son propre clan agissait envers ses captifs. Voilà pourquoi elle respirait encore, évidemment. Qu'il s'y essaie, seulement ! Elle préférait la torture et la mort, plutôt que trahir Erik ! Mais son courage n'était que bravade. Au fond d'elle, une terreur sourde grondait.

— Je sais que tu es éveillée et que tu me comprends. Allons, ouvre les yeux. Je suis Liam MacCann, et je ne te ferai aucun mal.

Sa voix rauque s'était faite plus douce, mais elle ne s'y trompait pas. Il cherchait juste à l'amadouer, cependant elle lui obéit, curieuse… et en eut le souffle coupé. Le visage de Liam se dévoilait à la lumière de la flamme vacillante de sa torche. Un instant, elle crut se trouver face à un dieu descendu sur *Midgard*[1] ! Il était impressionnant. Sans aucun doute plus grand que la plupart des guerriers de son clan. Ses épaules étaient larges, ses bras musclés, son torse puissant, ses jambes longues et solides. Ses cheveux, d'un sombre roux cuivré, lui tombaient sur la nuque et encadraient son visage aux traits masculins parfaitement dessinés.

1. *Midgard* est l'un des neuf mondes de la mythologie nordique, le seul visible par les hommes et peuplé par ces derniers.

Même si, à l'évidence, son nez avait été cassé au moins une fois, cela n'enlevait en rien à son évidente virilité. Au contraire, il n'en était que plus séduisant. Ses yeux, d'un vert intense dans lesquels jouait le reflet des flammes, étaient plongés dans les siens. Ils cherchaient à l'entraîner dans leur profondeur, à pénétrer en elle pour lui extirper ses moindres secrets. Comme il aurait été aisé de s'y perdre, pour l'éternité !

Elle s'efforça de lui échapper, avide de chasser le trouble qui la saisissait.

— Tu n'obtiendras rien de moi, Scot, assura-t-elle.

Il la contempla avec perplexité. Rien d'étonnant, il l'avait tellement bouleversée par sa seule présence qu'elle ne devait guère être crédible ! Que lui avait-il donc fait, pour qu'elle réagisse ainsi ? Pourvu que ses joues ne s'enflamment pas, en plus de cela ! S'agenouillant en face d'elle, il esquissa une ombre de sourire qui le rendit plus beau encore. Pourtant, elle n'aurait pas cru cela possible et regretta instantanément cette pensée qui lui avait échappé.

Il se pencha un peu plus vers elle. À présent, non seulement sa vue la troublait, mais également son odeur virile… et sa voix, si suave, si sensuelle, qui la fit frissonner. Que lui arrivait-il ?

— Ainsi, j'avais raison, déclara-t-il avec une évidente satisfaction. Tu me comprends, et même si ton accent est prononcé, tu parles aussi ma langue. Parfait. Cela me facilitera grandement les choses.

— J'en doute.

— Moi non, car tu ne pourras que mieux me répondre : où sont accostés vos navires ? Combien êtes-vous ? Quand et où les tiens nous attaqueront-ils, la prochaine fois ? Où se trouvent vos campements ?

Solveig serra les dents. Tant de questions ! Cela lui faisait mal au crâne. De plus, imaginait-il qu'elle répondrait ? Qu'elle trahirait les siens aussi aisément ? La puissance de ce guerrier était palpable. Tout comme la terrifiante impression de danger qui émanait de lui, mais elle ne lui céderait pas pour autant. Comme elle gardait le silence, il laissa échapper un soupir agacé.

— Ne m'oblige pas à te blesser. Il serait dommage d'abîmer un si beau visage.

La blesser ? Elle avait entendu nombre de récits au sujet de la cruauté des Scots, du plaisir qu'ils prenaient à torturer leurs prisonniers et, aux mots de celui-ci, à son ton redevenu de glace, elle ne douta pas qu'ils soient véridiques. La peur et la colère l'emportèrent en elle. Dans un geste désespéré, elle essaya de le mordre. Il lui agrippa le menton, l'empêchant de recommencer. Le frapper de ses genoux et de ses pieds attachés ne le fit même pas vaciller. Il semblait taillé dans le roc ! Et le pire était qu'il la détaillait sans vergogne de ses superbes yeux émeraude. De si près, elle en décelait la moindre nuance. Jamais elle n'en avait vu de tels. Fascinée par leur profondeur et leur beauté, elle fut surprise de ressentir une sensation jusque-là inconnue pour elle. Sa peau s'échauffait, son cœur s'emballait. Mais elle se reprit rapidement. Si cet homme, son ennemi, la contemplait ainsi, c'était uniquement parce qu'il la jaugeait. Parce qu'il cherchait à déceler en elle la moindre faiblesse, qu'il voulait lui montrer sa supériorité sur elle, s'imaginait la posséder… comme Erling avant lui. Faisant appel à toute sa volonté, se servant de sa frayeur et de son ressentiment comme d'une force, elle le défia du regard.

— Détache-moi, si tu l'oses, et nous verrons si tu es à la hauteur de tes menaces.

— Allons, tu n'es point en mesure de…

D'un soudain coup d'épaule, elle se dégagea de lui, espérant le frapper ensuite de la tête en plein visage, mais il l'empoigna avec brusquerie avant qu'elle ne puisse le toucher. Ces maudits liens, ils l'empêchaient d'agir ! De se défendre !

— Par Dieu, femme, cesse ces enfantillages et réponds à mes questions ! Où sont partis les misérables qui ont attaqué le village ? Où ont-ils emmené leurs prisonniers ?

— Je ne dirai rien !

— Je jure que tu le feras, même si pour cela je dois…

— Dans ce cas, tue-moi tout de suite, qu'on en finisse ! Parce que je le répète, je n'ai rien à te répondre !

Il la toisa longuement puis la relâcha et se releva. Un géant se dressait devant elle, empli d'une rage qu'il avait du mal à contenir. Ses poings se serraient et se desserraient, comme s'il hésitait sur la manière de la soumettre à sa volonté. D'un seul geste, il lui romprait le cou, s'il le souhaitait, et il en serait fini d'elle. Mais elle était une Viking, une guerrière. Elle ferait face, la tête haute, si son destin était de succomber entre les mains de cet homme. Du moins ne lui aurait-elle rien dévoilé qu'il pourrait utiliser contre Erik…

— Je ne crains ni la mort ni la torture, clama-t-elle.

— Tu le devrais, pourtant, car c'est ce qui t'attend, si tu ne m'apprends pas ce que je souhaite savoir.

Elle osa un sourire.

— Qu'il en soit fait selon la volonté des dieux, en ce cas. Notre rencontre était écrite, Scot. Tu l'ignores encore, mais les trois *Nornes* filent chaque étape de notre existence. Urðr est responsable de notre passé, Verðandi de notre présent, et enfin, Skuld de notre avenir. Quoi que nous fassions, notre destin est entre leurs mains, alors qu'ai-je à craindre de toi ou des tiens ? S'il est décidé que je dois mourir aujourd'hui, je périrai, mais je me battrai jusqu'à mon dernier souffle.

L'expression de Liam s'assombrit drastiquement. Ses yeux n'étaient plus que des fentes, comme s'il luttait contre son instinct de se débarrasser d'elle, à l'instant.

Il gronda enfin, sa voix grave se répercutant contre les murs de la prison.

— Si tu m'es inutile, je ne pourrai plus te protéger des autres membres de mon clan. Crois-moi, ils sont beaucoup moins patients que moi.

Sur ce, il lui tourna le dos et fit claquer derrière lui la lourde porte en bois. Un bruit de clé dans la serrure s'ensuivit. Une précaution vaine. Avait-il si peur d'elle, au fond ? Qu'imaginait-il ? Qu'elle pourrait s'enfuir, aussi solidement entravée ? Hélas, ses geôliers s'y connaissaient en nœuds et en cordes. S'en débarrasser pourrait lui prendre des journées entières qu'elle n'abandonnerait pas.

Une fois libre, elle montrerait à ce fichu Scot aux yeux flamboyants qui avait besoin d'être protégé de qui !

Liam MacCann était furieux. Furieux et déconcerté. Comment avait-il pu faire preuve d'autant de faiblesse ? Il était en proie à de perturbantes pensées. Non seulement la prisonnière ne lui avait rien révélé, mais sa détermination et son courage l'avaient impressionné, déstabilisé. Et pas seulement cela, sa beauté, également. Certes, des femmes splendides, il en connaissait plus d'une, mais celle-ci était différente, et pas uniquement parce qu'elle était une étrangère. Dès l'instant où ses yeux s'étaient posés sur elle, un frisson l'avait traversé. Difficile de l'avouer, mais il s'était senti irrémédiablement attiré par elle. La teinte de ses iris était d'un bleu clair et pur comme il n'en avait jamais contemplé. Ses longs cheveux d'une blondeur éclatante seraient sans aucun doute plus superbes encore, une fois lavés et peignés. Et très agréables au toucher, il n'en doutait point. Déjà, sa peau s'était avérée aussi douce que la soie et son corps avait instantanément réagi à son contact. Comme il s'en voulait de ressentir cela ! Désirer ainsi une prisonnière était inacceptable et même dangereux.

Hélas, il n'y avait pas que son corps somptueux. Le frémissement dans sa voix alors qu'elle s'efforçait de lui tenir tête, cette force mêlée à une évidente fragilité, l'avait touché plus qu'il n'était tolérable. Cela ne devait plus se reproduire. Les Nordiques étaient des barbares païens à ne pas sous-estimer et ensorcelante, ou non, cette fille restait une ennemie !

Depuis trop longtemps, les Vikings lançaient des raids sur les terres des Scots, des Saxons, des Anglois ou encore des Gallois. Ils cherchaient à s'y installer, à défaut de se contenter de piller et de massacrer. Les Francs n'étaient pas davantage épargnés, et tous redoutaient ces sauvages guerriers. Liam refusait de plier, de fuir ou de verser le moindre tribut à ces envahisseurs pour espérer leur clémence, comme d'autres avaient choisi de le faire. Cela reviendrait à devenir leurs esclaves ! Grâce à Dieu, Cinàed MacCann, son oncle et chef de leur clan, pensait de même.

La dernière attaque avait fait beaucoup de dégâts : un hameau ravagé par les flammes, des morts, des disparus, des provisions volées, l'église souillée et pillée… Mais Liam et ses hommes étaient parvenus, au moins, à faire fuir les envahisseurs. Si seulement ils étaient arrivés plus tôt, davantage de villageois auraient été sauvés. Comme il s'en voulait ! Il patrouillait alors à plusieurs lieues de là, et rebrousser chemin, réunir les troupes, lui avait pris, lui avait-il semblé, une éternité. Si revenir en arrière était impossible, il refusait de laisser cela se reproduire. Et la prisonnière ne leur serait d'aucune utilité si elle ne leur dévoilait pas les informations dont ils avaient besoin !

À peine venait-il de remonter l'escalier pour arriver au premier étage de la tour qu'un grognement l'accueillit. Cullen, son plus proche ami, l'attendait. Les bras croisés sur son torse puissant, il affichait une expression des plus sombres. Ses yeux bruns étincelaient de colère. Comment s'en étonner ? Cullen haïssait les Vikings plus que tout autres, et à raison.

— Elle a parlé ? grommela-t-il.

— Pas encore.

— Alors, je te le répète : tue-la, Liam, puisqu'elle ne sert à rien !

— Non. Nous ne sommes pas des meurtriers. Je ne tuerai pas une femme désarmée.

— Mordieu ! Donne-lui une lame, dans ce cas, puis termines-en ! Ou mieux encore, laisse-la-moi ! Après ce que ces démons ont fait subir à mon épouse, j'ai le droit de…

Liam posa une main amicale sur son épaule. L'image de la douce Adairia, de son cadavre mutilé par ces monstres sans âmes, le hantait, lui aussi. Une bande de Danois l'avait assassinée, six mois plus tôt. Pour Cullen, comme pour lui, ce souvenir terrible ne s'effacerait sans doute jamais.

— Cette fille n'est pas responsable de ce qui est arrivé à Adairia. Te venger sur elle ne te la ramènera pas, Cullen.

Ce dernier repoussa brutalement sa main.

— Et alors ? Je ne connaîtrai aucun repos tant qu'un seul de ces maudits barbares sera en vie ! Celle-ci est aussi coupable que les autres !

La haine qui brûlait en lui s'intensifiait de jour en jour et menaçait de le consumer, de lui faire perdre la raison. Liam, qui ignorait comment l'aider, s'en inquiétait grandement.

— Ne fais rien que nous pourrions regretter, Cullen. Cette fille nous est plus utile vivante que morte.

— *Aye.* Si tu le dis… elle l'est peut-être. Du moins pour le moment.

Plongeant son regard dans le sien et y décelant des tourments qu'il aurait souhaité que son ami ne subisse jamais, Liam prit la décision de ne plus le laisser seul avec la prisonnière.

Chapitre 5

Depuis le départ de Liam, Solveig n'avait cessé de lutter pour se débarrasser de ses liens. Hélas, elle n'arrivait à rien ! À peine parvenait-elle à étirer quelque peu ses membres endoloris. Elle avait perdu la notion du temps. Cela faisait des heures, ou serait-ce des jours, qu'elle se trouvait dans cette pièce lugubre. Sa gorge était sèche. Son estomac grondait. Elle s'affaiblissait. Depuis quand n'avait-elle rien mangé ou bu ? Entendaient-ils l'affamer ? Une forme de torture comme une autre, pour la faire céder et l'obliger à révéler tous les plans d'attaque des siens. Impossible ! Jamais ces Scots ne croiraient qu'elle en ignorait tout. Elle n'avait fait que suivre Erik et… Elle soupira. Que faisait-il, à cet instant ? L'imaginait-il morte ? Perdue pour toujours ? La maudissait-il de lui avoir désobéi ? Peu importait, finalement. Elle l'apprendrait dès qu'elle se serait échappée et aurait trouvé un moyen de le rejoindre. Mais plus le temps s'écoulait, plus la réalité s'imposait à elle… et plus son courage s'émoussait. Elle était à la merci des Scots. Entièrement. Le souvenir du visage de Liam MacCann, penché sur elle, la saisit. Un bel homme, au regard si intense et si fougueux qu'il aurait pu être Nordique. Mais il ne l'était point et elle ne devait lui accorder aucune confiance. En dépit des menaces qu'elle avait proférées, elle doutait parvenir à vaincre un tel géant et encore moins à le tuer. Pourtant, elle s'y efforcerait, s'il osait la…

Le grincement de la porte la fit se retourner. Les muscles tendus, sur la défensive, elle se prépara à subir un nouvel interrogatoire. Que ce soit Liam MacCann, ou l'un de ses misérables compagnons, elle les recevrait de la même manière ! En ruant des jambes pour essayer de les frapper, dès qu'ils approcheraient, ou en… Ce fut une toute jeune fille qui se montra. Ses longs cheveux d'un roux sombre cascadaient sur ses épaules graciles. Elle portait une robe rouge qui lui descendait jusqu'aux chevilles. À la lueur de sa torche, des ombres mouvantes jouaient sur son visage, pendant qu'elle hésitait sur le seuil.

— Dieu tout-puissant, murmura-t-elle.

Solveig ne décela nulle crainte dans sa voix, ni animosité, mais plutôt une profonde curiosité. La jeune fille accrocha au mur sa torche flamboyante puis s'approcha. À la voir de plus près, Solveig reconnut l'adolescente qu'elle avait protégée des assauts d'Erling. Âgée d'une quinzaine d'années, elle était d'une grande beauté. D'épais cils sombres rehaussaient la teinte gris-vert de ses yeux. Ennemie ou non, l'innocence se lisait dans chacun de ses traits délicats. Elle lui rappelait la douce Ragnhild. Sans douter, Solveig se félicita d'être intervenue pour la sauver, même si cela lui valait de se retrouver dans cette terrible situation.

— Tu es saine et sauve, déclara-t-elle. Je suis contente.

La jeune fille sursauta en l'entendant s'adresser à elle, puis un sourire timide se dessina sur ses lèvres.

— Je vous remercie de m'avoir préservée des griffes de ce monstre. Grâce à vous, il ne m'a pas touchée.

— Tant mieux.

— Quand il vous a frappée, j'ai cru qu'il vous avait tuée. Ensuite, il a saisi votre épée et il est parti. Je ne pouvais rien faire pour la lui reprendre, j'en suis désolée.

Solveig étouffa un juron. Erling avait volé son épée ! Le maudit traître ! Pour cela aussi, se promit-elle, il paierait !

— Je suis contrite que vous soyez enfermée ici, mais..., balbutia la jeune fille avant de poursuivre : je rends grâce à Dieu pour votre acte de bravoure.

Solveig doutait que le dieu des chrétiens y soit pour quoi que ce soit, mais elle ne chercha pas à la détromper... car elle voyait en sa venue une chance providentielle. Même si agir ainsi était contre sa nature, les circonstances l'y obligeaient.

— Bien. À présent, tu as une dette envers moi, jeune fille, déclara-t-elle. Et voici l'occasion de la payer : ôte-moi ces entraves puis procure-moi une arme, et nous serons quittes.

— Je... Je ne peux...

— Je t'en prie. Desserre au moins mes liens, et je me chargerai du reste. Les tiens me tueront, autrement. Nous le savons toutes les deux.

Comme elle s'en voulait de bouleverser ainsi cette pauvre fille ! Mais c'était l'entière vérité. La jeune Scot tremblait à présent, tiraillée par des sentiments opposés qui se livraient bataille sur son doux visage.

— Non ! s'exclama-t-elle finalement. Liam ne les laissera pas faire.

— Liam ?

— Mon frère ! Il vous est reconnaissant, pour m'avoir secourue. Il empêchera qu'on vous fasse du mal.

Solveig haussa un sourcil. Pouvait-il s'agir de Liam MacCann ? À bien y réfléchir, la ressemblance entre cette fille et lui était notable, mais difficile de croire qu'il soit enclin à la protéger comme elle en semblait persuadée.

— Quel est ton nom, petite ?

— Oh ! suis-je sotte et impolie, je ne me suis pas présentée ! Je suis Caitrinn MacCann, du clan MacCann.

Elle était donc bien la sœur cadette de Liam.

— Je m'appelle Solveig, du clan du loup blanc.

— C'est très joli, Solveig. Étiez-vous prisonnière de ces horribles Vikings ? Cherchiez-vous à leur échapper ?

— Non. Je n'étais point leur captive, mais un membre de l'équipage.

Caitrinn devint soudain très pâle, mais elle se ressaisit rapidement.

— Pourtant, vous m'avez protégée.

— Parce que Erling, celui qui te poursuivait, est un homme mauvais. Je ne pouvais le regarder te forcer, sans rien faire pour l'en empêcher.

— Grâce vous soit rendue encore davantage, en ce cas. Et je vous promets de plaider votre cause auprès de mon oncle. Il est le *laird*, le chef de notre clan, précisa-t-elle lorsque Solveig fronça les sourcils à l'évocation de ce mot qu'elle ne connaissait pas.

Le soutien de Caitrinn était plus qu'elle n'aurait pu espérer, même s'il était peu probable qu'une enfant puisse réellement influer sur les décisions d'un chef de clan. Au moins disposait-elle d'une alliée, une lumière bienfaisante au cœur des ténèbres dans lesquelles le destin l'avait conduite. Caitrinn plongea la main dans un petit panier que, jusque-là, elle n'avait pas remarqué.

— Ce n'est pas grand-chose, murmura Caitrinn, mais… je vous ai apporté ceci. Vous devez mourir de faim et de soif, et cet endroit est si horrible !

Elle tendit un gobelet à Solveig qui but sans attendre. L'eau fraîche s'écoulant dans sa gorge rugueuse était si délicieuse qu'elle aurait tout aussi bien pu être de l'hydromel, le nectar des dieux. Elle mâcha ensuite des morceaux de viande séchée, réprimant la honte de se faire nourrir comme une enfant. Mais sa fierté fut aisément ravalée. Reprendre des forces était une priorité. Quand elle eut terminé de se restaurer et que les élancements dans son ventre se furent calmés, elle demanda :

— J'entends des mouettes, parfois, mais je ne peux rien deviner du dehors. Où sommes-nous, exactement ?

— Dans les geôles du château de Dunaildinn. La mer est proche, en effet.

— J'aime le bruit des vagues, et marcher sur la plage, souffla-t-elle.

— Moi aussi. Peut-être irons-nous nous y promener ensemble, un jour ?

— Cela me plairait, mais je doute que cela se produise.

— Oh. Il est vrai que… J'avais presque oublié que vous êtes une Danoise.

— Je ne le suis pas. Je suis née en Norvège, mais je suppose que cela ne fait pas grande différence, aux yeux des tiens.

— Je ne saurais le dire, il est vrai que vous êtes tous des Danois, pour nous. Cependant, vous êtes la première Nordique que je rencontre… Enfin… Vous comprenez…

— Je comprends.

— Avez-vous de la famille ? Quelqu'un qui vous attend ?

Solveig se figea et prit le temps de la réflexion. Comme son frère avant elle, Caitrinn se mettait à poser de nombreuses questions. Que répondre ? Comment être certaine qu'il ne s'agissait que de pure curiosité, et non d'une manière détournée de lui soutirer des informations ? Liam avait-il envoyé sa sœur, persuadé que Solveig se laisserait amadouer plus aisément face à une innocente ? Pétrie de doutes, elle préféra opter pour la sécurité.

— Non. Je n'ai plus personne.

Son cœur se serrait à ce mensonge, d'autant plus que Caitrinn en paraissait réellement contrite.

— J'en suis navrée pour vous, murmura-t-elle. Je…

La porte s'ouvrit avec fracas. Sur le seuil se découpait la

silhouette massive de Liam. La bouche grande ouverte, les yeux écarquillés, il était à la fois surpris et décontenancé. D'un geste si rapide que Solveig le vit à peine bouger, il agrippa Caitrinn par le bras pour l'attirer à lui… et l'éloigner d'elle. Son regard furieux passait de l'une à l'autre, et il s'emporta.

— Caitrinn ! Que fais-tu ici ? Je t'avais pourtant interdit de descendre trouver la prisonnière !

— Je souhaitais juste lui parler, la remercier de m'avoir sauvée.

— Cordieu, elle ne l'a peut-être pas fait pour toi, y as-tu songé ? Je ne veux plus jamais que tu agisses aussi inconsidérément !

— Mais Liam, elle ne mérite pas d'être traitée ainsi. Elle est gentille et courageuse, elle…

— C'est une Viking, Caitrinn ! Une barbare sanguinaire, une païenne dépourvue d'âme ! Peu importe son geste de bravoure, ne lui accorde aucune confiance. Quant à son sort, ce n'est point à toi ou à moi d'en décider !

Sur ce, il l'entraîna hors de la cellule. Après un dernier regard noir à Solveig, comme si elle était responsable de tous les malheurs du monde, ou tout au moins des siens, il fit violemment claquer la porte derrière eux.

Elle serra les dents, retenant un juron. Selon Caitrinn, cet homme entendait empêcher qu'on la malmène ? Par les dieux, c'était impossible ! Il la voulait morte, plutôt. Elle l'avait lu dans ses yeux ! Qu'il était aisé de croire qu'il prendrait plaisir à s'en charger lui-même dès qu'elle aurait répondu à ses innombrables questions ! Eh bien, il pouvait toujours attendre ! Elle entreprit à nouveau de se libérer. Grâce à l'eau et à la nourriture apportées par Caitrinn, ses forces lui revenaient progressivement, exacerbées par le sentiment d'urgence qui la submergeait. Au bout de ce qu'il lui sembla une éternité, un sourire s'étira sur son visage. À force de gesticulations, ses liens aux poignets se relâchaient enfin…

Chapitre 6

— Ainsi donc, la captive refuse toujours de coopérer ?

La voix sourde et rocailleuse de Cinàed MacCann, *laird* du clan MacCann, résonnait entre les murs épais de la grande salle du château. Sa colère, à peine contenue, rehaussait la rudesse de ses traits. Comme à chaque fois qu'il était contrarié, il faisait courir ses doigts dans sa crinière brune striée de cheveux blancs. Ses yeux d'un bleu aussi profond que le *loch* qui jouxtait le village se posèrent sur Liam, son neveu préféré, debout devant lui.

Depuis près d'une semaine, celui-ci revenait avec les mêmes nouvelles.

— Si fait, mon oncle. Elle s'obstine.

— Que le diable l'emporte ! Nous n'avons guère pour habitude d'employer la torture, mais qu'il en soit ainsi si elle persiste ! Nous avons trop besoin de ces informations !

Liam grimaça. La torture lui répugnait. De plus, une telle épreuve suffirait-elle à faire céder la captive ? Sans doute, point. Sa volonté semblait de fer. Mais son oncle avait raison : la menace viking était trop prégnante pour s'abandonner au doute et à la morale. Si la femme ne révélait pas ses secrets, trop de vies seraient perdues.

À cet instant, Caitrinn surgit dans la salle. Elle était essoufflée.

Ses cheveux tirés en arrière soulignaient la délicatesse de ses traits, mais aussi sa pâleur.

— Je vous en supplie, ne lui faites aucun mal, plaida-t-elle.

À la fois surpris de sa venue impromptue et soucieux de la punition que cela pourrait lui valoir, Liam s'emporta.

— Étais-tu en train de nous espionner ?

— Je… Eh bien oui, j'ai tout entendu ! Et je refuse que Solveig soit torturée !

Liam grommela, tendit une main vers sa sœur dans l'intention de l'empoigner et de la faire sortir, mais leur oncle l'arrêta d'un geste. Ce dernier fit signe à Caitrinn d'approcher.

— Solveig, dis-tu ?

— Oui, mon oncle. C'est ainsi que la prisonnière se nomme.

Ce nom éveilla en Liam un sentiment étrange, mais également un souvenir qui le saisit brusquement.

— Solveig, c'est le nom qu'appelait le chef de ces maudits vikings, avant de fuir le village ! Je l'ai entendu sans peine, malgré la distance, tant il criait. Il cherchait cette fille, cela ne fait aucun doute !

Le *laird* haussa un sourcil broussailleux. Une vive lueur éclaira son regard.

— Elle a donc de la valeur, pour lui, assura-t-il. Une grande valeur, même, possiblement, dont nous pourrions tirer avantage. Caitrinn, comment as-tu appris son nom ?

— Je le lui ai demandé, tout simplement. Vous m'aviez interdit de l'approcher, mais je… je le devais !

Face à l'emportement inhabituel de sa nièce, le *laird* s'assombrit. Il se pencha en avant, immense et impressionnant sur l'estrade, assis sur son haut siège en bois sculpté.

— Tu le devais ? Explique-moi donc pour quelle raison tu m'as sciemment désobéi, petite.

— Eh bien, vous m'aviez assuré qu'elle était mauvaise, mais…

La voix du *laird* gronda, féroce.

— Il n'y a pas de « mais », Caitrinn ! Cette femme est une Danoise ! Comme tous les siens, elle est dangereuse et sournoise ! Te retrouver seule avec elle a mis ta vie en danger et, si tu n'étais pas ma nièce, je te ferais fouetter pour ton inconscience !

Elle frémit, ses joues s'empourprèrent. Liam posa sa grande main sur son épaule. Que n'avait-elle tenu sa langue, comme il le lui avait demandé ! La pauvre petite tremblait comme une feuille. Elle n'en persista pas moins. Hélas !

— Vous vous trompez, je ne risquais rien, car Solveig n'est pas une ennemie, affirma-t-elle. Et elle n'est pas danoise, mais norvégienne. Elle a dit que…

— Par Dieu, Caitrinn, quelle importance ? D'où qu'ils viennent, ces Vikings sont tous les mêmes ! Des pillards, des assassins, des violeurs, des menteurs dépourvus d'âme !

— Solveig est différente. Elle est bonne et courageuse ! Je suis même persuadée qu'elle a une âme, tout comme nous !

— Caitrinn, tu blasphèmes ! s'exclama le *laird*.

Liam ne reconnaissait plus sa sœur. Elle, si timide et réservée, risquait tout pour protéger une étrangère, une ennemie de leur peuple !

— Ne la blâmez pas, mon oncle, intervint-il. Si quelqu'un doit être puni, que ce soit moi. J'aurais dû mieux veiller sur elle, et…

D'un geste, Cinàed MacCann le fit taire. En dépit du poids des ans, il se dégageait toujours de lui une indéniable autorité.

— Plus un mot, ni l'un ni l'autre. Je dois réfléchir, seul, à tout cela. Partez, à présent. Allez, dehors !

Protester aurait été tout aussi vain qu'insister. Liam le savait tout comme Caitrinn qui le suivit docilement à l'extérieur de la salle. À peine furent-ils hors de portée d'oreille du *laird* qu'il l'obligea à s'arrêter et à lui faire face.

— Petite sœur, pourquoi as-tu pris ainsi la défense de cette femme ? Cordieu, elle t'a certes porté secours, mais que son geste ne t'illusionne pas : elle reste une Viking ! Ne provoque pas notre oncle pour elle, je t'en supplie.

Bien qu'il se soit efforcé de s'exprimer avec calme, impossible de nier sa contrariété… et son inquiétude. Généralement juste et réfléchi, leur oncle était depuis quelques mois sujet à des maux de tête et à de violentes crises de colère aussi subites qu'inattendues, au point que Liam avait parfois du mal à reconnaître l'homme aimant qui veillait sur eux comme un père depuis leur enfance. En insistant davantage, il ne tenait à rien que la douce Caitrinn soit sévèrement châtiée. Hors de question que cela se produise ! Il ne le supporterait pas. Sa sœur avait déjà suffisamment souffert.

Elle se mordit la lèvre inférieure, détourna le regard un instant puis releva le menton avec une assurance surprenante.

— Dis, Liam, tu vas vraiment la torturer ?

— Caitrinn, je… je ne le souhaite point, mais si le *laird* me l'ordonne, j'y serai contraint. Pour le salut du clan.

— Ce serait injuste, cruel et inutile ! La faire souffrir ne nous apportera aucun bien, et je sais combien tu répugnes à un tel acte, je le vois dans tes yeux.

Il soupira. Elle avait toujours su lire en lui, en dépit de ses efforts pour l'en empêcher.

— *Aye*, et peu importe. Je ferai ce que je dois. Aurais-tu oublié le danger que les Vikings représentent pour nous ? Cette attaque n'était pas la première et ne sera certainement pas la dernière. Si cette femme peut nous livrer des renseignements qui aideront à nous protéger, je suis prêt à…

— Je t'en prie, Liam ! Refuse ! Même si notre oncle te l'ordonne !

— Il est notre *laird*. Je ne peux lui désobéir, Caitrinn.

S'il fallait en venir là, il le regretterait sans doute amèrement, car il doutait être capable de faire le moindre mal à cette captive au regard ensorcelant et à la bravoure digne d'un grand guerrier.

Pourtant, son bras était aux ordres de son oncle. Sa loyauté lui était acquise, entièrement. Et sa morale ?

Caitrinn insista.

— Je te le répète, Solveig s'est portée à mon secours alors que rien ne l'y obligeait ! À notre tour, à présent, de l'aider ! Et si tu refuses, je m'en chargerai seule !

Il plongea son regard dans le sien. Jamais il ne l'avait vue aussi déterminée. Il la saisit par le poignet.

— Dans ce cas, petite sœur, tu ne me laisses point le choix.

Chapitre 7

Dans la moiteur sombre de son cachot, Solveig retenait son souffle. Elle avait entendu les pas dans le couloir bien avant que la porte de la geôle ne s'ouvre. Feignant l'inconscience, elle sentait son cœur battre à tout rompre dans sa poitrine. Elle n'aurait qu'une chance ! Pourvu que le soldat ne réalise pas combien elle tremblait. Affaiblie par ses longues heures de captivité et par les blessures infligées par Erling, elle devait pourtant trouver la force d'accomplir la première partie de son plan.

Lorsque le garde fut suffisamment proche, elle se redressa et bondit sur lui. Les dieux en soient remerciés, il n'avait pas remarqué qu'elle avait dénoué ses liens ! Il chuta en arrière, s'assommant à moitié en se réceptionnant sur le sol dur, mais déjà, un autre soldat venait ! Épée levée, il se rua sur Solveig qui n'eut que le temps de se jeter de côté pour éviter le coup. Vivement, elle s'empara du long couteau que le garde à terre conservait à la ceinture, et le porta à la gorge de celui-ci. Se redressant, elle l'obligea à se relever, son regard rivé dans celui de l'autre homme.

— Recule ! ordonna-t-elle. Ou je lui tranche la gorge !

Qu'il ait compris ou non ses mots, la menace était suffisamment explicite pour qu'il hésite puis s'écarte lentement de son chemin… pour laisser place à deux autres gardes. À leur tour, ils s'engouffrèrent dans la pièce. En un instant, avant qu'elle ne puisse réagir, Solveig fut assaillie de toutes parts, désarmée, maîtrisée, jetée au sol. Des mains la saisirent. On la frappa si durement au visage que le goût métallique du sang s'insinua dans sa bouche. Étourdie, elle se débattit pour se libérer, rua, cogna autant qu'elle le put.

— Maudite Danoise ! rugit un homme.

Un violent coup dans les côtes lui coupa le souffle. Elle se tordit en deux sous la douleur. Une poigne de fer saisit ses cheveux, l'obligea à relever la tête.

Un Scot aux traits déformés par la fureur lui faisait face. Ses cheveux hirsutes d'un blond tirant sur le roux encadraient un visage rude. Une flamme meurtrière dansait dans ses prunelles brunes.

— Tu vas payer, sorcière, pour tous les tiens !

Il leva le poing et la frappa si fort qu'elle en fut sonnée. Il s'apprêtait à l'attaquer de nouveau, quand un des gardes intervint.

— Cullen, il suffit. Le *laird* a ordonné que…

— Je m'en moque ! Qu'il me tue ensuite, s'il le souhaite, mais elle ne m'échappera pas !

Il voulut la cogner une fois encore. Une main agrippa son poignet, stoppant son geste. Cependant, ce n'était pas celle du soldat qui s'était d'abord interposé : Liam, que Solveig n'avait pas vu entrer, contraignait l'homme qui la menaçait. Ses implacables yeux verts étaient braqués sur lui.

— Lâche-moi, Liam !

— Non, Cullen. Pas avant que tu ne te sois repris.

— Repris ? Tu me demandes de me calmer ?

— *Aye*. Tu sais que…

Cullen tenta encore de se dégager de sa poigne. En vain.

— Maudit sois-tu, Liam ! Cette Viking est un poison ! Il faut la tuer, et vite, avant qu'elle ne…

— Si tu y tiens tant, il te faudra m'affronter d'abord.

Solveig frémit. Il ne plaisantait pas ! Pourquoi la protégeait-il ainsi ? Liam et Cullen, en silence, continuaient à se défier. Au bout de ce qui sembla une éternité, Cullen s'écarta brusquement d'elle.

— Tu ne pourras pas toujours la protéger, Liam.

— C'est toi surtout, imbécile, que je cherche à protéger ! Sors d'ici, à présent.

Alors qu'il obtempérait, non sans avoir adressé un dernier regard noir à Solveig, Liam s'adressa à elle :

— Peux-tu marcher ?

Elle fit signe que oui. La tête lui tournait, elle tenait à peine sur ses jambes, respirer était un supplice, mais elle refusait de montrer sa faiblesse – ou sa peur – à ses ennemis. Marcher signifiait sortir de la geôle, savourer de l'air frais et en apprendre davantage sur l'endroit où elle se trouvait. Une proposition inespérée, qu'elle saisirait. Ensuite, elle aviserait pour s'enfuir.

Hélas, Liam ordonna qu'on l'entrave aux chevilles de ceps[1] en métal, dont elle ne pourrait se débarrasser, contrairement à la corde. Ce Scot était rusé. Il avait commis une erreur en la sous-estimant. Hélas, il ne recommencerait pas.

En silence, elle marcha entre Liam, devant, et deux gardes, derrière. Le plus jeune d'entre eux – celui-là même qu'elle avait menacé de sa propre lame – la soutint alors qu'elle trébucha dans le long couloir. Elle s'en voulut presque d'avoir manqué lui trancher la gorge. Au regard noir qu'il lui adressa, ses remords s'évanouirent. Il aurait agi de même envers elle, si la situation avait été inverse.

Ils débouchèrent sur une place boueuse de neige fondue et de terre mêlées par les allées et venues des hommes et des bêtes. Les anneaux et la chaîne entre ses pieds la ralentissaient et la gênaient

1. Ici : chaîne, lien, entrave.

dans ses mouvements, mais l'air glacial, chargé d'embruns, fut pour Solveig plus délectable encore que le plus pur des nectars. La lumière du soleil, atténuée par une masse de nuages cotonneux, l'aida à s'adapter à la clarté du jour, après tout ce temps dans l'ombre. Tout ou presque lui semblait différent de ce qu'elle connaissait. Les hauts murs des fortifications, le château en pierre grise, les habits des villageois, leur langue… Elle était en terre étrangère.

Des poules s'écartèrent en caquetant sur leur passage, et nombre d'yeux curieux se posèrent sur elle. La plupart emplis de crainte… ou de haine. Inutile de s'en formaliser. Qu'ils la détestent autant qu'ils le souhaitent ! Tant que les Scots la gardaient en vie, elle ne perdrait pas espoir. Erik finirait par venir, ou elle le rejoindrait avant, par ses propres moyens. Hors de question d'abandonner !

La voix rocailleuse de Liam l'extirpa de ses pensées.

— Par ici, la guida-t-il.

Depuis qu'ils avaient quitté la geôle, il ne s'était pas une seule fois retourné vers elle. Il n'appréciait pas de l'escorter… comme elle-même n'était pas heureuse de le suivre ! Où entendait-il la conduire ? Ces Scots étaient cruels, et capables de tout ! Peut-être voulaient-ils l'exécuter devant leur peuple amassé qui se délecterait du sinistre spectacle ? Elle ne les laisserait pas faire ! Se débattant soudain, elle se retourna vivement et d'un coup d'épaule écarta le soldat le plus proche de son chemin. Elle se baissa *in extremis* pour échapper à la poigne de l'autre et s'enfuit sous les jurons de ses geôliers. Malheureusement, à cause des chaînes, elle claudiquait plus qu'elle ne courait et n'alla pas bien loin. S'emmêlant les pieds, elle perdit l'équilibre puis s'étala brutalement. Face contre terre.

Malédiction ! Elle avait échoué et juste réussi à s'humilier, une fois de plus ! La rage et la honte lui firent monter les larmes aux yeux. Des mains fermes la relevèrent : celles de Liam. Soudain, elle se retrouva nez à nez avec lui, et son cœur s'emballa. Leurs visages étaient si proches que leurs souffles et les volutes qu'ils dégageaient se mêlaient dans le froid hivernal. Les iris de Liam étaient un puits insondable, où une myriade de couleurs vertes tourbillonnait.

— Tu ne t'es pas fait mal ? s'enquit-il.

— Comme si cela t'importait !

— Mordiable, femme, bien sûr que… Ne recommence pas. Tu risquerais juste de te blesser.

— Et, pourtant, je ne renoncerai pas. Puisque de toute manière, vous comptez me tuer !

De la surprise se peignit sur son visage, puis il se para d'un masque de froideur.

— Cela ne dépendra que de toi. Avance, à présent. Nous sommes attendus.

Il n'ajouta rien de plus, et elle fut obligée cette fois encore de le suivre, escortée de plus près par les deux soldats qui les avaient rejoints. Intérieurement, elle enrageait, mais feindre la docilité était pour le moment l'unique choix qu'il lui restait.

Ils passèrent une haute porte en chêne, pénétrèrent dans le château pour se retrouver dans un hall immense. Bien plus vaste à lui seul que sa demeure ! Suivirent des couloirs éclairés de torches flamboyantes, un escalier aux marches de pierre grise, et une salle gigantesque. Solveig était impressionnée, malgré elle, par la magnificence des lieux. Mais il y régnait une chaleur presque étouffante, comme elle n'en avait guère l'habitude dans son propre foyer. Un grand feu crépitait au cœur de l'âtre d'une énorme cheminée, nourri par deux serviteurs qui y engouffraient de grosses bûches. De longues tentures et tapisseries étaient dressées aux murs. Elles représentaient des scènes se rapportant certainement aux exploits du clan MacCann. Il y avait des armes, également : haches, arcs et épées. Des boucliers ornementés, aussi. Si seulement elle parvenait à s'en emparer ! Et ensuite ?

Ne te précipite pas, Solveig. Sois moins impulsive et aussi rusée que Loki, si tu veux espérer survivre…

Il y avait beaucoup de va-et-vient, ici. Comme si cette pièce représentait le cœur du château de Dunaildinn et y concentrait nombre d'activités. Elle repéra plusieurs portes, et plus loin, deux escaliers qui menaient à l'étage supérieur. Cela également était nouveau, pour elle. Les maisons de son clan étaient toutes de plain-pied, et en longueur. Ici, le plafond était tellement haut qu'elle se faisait mal au cou en levant la tête pour l'admirer. Le sol était recouvert de tapis de joncs qui étouffaient le bruit des pas. On la poussa en avant. Perdait-elle trop de temps dans sa contemplation au goût de ses geôliers ? Feignant la capitulation, elle reprit sa marche pour rejoindre Liam qui continuait à traverser la salle vers l'estrade, au fond de celle-ci. Impossible de manquer les regards langoureux que les servantes lui lançaient, bien que lui paraisse les ignorer, ou s'en moquer. Ils franchirent l'une des portes et débouchèrent finalement dans une pièce plus petite, où les fenêtres laissaient pleinement entrer la lumière extérieure. Là aussi, une cheminée emplissait les lieux d'une intense chaleur. Des femmes bavardaient, autour de métiers à tisser. Toutes se figèrent à leur arrivée. Parmi elles se trouvait Caitrinn ! Un large sourire se peignit sur son visage, mais lorsqu'elle voulut se lever, une femme austère l'arrêta aussitôt. Celle-ci portait une robe longue, ajustée sur sa taille fine. Ses cheveux châtains striés de gris étaient sévèrement tirés en arrière, en une natte qui descendait jusqu'au creux de ses reins. Ses yeux presque dorés exprimaient autorité et… méfiance. Elle n'en avança pas moins vers eux avec assurance et détailla Solveig de la tête aux pieds, d'un air écœuré et méprisant.

— Ainsi, c'est… la Danoise, dont Caitrinn ne cesse de nous rebattre les oreilles.

— Si fait, milady, confirma Liam.

À son ton, il ne semblait guère l'apprécier. Était-ce la dame du château ? L'épouse du chef, qu'ils appelaient *laird ?*

Caitrinn, cette fois, se redressa.

— Elle se nomme Solveig et elle n'est pas danoise, elle…

— Silence ! lui intima la femme. Seigneur tout-puissant, comment le *laird* espère-t-il que nous pourrons en faire une bonne chrétienne ? C'est peine perdue ! Regardez-la ! Elle est à moitié nue et elle empeste ! Comme une bête sauvage !

— Après un bain, Lady Saoirse, elle vous semblera plus humaine, répliqua sèchement Liam.

Solveig était stupéfaite. Avait-elle bien compris ? Ils entendaient faire d'elle une chrétienne ? Ils s'imaginaient pouvoir en faire une des leurs ! Elle en aurait ri si la situation n'était pas aussi grave. Ainsi, elle ne serait pas torturée, ou même prise de force par l'un ou l'autre de ces couards ! Retenir son soulagement et le sourire qui pointait sur ses lèvres était difficile.

— Dès demain, vous la chargerez de corvées à accomplir, tout comme les autres servantes, ajouta Liam.

Le visage de Lady Saoirse se décomposa.

— Comment ? C'est une plaisanterie !

— Certes non. Elle gagnera sa pitance, comme nous tous, et j'attends que vous la traitiez correctement. Du moins, autant que les autres.

Lady Saoirse leva un instant les yeux au ciel, comme pour le prendre à témoin, puis les reporta, dédaigneusement, sur Solveig.

— Comprend-elle au moins notre langue ?

— Oui. Je la comprends.

— Quelle effrontée ! s'offusqua Lady Saoirse. Et quel accent épouvantable ! Que Dieu nous protège, s'exclama-t-elle ensuite en effectuant un drôle de geste sur sa poitrine, comme si elle cherchait à y dessiner une croix. Eh bien, qu'il soit fait comme le *laird* l'exige, même si cela me déplaît fortement. Permettre à une misérable Scandinave de vivre avec nous, quelle folie est-ce là ! Sa place est dans un cachot, ou dans la fange, avec les bêtes ! On n'autorise pas un loup à vivre dans une bergerie !

Les mains nouées dans son dos, Liam fit un pas vers elle et baissa la tête pour planter son implacable regard dans le sien. Même Solveig pouvait sentir la tension, palpable, qui s'installait entre eux.

— Ainsi, selon vous, Lady Saoirse, nous serions aussi faibles que des moutons ?

— Certes non, mais les Vikings sont vils et monstrueux. Ce sont des démons, sans âmes, qui ne connaissent aucunement la miséricorde ! Il sera impossible de…

— Entendriez-vous contester les ordres de notre *laird ?*

— Oh ! par pitié, Liam, nul n'ignore que c'est vous qui l'avez convaincu de cette ignominie, alors qu'on aurait dû laisser Cullen ou un autre s'occuper de la…

— Réfléchissez bien aux prochains mots que vous prononcerez, milady. Je doute que vous souhaitiez faire de moi votre ennemi.

Lady Saoirse, livide, finit par détourner les yeux, consciente sans aucun doute de la menace qui pesait sur elle. Elle s'écarta vivement de lui, comme si elle craignait de brûler sous l'incandescence de son regard.

— Fort bien, s'exclama-t-elle. Qu'on lui prépare donc un bain, pour commencer ! Mais je vous assure, Liam, que ni mes servantes ni moi n'apprécions cela.

— Ce n'est pas ce que l'on vous demande, milady. Et ni vous ni ces filles ne risquez le moindre danger. Imaginez-vous que je ne me préoccupe pas du bien-être de ma propre sœur, ou de n'importe quel autre membre du clan ? Sachez que j'escorterai personnellement la prisonnière, afin que vous n'ayez pas à vous soucier de votre sécurité.

Solveig tourna la tête vers lui. La nouvelle ne paraissait guère l'enchanter… pas plus qu'à elle ! Comment trouver le moyen d'échapper aux Scots si on l'espionnait sans cesse ! Si Liam, qui semblait aguerri, plus grand et plus fort que la majorité des Scots qu'elle avait croisés, la surveillait de près ! Elle retint avec peine un juron. Qu'avait-elle imaginé ? Que ses geôliers lui accorderaient leur confiance ? À leur place, elle aurait fait la même chose.

Du moins, en ce qui concernait la garde rapprochée.

Car la tournure que prenaient les événements la stupéfiait. Les Scandinaves savaient s'adapter, commercer et vivre auprès d'autres peuples, même avec eux, mais… la considérer comme une servante, égale aux autres, alors qu'elle n'était qu'une captive ? Pourquoi ne pas faire d'elle une simple esclave ? Ces Scots étaient des imbéciles ! Elle ne les comprenait pas, mais tant mieux pour elle. Elle ne serait plus emprisonnée dans une geôle sordide et trouverait le moyen d'en tirer parti. À ces pensées, elle ne put réprimer une ombre de sourire. Elle entrevoyait enfin une lueur d'espoir. Les dieux veillaient sur elle, assurément ! Ils appréciaient certainement qu'elle ne se résigne point à son sort.

Lady Saoirse exhala un long soupir.

— Que notre seigneur tout-puissant vous entende, Liam. Je n'ai pas plus confiance en cette femme qu'en une vipère.

Et tu fais bien de te méfier, songea Solveig, plus déterminée que jamais, convaincue que si l'une des deux devait être comparée à une vipère, ce serait plutôt la revêche Lady Saoirse.

Liam acquiesça, visiblement satisfait. Son regard croisa celui de Solveig, qui tressaillit sous sa brûlante intensité. Cela cessa dès qu'il se détourna d'elle, si vivement qu'elle eut l'impression que le simple fait de poser les yeux sur elle le déstabilisait, lui aussi. Se faisait-elle des idées ? Difficile de l'avouer, la possibilité qu'il la trouve à son goût lui plaisait. Elle chassa rapidement cette pensée, car bientôt, elle saisirait sa chance et retrouverait la liberté. Rien ni personne ne la détournerait de son objectif.

Pas même Liam MacCann, aussi troublant soit-il…

Chapitre 8

Solveig fut conduite dans une pièce à la décoration et aux dimensions modestes, où un baquet en bois l'attendait. Caitrinn lui expliqua que l'on tirait l'eau directement du puits, dans la cour, et qu'il fallait être patient si on la voulait à une température agréable, puisqu'elle devait d'abord être chauffée dans le foyer, situé au centre du mur du fond de la salle. Ici aussi, comme dans les autres pièces que Solveig avait visitées, la chaleur était prégnante.

— Ne vous ennuyez point pour moi, répondit-elle, touchée au fond de cette attention. Je suis habituée à me laver dans l'eau froide des ruisseaux.

En réalité, l'idée d'un bain chaud lui plaisait grandement, mais jamais elle n'en aurait fait part à ses ennemis qui guettaient la moindre de ses réactions, cherchaient à déceler la moindre de ses faiblesses, pour ensuite s'en servir contre elle.

Lady Saoirse, particulièrement, l'observait comme si elle était un animal sauvage, imprévisible et dangereux, qui n'attendait que l'opportunité de lui sauter dessus pour la déchiqueter de ses crocs. L'idée était amusante, même si Solveig n'accomplirait jamais pareille chose, pas plus qu'aucun Scandinave sain d'esprit. Décidément, les Scots avaient une image faussée de son peuple.

Lady Saoirse secoua dédaigneusement la main.

— Qu'elle s'assoie ici et ôte ses… vêtements. Mieux vaut ensuite les brûler et lui en donner de nouveaux, pour se prémunir de la vermine.

Solveig retint l'insulte qui menaçait de franchir ses lèvres. Si vermine il y avait, c'était uniquement dû aux terribles conditions de son emprisonnement ! Pendant qu'on enlevait les anneaux de métal à ses chevilles – qui lui seraient remis juste après le bain, lui assura-t-on –, elle parvint à garder son calme et ses pensées profondes pour elle. Feignant cette fois encore la docilité, elle se dévêtit puis déposa sa tenue et ses bottes dans le panier qu'on lui tendait. Aussitôt, sans qu'elle ne puisse l'empêcher et comme Lady Saoirse l'avait ordonné, ils furent jetés dans l'antre flamboyant de la cheminée.

Solveig serra les dents, consciente que réagir de la manière qu'elle imaginait ne ferait que lui porter préjudice, et qu'elle ne pouvait se permettre d'être enfermée de nouveau. Mais elle foudroya Lady Saoirse du regard, et celle-ci comprit le message en lui retournant l'amabilité.

Pendant ce temps, de jeunes servantes remplissaient le baquet d'eau fumante. Être nue face à des femmes ne dérangeait pas Solveig, elle en avait l'habitude pour se baigner souvent avec d'autres filles de son clan, mais la présence de Liam, sur le seuil, était embarrassante. Heureusement, il veillait à rester de dos et ne lui avait pas jeté un regard depuis qu'elle avait commencé à se dévêtir.

— Dans le bain, à présent, clama Lady Saoirse. Et frottez bien, mesdemoiselles, cette Danoise a tant de crasse sur elle que vous ne devrez pas manquer d'ardeur pour l'en débarrasser !

— Je ne suis pas danoise, répliqua Solveig. Mais norvégienne.

— Peu me chaut ce que tu es ou n'es point ! Allons, au travail, jeunes filles !

Deux servantes, plus Caitrinn, s'avancèrent vers Solveig, qui les arrêta d'un geste.

— Merci, mais je n'ai pas besoin d'aide. J'ai l'habitude de me laver seule, et certainement pas en présence d'un homme.

Puisque Liam semblait réticent à la regarder, autant en profiter pour tenter de l'éloigner encore davantage ! Toujours de dos, il soupira en secouant la tête.

— Bien essayé, mais je ne bougerai pas. Hors de question de te laisser sans surveillance, même pour un instant.

— Regarde-moi, dans ce cas, Scot. N'as-tu pas reçu l'ordre de ne pas me quitter des yeux ? Ou craindrais-tu ce que tu pourrais contempler ?

Le provoquer n'était sans doute pas la meilleure des idées, mais elle n'avait pu s'en empêcher. Elle était curieuse : serait-il troublé face à sa nudité ? Oserait-il se retourner ?

Il osa. Et il ne se gêna pas pour la regarder ostensiblement des pieds à la tête ! Le fait qu'il n'exprime aucune réaction notable, qu'aucun de ses traits ne tressaille à sa vue était une grande déception et quelque peu vexant, mais guère surprenant : elle ne pouvait réellement l'attirer. Elle n'était pour lui qu'une sauvage pouilleuse, tout comme il n'était rien d'autre pour elle qu'un misérable Scot sans intérêt.

Tu te mens à toi-même, Solveig, lui murmura une insidieuse petite voix. *Si toi tu ne lui plais pas, lui, en revanche…*

Elle fronça les sourcils, furieuse contre cette voix et contre elle-même. Pourquoi l'opinion de cet homme à son sujet lui importait-elle ? Qu'en avait-elle à faire, qu'il la trouve ou non à son goût ?

Il se détourna, et elle s'en sentit à la fois soulagée et contrariée. *Ne te préoccupe plus de lui*, s'intima-t-elle, *et concentre-toi sur ton évasion !*

Elle se glissa dans le bain. L'eau était délicieuse. Avec un sourire, elle s'immergea jusqu'au cou, et comprit alors seulement à quel point ses muscles étaient tendus, noués, meurtris. Les blessures infligées par Erling la tiraillaient toujours, et l'épreuve de sa captivité n'avait rien arrangé. À présent, elle soupirait d'aise, ignorant les regards portés sur elle. Hormis Caitrinn, tous ici la haïssaient, la redoutaient. Non sans raison. Beaucoup parmi son peuple pillaient et attaquaient les Scots, les Saxons ou encore les Francs depuis si longtemps… Mais ce n'était point par plaisir ou amour de la violence, du moins pour la plupart. La vie était difficile pour nombre de Scandinaves, et chacun cherchait richesses, nourriture et terres fertiles pour les siens. Que ce soit par le commerce ou les batailles, ils s'étaient progressivement imposés dans de nouveaux territoires où ils entendaient bien prospérer. Comme les autres peuples, qui luttaient entre eux depuis toujours pour les mêmes raisons, bien avant l'arrivée des Scandinaves. Rien de plus normal que de…

Une main douce frotta ses épaules, l'extirpant de ses rêveries. Elle ouvrit les yeux, sur la défensive puis s'apaisa rapidement. Ce n'était que Caitrinn, qui lui adressait un sourire.

— Je vais vous aider à vous savonner, expliqua-t-elle, enjoignant le geste à la parole.

— Tu n'as pas à faire cela, Caitrinn.

— Je le sais, mais je le souhaite.

— Merci, dans ce cas. Au moins n'as-tu pas peur de moi.

— Peur ? Quelle sottise ! Nous sommes amies, Solveig, et les amies prennent soin les unes des autres.

Freyja la douce ! Caitrinn était si pleine de confiance, si innocente et si bonne ! Amies, avait-elle dit ! Comment pouvait-elle la considérer ainsi ? Certes, Solveig était intervenue pour l'écarter des sales pattes d'Erling, mais elles se connaissaient à peine, et si Caitrinn devinait ne serait-ce qu'une once de ses pensées véritables, la pauvre en serait horrifiée. Solveig appréciait réellement

Caitrinn. Sa déclaration sincère l'avait profondément touchée, et trahir sa confiance lui répugnait. Elle serait pourtant obligée de s'y résoudre. Son avenir en dépendait…

Les poings crispés contre ses cuisses, Liam fulminait. S'il ne pouvait plus voir ce qu'il se passait dans son dos, il entendait parfaitement les voix des femmes – les murmures réprobateurs et inquiets de Lady Saoirse et de ses servantes, tout comme les exclamations, plus joyeuses et aimables, de Caitrinn et de Solveig. Résister à son envie de plus en plus violente de se retourner et d'admirer plus avant le corps nu de la prisonnière tiraillait ses entrailles. Si seulement il ne s'était pas tant attardé, lorsqu'il s'y était risqué ! Elle l'avait provoqué, et il avait cédé, l'imbécile ! Un simple coup d'œil avait suffi à le bouleverser. Seigneur, que lui arrivait-il, à avoir tant de peine à se contrôler face à cette femme ? Sa peau qu'il devinait de velours, sa poitrine ronde et pleine, et le reste, ensuite… son corps tout entier n'était que perfection, le plus splendide qu'il lui fut donné de contempler. Il lui avait fallu faire appel à toute la puissance de sa volonté pour ne rien montrer du désir impétueux qui l'avait enflammé !

Qu'avait-elle de si différent, pour qu'elle le trouble plus qu'aucune autre avant elle ? Une *Ban druih*[1], voilà ce qu'elle était. Elle l'avait ensorcelé ! Même Caitrinn était tombée sous son charme, et lui accordait, semblait-il, une confiance aveugle ! L'étrangère était rusée, à n'en point douter. Sa docilité était feinte, elle les tuerait tous si elle le pouvait. Pourtant, elle avait porté secours à Caitrinn, alors que rien ne l'y obligeait…

Un long soupir lui échappa. Aller trouver son oncle avec Caitrinn, pour plaider la cause de la captive, avait-il été une si bonne idée ?

1. Sorcière, ensorceleuse.

Liam avait avancé qu'elle avait fait preuve d'un grand courage, et que s'ils souhaitaient lui extirper de précieuses informations, user de brutalité n'était sans doute pas la meilleure des solutions. Ils devaient, avant de la soumettre à de telles extrémités, user de subtilité : « Traitons-la correctement, mon oncle. Laissons-lui croire que nous lui accordons quelque confiance, tout en la surveillant de près, avait-il proposé. Qu'elle pense être considérée comme l'une des notres, qu'elle se sente suffisamment redevable pour nous révéler ses secrets. Mais si en dépit de cela, elle s'y refuse toujours, il sera alors temps de passer à de plus… désagréables méthodes. » La dette concernant son acte de bravoure envers Caitrinn serait en tous les cas remboursée, considérait Liam, puisqu'il lui aurait donné sa chance. D'une manière ou d'une autre, elle parlerait. À elle de faire son choix !

Sans croire véritablement au départ que son oncle l'écouterait, il se devait d'essayer. Pour Caitrinn. À son grand étonnement, le *laird* y avait sérieusement réfléchi, pour finalement approuver, à condition que Solveig cède avant la prochaine lune. Dans le cas contraire… Quoi qu'il advienne ensuite, Liam eut du moins la satisfaction de voir le visage de la fière Lady Saoirse se décomposer de rage et de stupeur. Cette femme n'était pas foncièrement mauvaise, mais elle n'en était pas miséricordieuse pour autant. Tout cela, en fait, dépendait de la personne qui se trouvait en face d'elle. Longtemps, elle avait été la maîtresse préférée du *laird*, mais l'âge venant et sa beauté se fanant, de plus jeunes et plus fougueuses l'avaient remplacée dans son lit. Néanmoins, elle gardait une place d'importance au château, en particulier depuis le décès de l'épouse du *laird*, et entendait bien la conserver jusqu'à son dernier souffle. Elle n'avait jamais beaucoup apprécié Liam, et ce sentiment était réciproque. Mais elle s'était cependant entichée de Caitrinn, qui, de son côté, n'avait jamais voulu voir que le bon en l'acariâtre Lady Saoirse.

Décidément !

Sa sœur semblait attirée par les causes perdues, et son cœur pur finirait hélas par en être brisé. Contrairement à elle, il ne ferait jamais confiance à une Viking. Encore moins à celle-ci ! Par sa beauté et son courage, elle avait le don d'enflammer tous ses sens, et cela l'inquiétait tout aussi sûrement qu'il en était déconcerté. L'escorter constamment ou presque, comme il s'y était engagé, était sans doute une erreur, mais il n'imaginait aucun autre que lui assigné à cette mission essentielle.

Dans son dos, elle s'esclaffa, son rire se mêlant à celui de Caitrinn. Cela suffit à faire battre son cœur plus fort. Il grommela, se le reprochant. Sans aucun doute, cette barbare était l'incarnation absolue de la tentation. Hors de question pour lui d'y succomber, au risque de tout perdre…

Chapitre 9

Lady Saoirse n'accordait aucun répit à Solveig. Cette dernière travaillait sans relâche de l'aube au crépuscule, voire plus tard encore, parfois. Aucune basse corvée ne lui était épargnée, mais elle ne se plaignait jamais. Quoi de plus normal qu'on la traite comme une esclave, elle dont le peuple réduisait ses captifs à la servitude… Peu lui importait la fatigue, car tout valait mieux que d'être emprisonnée de nouveau, à respirer l'air vicié de cette cellule humide.

Occupée à nettoyer avec d'autres serviteurs les tables de la grande salle de réception, au deuxième étage du donjon, Solveig n'avait pour le moment de réelle liberté que par le cours de ses pensées. Songer à ce qu'elle avait perdu ne la rendait que plus malheureuse et ne l'aidait en rien. Si seulement elle pouvait être débarrassée de ces maudites chaînes ! Elles ne faisaient que la gêner, et leur cliquettement, au moindre de ses pas, l'exaspérait chaque jour davantage. Les chiffons qu'elle avait insérés entre les fers empêchaient heureusement que le frottement la blesse, en plus de cela. Une idée de Caitrinn, qu'elle se félicitait d'avoir suivie. En dehors de la gentillesse de la jeune fille, on la traitait au mieux avec détachement, au pire avec mépris ou défiance. Cela l'indifférait, car bientôt, elle serait loin d'ici.

Du moins, voulait-elle s'en persuader.

Hélas, elle était toujours surveillée de près. Depuis une semaine qu'elle avait quitté sa geôle, elle n'avait entrevu aucune véritable occasion de s'enfuir. Chaque instant, excepté la nuit où elle était enfermée dans une chambre, seule, car ils craignaient assurément qu'elle n'assaille les servantes pendant leur sommeil, elle sentait un regard porté sur elle. Celui de Liam MacCann, tout particulièrement. Son attention n'avait cependant rien à voir avec celle des autres Scots. Lui, il la contemplait… vraiment. Avec une intensité si soutenue que les joues de Solveig s'empourpraient et son cœur s'emballait. Plus déconcertant encore pour elle, Liam semblait tout aussi troublé. De la passion, du désir, se lisait dans ses yeux verts. À n'en point douter, elle attirait cet homme, attisait sa convoitise sans le vouloir et, ce sentiment, elle le partageait ! Dès que Liam l'approchait, une multitude de sensations s'emparait d'elle. En dépit de ses efforts pour se convaincre du contraire, elle ne pouvait s'empêcher de l'admirer. Sa stature virile, sa force, sa beauté farouche, sa douceur envers Caitrinn… S'il avait été scandinave, nul doute qu'elle aurait été très tentée de l'épouser. Mais il était scot, et cette attirance impérieuse qu'elle éprouvait devait être réprimée. Si seulement il n'envahissait pas autant ses pensées ! Si elle pouvait cesser de rêver de ses bras puissants autour d'elle, de sa bouche dévorant la sienne, de ses mains caressantes, de tout son être lui faisant connaître l'extase comme Sven n'avait jamais su le faire…

Se remémorer son amant d'un soir, des années plus tôt, l'emplit de nostalgie pour son pays. Sa terre. Son île. Où Erik l'imaginait morte, tuée par les Scots, alors qu'Erling était responsable de son sort. Ce misérable devait se gausser d'elle, fier de sa vilenie ! Ses poings se serrèrent.

Je te retrouverai, Erling, se jura-t-elle. *Je réclamerai justice. Je te vaincrai, je t'humilierai devant tous tes hommes, et je te reprendrai l'épée de mon père !*

Déterminée à ce que ce jour arrive, elle finit de nettoyer une table, réunit ses chiffons et quitta la grande salle à la suite des servantes. Sans le chercher, elle les laissa prendre un peu de distance. Ses pieds la faisaient souffrir, à force de travailler debout durant de longues heures, les chevilles entravées, mais par fierté elle refusait de rechigner. En voulant rattraper les autres, elle trébucha sur une anfractuosité entre les dalles de pierre du sol et manqua s'étaler de tout son long à terre… Au lieu de cela, elle se retrouva soutenue par une paire de bras solides. Elle releva la tête et retint son souffle. Liam ! Ses iris émeraude plongèrent dans les siens. Sa respiration devint aussi saccadée que la sienne. Imperceptiblement, il la ramena à lui, la serrant plus fort. Il lui transmettait sa chaleur. Son odeur musquée l'enveloppait tout autant que ses bras, la bouleversant d'autant plus.

— M… Merci, balbutia-t-elle.

— *Aye.* Mais tu devrais faire plus attention. J'ignorais que les Nordiques étaient si maladroites.

— Maudit Scot ! Je ne serais pas tombée si je n'étais pas enchaînée !

Elle gigota vivement pour l'obliger à la libérer. En réponse, il la souleva de terre pour la prendre dans ses bras ! Elle se retrouva pressée contre son torse solide, si choquée par son geste aussi soudain qu'inattendu… et les sensations que cela éveillait en elle, qu'elle ne pensa même pas à protester.

Quelqu'un d'autre s'en chargea à sa place.

— Liam MacCann ! Que faites-vous ?

Lady Saoirse, outrée et furibonde, venait à eux, accompagnée de deux de ses suivantes. Nullement impressionné, Liam la toisa de toute sa hauteur.

— Ce que je souhaite, et ce que je dois, Lady Saoirse. Cette fille est épuisée.

— Impossible. Elle est juste paresseuse. Sachez qu'elle travaille encore moins que les autres, et…

— Mensonges ! Elle en fait bien plus, au contraire ! Croyiez-vous que je n'en remarquerais rien ?

Un sourire mauvais s'étira sur le visage de Lady Saoirse.

— Oh ! pour la surveiller, vous vous en chargez à merveille. À l'évidence, vous prenez vos ordres comme un devoir sacré.

— Si fait, comme le *laird* l'exige.

— Non pas ! Il vous a certes ordonné de la garder, pas de la reluquer comme…

Liam la fit taire d'un regard noir.

— Un conseil : ne vous risquez pas sur ce chemin, et changez de ton quand vous vous adressez à moi. Je vous interdis tout autant, dorénavant, de traiter aussi durement la prisonnière. Ne m'obligez pas à me répéter.

Le visage de Lady Saoirse se tordait d'offuscation. Aucun son ne sortait plus de sa bouche autre qu'un hoquet nerveux. L'ignorant, Liam lui tourna le dos, Solveig toujours dans les bras. En quelques grandes enjambées, il lui fit gravir un escalier, longer un couloir, la portant jusqu'à la chambre qu'on lui avait octroyée.

Avec une délicatesse surprenante, il la déposa sur la paillasse.

— Terminées les corvées pour toi, aujourd'hui. Repose-toi.

Il sortit des clés de sa poche, entreprit de lui ôter les ceps. Ce faisant, la masse de ses cheveux cuivrés retombait sur les genoux de Solveig qui eut bien du mal à se retenir d'y glisser les doigts. Ce n'était rien face au frémissement de sa peau sous les mains qui effleuraient ses mollets, s'attardaient plus que nécessaire sur ses chevilles. Baissant lentement les yeux, elle se rendit compte avec regret que Liam ne cherchait pourtant pas à la caresser. Inconscient de l'émoi qu'il provoquait en elle, il examinait avec attention les marques laissées par les fers sur sa chair, en dépit de la protection des chiffons.

— Je vais demander qu'on te porte un onguent, murmura-t-il. Et je veillerai aussi à ce que Lady Saoirse se comporte mieux avec toi.

— Pourquoi ? Je ne suis qu'une captive. Une barbare venue du Nord, que tu devrais haïr. Au lieu de cela…

Il releva la tête, plongeant son envoûtant regard dans le sien.

— Je ne te hais pas. J'espère que lorsque tu auras compris que nous ne sommes ni cruels ni monstrueux, tu accepteras de m'aider à protéger mon peuple.

Son cœur manqua un battement. Ainsi, voilà l'unique raison de sa bienveillance ! Il cherchait à l'amadouer, rien d'autre ! Elle qui avait imaginé qu'il éprouvait… Quelle idiote ! Elle se raidit, et il le sentit, car il soupira longuement avant de se redresser.

— Caitrinn viendra plus tard avec l'onguent, assura-t-il. N'essaie pas de sortir de la chambre, deux gardes se tiennent derrière la porte, et nous sommes trop en hauteur pour que tu puisses sauter par la fenêtre sans te rompre le cou.

— Comment l'ignorer, Scot ? Tu me le signifies chaque soir que tu m'enfermes ici !

— Ton sort reste bien plus enviable que celui que les tiens réservent à leurs prisonniers. Ne l'oublie pas.

Sur ce, il quitta la pièce, l'abandonnant aux sentiments conflictuels qui l'assaillaient.

Cette nuit-là, le sommeil de Solveig fut perturbé de songes évocateurs et torrides, avant de se terminer en cauchemars : Liam MacCann lui faisait passionnément l'amour, avant de l'abandonner dans une prison sordide… Quand il ne la conduisait pas lui-même au gibet ! Elle passait du bonheur le plus complet à l'horreur la plus totale et ne cessait de se retourner entre les draps de lin, le corps couvert de sueur. Lorsqu'elle ouvrit brusquement les yeux, elle ne sut si elle rêvait encore ou était réveillée : vautré dans un fauteuil en face du lit, Liam MacCann la fixait de son regard perçant. Les rayons du soleil naissant filtraient par les lourdes tentures écarlates à la fenêtre, caressaient chacun de ses traits sévères… et si terriblement virils. Depuis combien de temps se trouvait-il ici ? Comment ne l'avait-elle pas entendu entrer ?

— Bonjour, Solveig.

L'entendre prononcer son nom de sa voix rauque et sensuelle la fit délicieusement frissonner, sans effacer sa stupeur de le savoir là !

— Que fais-tu ici, Scot ?

Il grimaça.

— Pourrais-tu cesser de m'appeler Scot à tout bout de champ ? Mon nom est Liam.

— Liam MacCann. Oui. Je ne le sais que trop bien.

— Parfait. Utilise-le donc dès à présent, je te prie.

— Tu me… pries ?

— C'est cela. J'aimerais que tu renonces à me voir en ennemi, Solveig.

Elle fronça les sourcils, suspicieuse. Un homme qui se faufilait dans la chambre d'une femme, la nuit, cela ne pouvait signifier qu'une chose… À moins qu'il ne cherche qu'à endormir sa méfiance naturelle, à la rendre plus malléable, soumise à sa volonté.

— Mais tu es mon ennemi, Liam MacCann.

— Liam, cela suffira.

— Très bien. Liam. Je le répète : nous sommes ennemis. Je suis prisonnière de ton peuple et retenue dans ces murs contre mon gré. Comment espères-tu que je te considère, dans ces conditions ? Aurais-tu perdu l'esprit ?

Ou bien rêvait-elle encore, à l'évidence ! Tout ceci était trop étrange. Sans doute s'imaginait-elle que Liam était ici ! Le malicieux Loki s'amusait-il à la duper ? Elle devait en avoir le cœur net. Elle se redressa, tendant la main.

— Que fais-tu ?

— Je veux te toucher.

Elle comprit instantanément que ses mots pouvaient prêter à confusion, car les yeux de Liam étincelèrent, et un sourire se dessina aux commissures de ses lèvres.

— Fais donc, dans ce cas, concéda-t-il.

Elle effleura son épaule, puis sans pouvoir s'en empêcher, glissa la main sur sa joue. Sa peau était chaude, rugueuse, réelle. Bien trop ! En proie à des vagues de sensations, elle déglutit avec difficulté. Comme il était compliqué de lutter contre l'impérieux besoin de caresser davantage que son visage ! Si Liam ne se dérobait pas, l'éclat dans ses prunelles se faisait brasier. Sous les doigts de Solveig, il tressaillait. Elle ne put s'empêcher d'admirer ses traits magnifiques… et son instinct se mêlant à ses pulsions, de chercher à percer son armure, à trouver la moindre faille dont elle pourrait se servir contre lui. Hélas, son seul point faible semblait être Caitrinn, et elle se refusait à risquer de blesser l'innocente jeune fille, même pour parvenir à ses fins.

Soudain, il se saisit de son poignet et l'écarta de lui, comme si son contact menaçait de l'embraser tout entier… ou le dégoûtait.

À présent, elle en était certaine : elle ne rêvait pas. Liam était bien là, avec elle, et son rejet l'avait ramenée à la rude réalité. Elle le toisa avec suffisance.

— M'espionner tout le jour ne te suffit plus ? Ou prends-tu du plaisir à regarder les femmes dormir, avant de les rejoindre dans leur lit, même lorsqu'elles ne le souhaitent pas ?

Cette perspective, en vérité, ne l'effrayait aucunement, alors qu'il aurait dû en être tout le contraire ! L'expression de Liam se durcit.

— Ce n'est guère dans mes habitudes, comme il ne l'est point d'obliger quiconque à se soumettre à mes désirs.

— Même une captive ?

— Même une captive.

Sa réponse était troublante et surprenante. Rares étaient les hommes, à sa connaissance, qui ne profitaient pas de leurs esclaves comme ils l'entendaient.

Elle s'installa sur le rebord du lit, s'entoura les épaules d'une couverture.

— Alors, pour quelle raison es-tu venu ?

— Pour m'assurer que tu dormais convenablement, que tu puisses recouvrer tes forces.

Ce nouvel aveu la prit de court, et elle ne sut comment réagir. De plus, Liam avait retrouvé son expression froide et implacable. Que lui cachait-il ?

— Je crois surtout que tu craignais que je ne trouve le moyen de m'enfuir.

— Peut-être. Ou peut-être t'ai-je simplement énoncé la vérité.

Elle le dévisageait, suspicieuse. Se préoccupait-il sincèrement d'elle ? Impossible. Cette fois encore, il essayait de la fourvoyer, pour mieux obtenir d'elle ce qu'il souhaitait, comme son *laird* le lui avait ordonné. Une mission, un défi à relever, voilà ce qu'elle représentait pour lui !

— Peu importe. Je n'ai pas besoin de toi ou de quiconque pour veiller sur moi. Je ne suis plus une enfant.

— À l'évidence. Tu es une femme, et je…

À cet instant, on frappa à la porte. Comme à regret, Liam se détourna de Solveig et se leva pour ouvrir. Caitrinn, chargée d'un plateau de victuailles, fit son entrée.

— Oh ! merveilleux ! Vous êtes réveillés !

Nullement surprise de découvrir son frère dans la chambre, elle posa son fardeau sur la table puis vint à Liam qui l'accueillit chaleureusement. Leur tendresse mutuelle toucha Solveig. Quand pourrait-elle enlacer Erik de la sorte ? Que faisait-il, en cet instant ? La douleur de penser qu'elle ne le reverrait peut-être jamais balaya tout le reste.

— Solveig ? Tout va bien ?

— Oui, Caitrinn, je… je songeais juste à… mon village.

— Et où se trouve-t-il, ce village ?

— Liam ! s'emporta Caitrinn. Tu vois bien qu'elle est bouleversée !

— Et alors ? Cela l'empêche-t-il de me répondre ?

— Certes non, mais…

— Nous sommes donc d'accord. Solveig, j'aimerais en découvrir davantage sur l'endroit d'où tu viens.

— Il y fait froid et la vie y est rude.

— Mais encore ?

Sa réponse ne l'avait évidemment pas comblé. Solveig soupira. Voilà qu'il redevenait curieux et insistant. Ce qu'il souhaitait réellement apprendre d'elle, elle ne pouvait le lui donner.

— Nous perdons notre temps, l'un comme l'autre, assura-t-elle avec aplomb. J'ignore tout des plans de conquête de mon *jarl*, comme de l'emplacement des éventuels campements vikings en Scotia. Alors, décide-toi, Liam MacCann : tue-moi, ou laisse-moi partir, parce que je ne te serai d'aucune utilité.

Il la fixait de son regard émeraude acéré, cherchait à lui extirper la moindre de ses pensées. Sa nervosité était palpable. Sa respiration se faisait plus profonde, plus saccadée. Se retenait-il de se jeter sur elle, de colère et de frustration ? Entendait-il la frapper ? Qu'il essaie, elle répliquerait ! Imperceptiblement, ses doigts se tendaient vers le plateau. Une arme dérisoire, mais si Liam se décidait à l'attaquer, elle l'utiliserait.

Au même moment, Caitrinn rompit le silence.

— Liam, je t'en prie. Elle dit la vérité.

— Nous verrons.

D'un geste brusque, il ouvrit la porte, grommela quelques mots aux deux soldats postés là puis disparut dans le couloir.

Chapitre 10

Obéissant aux injonctions de Liam qu'elle semblait craindre, Lady Saoirse traitait désormais Solveig plus justement. Du moins, pas aussi mal qu'auparavant. Toujours escortée de deux gardes, elle participait à la lessive, au ménage, à la cuisine et s'aventurait parfois dans la cour pour s'occuper des poules. En plus de profiter de l'air frais, s'activer dehors l'aidait à réfléchir… et à étudier les défenses ennemies. Hélas, le château de Dunaildinn était grand, solide et entouré de hautes murailles faites de bois et de pierres à leur base. Une véritable forteresse, comme elle n'en avait encore jamais vue ! De telles structures n'existaient pas, en Norvège, pas plus que sur l'île des Shetlands que son peuple avait colonisée. S'en échapper ne serait pas aisé. Caitrinn lui avait expliqué que le domaine du clan s'étendait au nord-ouest au-delà du *loch* que l'on apercevait des hauteurs, jusqu'aux montagnes lointaines. De l'autre côté, l'épaisse forêt leur appartenait aussi. Nombre de clans parmi les plus proches étaient leurs alliés, de confiance ou de circonstance, pour lutter contre leurs ennemis communs : les Vikings.

Partout les gens allaient et venaient. Des soldats en armes patrouillaient constamment en haut des murailles, gardaient la porte principale ou déambulaient en groupes de deux ou trois au milieu des villageois. Tous, même les enfants, semblaient nerveux, dans l'expectative d'une prochaine attaque. Ces gens la regardaient avec un mépris mêlé de crainte. Beaucoup devaient se demander pour quelle raison elle respirait encore. Par les bavardages de deux hommes, elle avait compris que, lors de l'assaut au village, les guerriers de deux clans scots s'étaient joints aux MacCann pour chasser les assaillants, mais ils étaient arrivés trop tard pour se venger d'eux. Tant mieux. Du moins était-elle assurée qu'Erik était en vie…

Les deux villageois s'étaient tus dès qu'ils s'étaient aperçus qu'elle les écoutait, avant de s'éloigner en jurant. Ils la détestaient, tout comme une bonne partie du clan MacCann. Ceux qui la redoutaient s'écartaient sur son passage aussi sûrement que si elle avait la peste. Mais le temps aidant, quelques-uns faisaient surtout preuve de curiosité à son égard, ou à l'image de Caitrinn, la traitaient avec bonté. À les observer, Solveig apprenait beaucoup. Ces gens n'étaient, finalement, pas très différents de ceux de son village. Ils travaillaient dur, pouvaient se montrer aussi cruels que bons, aussi stupides que malins. Beaucoup savaient se battre, mais aucun ne semblait aussi fort et aguerri que Liam. Elle ne l'avait pas revu depuis ce fameux matin où il avait quitté sa chambre, à l'aube, après y avoir passé la nuit sans la réveiller. Que serait-il arrivé si Caitrinn ne les avait pas interrompus ? Cette question la hantait, tout comme le fait qu'elle ne comprenait pas pourquoi Liam l'évitait depuis. N'avait-il point pour mission de la surveiller ? De lui extirper tous ses secrets ? Voire de la séduire pour y parvenir ?

Quoiqu'il en soit, quel destin lui réservaient les MacCann ? Caitrinn restait désespérément muette lorsqu'elle l'interrogeait. La pauvre paniquait alors, empourprée et bouleversée de ne pouvoir lui répondre. Rien d'étonnant à cela. Les Écossaises, et d'autant plus quand elles étaient aussi jeunes que Caitrinn, semblaient tenues à l'écart de la plupart des décisions prises par les hommes. Ce n'était finalement pas si différent de ce qu'elle connaissait, même si les Scandinaves étaient bien plus libres et écoutées que les femmes d'ici.

Imitant Caitrinn près d'elle, elle sortit d'un geste machinal des restes de sa besace pour les lancer aux poules qui, voraces, se jetèrent sur leur pitance. Elle s'apprêtait à recommencer, quand des cris s'élevèrent, attirant l'attention. Dans une cavalcade et au cœur d'un nuage de poussière, des cavaliers surgirent du pont en pierre pour pénétrer dans la cour. À leur tête, Solveig reconnut Liam. À son côté, le Scot qui l'avait malmenée. Il s'appelait Cullen, avait-elle appris depuis. Selon Caitrinn, il vouait une haine profonde aux Scandinaves, depuis que des Danois avaient violé puis assassiné sa pauvre femme. Impossible de le lui reprocher, même si Solveig et ceux de son clan n'étaient en rien responsables de cet acte horrible. Pourtant, à chaque fois qu'elle croisait son regard, elle comprenait qu'il n'hésiterait pas à lui trancher la gorge.

Liam sauta à bas de son cheval pour lancer des ordres à ses troupes puis se dirigea droit vers Caitrinn qu'il enlaça. À son air renfrogné, les nouvelles n'étaient pas bonnes.

— Que se passe-t-il, Liam ?

— Rien dont tu doives t'inquiéter.

Il mentait. Quelque chose de grave était arrivé. Comme pour le lui confirmer, il s'écarta de Caitrinn pour saisir le bras de Solveig.

— Toi et moi, nous devons parler.

Sans qu'elle puisse protester ou lui résister tant sa poigne était ferme, elle le suivit jusqu'à un coin reculé, entre deux bâtiments en bois et chaume. L'espace était si étroit que leurs corps se touchaient presque. Elle déglutit avec difficulté, troublée par cette promiscuité. Il plaqua ses mains de part et d'autre d'elle. Son souffle chaud courait sur son visage. Les pupilles flamboyantes, il esquissa un rictus qui exprimait à la fois sa colère et les efforts dont il devait faire preuve pour se contenir.

— Les Vikings ont attaqué un monastère, déclara-t-il. Cette fois, ils n'ont pas fait de prisonniers. Un véritable massacre. Seigneur tout-puissant… Quelle monstruosité ! Les moines ont été torturés puis tués si horriblement que…

Il se tut, submergé par l'effroi qui se ressentait jusque dans le frémissement de sa voix rocailleuse, dans le tremblement de ses bras. Solveig n'ignorait point la cruauté dont pouvaient faire preuve certains Vikings, parmi les plus sauvages et les plus impitoyables, et n'osait imaginer le terrifiant spectacle qui l'avait tellement ébranlé.

Touchée par sa détresse, elle effleura de ses doigts sa joue, comme elle l'avait fait précédemment, dans sa chambre. Cette fois encore, il tressaillit sans se dérober.

— Je suis navrée.

— Pas autant que moi, répliqua-t-il en s'écartant pour fouiller dans sa sacoche. Nous avons retrouvé ce bracelet, sur place. Le reconnais-tu ? Et par pitié, ne me mens point, ou je…

Il ne termina pas sa phrase, comme s'il redoutait de prononcer les mots qui lui brûlaient la langue. Elle se détourna de lui pour examiner le bijou. En bronze, il était orné d'une tête de sanglier à chaque extrémité.

— Non, je ne l'ai jamais vu auparavant. À l'évidence, il appartient à un guerrier. Peu aisé, mais certainement fort et brave, comme l'animal gravé dessus.

— Fort et brave ? Un couard, plutôt, pour s'en prendre lâchement à des gens incapables de se défendre et se délecter de leur souffrance !

— Certains usent d'herbes particulières, de potions ou de champignons pour… ne plus ressentir la douleur, et cela affecte leur esprit au cours de la bataille. Peut-être est-ce le cas, ici ? Ils ne se rendent pas toujours compte, alors, de ce qu'ils font, du moins le prétend-on. En tout cas, le porteur de ce bracelet doit être considéré par les siens comme un combattant de valeur, et il doit s'en vouloir de l'avoir perdu.

— Qu'il revienne donc le chercher, et je me ferai un plaisir de l'étouffer avec ! Es-tu certaine de ne rien savoir d'utile pour retrouver ces démons ?

Elle observa de nouveau le bracelet. Sa banalité ne lui apporterait aucune information de nature à satisfaire Liam.

— Je regrette.

Elle était sincère. Elle réclamerait également justice si les siens étaient aussi cruellement frappés que ces moines. Décidément, les combats et les pillages ne ressemblaient en rien aux récits qu'on lui avait décrits et à l'idée qu'elle s'en faisait. La réalité était terrifiante.

Liam la dévisageait avec intensité. Son torse puissant se soulevait au rythme de sa respiration saccadée. Ses yeux plongés dans les siens, il semblait chercher à déceler si elle lui disait ou non la vérité.

— Fort bien, déclara-t-il enfin. Je te crois et j'en ferai part à mon oncle, mais si jamais tu m'as menti, tu le paieras de ta vie. Me suis-je bien fait comprendre ?

— Je n'ai rien à craindre. Je t'ai dit tout ce que je savais.

Il soupira, comme de soulagement. À sa grande surprise, il se pencha sur elle. Leurs lèvres s'effleuraient presque, mais il se détourna et murmura, son souffle lui chatouillant l'oreille :

— Tout ira bien, dans ce cas. Pour toi et pour moi.

Sans un mot de plus, il l'agrippa de nouveau par le bras pour la reconduire dans la cour, où les attendaient Caitrinn et les deux gardes. À leurs visages interloqués, et à la chaleur envahissant ses joues, Solveig devina qu'elle était écarlate. Avait-elle vraiment imaginé qu'il s'apprêtait à l'embrasser ?

Elle se morigéna d'avoir eu terriblement envie qu'il le fasse.

Pourquoi se montrait-elle si faible ? Un simple regard, ou effleurement de sa part, et elle ne se reconnaissait plus !

Liam MacCann était dangereux. Pas seulement parce qu'il était fort et courageux. Il touchait son cœur d'une inexplicable manière qu'elle ne pouvait accepter. Assurément, elle devait le fuir.

Et le temps pressait.

Chapitre 11

— Cullen, je jure sur Dieu et tous ses saints que si tu clames une fois encore à qui veut l'entendre que la prisonnière doit périr, et que notre *laird* a perdu la tête en l'autorisant à vivre parmi nous, c'est toi qui finiras par perdre la tienne !

Liam était furieux. Furieux et décontenancé, devant la folie meurtrière qui s'emparait de son ami. Cullen et lui étaient liés depuis l'enfance. Ils s'étaient sauvés mutuellement à plus d'une occasion, et de bien des manières. Mais à présent, Liam ne le reconnaissait plus. Les yeux hagards et cernés, les traits tirés, les cheveux ébouriffés, amaigri, Cullen n'était plus que l'ombre de lui-même. Depuis la mort d'Adairia, il paraissait se rapprocher chaque jour un peu plus de la tombe. Comment l'aider à reprendre goût à la vie ? Si cela s'avérait possible…

Il posa une main sur l'épaule de Cullen qui ne se déroba pas mais semblait lutter contre des sentiments conflictuels.

— Tu ne comprends pas, Liam. L'image du corps supplicié d'Adairia ne me quitte pas. Elle me hante, me ronge. Chaque instant du jour et de la nuit. J'ignore si je trouverai quelque repos avant de l'avoir vengée.

— Ne te méprends pas, je comprends, au contraire, mais ne dirige pas ta haine envers la prisonnière. Elle ne doit pas payer pour un crime qu'elle n'a pas commis, et je te rappelle qu'elle a porté secours à Caitrinn qui risquait de subir le même sort que ta femme. Sans aucun doute serait-elle aussi intervenue, pour aider Adairia.

Cullen leva vers lui son regard tourmenté, puis il secoua la tête, exhala un long soupir.

— Tu as raison. Je sais bien que tu as raison, pourtant… mon impuissance me tue à petit feu, Liam.

— Bientôt, nous pourrons agir. Aie la foi, et avec l'aide de Dieu, nous retrouverons les monstres qui ont assassiné Adairia.

— *Aye*, je veux le croire. Les choses avancent, avec la captive ?

— À vrai dire, je fais mon possible pour gagner sa confiance, mais elle reste méfiante.

— Es-tu certain que c'est la meilleure solution ? Nous manquons de temps. Il faut la faire parler !

— Si la méthode douce ne fonctionne pas, eh bien, j'ai une autre idée qui pourrait réussir.

— Tant mieux, parce que je ne cesse de penser à ceux que les Vikings ont emmenés de force. Rien qu'à imaginer le sort qui leur est réservé, je n'en dors plus.

Les poings de Cullen se serrèrent. Ses épaules tremblèrent. La rage et la frustration le saisissaient de nouveau. Certes, dans les hautes terres de Scotia, les guerres, les pillages et les massacres n'avaient pas attendu les Vikings pour se produire, mais avec ces derniers arrivait une cruauté inédite. On prétendait qu'ils n'avaient pas d'âmes, et en vérité, ils agissaient comme de véritables démons ! Pourtant, l'instinct de Liam lui criait que Solveig était différente. Il n'avait rien décelé de mauvais, en elle. Caitrinn avait-elle raison, à son sujet ? Pourraient-ils faire d'elle une chrétienne ? Comme si cela importait. Pour le moment, l'essentiel était ailleurs. Retrouver les villageois enlevés, tout comme éradiquer de leurs terres la menace viking, une bonne fois pour toutes, restait une priorité.

— Souhaitons pour notre salut à tous que la captive dispose d'informations solides, et qu'elle les partage très vite avec nous, ajouta Cullen. Dans le cas contraire…

Il ne termina pas sa phrase, comme si parler lui était devenu difficile… ou qu'il préférait cacher le fond de ses pensées. Du moins paraissait-il plus calme, à présent. Bientôt, il patrouillerait avec d'autres sur les terres du clan, vers l'est, jusqu'au château des Mackinnon – des alliés dont les guerriers se mêleraient aux leurs pour plus d'efficacité. Liam espérait que cette mission aiderait Cullen à se reprendre.

S'il était très tenté d'accompagner son ami, il avait son propre objectif à atteindre. N'en était-il pas l'instigateur premier ? Si seulement Solveig ne le troublait pas si profondément, si elle ne bouleversait pas ses sens à chaque fois qu'il posait les yeux sur elle, qu'il l'effleurait… Plus il cherchait à la rassurer, voire à la séduire, plus il se retrouvait pris à son propre piège. Luttant âprement contre ce désir impérieux qui le tiraillait, il en venait à passer du chaud au froid avec elle, ce qui ne faisait que compliquer les choses ! En sa présence, il devenait presque maladroit, assailli de pulsions qui le déstabilisaient. Hors de question de s'abandonner à elles, de les laisser le submerger !

Tout autant que Cullen, il devait se changer les idées, se libérer de toute cette tension. Ils avaient l'un comme l'autre besoin, au moins pour un instant, d'occulter les pensées tourmentées qui les torturaient.

Et il savait exactement comment y parvenir…

Au même moment, Solveig travaillait aux cuisines. Du poignet, elle épongea son front moite de sueur. Bien qu'il fasse froid, à l'extérieur, elle mourait de chaud ici. Au-dessus d'un immense âtre flamboyant cuisaient d'énormes marmites d'où s'échappaient de délicieux fumets. Dans un autre foyer, de gros morceaux de viande embrochés rôtissaient. Des gouttes de graisse s'en échappaient, pour retomber dans les braises incandescentes en grésillant. Hommes et femmes s'affairaient de tous côtés, dans un joyeux chaos pourtant organisé. Chacun savait ce qu'il avait à faire et s'y employait avec efficacité. Solveig travaillait là depuis le matin, et ses bras commençaient à la tirailler d'avoir épluché légumes et racines, pétri la pâte à pain, aidé à nourrir le feu, porté des marmites si lourdes qu'il fallait s'y mettre à deux ou trois pour les soulever… Elle avait presque l'impression, parfois, d'être de retour dans la petite auberge de son oncle et de sa tante, d'autant plus que dans ces cuisines, on la regardait davantage avec curiosité qu'animosité. À force de partager du temps avec ces gens, elle en venait à les apprécier. Du moins, ceux qui osaient se rapprocher d'elle, comme la gironde et gaie Iona, ou la menue Edeen, au doux sourire. Ces deux-là étaient toujours en train de rire et de plaisanter, apportant joie et bonne humeur autour d'elles. De plus, semblables à Caitrinn, elles traitaient Solveig comme l'une des leurs. Impossible de ne pas en être émue, ou de ne point regretter que leurs peuples soient en conflit, alors qu'ils se ressemblaient sur tant de points.

Dans des circonstances différentes, elle aurait pu tout autant se rapprocher de Liam, au lieu de lutter constamment contre les sentiments qui grandissaient en elle à son égard. Erik et lui auraient aussi pu être amis. Hélas, si, à l'instant, ils se retrouvaient face à face, ils se combattraient jusqu'à la mort. Elle ne souhaitait le trépas ni de l'un ni de l'autre, même si Liam était son ennemi et que sa perte aurait dû l'indifférer. Pourtant, au fond d'elle, l'imaginer la terrifiait.

La voix de Iona s'imposa par-dessus le tumulte et l'extirpa de ses pensées :

— Eh, Solveig ! Edeen et toi, je veux que vous portiez ce panier à la vieille Kenzy. La pauvre, sans la moitié de ses dents, mérite bien un peu de douceur qu'elle pourra avaler sans trop mâcher.

Solveig acquiesça. On lui confiait régulièrement ce genre de corvées, qui s'avéraient plaisantes tout en étant une excellente opportunité de prendre l'air. Kenzy était la doyenne de la forteresse, et la nourrice du *laird*. Une femme très âgée aimable avec tous, malgré les nombreux maux dont elle souffrait. Elle suscitait l'admiration et Solveig, qui trouvait qu'elle avait la volonté de fer d'une Norvégienne, l'avait prise en affection. Lui rendre visite était toujours un plaisir. Comme Solveig était contrainte de porter ses chaînes, Edeen marchait à son pas, plutôt que le contraire. Derrière elles suivait un soldat, désigné à la surveillance de la prisonnière pour la journée. À la façon dont il regardait Edeen, ce n'était guère pour lui une terrible corvée.

— Kenzy sera gâtée, annonça cette dernière à Solveig. De la compote, un gâteau au miel… Tout ce qu'elle aime ! Pour sûr, elle proposera de les partager avec nous… Et nous serons cette fois encore obligées d'accepter au risque d'encourir son courroux légendaire !

Elle s'esclaffa, et Solveig rit de bon cœur avec elle. Edeen était fluette, bien qu'elle dévore comme un ogre, et Kenzy n'était pas avare de fausses menaces pour passer du temps en leur compagnie. Elle aimait leur raconter maintes histoires sur le clan MacCann et leurs voisins, ce dont Solveig se délectait tout autant que des pâtisseries scots. Elle en avait ainsi appris de belles sur l'enfance de Liam et ses frasques. Difficile de l'imaginer en adolescent facétieux !

En chemin, une bande de poules et leur coq s'écartèrent de leur passage, caquetant leur mécontentement. Des volets en bois claquaient contre les murs en pierre au gré du glacial vent d'hiver. Ce dernier charriait avec lui des senteurs marines qui peinaient à masquer la puanteur de la paille souillée que des jeunes gens entreposaient dans une charrette, après avoir nettoyé une écurie. Edeen et Solveig se bouchèrent le nez en passant à proximité puis firent un écart pour éviter une autre charrette qui se mettait en branle avec sa cargaison nauséabonde. Plus loin, un attroupement attira leur attention. Des clameurs s'en échappaient, piquant la curiosité de Solveig.

— Que se passe-t-il là-bas, Edeen ?

— Ce sont les… Oh ! regarde, Caitrinn est dans la foule, elle nous fait signe de la rejoindre, viens !

Sans attendre de réponse, elle saisit la main de Solveig, qui ne se fit pas prier, même si suivre le pas rapide de l'enthousiaste jeune fille avec ses fers aux pieds n'était guère tâche aisée. Solveig, qui n'avait pas vu Caitrinn depuis la veille, était ravie de la retrouver… mais à peine l'eut-elle rejoint que le spectacle qu'elle découvrit lui coupa le souffle.

Liam, torse nu en dépit du froid mordant, faisait face à deux adversaires. Un troisième à terre peinait à se relever.

— Allons, qu'attendez-vous ? les tança Liam. Imaginez que je suis un Viking !

Les yeux braqués sur eux tout en marchant de côté, il était attentif au moindre de leurs gestes. Ses mains étaient fermées sur la garde d'une longue épée. Ses muscles roulaient sous sa peau à chaque mouvement leste. Il se déplaçait avec aisance, faisait preuve d'une grâce féline… et lorsqu'il attaqua, Solveig le vit à peine bouger. Pourtant, il faucha d'un coup de pied les jambes d'un des deux jeunes Scots. Déséquilibré, ce dernier tomba en arrière et se retrouva les fesses dans la neige. L'autre ne tarda pas à rejoindre ses deux camarades à terre. Aucun n'était blessé ailleurs que dans sa fierté. Liam avait veillé à ne pas frapper trop fort, ni avec le tranchant de sa lame. Néanmoins, la foule exulta. Tout était allé si vite !

— Ton frère est toujours aussi fort et séduisant, Caitrinn, mais moins que Malcolm, gloussa Edeen en jetant un œil au garde qui les accompagnait. Je me demande qui de Liam ou lui gagnerait, si…

Solveig l'entendait à peine. Elle était trop subjuguée pour y prêter attention. Non par cette victoire qu'elle jugeait somme toute aisée – à l'évidence, les trois jeunes adversaires de Liam n'étaient guère à sa hauteur puisqu'il lui avait été si facile de s'en défaire –, mais par l'intensité incandescente de son regard dorénavant braqué sur elle. À mesure qu'il approchait, elle se sentait envahie de chaleur. Le monde s'évanouissait à chaque pas qu'il faisait vers elle. Elle ne voyait plus que lui. Et voilà qu'à présent il se plantait devant elle !

— Que fais-tu ici ? Ne dois-tu pas travailler aux cuisines ?

Elle sursauta presque. Était-il contrarié qu'elle ait assisté à son combat ? Pourquoi s'adressait-il à elle aussi froidement ?

Pour bien te faire comprendre qu'en dépit de ses belles paroles tu n'es pour lui qu'une esclave, une misérable captive…

Elle se campa fermement sur ses pieds. S'il s'imaginait l'impressionner, c'était raté !

— Ces hommes, que tu as vaincus, ont encore beaucoup à apprendre. Ce combat était trop facile, pour toi. Face à un Viking, qu'en serait-il ? Et face à une Viking ?

Il la toisa avec curiosité, un sourcil levé.

— Je ne combats pas les femmes, lâcha-t-il.

— Ah ! Aurais-tu peur que l'une d'elle puisse te vaincre ?

— Non, en aucun cas.

— Alors je te propose de te mesurer à moi, Liam MacCann ! Si je gagne, j'obtiendrai ma liberté, et dans le cas contraire…

— Continue.

— Je m'offrirai à toi.

Avait-elle vraiment prononcé ces mots ? Le silence s'était fait autour d'eux. Liam la dévisageait avec stupéfaction et… intérêt. Il était tenté ! Elle sentit son cœur bondir dans sa poitrine, comprenant qu'une partie d'elle ne s'offusquerait pas de la victoire de Liam.

Lentement, il se pencha vers elle, comme cherchant une fois encore à l'envoûter de son pénétrant regard.

— Je ne peux accepter un tel marché, Solveig. Si un jour tu t'offres à moi, ce sera uniquement parce que tu le désires. Quant à ta liberté, en supposant, ce qui n'arriverait pas, que tu me surpasses au combat, tu ne l'obtiendras qu'en me révélant enfin tout ce que tu me caches encore… et je te conseille de céder au plus vite, je perds patience.

Sur ce, il la gratifia d'un regard sans équivoque, puis s'écarta d'elle. D'un signe de tête, il salua ensuite Edeen, Caitrinn et Malcolm, puis s'en alla rejoindre les jeunes soldats pour poursuivre leur entraînement.

— Euh… Eh bien, si nous portions ce panier à Kenzy, proposa Edeen en balbutiant.

— Je vous accompagne, ajouta vivement Caitrinn.

Si elles semblaient sous le choc de ce qui venait de se passer, Solveig était quant à elle submergée par une multitude d'émotions complexes face à ce qu'elle avait suggéré à Liam et au refus de ce dernier. Par ce simple fait, il l'insultait ! Cherchait-il à l'humilier, encore ? Ou craignait-il de se mesurer à elle ? Certaine qu'il n'en était rien, bataillant contre ses pensées, elle s'obligea à acquiescer à la proposition d'Edeen. Ce n'était ni le moment ni le lieu pour s'emporter. Son heure viendrait !

S'apprêtant à suivre ses deux compagnes, elle se retourna. Un regard brûlant pesait sur elle. Pas celui de Liam, comme elle se l'était d'abord imaginé. Près des hommes qui s'entraînaient, Cullen avait les yeux braqués sur elle.

Son animosité presque palpable avait tout de la noire profondeur du *Niflhel*[1].

1. Dans la mythologie nordique, *Niflhel* était considéré comme le niveau le plus sombre et le plus bas de *Hel*, le royaume des morts, où se rendaient les hommes mauvais après leur décès.

Chapitre 12

Au cœur de la nuit, la lune était voilée d'épais nuages cotonneux. Tout autant annonciateur de neige, un vent glacé soufflait sur les collines et la lande. En dehors de l'écho des vagues qui se fracassaient sur de lointains rochers, tout était calme et silencieux. Comme si les habitants du château, les villageois et les animaux sauvages dormaient profondément, au chaud dans leurs foyers, dans l'attente de jours meilleurs. Solveig, elle, ne dormait pas. Elle n'attendrait pas plus longtemps ! La menace évidente de Liam et son mépris n'avaient fait qu'exacerber sa volonté d'agir, le soir même. Pendant des heures, elle avait patienté jusqu'à ce que les bruits s'éteignent dans la forteresse. Une fois certaine que les Scots dormaient, elle avait terminé de nouer draps et couvertures afin de confectionner une sorte de corde assez longue et solide pour descendre et sauter ensuite à terre, sans risquer de se rompre le cou. Supporteraient-ils son poids, comme elle l'espérait ? Elle le découvrirait bien assez tôt. Les dieux en soient remerciés, personne ne semblait se douter de ce qu'elle planifiait. Pas même Caitrinn, dont elle était devenue si proche durant sa captivité. Étrangement, Solveig avait la sensation de la trahir, de l'abandonner, mais elle ne pouvait rester dans ces lieux où elle n'avait pas sa place… et ensuite ? Elle se débrouillerait pour embarquer dans un bateau et retournerait sur son île. Erik serait tellement surpris et heureux de la retrouver ! Et Erling... Elle obligerait ce misérable étron à lui rendre son épée, quel que soit le prix qu'elle aurait à payer pour cela.

Avec précaution, elle écarta les volets en bois dont elle avait forcé l'ouverture avec le petit couteau qu'elle avait volé aux cuisines puis se pencha par la fenêtre. Toujours personne en vue. Parfait. Certes, le sol lui paraissait lointain, mais si les draps tenaient, elle serait bientôt hors de portée de ses ennemis, et indemne. Une extrémité était nouée à l'un des pieds du lit. Elle lança le reste au-dehors. Retenant son souffle, elle ajusta sur son épaule le petit sac en toile de jute chargé de quelques provisions, volés tout comme le couteau aux cuisines, souleva sa jupe qu'elle avait découpée presque jusqu'à la taille pour plus de praticité et enjamba le rebord. Que ces Scots étaient sots ! S'ils lui avaient laissé ses entraves de fer aux chevilles de nuit comme de jour, elle n'aurait jamais pu tenter l'impossible. D'un mouvement souple, elle passa de l'autre côté, ses pieds se calant sur le rebord. Elle n'aurait qu'une chance. À la moindre hésitation, au premier faux pas, elle chuterait vers une mort certaine.

Sois courageuse, Solveig, tu peux y arriver !

Sans plus réfléchir, elle se saisit du tissu épais et entama sa descente. Les draps tenaient bon. Elle laissa échapper un soupir de soulagement. Pour le moment, tout se déroulait comme elle le souhaitait. Les gardes derrière la porte n'avaient rien entendu. Dehors, les rigueurs de l'hiver avaient poussé les sentinelles, plus préoccupées par ce qui se passait au-delà des murs que par ce qui pouvait arriver à l'intérieur de ceux-ci, à se réfugier auprès de braseros alignés le long du chemin de ronde.

Frissonnant, Solveig les envia un instant. Le froid piquant la gelait jusqu'aux os. Un panache blanc s'échappait de sa bouche à chaque respiration. Elle resserra plus fort ses doigts autour du tissu, de crainte qu'ils ne s'engourdissent... ou que les nœuds serrés ne cèdent sous son poids, avant qu'elle n'ait touché terre. Mais là encore la déesse Freyja veillait sur elle. Bien qu'obligée de lâcher prise et de se laisser tomber, les draps n'arrivant pas jusqu'en bas, elle atterrit au sol sans encombre. Au lieu d'atténuer le bruit de sa chute, la neige craqua sous ses pieds ! Un son ténu, qui lui sembla pourtant gronder aussi fort que le tonnerre, tant son cœur battait vite et fort à l'idée de se faire surprendre. Elle s'immobilisa, puis, voyant que personne ne venait ou n'appelait, elle resserra plus étroitement autour d'elle l'épais châle que Caitrinn lui avait offert et se précipita vers le mur d'enceinte. La brèche qu'elle y avait repérée était suffisamment large pour qu'elle s'y faufile, mais pas assez pour qu'un homme de la carrure de Liam y parvienne.

Liam...

L'évoquer fut une erreur. Son estomac se contracta comme si on l'avait frappée. Ah, quelle tête il ferait en découvrant qu'elle lui avait échappé !

Sans plus attendre, fébrile, elle s'engagea dans la brèche. Abandonnant le château derrière elle, elle s'élança vers la forêt. Dans l'obscurité, elle courait à perdre haleine. Là-haut, la lune continuait à briller. Assez pour qu'elle puisse voir à peu près où elle mettait les pieds, mais pas suffisamment pour la dévoiler aux sentinelles sur les murailles. Aucune alerte ne grondait. Personne ne la poursuivait. Soulagée, elle respirait déjà mieux lorsqu'elle atteint les bois où sa trace se perdrait. Puis elle rejoindrait un port et embarquerait dans le premier bateau venu qui naviguerait vers le nord. Symbole pour elle de sa liberté retrouvée, le ressac des vagues résonnait délicieusement à ses oreilles.

Un bruissement, sur sa gauche, la tétanisa. Retenant son souffle, elle scruta la pénombre. En dehors du minuscule couteau de cuisine, elle était désarmée. Si un loup ou un Scot surgissait, elle...

Un lièvre !

L'animal à fourrure grise avait bondi d'un fourré. Il huma l'air de son nez frétillant puis disparut dans les herbes hautes. Rassurée, Solveig repartit, droit devant, se frayant un chemin dans la végétation. Tout se ressemblait tellement ! Ses pieds foulaient un sol d'humus gelé et commençaient à ressentir le froid à travers le cuir de ses bottines. D'épais buissons ralentissaient sa course. Les branches entrelacées des arbres densifiaient les bois et lui masquaient le ciel et les étoiles. Au bout d'un moment, elle se rendit à l'évidence : elle était perdue. Rageant contre ce mauvais tour du destin, elle refusa de s'abandonner au désespoir. Bientôt, la chance lui sourit de nouveau. Si elle ne trouva pas la mer, elle déboucha sur une rivière où une barque mouillait.

Douce Freyja, merci !

L'embarcation était ancienne mais en bon état, à première vue. La pousser à l'eau ne fut pas difficile. À son bord, Solveig naviguait sur la rivière, laissant le courant l'emporter loin du château, vers la liberté à laquelle elle aspirait. Déjà, les rayons de l'aube maculaient le ciel de chaudes teintes mordorées et les MacCann ne tarderaient plus à découvrir qu'elle avait disparu.

Un soupir de soulagement lui échappa. Elle avait réussi, mais pas sans regrets. Jamais elle n'oublierait Caitrinn, qui l'avait toujours traitée avec bonté, l'avait considérée comme une amie, une alliée, et non comme un monstre sans morale assoiffé de sang. Elle lui manquerait.

Pauvre Caitrinn, pardonne-moi de ne pas t'avoir dit adieu…

La barque contourna un tronc d'arbre effondré dont les longues branches disparaissaient sous les eaux sombres. Il était mâchonné à sa base. Des castors, sûrement, l'auront rongé. Rompue de fatigue, Solveig s'allongea au fond de la barque. Le doux clapotement de l'eau et les sons de la forêt la bercèrent jusqu'à ce qu'elle s'assoupisse.

Lorsqu'elle rouvrit les yeux, le jour était pleinement levé. Combien de temps avait-elle dormi ? Quelle distance avait-elle parcourue ? Impossible de le savoir, tout comme elle ignorait où elle se trouvait. Le courant l'avait menée dans ce qu'il lui semblait être le cœur du bois. Elle n'entendait plus les cris des mouettes, ou le bruit des vagues, et se morigéna de sa bêtise. Si elle ne s'était pas assoupie, elle aurait compris plus tôt qu'elle progressait dans la mauvaise direction ! Au lieu de se rapprocher de la mer, elle s'en était éloignée ! Réprimant un juron, elle ramena l'embarcation sur la rive puis descendit à terre. Continuer ainsi en barque ne servirait à rien, sauf à l'enfoncer davantage dans les terres scots. Hélas, elle ignorait comment se guider, à part à l'oreille et aux étoiles, qu'elle ne pouvait voir en plein jour.

Elle chercha néanmoins un repère autour d'elle, n'importe quoi d'utile. Dans d'autres circonstances, elle se serait fort plu, ici. Le paysage était magnifique. Là-haut, la canopée bruissait doucement au gré du vent. L'air frais était empli de senteurs boisées. La neige recouvrait tout de son blanc manteau, s'épaississant encore à mesure que Solveig s'enfonçait dans la forêt. Son estomac gronda. Elle piocha dans sa besace un petit morceau de fromage, qu'elle était parvenue à prendre en cuisine, la veille. Elle le grignota distraitement tout en progressant. La croûte profita à un écureuil curieux et intrépide. Son pelage était roux, et sa queue dense s'avérait bien plus imposante que le reste de son corps. Jamais elle n'en avait approché de si près. Peut-être se laisserait-il caresser ? Mais il bondit en arrière avec son butin et grimpa si vite au tronc d'un haut sapin que Solveig eut du mal à le suivre du regard… Elle comprit, en se retournant, que ce n'était pas elle qui l'avait effrayé.

Un ours brun se tenait à plusieurs pas de là. Elle s'immobilisa, tétanisée. Un ours ? En plein hiver ? Elle n'avait jamais vu cela ! N'étaient-ils pas censés dormir, en cette saison ? Il était pourtant bien éveillé, à l'observer. Sa tanière devait être proche. L'avait-elle dérangé dans son sommeil ? Ces animaux étaient aimés et respectés des Scandinaves. Certains en avaient à demeure, mais personne dans son clan n'en possédait. Très imposant, celui-ci était cependant amaigri, et il la regardait avec un peu trop d'intérêt. Pourvu qu'il ne la voie pas comme un possible repas ! Comment lui faire comprendre, aussi, qu'elle ne menaçait pas son territoire ? Lentement, prudemment, prenant garde à ne pas faire de geste brusque qui serait considéré comme une provocation, elle recula. Peut-être que, si elle s'éloignait de lui, il l'oublierait et retournerait dormir, chacun continuant son chemin. Hélas, elle ne vit pas l'épaisse racine d'un chêne cachée sous un tas d'humus, trébucha et chuta.

Alors, l'ours se redressa de toute sa hauteur sur ses pattes arrière, gronda en ouvrant grand sa gueule… et chargea.

Chapitre 13

Un rugissement féroce retentit de derrière l'animal, et juste avant que celui-ci n'atteigne Solveig, il fut brutalement poussé sur le côté. Un homme s'était jeté sur lui ! Comme scellés l'un à l'autre, les deux adversaires roulèrent à terre. Ils se battaient avec une férocité égale, dans un chaos de chair, de poils et de griffes. Des gerbes de tourbe étaient projetées autour d'eux, tant leur lutte était violente. Au lieu de fuir, Solveig était incapable de détacher ses yeux de ce spectacle. Le combat qui se jouait était à la fois terrifiant et fascinant : crocs contre dents, griffes contre métal, pattes contre poings… Si l'homme ne cédait pas, il n'en était que plus admirable : l'ours était plus grand et plus imposant que lui. Tout allait si vite, était si confus, qu'elle ne pouvait reconnaître celui qui l'avait sauvée d'une mort certaine. Véloce, le guerrier évita un coup qui, autrement, l'aurait déchiqueté. L'air s'emplissait d'une odeur métallique : le sang coulait de part et d'autre. Sous le poids des deux adversaires, les buissons s'écrasaient, les branches basses se brisaient, les herbes hautes se couchaient. Leurs grognements mêlés se répercutaient contre les arbres de la dense forêt. Impossible de deviner qui de l'un ou de l'autre l'emporterait !

— Attention !

Trop tard. La gueule ouverte se referma sur l'épaule de l'homme. Il poussa un cri et répliqua en enfonçant la lame de son long couteau jusqu'à la garde dans le poitrail de l'ours. Ce dernier hurla et chancela sous la force du coup. Toujours accrochés l'un à l'autre, ils dévalèrent une pente abrupte, dévastant la fragile végétation sur leur passage. Solveig les suivit. Ses pieds glissaient sur la tourbe et l'herbe humide, et la pente était raide. Elle trébucha, se retint à une branche, mais elle chuta quand même. Plusieurs roulades s'ensuivirent. La tête lui tournait. La réception fut rude. Elle se retrouva sur le dos, couchée sur une terre dure et froide, en bas de parcours. Lorsqu'elle se retourna pour se redresser, quelque peu sonnée, ce fut pour découvrir l'issue de la rude bataille.

L'ours, couvert de sang, se traînait avec peine vers un ruisseau dont l'eau limpide courait dans un lit parsemé de cailloux. Le guerrier gisait non loin, sur le ventre. Il était tout aussi écarlate que la bête qu'il avait combattue. Difficile pour Solveig, de là où elle se trouvait, de vérifier s'il vivait. Sans hésiter, elle se précipita vers lui pour s'en assurer. Sa tignasse sombre était maculée de sang, de terre, de brindilles et d'herbe. Ses vêtements déchirés montraient diverses blessures souillées. Il n'esquissa pas un mouvement lorsqu'elle s'agenouilla près de lui. Avec précaution, elle le retourna sur le dos pour découvrir son visage… et le souffle lui manqua.

Liam MacCann ! Impossible ! Comment l'avait-il retrouvée ? Pourquoi avait-il risqué sa vie pour la sauver ? Ces réponses attendraient, elle devait d'abord vérifier son état. Se penchant pour sentir sa respiration, elle posa sa paume sur son torse ferme. Odin soit loué, sa main se souleva légèrement, et le souffle de Liam effleura sa joue. Il avait survécu ! À peine, cependant.

Un gémissement déchirant retentit, la détournant du blessé. L'ours, écroulé à terre, levait péniblement la tête pour la regarder. Dans ses yeux bruns se lisaient de la confusion, de la douleur et de la peur, alors que la vie le quittait. Impulsivement, elle vint à lui, caressa ses poils hirsutes. En dépit du danger qu'il avait représenté pour elle et Liam, il n'avait fait qu'obéir à sa nature sauvage. Le voir souffrir ainsi lui fit monter les larmes aux yeux.

— Je ne souhaitais pas cela, murmura-t-elle. Je suis désolée.

Quel gâchis. La bête était mourante, tout comme Liam. Si seulement elle avait pris un autre chemin, si… Se lamenter était inutile. On ne pouvait changer le passé. Seul le présent comptait. Elle se saisit alors du couteau de Liam, planté dans le torse de l'ours, et l'en dégagea. Puis, d'un geste leste, comme le lui avait appris Erik, elle abrégea les souffrances de l'animal. Du moins pouvait-elle accomplir cela.

Ensuite, elle retourna près de Liam. Devrait-elle l'abandonner à son sort ? Ou l'achever, lui aussi ? Dès qu'il se réveillerait, il se lancerait à sa poursuite… Si une véritable guerrière devait être prête à tout pour survivre, quel honneur y avait-il à ôter la vie à un homme inconscient, qui de surcroît s'était porté à son secours ? Il poussa un gémissement. Les griffes acérées de l'ours l'avaient profondément lacéré. Ses jambes, ses bras, n'avaient pas été épargnés.

Tu n'aurais jamais dû me suivre, Liam MacCann…

Comme il devait souffrir ! Ce serait bien pire, encore, à son réveil… S'il se réveillait. Les doigts de Solveig se crispèrent sur le couteau, à la lame déjà souillée du sang de l'animal. Elle s'agenouilla à côté de Liam, appuya la pointe de la lame sur son cœur. Elle tremblait, en lutte contre une multitude d'émotions opposées, et se rendit à l'évidence : elle était incapable de le tuer. Tout en elle s'y refusait ! Elle glissa le couteau à sa ceinture, puis, avec précaution, dégagea une épaisse mèche de cheveux auburn du visage de Liam, pour mieux le détailler.

— Liam, réveille-toi…

Elle eut beau le secouer, lui parler, il ne réagissait toujours pas. Le déplacer sans savoir où aller ne ferait qu'aggraver son état et userait inutilement ses propres forces. Solveig regarda autour d'elle puis fronça les sourcils. N'ayant pas d'autre choix, elle abandonna Liam pour s'enfoncer, seule, dans les fourrés…

Liam avait mal. Partout. Le moindre muscle, la moindre parcelle de peau. Tout le tiraillait. Le meurtrissait. Il n'y voyait rien, incapable ne serait-ce que d'entrouvrir les paupières… ou de se rappeler quoi que ce soit. On le tirait, le malmenait, et ses plaintes n'étaient rien de plus que des gémissements diffus. Du moins avait-il l'impression de protester, tant il n'était plus sûr de rien dans la profondeur des ténèbres qui l'enveloppaient. En dépit de ses efforts, il ne parvenait pas à s'en extirper. Il était tentant de s'y enfoncer pour faire disparaître cette douleur atroce qui lui donnait envie de hurler. Rien que respirer était laborieux. Progressivement, le bourdonnement qui emplissait ses oreilles s'éclaircit. Il se transformait en un murmure doux et féminin. Hélas, il n'en comprenait pas un mot. Pourtant, ces paroles le réconfortaient, parvenaient à apaiser quelque peu les maux qui le torturaient. Peut-être était-il mort et un ange l'emportait-il au paradis…

Lorsqu'il reprit de nouveau conscience, tout était sombre et silencieux. L'endroit où il se trouvait empestait, comme si on y avait entreposé de la charogne pour ensuite l'y oublier. Tâtonnant, il entreprit de se redresser. Une douleur vive dans son torse le foudroya. Il retomba lourdement sur ce qui lui sembla être une vieille paillasse. Un juron s'échappa d'entre ses dents serrées, et il essaya de nouveau de se lever. Cette seconde tentative pour se mouvoir s'avéra plus cuisante encore. À tel point qu'il s'évanouit, croyant percevoir des bruits de course se rapprochant…

Quand il rouvrit les yeux, il n'aurait su dire combien de temps s'était écoulé. Ses pensées restaient confuses. La tête lui tournait. À présent, une agréable chaleur baignait dans son corps, atténuait la douleur. Sous la couverture élimée qui le recouvrait, ses doigts trouvèrent du tissu – non, des bandages, se corrigea-t-il, qui entouraient le haut de son torse, ses bras, ses jambes… ses blessures… On les avait pansées ? Et cette odeur, cette texture, sous le tissu, de la mousse ? L'épais brouillard qui l'enveloppait se dissipait peu à peu, pour ne plus former qu'une brume diffuse à travers laquelle il aperçut le visage le plus magnifique qu'il eut jamais vu. Celui d'un ange descendu des cieux. Il avait donc raison, depuis le début.

L'ours l'avait tué.

L'ange se rapprocha. Il comprit alors sa méprise : il s'agissait en réalité de Solveig ! Elle était plus belle et plus resplendissante que n'importe quelle apparition divine ! Ainsi, il était à la merci de celle qui avait été sa captive. Quelle ironie du sort ! Décidément, rien ne s'était déroulé comme il l'avait prévu. Quelle réussite !

— N'essaie pas de bouger, Scot. Ou tes blessures se rouvriront, et j'aurais travaillé pour rien.

Le vif reproche dans sa voix manqua le faire sourire, tant il lui avait semblé entendre Caitrinn. La pauvre devait terriblement s'inquiéter. Il ne lui avait pas dévoilé ce qu'il planifiait, avant de quitter le château en pleine nuit pour suivre la fugitive, dans l'espoir qu'elle le mènerait aux autres Vikings de son clan.

— Tu vivras, déclara-t-elle. L'ours, lui, est mort. J'ai été obligée de l'achever. Il souffrait trop.

Il grimaça. Sans aucun doute aurait-il agi de même.

— Tu m'as donc traîné, toute seule, jusqu'ici ?

— Vois-tu quelqu'un d'autre, avec nous ? M'en crois-tu incapable ?

— Certes non. À vrai dire, tu ne cesses de m'impressionner.

Elle parut déstabilisée par le compliment, et il la trouva plus jolie encore.

— Tu parles trop, répliqua-t-elle.

Il ne put retenir un sourire.

— Pourquoi m'avoir soigné ? Tu aurais pu m'abandonner à mon sort, au lieu de te donner toute cette peine…

La question sembla la surprendre. Ou peut-être n'avait-elle pas compris le sens de ses mots, tant sa voix était rocailleuse. Lui-même avait du mal à la reconnaître.

Elle lui colla une gourde en cuir au bord de la bouche.

— Bois.

Comment refuser ? Sa gorge était atrocement pâteuse, et il était assoiffé. La sensation du liquide frais coulant le long de sa gorge sèche et irritée était un pur délice. Quand il en eut terminé, il reconnut la gourde. Elle lui appartenait. Il l'avait fourrée avec quelques provisions dans un sac, avant son départ. Solveig avait-elle récupéré autre chose parmi ses effets ? Il fronça les sourcils. Ses armes, à l'évidence. Son long couteau, par exemple, était à présent à la ceinture de la jeune femme. Quant à son épée, Dieu seul savait où elle était passée.

— Je te remercie, souffla-t-il tout en cherchant la lame du regard, en vain. Pour l'eau, et… le reste.

Elle haussa les épaules.

— Tu m'as protégée de l'ours, je te suis redevable. Mais si tu tentes de m'emprisonner une fois encore, je te trancherai la gorge avec ton propre couteau.

Pour accentuer sa détermination, ses doigts se plaquèrent sur la garde de l'arme. Oh oui, elle le ferait ! Liam n'en doutait point. Du moins était-il persuadé qu'elle essaierait et y parviendrait peut-être. Pour le moment, il était trop mal en point pour lui prouver qu'il saurait la maîtriser, si nécessaire.

— Je ne te ferai aucun mal, lui assura-t-il.

— Pas dans cet état, c'est certain.

La flamme incandescente dans ses prunelles azuréennes était fascinante, splendide, enchanteresse. Cette fois, il ne retint pas son sourire. Se sentant un peu mieux et plus alerte, il parvint à se redresser pour s'asseoir à moitié et s'accorda le plaisir de la détailler. Elle avait déchiré des morceaux de sa robe pour en faire des bandages, lui dévoilant une longue paire de jambes voluptueuses. Qu'il serait plaisant de les caresser, de les embrasser, de remonter vers… Une vive chaleur enflamma ses reins. La violence du désir tirailla son sexe qui se raidit instantanément. Cet appel impérieux, il ne le connaissait que trop bien pour avoir, souvent, cherché à le refouler. Il soupira. Finalement, il n'allait pas si mal que ça… même si son corps le trahissait. Encore. D'abord contrarié et coupable, il décida qu'il n'avait rien à se reprocher. Après tout, il n'était qu'un homme réagissant à la proximité d'une superbe femme !

Pour calmer ses ardeurs, il ne s'en efforça pas moins de se détourner d'elle afin de porter son attention sur leur environnement. L'endroit était, lui semblait-il, une modeste cabane. Une seule porte, une unique fenêtre close grâce à un vieux volet brinquebalant en bois, un toit à travers lequel on pouvait distinguer le ciel. À en croire le nombre de toiles d'araignée accrochées aux murs et l'épaisse couche de poussière, personne avant eux n'avait mis les pieds ici depuis une éternité. Solveig avait cependant fait un peu de ménage, à la hâte, sans doute avec ce vieux balai, remisé dans un coin, et apposé contre une table branlante.

— Où sommes-nous, Solveig ?

— Dans une cabane abandonnée.

— Certes, cela, je le constate. Mais où diable, exactement ?

Involontairement, il avait haussé le ton. Elle fit claquer sa langue et le foudroya du regard.

— Comment le saurais-je ? Ce sont tes terres, Scot, pas les

miennes ! Mes dieux ont jugé bon de me guider jusqu'à ce refuge, et j'espère que tu apprécies leur cadeau, parce que sans cela, tu serais encore à baigner dans ton sang, au bord de la rivière, à geler dans l'herbe.

— Dieu est bon, en effet.

— Lui, il n'y est pour rien, grommela-t-elle.

Elle lui tendit une lamelle de viande séchée.

— Tiens, mange un peu, pour recouvrer tes forces. Ensuite, tu m'expliqueras comment tu m'as retrouvée.

Il hésitait. Comment lui raconter sans qu'elle le prenne mal ? Il inspira amplement pour mieux trouver les mots.

— Je t'ai suivie. La nuit où tu t'es échappée. Je savais que tu t'y préparais, et il m'a suffi d'attendre que tu tentes ta chance. Le fait qu'aucune sentinelle ne t'ait repérée ou arrêtée ne t'a pas étonnée ? J'avais donné des ordres, en ce sens. Je n'avais pas prévu la barque, cependant, et je dois avouer que j'ai perdu du temps à te rattraper. Dieu merci, je suis un bon pisteur, et je suis arrivé à temps pour… te porter secours.

En vérité, son sang avait bouilli dans ses veines lorsqu'il avait vu l'ours se ruer vers elle. Il n'avait pas hésité et avait attaqué, faisant fi de tout danger. Ses blessures et les cicatrices qui en résulteraient n'étaient rien, puisqu'elle était indemne.

À mesure qu'elle comprenait qu'il l'avait manipulée, un rictus se peignait sur son adorable visage. Ses mains étaient tremblantes de colère, ses iris azuréens s'emplissaient de la fureur de la tempête. Il s'y attendait, refusant de regretter le moindre de ses agissements, ou de ses choix. Son devoir envers son clan était beaucoup plus important que l'émoi d'une Viking, aussi ensorcelante soit-elle.

— Tu t'es moqué de moi, Scot. Tu voulais que je te conduise aux miens !

— Évidemment. Tu refusais de répondre à mes questions, quelle autre possibilité me restait-il ? Tu aurais préféré la torture ?

— Tu aurais tout simplement pu me croire !

— Balivernes. C'est facile à dire, pour toi ! Ce ne sont pas tes terres ni ton peuple qui sont menacés par des barbares !

— Imbécile de Scot ! Tu ne sais rien de moi ou de ceux de mon clan ! Vraiment rien !

Brusquement, elle lui tourna le dos, s'empara d'un manteau à l'entrée et sortit en faisant claquer la porte derrière elle.

Bravo, Liam. Un nouveau succès à ton actif. Voilà qu'elle est absolument furieuse contre toi, à présent !

De plus, elle avait raison : il n'était qu'un imbécile d'avoir pu croire que les choses se dérouleraient autrement en lui révélant la vérité. Poussant un profond soupir, il se rallongea et ferma les yeux. Le crâne lui vrillait…

Quand Solveig revint, elle était encore en colère contre lui. À son grand dépit, il comprit qu'il aurait donné beaucoup pour qu'un sourire efface l'amertume de ses traits.

Elle se planta devant lui, poings sur les hanches.

— À ton tour de me répondre, Scot.

— Scot n'est toujours pas mon nom.

— C'est pourtant ce que tu es, Liam MacCann.

Il éprouva une profonde satisfaction à l'entendre de nouveau prononcer son nom, même si elle s'exécutait avec une hargne évidente.

— Très bien. Que veux-tu savoir, Solveig ?

— Si tu as empêché l'ours de me tuer, c'est uniquement pour t'assurer que tu pourrais remplir ta mission, pas vrai ?

— Détrompe-toi. Je…

— Ah, peu importe ! Tu dois le regretter.

— En vérité, je suis surtout surpris. Je m'attendais à ce que tu m'achèves, ou que tu me livres à tes compagnons, alors qu'au contraire tu as pris soin de moi. Je t'en suis reconnaissant.

— Je te l'ai dit : je t'étais redevable et j'ignore où ils se trouvent à présent. Finiras-tu par le comprendre ?

Son cœur s'y efforçait, sa raison le lui refusait.

— Solveig, je ne peux…

— Sache que dès que tu seras remis sur pied, je disparaîtrai pour ne jamais revenir. Me poursuivras-tu ?

— Tu le voudrais ?

— Ce que je souhaite, c'est que tu me répondes. Que feras-tu, alors ?

— Eh bien, je doute que tu aimes ma réponse.

— Maudit Scot ! Tu oses toujours me…

Avec une vivacité qui le surprit lui-même, il lui agrippa le poignet.

— Ne me le reproche pas, Solveig. Tu es brave et loyale, et je t'admire pour ces qualités, mais il est possible que tu me mentes pour protéger les tiens. Peut-être que leurs navires mouillent au nord, et que tu cherches à les rejoindre pour revenir nous attaquer ensuite, ou peut-être essaies-tu simplement de rentrer chez toi, je l'ignore. Sache que je prie pour que tu m'aies dit la vérité, parce que je veux te croire et… je suis vraiment soulagé que tu sois indemne. Je n'aurais pas supporté que tu sois blessée.

Il avait mis toute sa sincérité dans ces mots qu'il ressentait profondément. Tout en parlant, sans même s'en rendre compte, il l'avait attirée à lui. Leurs nez se touchaient presque, leurs lèvres étaient proches de s'effleurer, de se goûter, de… Elle le repoussa, s'écarta vivement de lui. Son contact devait la répugner. Cela l'emplit d'un froid glacial, de frustration et de regrets.

Bien qu'elle le regarde à peine, son trouble n'en était pas moins palpable.

— Je dois m'occuper du feu, clama-t-elle un peu trop vivement. J'ai perdu un temps précieux à te veiller, et… c'est pour ça qu'il fait si froid. Je vais chercher du petit bois.

Il voulut se lever pour l'accompagner. Un vertige le saisit, et il fut forcé de renoncer. Il ne put que la regarder revêtir son manteau et un châle, ouvrir la porte brinquebalante et se précipiter presque à l'extérieur.

— Cordieu, je dois reprendre des forces au plus vite, soufflat-il en se rallongeant.

La tête lui tournait. Un démoniaque petit lutin semblait prendre un immense plaisir à lui asséner de violents coups de marteau sur le front. Il entreprit de dormir, hélas le sommeil le fuyait. Non la faute au lutin, mais aux images que son imagination faisait naître en lui : devant un bon feu, Solveig et lui avaient trouvé un excellent moyen de se tenir encore plus chaud. Il fut vite submergé : la vision affolante de son corps nu et offert pressé contre le sien, la sensation de la douceur de sa peau frémissant sous ses doigts, de la délicate courbe de ses reins, de la saveur gourmande de sa bouche qui descendait sur…

Diantre ! Il devait se maîtriser !

N'oublie pas pourquoi tu es là, Liam ! s'admonesta-t-il. *Quelle est ta mission, et son importance !*

Que Solveig soit sincère ou non n'était pas l'essentiel : elle restait une Viking, de ceux qui s'en étaient pris à son peuple, avaient enlevé des villageois pour en faire des esclaves… Il lâcha un grognement de frustration. En dépit de ce qu'il ressentait, de ce que son instinct lui dictait, il ne pouvait se risquer à lui accorder son entière confiance.

Luttant contre l'ardent désir qu'il éprouvait pour une femme qu'il ne pourrait jamais posséder, et encore moins s'autoriser à aimer, il ferma les yeux, longtemps incapable de trouver le repos.

Chapitre 14

— Maudit Scot !

Tout en arpentant le sentier jouxtant la cabane à la recherche de brindilles, d'aiguilles de pin et d'un peu de tourbe, Solveig ne cessait de maugréer contre Liam. Non pas tant parce qu'il l'exaspérait, s'était joué d'elle et représentait un danger auquel elle se soumettait volontairement, mais parce qu'en dépit de tout cela elle s'inquiétait pour lui. Combien de temps, encore, lui faudrait-il pour recouvrer des forces ? Quelle quantité de sang avait-il perdue ? S'il mourait, elle serait libre de partir, assurée d'avoir fait de son mieux pour rembourser sa dette de vie envers lui. En vérité, elle ne souhaitait pas son trépas et se reprochait de ressentir de telles émotions conflictuelles.

Fébrile, elle resserra son châle sur son col. Avoir sacrifié une partie de sa robe pour panser les blessures de Liam était aussi salutaire pour lui que stupide pour elle. Si le paysage hivernal de cette forêt sauvage était superbe, le froid n'en était pas moins mordant et piquait ses jambes nues sans retenue. Ses bottines n'empêchaient guère l'humidité de la neige et de l'humus glacé de pénétrer ses pieds. L'air était lourd, chargé de flocons. À en croire les épais nuages qui s'amoncelaient là-haut, ils ne tarderaient pas à tomber.

— Hâte-toi, Solveig, s'encouragea-t-elle. Ou vous périrez de froid, l'un comme l'autre.

S'ils ne manquaient pas d'eau, grâce au ruisseau et à la neige qu'elle pourrait faire fondre, la nourriture deviendrait rapidement un problème. Certes, la viande séchée qu'elle avait trouvée dans le petit sac de voyage de Liam les sustenterait quelques jours, mais elle devrait ensuite chasser ou pêcher – du moins essayer, avec le peu de matériel présent dans la cabane –, s'ils se retrouvaient obligés de séjourner plus longtemps dans leur refuge. Quel mauvais tour lui jouait le malicieux Loki ! Rien ne se déroulait comme elle l'avait espéré, et encore moins souhaité. Au lieu de s'enfuir en mer pour rejoindre son île et son clan, elle était piégée avec un ennemi dont elle devait prendre soin. Les Scandinaves détestaient devoir quoi que ce soit à quiconque d'autre qu'eux-mêmes. Elle ne partirait donc qu'une fois sa dette payée… et cela n'avait absolument rien à voir avec ce qu'elle éprouvait pour Liam ! Des sensations mitigées de colère et de désir, de volonté de le fuir tout en craignant, inexplicablement, qu'il disparaisse de son existence. Lorsqu'elle l'avait déshabillé pour panser ses blessures, une nuée de papillons avait envahi son ventre. Elle s'était mise à trembler, submergée par une vive chaleur. Si elle n'ignorait pas ce que cela signifiait, elle n'avait jamais ressenti aussi intensément du désir pour un autre que lui. Pourquoi Liam ? Un homme qu'elle ne pourrait jamais librement aimer ? Un ennemi qui ne cherchait qu'à la manipuler ? Elle devait se ressaisir, et vite !

Il est séduisant, fort et brave, et aurait sans doute fait un excellent Viking, mais il est un Scot. N'oublie pas cela, Solveig, ni ce qu'il n'hésiterait pas à te faire subir s'il en avait la possibilité, pour obtenir de toi des réponses que tu ne peux lui donner…

Il voulait la croire, prétendait-il, mais n'y parvenait pas. Tant pis pour lui ! Longuement, elle inspira et expira pour se calmer. S'énerver ne lui apporterait rien de bon ! Reprenant sa collecte de petit bois, elle en profita pour ramasser un peu de lichen dont elle userait pour refaire les bandages de Liam. Une *völva*[1] de passage lui avait enseigné des bribes de son art, et Solveig savait à présent reconnaître quels mousses, lichens et herbes étaient bénéfiques, et lesquels étaient dangereux.

Quand elle en eut terminé, le soleil était presque entièrement masqué par de lourds nuages et le vent s'était levé, charriant avec lui des bourrasques glacées. Frissonnant, elle fit demi-tour vers la cabane.

Une fois devant celle-ci, elle poussa la porte avec précaution pour éviter de faire rentrer flocons et fraîcheur à l'intérieur, puis la referma derrière elle et déposa son fardeau près du foyer. Liam s'était endormi. Tant mieux. Elle n'avait guère envie de poursuivre leur conversation. Pas encore, tout du moins. Cependant, elle ne put s'empêcher de s'approcher de lui. Allongé sur le dos, les yeux clos, la couverture miteuse posée sur lui, il semblait si paisible, si vulnérable. Son torse se soulevait doucement au rythme de sa respiration régulière. Il restait cependant très pâle et gémissait dès qu'il remuait. Rien d'étonnant, l'ours ne l'avait pas épargné. Solveig fronça les sourcils, soucieuse. Ses efforts pour le soigner et apaiser ses souffrances seraient-ils suffisants ? Liam était fort et déterminé. Il survivrait. Elle ne le concevait pas autrement.

Se détournant de lui, elle s'occupa à regrouper au centre du petit foyer de la cheminée les brindilles et les aiguilles de pin qu'elle avait ramenées de son escapade en forêt. Elle trouva près de lui un vieux briquet[2] et un silex, qui n'avaient pas dû servir depuis une éternité. Elle retailla le silex à l'aide d'un galet, afin de lui redonner du tranchant. Ensuite, elle se saisit du briquet

1. Prêtresse et guérisseuse.

2. Loin du briquet actuel, le briquet médiéval était une lame d'acier dotée d'une poignée comprenant deux anneaux, dans lesquels on pouvait passer les doigts.

de la main droite, les doigts glissés dans ses deux anneaux. Avec application et fermeté, elle en percuta la lame contre le silex. Encore et encore, jusqu'à produire enfin des étincelles qui lui permirent d'embraser le petit bois. Se penchant, elle souffla dessus pour aviver les braises. Refrénant un cri de victoire, elle ajouta de la tourbe aux flammes. Bientôt, elles réchaufferaient la pièce. Satisfaite, Solveig patienta un instant, les yeux rivés sur le feu, les mains tendues vers lui, savourant cette délicieuse sensation plus que bienvenue. Comme elle se sentait mieux ! Revivre, même. Tout serait parfait, si elle ne se trouvait plus en Scotia, à veiller sur un ennemi qui la troublait plus qu'il n'était acceptable. Imperceptiblement, son regard se tourna vers Liam. Son bras avait glissé du lit, entraînant un large pan de la couverture avec lui. La nudité de son torse puissant s'offrait librement à sa vue, jusqu'au haut de ses cuisses musclées. Une ligne de poils sombres partait de son nombril pour rejoindre ses braies en laine brune, qu'elle avait eu la bonne idée de lui remettre après l'avoir pansé. La première fois qu'elle avait vu son sexe, bien plus imposant et impressionnant que celui de Sven, sa curiosité en avait été piquée… et son imagination s'était envolée au point que s'arracher à sa contemplation avait exigé d'elle toute la force de sa volonté.

Les bandages de Liam avaient déjà besoin d'être changés. Du moins, ceux qui couvraient ses plus profondes blessures, là où l'ours avait le plus durement frappé. Peut-être devrait-elle retrouver le corps de ce dernier et le dépecer ? Sa chair les nourrirait, sa fourrure les protégerait et, ainsi, la mort de ce noble animal serait honorée. Gardant cette idée en tête, elle entreprit de défaire un premier bandage, d'ôter le lichen qu'elle avait apposé sur les plaies pour le remplacer par du plus frais. À première vue, le remède était efficace : nulle infection ne transparaissait. Certes, Liam en garderait des cicatrices dont il pourrait s'enorgueillir auprès des femmes pour les impressionner, comme aimaient à le faire les guerriers Scandinaves. Pourtant, il n'avait pas besoin de cela pour séduire. Tout en lui évoquait la virilité, la puissance et la bravoure. D'un seul regard, il lui donnait le vertige, avec la sensation qu'elle perdait pied dans un univers où rien d'autre qu'eux n'existait. Une émotion des plus perturbantes, qu'elle ne parvenait pas davantage à comprendre qu'à contrôler. Que ressentirait-elle, si au lieu d'un regard il lui souriait vraiment ? Il était toujours si ombrageux. Connaissait-il le bonheur ? Y avait-il goûté ? L'avait-il perdu ? Cela expliquerait nombre de choses. Peut-être avait-il été marié, ou l'était-il encore, même si elle n'avait jamais vu ou entendu parler d'une épouse. Caitrinn ne lui en avait rien dit, et elle n'avait pas posé la question. Pourquoi s'en souciait-elle autant, à présent ? Que lui importait ? Inutile de le nier. La possibilité qu'il appartienne à une autre la dérangeait.

Elle sursauta lorsqu'il saisit son poignet. Son regard était si ardent qu'elle en eut le souffle coupé. Un tourbillon où le temps et la raison n'avaient plus prise l'emporta…

Chapitre 15

Avant que Solveig puisse réagir, Liam plaqua sa bouche sur la sienne. Impossible pour lui de se retenir plus longtemps. Il en avait trop envie ! La sensation exquise de ses doigts courant sur son corps pendant qu'elle prenait soin de lui l'avait submergé d'un irrépressible besoin. Dieu merci, au lieu de le repousser, elle répondait avec ardeur à son baiser. Leurs langues jouaient l'une avec l'autre, s'engageant en une danse enfiévrée. Il la pressa plus fort contre lui, écrasant sa poitrine contre son torse. Elle s'agrippait effrontément à lui, gémissait de plaisir, exacerbait son excitation. Comme il avait envie d'elle ! Au diable ses blessures, oubliées la douleur, leurs différences, leur animosité ! Sans qu'il ne contrôle plus rien, uniquement guidé par une irrépressible passion, ses mains parcouraient le dos de Solveig, s'attardaient sur la courbure de ses reins, caressaient…

La froideur d'une lame sous sa gorge l'immobilisa. Coupant court à leur étreinte, d'une main fébrile et assise sur lui à califourchon, Solveig le menaçait à présent de son propre couteau.

Elle balbutia.

— Cesse tout de suite… ou… tu le regretteras.

Sa respiration était tout autant saccadée que la sienne. Il lisait dans la splendeur de ses yeux le même désir qui lui fouillait les reins. Et, pourtant, elle le refusait. S'il pouvait l'accepter, Liam éprouvait douloureusement son rejet. Tout en lui aspirait à ce qu'elle retrouve ses bras ! Mais il ne la forcerait pas. Il ne la brusquerait pas. Jamais il n'avait agi ainsi auparavant, et il ne commencerait pas ce jour, en dépit de l'urgence de l'appel qui emplissait la moindre fibre de son être.

— Est-ce vraiment ce que tu souhaites, Solveig ?

— Oui, je… Si nous poursuivons, tes blessures risquent de se rouvrir.

Il haussa un sourcil. Était-ce cela, la véritable raison de son refus ? Elle s'inquiétait pour lui ? Il ne savait s'il devait rire ou s'offusquer.

— Si ce n'est que cela, ne crains rien, répliqua-t-il. J'ai connu bien pire par le passé et…

— Non. Hors de question.

Elle se leva trop précipitamment pour qu'il puisse la retenir.

— Je n'ai pas envie de toi, Liam MacCann.

— Tu mens.

— Peut-être. Peut-être pas.

— Est-ce parce que je suis un Scot ? M'accepterais-tu, autrement ?

Elle hésita, avant de répondre d'une voix nouée.

— Cela compte, en effet, même si… Ah, quelle importance ! Quoi que je dise, tu ne me crois pas, de toute façon.

En vérité, il arrivait à peine à penser, complètement subjugué par son ensorcelante beauté sauvage. Qu'elle était magnifique et courageuse, à le toiser ainsi, à le défier d'oser l'approcher ! Pourtant, tout aussi sûrement qu'il ressentait sa force, elle était également fragile, vulnérable. Un impérieux besoin de la protéger se mêla à la puissance du désir qu'il éprouvait pour elle. La sensation de sa peau veloutée sous ses doigts était encore prégnante, son odeur affriolante sur lui tout autant, et il déglutit difficilement, cherchant à maîtriser des émotions qui menaçaient de l'engloutir.

— Solveig…

Lentement, faisant fi de la douleur qui vrillait ses muscles, il s'assit sur le rebord du lit puis leva la tête vers elle.

— Jamais je ne t'obligerai à partager ma couche. Quant à te croire, eh bien, je ne demande que ça. Jure-moi une dernière fois que tu ne peux en rien m'aider à protéger mon clan, que tu ne chercheras pas à nous nuire, et nous en resterons là.

Il espérait lire de la sincérité dans ses yeux. Cela lui simplifierait tellement les choses ! Il pourrait alors se permettre de ne plus la considérer comme une ennemie.

Elle s'immobilisa, interloquée. Imaginait-elle qu'il essayait de la manipuler, encore ? Au bout de ce qu'il lui sembla une éternité, elle répondit enfin.

— Me laisseras-tu partir, ensuite ?

— Si c'est ce que tu souhaites, tu as ma parole.

D'un geste las, elle posa le couteau sur la table. Puis elle inspira profondément, se rapprocha de lui et riva ses yeux dans les siens, comme il le lui avait demandé.

— Je n'ai pas l'intention de faire du mal à ceux de ton clan, et je regrette que ton village ait été attaqué, mais j'ignore tout de ce que les miens ont fait ensuite. Je suppose qu'ils sont repartis sur notre île, au nord, avec leurs prisonniers. Je suis certaine qu'Erik les traitera correctement, et…

— Erik ?

— Mon… ami.

À l'évidence, elle tenait beaucoup à cet homme. Liam en éprouva une piquante jalousie.

— Ton ami ? Rien de plus ?

— Cela ne te regarde pas.

Il fronça les sourcils. Son emportement l'amusait ? Il serait aisé de le croire, au sourire en coin qui se dessinait sur son visage.

— Ce qui me regarde, en revanche, répliqua-t-il avec plus de sévérité qu'il ne l'avait cherché, c'est de découvrir où se trouvent les prisonniers et si je peux encore les sauver, si cet Erik compte revenir sur mes terres, et avec combien d'hommes. Es-tu certaine de ne rien savoir non plus à ce sujet ?

Elle soupira.

— Je le jure. Erik ne m'a rien dévoilé de ses intentions en Scotia. Je ne sais pas s'il navigue en ce moment en compagnie des autres équipages qui nous ont rejoints juste avant l'attaque, ou s'ils se sont séparés depuis.

— Celui qui s'en est pris à Caitrinn, est-ce l'un des hommes d'Erik ?

Elle se rembrunit. À l'évidence, éveiller ce souvenir lui était très déplaisant, et il s'en voulut de l'avoir fait. Pourtant, il tenait à continuer de la faire parler, tant qu'elle y était disposée.

— Qui était-ce ? insista-t-il.

— Erling. Il fait partie de l'équipage de son père, pas celui d'Erik, et il ne mérite pas le nom d'homme.

— Assurément.

— Assez de questions. Me crois-tu, à présent ? Tiendras-tu parole ?

Non. Tu resteras avec moi, fut la première pensée de Liam. Il s'efforça de la chasser aussi vivement qu'elle lui était venue. Solveig ne lui appartenait pas et il était dorénavant persuadé de sa sincérité. Que Dieu lui pardonne !

— *Aye.* Je ne te retiendrai pas.

Les traits de Solveig se détendirent, et pourtant quelque chose au fond de ses yeux l'intrigua, sans qu'il parvienne à définir de quoi il s'agissait.

— Merci, murmura-t-elle.

Il hocha la tête, regrettant au plus profond de lui-même d'avoir énoncé une telle promesse.

Ils dînèrent au son du crépitement des flammes et du grondement du vent. Dehors, une tempête se préparait. Déjà, de lourds flocons tombaient en myriades tourbillonnantes. Il était difficile d'y voir à plus de quelques pas. Liam avait tout de même voulu marcher un peu à l'extérieur, à la fois pour se dégourdir et pour se rafraîchir les idées. Il n'était pas allé très loin avant de faire demi-tour. Devant le feu, Solveig se recroquevilla sous son châle, remonta ses jambes nues pour les entourer de ses bras.

— Pourvu que la cabane tienne, dit-elle, inquiète. Demain, si la tempête se calme, j'essaierai de nous trouver à manger.

— Tu n'arriveras à rien si tu attrapes mal. Tu frissonnes. Allons, viens auprès de moi, sous la couverture. Nous nous tiendrons chaud, et… non, ne crains rien, je ne te toucherai pas, je te le jure. Sauf si tu me le demandes.

Elle ne le regarda même pas.

— Je préfère rester loin de toi, Scot… Par précaution.

Mettait-elle sa parole en doute ? Elle aurait tout aussi bien pu le gifler. Blessé dans son honneur plus qu'il n'était acceptable, il s'emporta.

— Très bien ! Dans ce cas, meurs de froid si cela te chante !

Pourquoi se montrait-elle si entêtée, alors qu'il ne cherchait qu'à la préserver ? Diable ! Jamais il ne comprendrait les femmes, et encore moins celle-ci !

Plus tard, alors qu'il s'était finalement assoupi en dépit de ses nerfs à vif et des bourrasques de plus en plus violentes, il sentit qu'on se glissait auprès de lui. Il se figea, n'osant plus bouger. Rêvait-il encore ? Assurément pas. Il était bien éveillé, au contraire. Solveig se blottissait réellement contre lui ! Elle était gelée et grelottait. Sans hésiter, il l'enlaça. Ses longs cheveux d'or, doux et soyeux, s'étalèrent sur le torse de Liam. Son enivrante odeur l'enveloppait, telle une voluptueuse caresse. Si elle se raidit tout d'abord entre ses bras, elle se détendit rapidement, comprenant certainement qu'il ne cherchait qu'à la réchauffer, à partager sa chaleur avec elle.

Rien de plus.

Quoi qu'il lui en coûte, il avait promis.

Néanmoins, il ne dormit que peu, cette nuit-là. Était-elle consciente de la torture qu'elle lui infligeait ? Sans doute pas, car elle dormait profondément. À chacune de ses respirations, sa poitrine affriolante se soulevait et s'abaissait, et le désir de Liam s'amplifiait. Elle gémit et se blottit plus étroitement encore contre lui. Son pouls s'accéléra. Son érection devint plus pressante, presque douloureuse tant il s'efforçait de la contenir. Il y parviendrait. Il le fallait. Peu importaient les élans de son corps et de son cœur, pour rien au monde il n'aurait voulu gâcher ce moment précieux auprès de Solveig, endormie en toute confiance entre ses bras.

Il s'obligea à fermer les yeux, à se concentrer sur le grondement du vent, espérant trouver lui aussi un sommeil qui le fuyait tout aussi sûrement que Solveig le ferait bientôt…

Chapitre 16

Solveig se réveilla avec un sentiment de bien-être qu'elle n'avait pas connu depuis longtemps. Elle se sentait en sécurité, enveloppée par des bras solides, protecteurs et réconfortants… jusqu'à ce qu'elle se souvienne ! La nuit dernière, elle s'était glissée auprès de Liam, à la recherche de chaleur… et d'autre chose, aussi, qu'elle refusait de s'avouer. Lentement, avec précaution pour ne pas le déranger, elle se tourna pour le contempler. La lueur de la lumière extérieure, qui filtrait par les interstices entre les planches des murs, caressait chacun de ses traits. Ses doigts se languissaient de faire de même. Elle l'effleura seulement, de crainte de le réveiller, de briser le calme entre eux. Ce moment de paix et de quiétude, quand le connaîtrait-elle de nouveau ? Toute son attention était absorbée par les sensations que Liam éveillait en elle. La promiscuité de leurs corps, ses muscles qui tressaillaient contre elle, son souffle chaud sur son visage, sa bouche si proche de la sienne… Qu'il était tentant d'y goûter ! Elle s'était montrée tellement stupide de le rejeter, par fierté, alors qu'elle avait terriblement envie de lui ! Elle aspirait à ce qu'il l'embrasse passionnément, qu'il la serre contre lui, qu'il la fasse sienne, mais c'était impossible. Parce qu'il était grièvement blessé et qu'elle ne voulait pas risquer d'aggraver son état…

Un mensonge, qui n'avait convaincu aucun d'eux. Il était plus facile de prétendre qu'elle se refusait à lui pour cette raison, plutôt que d'accepter qu'elle ait peur. Peur de ne jamais pouvoir le quitter, ensuite, alors qu'il était censé représenter tout ce qu'elle devait haïr, mépriser… redouter. Elle ne ressentait rien de cela pour lui, tout au contraire, et elle en était bouleversée. S'arrachant à ses rêveries, elle s'extirpa de ses bras puis remonta la couverture sur lui. D'ici quelques jours, il serait suffisamment remis pour qu'il n'ait plus besoin d'elle. Alors, elle partirait. Retourner sur son île ne serait pas aisé, pourtant elle y parviendrait pour retrouver Erik et affronter Erling. Peut-être croiserait-elle un drakkar ami, qui la ramènerait là-bas ? D'abord, elle devait rejoindre la mer. Son étendue infinie lui manquait terriblement. Auparavant, elle passait des heures sur la plage, à la recherche de coquillages, ou à marcher au bord de l'eau, à rêver de paysages lointains et d'aventures. Jamais elle ne se serait imaginé que le destin la mènerait ici, à Liam… Un simple coup d'œil sur lui la fit frissonner, et hésiter. La merveilleuse sensation de ses bras autour d'elle restait prégnante. Tout en elle aspirait à retourner se coucher auprès de lui. Puisqu'elle le désirait autant, et qu'à l'évidence lui aussi, pourquoi ne pas s'offrir à lui ? Elle n'avait qu'à le lui signifier, voilà tout ! Qu'avait-elle à craindre en suivant ses pulsions ? Assouvir un tel désir charnel était naturel. Cela ne les engagerait pas l'un envers l'autre, car il ne s'agissait aucunement d'amour entre eux, n'est-ce pas ? Ensuite, elle pourrait toujours partir et…

La porte s'ouvrit en grand. Solveig sursauta et, instinctivement, chercha à sa taille la garde du couteau de Liam. Mais nul danger ne menaçait. Leur seul ennemi était le vent. Rassurée, elle s'empara d'un vieux panier en osier, puis sortit, abandonnant Liam à son repos.

Si, dehors, l'air froid était mordant, le paysage était une véritable splendeur. La tempête était terminée. Ne restait d'elle qu'une brise charriant des flocons épars et un blanc manteau qui recouvrait tout. La couche épaisse de neige arrivait aux chevilles de Solveig. Il devait en être de même, sur son île. La réelle différence était qu'ici, les Scots étaient chez eux, et c'était son peuple à elle qui venait piller et tuer. Cependant, tous les Scandinaves n'étaient pas ainsi. Des familles souhaitaient juste s'installer sur des terres plus accueillantes pour y voir grandir leurs enfants, alors que d'autres ne rêvaient que de richesses facilement acquises.

Lorsqu'elle retrouverait Erik, elle lui parlerait, lui demanderait de convaincre le *jarl* Oldavson de ne pas se joindre aux autres clans qui se regroupaient aux Orcades. Elle ne voulait plus jamais assister au massacre d'innocents, ni même qu'ils soient emprisonnés comme elle l'avait été. Ainsi, elle essaierait de libérer les villageois du clan MacCann enlevés par les siens, afin qu'ils puissent rentrer chez eux. Du moins ceux qui n'avaient pas déjà été envoyés dans de lointains marchés aux esclaves. Cela ne serait pas aisé, voire impossible, mais elle aimait à croire qu'elle y parviendrait. Rassérénée par ces objectifs, elle se rendit jusqu'à la rivière. Liam avait besoin de viande, pour reprendre des forces. Elle tout autant. Une seule couverture et leurs deux manteaux n'étaient pas non plus suffisants pour se protéger du froid, d'autant plus que leurs vêtements étaient très abîmés. Ses doigts engourdis par la température basse se refermèrent sur le manche du couteau. Elle avait trouvé ce qu'elle était venue chercher.

Le cadavre de l'ours. La noble bête leur procurerait tout ce dont ils avaient besoin pour un long moment encore…

Une odeur appétissante éveilla Liam. Il étira ses muscles endoloris et chercha Solveig des yeux. Lui tournant le dos, elle était assise près du foyer. L'alléchante senteur venait de là. Un énorme morceau de viande rôtissait au-dessus des flammes. Des gouttes de graisse s'en écoulaient en crépitant sur les braises rougeoyantes. Liam en avait l'eau à la bouche ! Les maigres rations qu'ils avaient partagées l'avaient à peine rassasié. Décidément, Solveig était pleine de ressources. Comment ne pas être subjugué ?

— Eh bien, s'exclama-t-il. Ça sent divinement bon ! Où as-tu trouvé cette viande fraîche ? Aurais-tu chassé ?

Alors qu'elle piquait la viande, le son de sa voix la fit sursauter. Elle se retourna vivement vers lui. Ses joues, écarlates à la chaleur du feu, rehaussaient la teinte bleu océan de ses yeux, braqués sur lui. Une vision enchanteresse, dont il se délectait.

— Non, dit-elle. La viande vient de l'ours. Il serait dommage de l'abandonner aux charognards. Sa fourrure nous sera aussi fort utile, une fois que j'aurai fini de la tanner.

— Aurais-je dormi des jours entiers, pour que tu aies eu le temps d'accomplir tout cela ? Je m'en veux de ne pas t'avoir aidée. Que puis-je faire ? Oh non, ne refuse pas, je me sens beaucoup mieux et j'ai besoin de m'activer.

Et de me rapprocher de toi…

Cette pensée lui avait échappé. Loué soit Dieu, il ne l'avait pas énoncée à haute voix ! Cependant, il n'avait pas menti. Il se sentait réellement mieux. Comme si cette nuit passée auprès de Solveig l'avait rasséréné. Elle avait ravivé ses forces, par sa seule présence. En dépit de sa frustration physique, son cœur en avait été comblé.

Avec un soupir, elle lui désigna une petite marmite, qui cuisait sur un côté du feu.

— Dans ce cas, préviens-moi quand le contenu bouillira, que j'y ajoute des herbes.

— Voilà une tâche dont je peux m'acquitter sans peine !

Il se leva trop vite, fut saisi d'un vertige, réussit à n'en rien montrer. Hors de question de laisser Solveig le remarquer ! Son état était un fardeau qui lui pesait déjà suffisamment, sans provoquer en plus l'inquiétude de la jeune femme… ou même sa pitié. Il supporterait mille morts, plutôt que cela.

Il se pencha sur le contenu de la marmite, pour mieux le humer.

— Ça semble délicieux.

— Je l'espère bien. C'est un bouillon agrémenté de plantes et de baies[1], et ça n'a pas été simple de les trouver.

Il fut saisi d'une pulsion soudaine de la taquiner.

— Dis-moi, tu ne comptes pas m'empoisonner, au moins ?

— L'idée est fort tentante, en vérité… Mais cela en vaudrait-il la peine, après tous ces efforts pour te garder en vie ? Ou en tirerais-je une véritable satisfaction ? Goûte donc, et tu auras ta réponse…

Elle lui tendit une cuillère remplie d'un bouillon épais. Il l'accepta, sans hésiter. C'était très bon ! Quel exploit avait-elle réussi, surtout avec leurs maigres ressources ! De combien de talents, encore, Solveig était-elle dotée ?

— Alors ? s'enquit-elle.

— Je me resservirai avec plaisir.

— Parfait, le poison n'en sera que plus efficace.

Elle lui sourit, et il s'esclaffa de bon cœur, ravi qu'elle s'amuse également de sa plaisanterie. Leurs regards s'ancrèrent l'un dans l'autre. Liam déglutit avec difficulté. Imaginait-elle combien il lui était difficile de ne point l'embrasser ? Sa résolution de ne pas la toucher était atrocement mise à mal. Être simplement assis à son côté était un délicieux supplice qui exacerbait son désir. Leurs bras se frôlaient, ses cheveux l'effleuraient, sa senteur de miel et de fleur l'envoûtait… Ils se tenaient trop près l'un de l'autre.

1. Contrairement à ce que l'on peut croire, les forêts en hiver ne sont pas dénuées de nourriture à glaner, lorsqu'on sait la reconnaître : sont consommables certains lichens, baies comme les cynorhodons une fois cuits, les fruits du sorbier sous certaines conditions, les prunelles, orties, etc. Mais attention, n'en mangez jamais sans vous assurer avant que vos trouvailles soient bien comestibles !

Il pouvait voir les reflets des flammes dans le bleu de ses yeux, détailler avec précision chaque trait parfait de son visage. Elle était si belle ! Bien trop pour qu'aucun homme sain de corps et d'esprit puisse lui résister. Pourtant, il le devait, parce qu'elle ne voulait pas de lui. Maudissant tout ce qui les séparait, il s'efforça de s'arracher à sa contemplation pour se concentrer sur la marmite et la viande qui rôtissait.

La nourriture, ou ton rétablissement. Songe à n'importe quoi d'autre qu'elle...

Facile à dire, plus compliqué à faire ! Se trouver si proche de Solveig bouleversait chacun de ses sens. Le moindre de ses gestes l'émerveillait... et l'emplissait de la plus grande confusion. Jamais auparavant il ne s'était senti aussi gauche, aussi vulnérable, auprès de quiconque.

Il lui avait assuré qu'il la laisserait partir sans chercher à la retenir, sans la suivre... mais plus le temps s'écoulait, moins il en serait capable.

Chapitre 17

Les journées s'égrenaient dans une routine et un calme apaisants. Cela faisait près de deux semaines que Solveig et Liam étaient réfugiés dans la cabane. Ce dernier recouvrait davantage de force chaque jour. D'ici peu, Solveig reprendrait la route. Hélas, si une part d'elle était prête à abandonner Liam dans l'instant, une autre, de plus en plus insistante, s'y refusait. Plus elle passait de temps auprès de lui, plus il lui semblait difficile, voire impensable, de le quitter. Entendre sa voix rauque, à l'accent prononcé, lui procurait des frissons. Poser les yeux sur lui était un plaisir. Lorsqu'il la contemplait, elle se sentait plus vivante que jamais. Tout en elle réclamait qu'il la prenne dans ses bras, que leurs bouches se lient, que leurs corps s'agrippent, qu'ils se découvrent comme un homme et une femme… Cette torture s'exacerbait chaque nuit où ils dormaient l'un près de l'autre, partageant leur chaleur. S'il ne la touchait pas autrement qu'en la serrant contre lui, elle en était l'unique responsable. Ne lui avait-elle pas arraché cette promesse ?

Elle y avait beaucoup réfléchi. Si se donner à lui apaisait son corps, cela suffirait-il ? N'en serait-elle pas plus tourmentée, ensuite ? Liam lui inspirait des sentiments qu'elle avait de plus en plus de mal à refouler. Elle aspirait à davantage qu'une unique nuit d'amour, ce qu'elle ne pourrait obtenir, car lui ne le souhaitait certainement pas…

Elle avait refusé qu'il l'accompagne à la cueillette d'herbes médicinales. Marcher seule l'aiderait, espérait-elle, à apporter un peu d'ordre dans la confusion de ses émotions. Un flocon lui arriva sur le nez. Elle l'essuya distraitement. Comme en Norvège, la neige semblait ne jamais cesser de tomber l'hiver sur ces contrées qu'elle avait appris à aimer. La splendeur des paysages de Scotia était stupéfiante. En dépit de la lumière pâle, des journées courtes, du vent imprévisible et du froid mordant, elle adorait contempler la nature environnante, savourer les odeurs boisées, s'enfoncer dans la neige immaculée. Ces magnifiques territoires sauvages étaient chargés de promesses et d'espoir. Rien d'étonnant à ce que les Scots luttent si ardemment pour les conserver.

La veille, elle avait fini de tanner la peau de l'ours avant de la mettre à sécher. Elle avait rembourré ses bottes de fourrure et s'était aussi cousu une paire de braies, bien plus utile et chaude que les restes de sa robe. Plus pratique pour s'entraîner, également. Elle s'y obligeait chaque jour, frappant dans le vide, gesticulant face à un adversaire invisible. Quand Erling se retrouverait face à elle, elle serait prête ! Son visage rougeaud lui apparut soudain, aussi vif que s'il s'était réellement trouvé là. Il riait, se gaussait d'elle, la provoquait en brandissant l'épée de son père. Il clamait qu'elle ne la récupérerait jamais ! Eh bien, c'était ce qu'il verrait !

Perdue dans ses pensées, elle s'était approchée de la rivière sans même s'en apercevoir, et ne tarda pas à saisir des bruits qui l'intriguèrent. Se tassant sur elle-même, elle s'en rapprocha, méfiante… puis s'immobilisa. La rivière rejoignait un petit lac, ou *loch*, comme on disait ici, dans lequel Liam se baignait. Était-il devenu fou ? L'eau devait être glaciale ! Il était encore convalescent et, s'il tombait malade, cela repousserait d'autant son départ !

— Liam MacCann !

Furieuse, elle l'appelait tout en courant vers lui. L'apercevant, il sortit de l'eau. Lentement. Entièrement nu, il lui laissa tout loisir de le contempler ! Baldr[1] lui-même n'aurait pu être plus magnifique. Ses blessures récentes n'étaient plus que des cicatrices légèrement boursouflées. Il avait guéri beaucoup plus vite qu'elle ne s'y était attendue… ou qu'elle n'avait voulu le voir. L'eau cristalline du loch ruisselait sur ses épaules luisantes, ses bras musclés, son torse puissant, ses longues jambes solides.

Le plus captivant était sans doute son impressionnante virilité. Ce n'était certes pas la première fois que Solveig contemplait le sexe de Liam, mais cette fois-ci était différente. Elle pouvait véritablement prendre le temps de le regarder… et avait tout le mal du monde à en détacher le regard. Son ventre brûlait. Une chaleur vive s'en échappa pour l'envahir tout entière, enflammant ses joues. Liam continuait d'avancer sereinement vers elle. Enfin, elle parvint à remonter son attention sur son visage. Était-ce un sourire narquois qui s'y dessinait ? Refusant qu'il comprenne à quel point elle était décontenancée, elle se planta devant lui et lui tendit sa chemise qui traînait à terre avec ses autres vêtements.

— Rhabille-toi !

— Pourquoi ?

— Parce que, autrement, tu gèleras sur pieds !

— Il ne fait pas si froid.

— Sottise ! Perdrais-tu l'esprit ? Quelle folie t'a pris de te baigner dehors en plein hiver ?

— C'est vivifiant. Et cela me permet aussi de calmer quelque peu mes ard… Ah, oublie cela.

— Tu n'es pas encore guéri ! Est-ce la mort, que tu cherches ?

— Certes point, j'aime trop la vie.

1. Dieu scandinave de la beauté, de la lumière et de la jeunesse, adoré de tous sauf de Loki qui a manigancé sa mort.

— On ne le dirait pas.

Le sourire de Liam s'élargit.

— Tu sembles vraiment en colère. Ou… serait-ce ma nudité qui te gêne ? Les Scandinaves seraient-elles plus prudes encore que nos femmes ? Ce n'est pourtant point la première fois que tu me vois ainsi, il me semble.

— Il est vrai, et je n'en suis toujours pas impressionnée, lui répondit-elle, mentant avec aplomb. Je te préviens, si tu tombes malade, tu te soigneras tout seul !

— Quel dommage. J'adore que tu t'occupes de moi…

Sa voix s'était faite plus rauque, teintée de regrets et d'autre chose, aussi, de plus profond. Solveig en resta muette. S'amusait-il à la provoquer ? Ne pouvait-il cesser de la dévisager ainsi ?

Avec un soupir, il se saisit finalement de la chemise et s'en recouvrit le torse et les épaules. Le reste de sa personne restant librement offert à la vue de Solveig qui déglutit avec effort.

— Les braies, à présent, ordonna-t-elle.

— Évidemment. Mon manteau et mes bottes, ensuite. Voilà. Es-tu satisfaite ?

— Non. Pas avant que tu ne sois à l'abri, au chaud, à la cabane. Tes cheveux sont trempés, il est totalement stupide de…

— Cordieu, femme ! Je ne suis pas un enfant que tu peux rabrouer !

Il se saisit de ses épaules, l'attira à lui. Ses yeux d'un vert fascinant la fixaient avec une ardente intensité. Son odeur musquée l'enveloppait. Le contact de ses mains sur elle réveilla une attente et une espérance qu'elle était lasse de refouler. À nouveau, elle se perdait dans son regard, dans…

Solveig ! Ressaisis-toi, vite !

Cela aurait été plus aisé si elle n'avait pas eu autant conscience du torse puissant de Liam, que la pointe de ses seins effleurait. Mobilisant toute sa volonté, elle recula d'un pas, puis d'un autre, et agita vaguement le bras devant elle, comme pour s'assurer de maintenir une distance entre eux.

— Agis donc à ta guise, s'écria-t-elle. Et si ta bêtise te mène à ta perte, je serai débarrassée de toi encore plus vite !

Aussitôt, elle fit demi-tour, déterminée à l'ignorer puisqu'il semblait tout autant décidé à se montrer déraisonnable. Qu'en avait-elle à faire, après tout ? Elle n'était pas responsable de lui et de son comportement insensé !

En deux enjambées, il la rattrapa et l'obligea à lui faire face. Son visage était sévère, torturé par des émotions contre lesquelles il peinait à lutter. Ses iris émeraude brûlaient d'un feu dévorant. Solveig avait l'impression d'être prisonnière d'une fournaise. Les battements de son cœur s'emballèrent. Sa respiration accéléra. Des frissons la parcouraient. Une douleur sourde grandissait dans son ventre, alors que la main de Liam venait caresser sa joue.

— Que Dieu me pardonne, murmura-t-il, mais si tu ne me repousses pas, là, tout de suite, je jure sur tout ce qui m'est cher que je te ferai mienne.

Il s'empara de ses lèvres, la plaqua contre lui. Au lieu de lui résister, Solveig s'accrocha à lui, s'abandonnant sans retenue à l'ardeur de son baiser affamé. Toutes ses barrières s'effondrèrent. Elle ne maîtrisait plus rien des vagues d'émotions impérieuses qui déferlaient en elle. Jamais elle n'avait eu autant envie d'un homme qu'elle désirait Liam, et rien n'aurait pu la préparer à une telle explosion de passion. Elle répondit à son baiser avec un besoin impérieux. Ses mains s'agrippèrent à lui, savourant la sensation de ses muscles durs sous ses doigts. Enfin, elle accordait toute liberté à ses sens, sans se préoccuper de rien d'autre que de Liam qui la soulevait, l'enveloppait de ses bras tout en la dévorant de baisers.

Elle se rendit à peine compte qu'il l'avait portée jusqu'à la cabane, dont il ouvrit la porte d'un coup de pied. Il l'allongea ensuite sur la paillasse qu'ils avaient partagée tant de nuits sans se découvrir. Avec habileté, il dénoua les rubans de son bliaud[1] puis glissa ses mains sous le tissu à la rencontre de sa poitrine. Il en taquina les mamelons de ses doigts, puis de sa bouche. Lascive, elle gémissait de plaisir sous ses caresses expertes. Personne ne l'avait jamais touchée ainsi ! En un instant, ils s'étaient mutuellement dévêtus. Peau contre peau, leurs corps jouant l'un contre l'autre, les sensations n'en étaient que plus exquises. Gouvernée par la passion qui la submergeait, Solveig fit glisser sa main le long de la ligne de poils bruns qui menait au sexe en érection de Liam. Énorme, tendu et palpitant, il frémit au contact de ses doigts qui se refermaient sur lui. Liam ne cherchait pas à étouffer des gémissements rauques de plaisir, à mesure qu'elle le caressait, l'explorait, le découvrait.

— Tu me rends fou, souffla-t-il entre deux baisers.

Et lui, voyait-il l'emprise qu'il avait sur elle ? Elle ne se contrôlait plus, s'abandonnait totalement à lui, au moindre de ses gestes à la fois tendres et passionnés. Plus rien ne comptait que leurs corps entremêlés qui se pressaient l'un contre l'autre avec une ferveur endiablée. Comment avait-elle pu imaginer que quoi que ce soit ait pu avoir plus d'importance que cela ? De ses mains et de sa bouche, Liam se l'appropriait tout entière. Il embrassait sa gorge, ses seins, son ventre, et descendait plus bas jusqu'à placer son visage entre ses cuisses ouvertes. Elle poussa un cri pendant qu'il explorait de la langue son intimité offerte. Un feu dévorant la submergeait, tant le plaisir qu'il lui donnait montait en puissance. Une multitude d'incroyables sensations l'emplissaient, se bousculaient en elle, lui donnaient le vertige.

— Liam ! Oh ! Liam !

1. Un bliaud (ou bliaut) est une tunique longue portée aussi bien par les hommes que par les femmes.

Secouée par des vagues de spasmes de plus en plus intenses, elle se cambra, crispa ses doigts dans les cheveux de Liam, jusqu'à ce que vienne l'explosion de la jouissance. Un plaisir d'une ampleur inédite ! Un instant après, Liam était au-dessus d'elle. Elle écarta ouvertement les cuisses pour le recevoir, et il la pénétra avec tant de tendresse qu'elle en eut les larmes aux yeux.

— Tu as mal ? s'inquiéta-t-il.

Il n'aurait pu se méprendre davantage. Son membre vigoureux ne pouvait la blesser, tant elle le voulait en elle. Elle le désirait plus que tout autre chose !

— Non. Au contraire, souffla-t-elle. Ne t'arrête surtout pas.

Passant ses jambes autour de sa taille, elle s'agrippa à ses épaules aux muscles aussi solides que l'acier. Relevant le bassin, elle l'encouragea à la pénétrer plus profondément. Alors, rassuré, il plongea en elle encore et encore, de plus en plus vite, de plus en plus fort, ne cessant jamais de la caresser tout en se mouvant en elle. Chacun de ses coups de reins accroissait en Solveig la puissance de sensations à la limite de l'insoutenable. Une délicieuse torture, un brasier la consumait ! Une nouvelle fois, différemment de la première mais tout aussi intensément, son corps explosa en une myriade d'étoiles de plaisir absolu.

Le cri de jouissance de Liam se mêla au sien, puis, pantelant, il retomba sur elle pour l'embrasser tendrement. Il enfouit ensuite son visage dans son cou, le temps pour l'un et l'autre de reprendre leur souffle. Enfin, il se redressa sur les coudes pour plonger son regard dans le sien.

— Jamais je n'avais ressenti un tel plaisir, aussi fort, aussi parfait, aussi... indescriptible, murmura-t-il. M'aurais-tu ensorcelé, pour que je te désire plus que nulle autre ? Pour que je perde toute maîtrise de moi-même, que je pense à toi nuit et jour, que j'aie l'impression de ne jamais parvenir à me rassasier de toi ?

Elle le contemplait, déstabilisée. Comment lui expliquer

qu'elle ressentait la même chose pour lui ? Que cela l'excitait et l'effrayait tout autant ? Il était toujours en elle, enflammant les braises de son désir.

Elle effleura ses lèvres des siennes.

— J'en veux encore, Liam. Je te veux, toi, encore…

Il scella ce vœu de sa bouche, l'embrassant fougueusement. Sa langue repartait avec la sienne en une danse langoureuse. Ses mains expertes l'exploraient de nouveau. Ses caresses l'embrasaient. Progressivement, son sexe gonflait en elle, durcissait, se raidissait, et avant que Liam ne se meuve en elle, elle le fit se mettre sur le dos pour le chevaucher. Instantanément, il plaqua ses mains sur sa taille, l'accompagna dans ses déhanchements de plus en plus frénétiques et continua à la caresser tout en gémissant son nom, jusqu'à ce que l'extase les emporte une fois encore dans un monde où rien d'autre n'existait.

Ils firent ainsi l'amour toute la nuit, s'accordant de courtes pauses jusqu'au petit matin, où épuisés, ils finirent par s'endormir l'un contre l'autre, bercés par le doux pépiement des oiseaux…

Chapitre 18

Ce matin-là, le soleil flamboyait. Ses rayons illuminaient la forêt. Ils rehaussaient l'éclat du manteau neigeux, donnaient au paysage une atmosphère magique. Sur le seuil de la cabane, emmitouflée dans son châle, Solveig inspira amplement. Jamais encore elle ne s'était levée si tard ! La nuit avait été éreintante. Magnifiquement épuisante ! Liam dormait encore. Cette passion qui les avait consumés, ce plaisir intense qu'elle avait connu entre ses bras, cette plénitude qui s'était ensuivie la bouleversait. Que n'aurait-elle donné pour le vivre éternellement !

Elle aurait dû le fuir, tant qu'il était temps. Désormais, il était trop tard. Rien qu'à le regarder, paisiblement assoupi, son cœur se serrait d'amour et de tendresse. Pourquoi avait-il fallu qu'il soit un Scot ? Trahissait-elle les siens, en écoutant ainsi son cœur ? Renier ce qu'elle ressentait pour lui ne serait-il pas se mentir ? Pourtant, elle ne regrettait aucunement ce qui s'était passé. Liam exerçait sur elle un pouvoir auquel elle ne pouvait échapper, l'aurait-elle souhaité, et elle devait l'accepter. Entre ses bras, elle avait connu plus de bonheur qu'elle n'aurait cru imaginable. Seule une volonté divine pouvait expliquer cette attirance irrésistible, ce lien entre eux.

On ne contrarie pas les dieux, se dit-elle avec un sourire. Ce qu'ils avaient partagé avait balayé nombre de doutes. Il était l'homme qu'elle avait toujours attendu. Celui qu'elle voulait comme compagnon, comme époux. Il suffisait qu'il le souhaite également, et ils trouveraient un moyen de faire accepter leur union par leurs deux clans. Tous en tireraient avantage et…

Liam gémit doucement. Il glissa son bras sur la place vide auprès de lui, celle qu'elle occupait quelques instants plus tôt. Il la cherchait dans son sommeil. Une bouffée de tendresse la submergea.

Il entrouvrit les yeux.

— Solveig ?

— Je suis là, Liam.

Visiblement rassuré, il lui sourit, la contemplant comme si elle était l'être le plus précieux au monde. Ses cheveux ébouriffés lui donnèrent envie d'y glisser les doigts avant de les faire voyager sur son torse puissant. Elle respira un peu plus fort, humecta ses lèvres. Liam était décidément parfait en tout point, et le simple fait de se remémorer leurs ébats l'échauffa.

Il ouvrit la couverture, l'invitant à le rejoindre.

— Qu'attends-tu pour venir te réchauffer ?

La proposition était explicite et terriblement tentante. Quelle plus agréable façon de commencer une journée que de faire l'amour ? Mais avant cela ils devaient parler de ce qui s'ensuivrait. Alors, quand elle vint s'asseoir auprès de lui et qu'il la saisit pour l'embrasser, elle le repoussa tant qu'elle en avait encore la force et la volonté.

À l'expression qui se peignit sur ses traits, elle comprit qu'il se méprenait sur son geste.

— Je ne cherche pas à me refuser à toi, Liam. Ce qui s'est passé entre nous, c'était…

— Plus merveilleux que je ne le croyais possible.

— Liam, je…

Il se saisit de ses mains, les porta à ses lèvres et la dévisagea avec le plus grand sérieux.

— Regarde-moi. Regrettes-tu de t'être offerte à moi ? Est-ce cela que tu essaies de me faire comprendre ?

— Non ! Pas du tout !

— Ne pars pas, Solveig. Reste auprès de moi. Ensemble, nous retournerons à Dunaildinn et, cette fois, tu ne seras pas une prisonnière, mais une invitée aussi longtemps que tu le souhaiteras.

— Une invitée ? Est-ce cela, ce que tu me proposes ? Si tu entends faire de moi ta maîtresse, cela ne…

— Ah, cordieu ! Non ! s'exclama-t-il en se passant une main sur la nuque. Je n'ai jamais été très doué avec les mots, et avec toi, je me sens encore plus maladroit. Ce que j'essaie de t'expliquer, c'est que je me moque que tu sois une Nordique et moi, un Scot. Tu es à moi, comme je suis à toi, Solveig. Ce que je veux, si tu m'acceptes, c'est que tu deviennes ma femme, et peu importe ce que les autres en penseront !

Il était sincère ! Il le souhaitait réellement ! Elle le lisait dans ses yeux. Sur le moindre de ses traits. Le sentait dans la fermeté de ses mains enserrant les siennes.

— Promets que je serai traitée en égale, et pas comme une épouse docile et soumise.

— Je ne l'imaginais pas autrement. Je ne cherche pas à t'enfermer en cage, Solveig. Je te le jure, comme tu dois me croire quand je te dis que je n'envisage plus la vie sans toi. Veux-tu de moi ?

— Oui, Liam, oui !

Éperdus de joie et de confiance en l'avenir, ils scellèrent cette promesse d'un baiser fougueux, et la passion les emporta de nouveau…

Lorsque, bien plus tard, Solveig rouvrit les yeux, un bras de Liam enserrait sa taille. Son dos était pressé contre son ventre plat et ferme. Elle se retourna pour le contempler, se retint avec peine de l'embrasser. Jamais elle n'aurait imaginé autant adorer cela mais, avec Liam, c'était spécial ! Unique. Il remua dans son sommeil, murmura son nom. Rêvait-il d'elle ? Une touchante pensée, en vérité, qui l'attendrit. Comme il tournait la tête, une mèche lui tomba sur les yeux. Avec douceur, elle la remit en place. Son front était moite, et un peu trop chaud. Elle fronça les sourcils, soucieuse. La fièvre lui revenait. Pas très fort, heureusement. Il suffirait sans doute d'une tisane de reine-des-prés pour la faire disparaître. Il ne lui restait, hélas, que peu de feuilles et de fleurs séchées dans sa besace, fruits d'une précédente cueillette.

Elle ne put retenir un soupir. Il suffisait que Liam la regarde ou l'effleure pour qu'une envie folle de lui la saisisse. Il était sans conteste l'homme le plus parfait qu'elle ait jamais rencontré, et il était à elle, comme elle était à lui. Comment encore imaginer le quitter, alors qu'elle ne se sentait à sa place qu'auprès de lui ? Qu'elle avait accepté de devenir sa femme ? Elle doutait cependant de trouver la paix avant d'avoir récupéré l'épée de son père. Erik devait aussi apprendre la vérité sur son sort, et sur les vils actes d'Erling. Ce dernier paierait pour ses crimes. Elle s'en assurerait, d'une manière ou d'une autre…

Suffit, Solveig, s'admonesta-t-elle. *Ne perds pas ton temps à tergiverser ! Les dieux favorisent ceux qui agissent et font en sorte d'obtenir ce qu'ils souhaitent. Et ce que tu désires, plus que toute autre chose, c'est Liam.*

En dépit de ce qu'il assurait, il n'était pas encore entièrement remis de ses blessures. Pour leur retour à Dunaildinn, il aurait besoin de toutes ses forces. Leurs réserves s'amenuisant, elle irait en forêt y remédier, que tout soit prêt pour leur départ. Avec un peu de chance, elle serait de retour avant qu'il ne se réveille. Juste avant de se lever, elle ne résista pas à la tentation d'effleurer ses lèvres des siennes.

Ensuite, elle se glissa hors du lit et extirpa les quelques feuilles et fleurs de reine-des-prés de sa besace pour les réunir sur la table. La tisane attendrait son retour, qu'elle soit chaude et agréable au réveil de Liam. Un dernier regard vers lui, et elle sortit.

Il commençait à faire sombre. La journée était déjà bien avancée. Il lui fallait se hâter. Poussée en avant par un vent fort qui l'obligea à rabattre sa capuche sur sa tête, elle s'enfonça dans la forêt, au milieu des pins. Le froid lui piquait la peau, comme autant de minuscules aiguilles. Elle leva les yeux au ciel, exhala un tourbillon de fumée blanche. Invisible depuis le fait des arbres, une chouette hulula. L'animal se préparait à partir en chasse. Retenant un frisson à cause de la température glaciale, Solveig se fraya un chemin à travers troncs et fourrés. À présent, elle connaissait ces sentiers sauvages presque aussi bien que les ruelles de son village. Délaissant la rivière sur la gauche, elle poursuivit sa marche vers l'est, là où elle avait déposé près d'un grand chêne un collet fabriqué avec du bois et de la corde dénichée à la cabane. Avec de la chance, un lièvre s'y serait laissé prendre. Ensuite, elle chercherait des herbes et de la mousse.

Avant qu'elle n'atteigne le lieu de passage de petit gibier près du chêne où elle avait recouvert le collet de feuilles pour le camoufler, elle entendit des éclats de voix. À l'affût, elle s'immobilisa.

Des hommes ? Ici ?

Amis ou ennemis ? Des Scots, certainement. Seraient-ce des MacCann, inquiets de ne pas voir revenir Liam, lancés à leur recherche ? Il lui avait pourtant assuré avoir ordonné aux siens de ne point le suivre, quoi qu'il arrive. Solveig décida d'en avoir le cœur net. Espérant que l'obscurité naissante l'aiderait, elle entreprit de se cacher dans les buissons pour progresser sans être repérée et… elle perçut trop tard le craquement d'une branche, derrière elle.

Quelque chose d'énorme la percuta de plein fouet. Elle s'écroula à terre, le souffle coupé.

Chapitre 19

Par tous les saints, où Solveig était-elle passée ? L'esprit encore embrumé, Liam pensait se réveiller auprès d'elle, mais il avait trop dormi et ne l'avait pas sentie se glisser hors du lit. La place vide à côté de lui était froide. Solveig était donc partie depuis un bon moment, même si son odeur enivrante flottait dans l'air et persistait sur la couverture qui le recouvrait. À la faible lumière qui pénétrait dans la cabane, il comprit qu'il était tard. La nuit tombait. Il était anormal que Solveig, où qu'elle soit allée, ne soit pas déjà revenue. Des frissons le parcoururent. La tête lui tournait. Il se leva trop vite. Un bref vertige le saisit, qu'il chassa pour se vêtir à la hâte. L'inquiétude le rongeait. Le sentiment, également, que Solveig était en danger. Elle avait besoin de lui. Il le sentait, jusqu'aux tréfonds de son être, dans la moelle de ses os ! Une urgence identique à ce qu'il avait ressenti juste avant que l'ours ne la charge. Comme si un lien indéfectible s'était déjà créé en eux, alors, avant même qu'ils ne fassent plus qu'un.

Elle était la seule à lui faire vivre cela. Pourtant, des femmes, il en avait connu. Des amourettes passagères, aucune qui ait vraiment compté, contrairement à Solveig. Il aimait être avec elle, il adorait lui faire l'amour, doutait d'être jamais rassasié d'elle. Bien qu'étant une païenne, elle serait acceptée par son clan.

Comme lui, les siens l'admireraient pour ses nombreuses qualités et sa bonté d'âme, loin du monstre sacrilège que les chrétiens pouvaient voir en la figure des Scandinaves.

Dehors, la neige avait recouvert le sol et la végétation. Par-dessus le faîte des arbres, les cimes des montagnes marquaient la frontière avec l'océan, et plus loin encore se trouvaient les îles Shetland, d'où Solveig venait. Une pensée terrible le saisit. Était-elle repartie là-bas ? Sans un mot, sans un adieu ? Impossible. Elle ne se serait pas enfuie ainsi. Pas après ce qu'il s'était passé entre eux, pas alors qu'elle avait accepté d'être sa femme !

Le cœur battant, les nerfs à vif, torturé à l'idée qu'elle puisse lui avoir menti, il remarqua ce qu'il cherchait : au sol, des traces de pas. Bien que déjà partiellement recouvertes de neige, ses sens ne le trompaient pas. Sans hésiter, il s'enfonça dans le bois à la suite de Solveig, indifférent aux branches enchevêtrées qui essayaient de le ralentir.

Solveig avait du mal à respirer. L'homme qui l'avait agressée pesait de tout son poids sur elle. Feignant la docilité, elle saisit sa chance lorsqu'il se souleva enfin. Roulant sur le côté, elle le frappa de toutes ses forces dans l'entrejambe ! Il beugla de douleur, s'écarta d'elle. Elle en profita pour bondir, mais on lui agrippa la cheville, la ramenant brutalement en arrière. Stoppée dans son élan, elle s'effondra et se réceptionna sur le menton, dans une épaisse couche de neige. Son cri s'étouffa dans sa mâchoire qui claqua violemment. Le goût métallique du sang s'insinua dans sa bouche. La douleur cuisante ne fit qu'exacerber sa peur et sa colère. Se ramassant sur elle-même, elle brandit le couteau de Liam, rangé à sa ceinture et qu'elle ne quittait jamais lorsqu'elle sortait, pour faire face à son adversaire. Elle s'élança sur lui, lui taillada le bras, quand d'un geste vif, il la désarma en lui tordant si douloureusement le poignet qu'elle poussa un cri. Il cherchait à le lui casser ! De son autre main, il lui saisit la gorge et la pressa férocement. Alors, il approcha son visage aux traits balafrés du sien. Ses yeux fous et sanguinaires, d'un brun si profond que l'on aurait cru un puits insondable, exacerbaient la cruauté de son sourire sauvage. Il lui manquait quelques dents. Son haleine empestait ! Solveig se débattait, en vain. Elle se sentait défaillir. Essayer de respirer requérait la moindre de ses forces. De désespoir, elle tenta de le frapper de ses genoux et de ses pieds, mais il esquivait ses pitoyables attaques d'autant plus aisément qu'elle perdait conscience. Il éructa quelque chose qu'elle ne saisit pas, tant ses oreilles bourdonnaient. Il riait. Ce maudit prenait plaisir à la brutaliser ! Elle gigota encore, hélas plus faiblement. Les ténèbres l'emportaient, et tout ce à quoi elle pensait c'était à Liam qu'elle abandonnait…

Soudain, alors qu'elle se croyait perdue, l'homme fut brusquement repoussé loin d'elle, la libérant de sa poigne ! Une main pressée sur sa gorge, recroquevillée sur le sol, elle toussa, chercha son air… quand elle respira enfin de nouveau, se sentant revivre, ce fut pour voir une main énorme et poilue tendue vers elle. Lentement, elle releva la tête et ne crut pas ce qu'elle découvrait.

Un cerf porté de part et d'autre de ses larges épaules, un géant roux la toisait avec incrédulité. Elle le reconnut aussitôt : Ranald, l'un des hommes d'Erik !

— Solveig ? balbutia-t-il. Impossible, tu es morte…

— Ce… Ce n'était pas loin.

D'un coup d'œil, elle repéra son assaillant. Il gisait à terre, à demi assommé. Elle bondit pour se jeter sur lui, mais Ranald la retint de sa poigne de fer.

— Holà, doucement, petite. Tu tiens à peine debout et il a déjà compris qu'il ne fallait pas te toucher. Pas vrai, Orm ?

Le dénommé Orm grommela, une main pressée sur son visage

tandis qu'il se redressait. Son nez saignait abondamment. Ranald l'avait si durement frappé qu'il le lui avait sûrement cassé. Tant mieux ! Il méritait bien pire.

— Ce misérable a voulu me tuer ! s'écria Solveig. Si tu ne l'avais pas arrêté…

— Bah, Orm est un imbécile, et il n'a jamais su y faire avec les femmes. Oublie-le, petite, il ne t'approchera plus s'il sait ce qui est bon pour lui. Raconte-moi plutôt ce qui t'est arrivé ! Qu'est-ce que tu fais ici, dans cette forêt, au milieu de rien, vêtue comme une Scot ? Erling nous avait pourtant juré avoir vu ton cadavre !

— Il a menti.

Ranald haussa un de ses sourcils broussailleux.

— Menti ? Comment ça, menti ? Il s'est trompé, pour sûr, puisque tu es en vie, mais de là à le traiter de…

— Je sais ce que j'affirme, Ranald ! J'en suis la preuve ! Et s'il n'y avait que cela…

Elle hésita à poursuivre. Tout lui raconter sur les actes odieux d'Erling à portée d'oreilles indiscrètes ne lui paraissait pas une bonne idée. Ranald était-il toujours loyal à Erik ? Orm semblait, quant à lui, amplement mériter son nom[1]. De plus, elle préférait qu'ils ignorent autant que possible l'existence de Liam. Cela ne ferait que le mettre en danger.

— Ranald, où est Erik ? demanda-t-elle.

— À notre campement, par-là, et il risque bien de s'étouffer de surprise en te découvrant ! Tu n'es pas le gibier qu'il attendait, mais il sera ravi. Ah ça, il m'offrira sûrement plus d'un bracelet précieux pour me remercier !

— Il te récompensera, sans aucun doute. À quelle distance, le campement ?

1. Orm signifie serpent.

Aussi loin que possible de Liam, espéra-t-elle, puisqu'elle ne pourrait éviter de s'y rendre, à présent.

— Trois heures de marche, je dirais. Ça dépend si on traîne ou pas, et on ferait bien d'y aller tout de suite. Parler longtemps me donne mal au crâne, et nous serons plus à l'aise le ventre plein, devant un bon feu. Nous avons des retrouvailles à célébrer !

Il s'esclaffa de son rire gras, lui rendit son couteau qu'elle glissa dans le fourreau en cuir à sa ceinture, et s'efforça de lui sourire à son tour.

— Orm et toi, vous chassiez seuls ?

— Non, il y en a d'autres, mais nous nous sommes séparés voilà une heure environ, pour qu'on ait plus de chances de trouver du gibier… ou autre chose de valeur. On les croisera sans doute sur la route du retour.

— Et au camp ? Combien êtes-vous, en tout ?

Ranald fronça les sourcils.

— Tu poses beaucoup de questions, petite.

— C'est aussi mon avis, renchérit Orm, les rejoignant.

Ses mains, son visage et sa tunique étaient écarlates. Il regarda Solveig avec animosité et suspicion.

— Tu es certain qu'elle est des nôtres, Ranald ? Et pas une espionne des Scots ? Moi, je n'ai pas confiance. Après tout, on ignore d'où elle sort, et elle a osé traiter Erling de menteur. On sait tous que c'est un brave et elle, regarde-la, elle ressemble à une…

Solveig le frappa si fort sur le nez qu'il recula en beuglant de plus belle. Poing levé, elle menaça de le cogner de nouveau.

— Répète ça encore une fois, Orm, et je te tue de mes mains ! Erling est un fourbe, quant aux Scots, ils m'ont emprisonnée ! Ils ont fait de moi une esclave ! Je les déteste tous autant qu'ils sont !

Pourvu qu'elle soit suffisamment convaincante ! À tout prix, elle devait donner le change pour les éloigner de Liam. Hélas, Ranald hésitait. Il doutait, à présent, à cause des mots perfides de ce maudit Orm ! Le géant la dévisageait, un tic nerveux aux lèvres, jusqu'à ce que son attention se porte sur les alentours.

— Tu es toute seule, ici, petite ?

— Oui.

— Comment t'es-tu échappée de la forteresse des Scots ? Avec de l'aide ?

Son expression s'était rembrunie. Solveig frémit. Qu'il était grand ! Un véritable colosse. S'il le souhaitait, d'un seul geste, il la couperait en deux. Nul doute qu'il le ferait sans remords, s'il comprenait qu'elle cherchait à le fourvoyer.

— J'ai séduit un garde, je l'ai tué et je me suis enfuie. Depuis, je survis comme je peux en essayant de retrouver les nôtres. Vous êtes les premiers hommes que je croise depuis des semaines, et je…

Un bruissement dans les fourrés accompagna ses mots, comme pour les nier. Terrifiée à l'idée que cela puisse trahir la présence de Liam, qui les espionnerait, elle se figea, main sur la garde de son arme, prête à bondir sur Ranald et Orm s'il le fallait. À sacrifier sa vie pour celui qu'elle aimait, si nécessaire.

— Orm, va voir ce qui se cache, là-bas, ordonna Ranald.

Le guerrier hocha la tête tout en esquissant un rictus. Hache en main, il se dirigea d'un pas décidé vers le bosquet. Sur la défensive, Ranald ne quittait plus Solveig des yeux. La tension devint palpable.

— Tu es sûre de toi, petite ? Si je découvre que tu te moques de moi, je n'hésiterai pas à te tuer, peu importe ce qu'Erik en pensera.

— Je le répète, je suis seule.

Mentir ne lui posait aucun problème, si cela pouvait préserver Liam.

Douce Freyja, faites qu'il dorme à la cabane, qu'il ne se soit pas rendu compte de mon absence, qu'il n'ait pas cherché à me rejoindre !

Ranald et Orm, sans compter les autres vikings dans les parages, n'auraient aucune pitié, et elle ne pourrait les arrêter. Même s'il était un guerrier formidable, Liam, encore fiévreux, et même avec son aide, n'aurait pas le dessus sur plusieurs combattants aguerris et en pleine forme.

— Ce n'est qu'un lièvre ! les interpella Orm, visiblement déçu. Avec rien que la peau sur les os. Ça ne vaut pas la peine de le chasser pour le ramener au camp.

Quel soulagement ! Solveig haussa la tête vers Ranald, dont les traits épais se détendirent.

— Très bien, petite. Je te crois. On rentre au camp, à présent. Le *jarl* Oldavson sera sûrement très intéressé par ce que tu pourras lui apprendre sur les défenses des Scots, vu qu'il compte attaquer très bientôt leur château.

Cette nouvelle la fit tressaillir. Si le *jarl* s'était déplacé jusqu'ici, en personne, et que Ranald disait vrai sur ses projets, cela ne signifiait rien de bon !

— Il veut vraiment s'emparer de la forteresse des MacCann ?

Ranald caressa presque amoureusement du doigt le tranchant de sa hache.

— Les MacCann, hein ? C'est donc ainsi qu'ils se nomment ? Eh bien, oui. Le *jarl* entend en effet s'étendre sur leurs terres, alors, quel que soit leur nom, ces chrétiens périront ou se soumettront, et leurs biens seront à nous !

Elle déglutit, s'obligeant à acquiescer. Quel autre choix avait-elle ?

— Bien sûr. Comme il se doit…

Ces mots la meurtrirent. Elle devait pourtant les énoncer pour s'assurer la confiance de Ranald, gagner du temps et espérer quitter les lieux au plus vite. Si Liam venait avant qu'ils ne soient partis, le danger serait trop grand. Le ventre noué, elle prit son expression la plus résolue et leva la tête vers Ranald.

— Retrouvons Erik, à présent. Et le *jarl*. J'ai beaucoup à leur dire qui nous assurera la victoire.

Un large sourire s'étira sur le visage rubicond de Ranald, que cette déclaration paraissait combler. Il ouvrit aussitôt la marche, Orm se plaçant derrière Solveig. Elle n'osa pas jeter un seul regard en arrière, de crainte que cela n'attise les soupçons des deux Vikings. Ses pensées étaient entièrement tournées vers Liam et son cœur se serra.

Pourrait-il un jour lui pardonner ?

Chapitre 20

Un peu plus tôt...

Après quelques minutes de recherche, Liam avait perdu la trace de Solveig, pour la retrouver ensuite, presque par hasard. Cette fichue neige épaisse qui avait tout recouvert après son passage lui compliquait la tâche ! Mais il n'abandonnait pas, aiguillonné par une urgence de plus en plus pressante. Puis, il entendit des voix. Des voix d'hommes, et celle, cristalline et mélodieuse, d'une femme. Solveig ! Son sang ne fit qu'un tour. Il dégaina son épée, prêt à fondre sur eux pour la défendre quand on le tira en arrière. Une main gantée appuya sur sa bouche pour le faire taire.

— Pas un mot, Liam, murmura son adversaire à son oreille.

Cullen ? Impossible ! Liam hocha la tête, et son ami le libéra.

— Que fais-tu ici, Cullen ? Tu devrais être à des lieues de là, chez les Grant...

— J'en suis revenu, il y a trois jours de cela. Qu'imaginais-tu ? Que je resterais ensuite à attendre le retour de ta folle escapade ? Le *laird* te croit mort ! Mais pas moi, alors je suis parti à ta recherche. Et j'ai bien fait, car si j'étais arrivé rien qu'un instant plus tard... Regarde.

Il écarta avec précaution la végétation, et Liam se baissa à son côté, découvrant un spectacle qui le fit frémir. Solveig parlait avec deux Vikings… et semblait parfaitement à l'aise en leur compagnie.

— On dirait de vieux amis, grommela Cullen. Je t'avais pourtant prévenu qu'il ne fallait accorder aucune confiance à cette fille. Depuis le début, elle avait prévu de les retrouver. Tu pensais la manipuler, et c'est elle qui l'a fait !

Liam restait silencieux. Toute son attention était focalisée sur Solveig, et les deux hommes. Comment y croire ? Cullen se trompait. Forcément. Il y avait une autre explication. Cette rencontre avec ces Vikings était fortuite et non organisée ! Pourtant l'attitude de Solveig laissait supposer le contraire… Liam ne la quittait pas des yeux. Tout en lui frémissait. Le moindre de ses muscles était tendu, prêt à agir.

— Je dois me rapprocher, souffla-t-il. Écouter ce qu'ils se racontent.

En avoir la certitude.

— Ils s'expriment dans leur langue maudite, et…

— Je la maîtrise suffisamment pour comprendre l'essentiel. Reste ici.

Cullen n'obéit pas et le suivit, avançant lui aussi prudemment et courbé. Le cœur de Liam battait à tout rompre, son esprit était agité d'émotions contraires. Enfin, ils furent réellement à portée de voix, cachés derrière un épais bosquet. Au même moment, Solveig frappa au visage le plus trapu des Vikings.

« Les Scots m'ont emprisonnée, ils ont fait de moi une esclave ! Je les déteste tous autant qu'ils sont ! »

La ferveur de ses mots et son ardeur à les exprimer le pétrifièrent. Les doigts de Cullen sur son bras l'extirpèrent de sa torpeur.

— Prudence, Liam. Ils regardent vers nous.

Confirmant ses paroles, le géant à la barbe rousse donna un ordre à son comparse qui se dirigea aussitôt vers leur cachette.

La mâchoire de Liam se crispa. Il saisit la garde de son épée tout en sachant que Cullen faisait de même avec la sienne. Nul besoin de mots entre eux, ils se comprirent tout de suite et se tenaient prêts au combat. Trop tard pour envisager une autre issue : le Viking s'apprêtait à les débusquer. Tant mieux, ils en finiraient ainsi plus vite ! Dans un instant, ils bondiraient et tueraient ce Scandinave avant qu'il ne…

Un lièvre, caché depuis le début à leurs pieds dans l'épais buisson et sans doute dérangé par leur présence, en surgit. Juste sous le regard du Viking !

Visiblement désappointé, ce dernier retourna vers son camarade et Solveig. Comme elle semblait soulagée qu'il ne s'agisse que d'un animal… et pas de Liam, qui aurait pu l'espionner et risquer de ruiner ses maudits plans. Elle l'imaginait sûrement encore endormi, ou du moins à la cabane, ignorant tout de ses agissements ! De son immonde traîtrise. Les mots qu'elle avait prononcés et son comportement ne permettaient plus aucun doute sur ses véritables intentions.

Liam fulminait. Elle l'avait trahi, lui avait menti depuis le début et, à présent, elle s'apprêtait à aider son peuple à attaquer le sien.

Encore une fois…

Elle avait tout prévu, depuis le premier jour.

Son univers s'écroulait. Il sombrait dans les ténèbres insondables d'un puits sans fond de colère et de souffrance. Même la pire des blessures physiques n'était rien face à ce qu'il ressentait ! Solveig, qui avait su toucher son cœur comme aucune autre, l'avait manipulé avec un talent démoniaque. Il avait commis une terrible erreur, il ne la reproduirait pas ! À présent, la haine remplaçait l'amour en lui. La douleur étouffait le plaisir. La déception le désir. Il avait si mal qu'il avait la sensation de suffoquer.

— L'attaque du village, le sauvetage de Caitrinn, grommela Cullen entre ses dents serrées. Ce n'était qu'une ruse pour que cette sorcière s'introduise dans notre forteresse et découvre nos défenses. Je le savais, je l'ai toujours su ! Les Vikings sont l'engeance du diable !

Au même moment, Solveig, escortée des deux Vikings, quittait la clairière. De sa propre volonté, sans contrainte aucune.

La mâchoire de Liam se contracta.

— Suivons-les. Puis nous les tuerons tous, jusqu'au dernier, avant qu'ils aient la moindre chance de s'en prendre à notre clan.

— *Aye*, bien parlé, Liam.

Se fondant dans les ombres, aidés par l'obscurité nocturne, ils s'engagèrent à la suite de leurs proies…

Chapitre 21

De leurs torches allumées, Ranald et Orm éclairaient le chemin. Solveig marchait entre eux. Depuis ce qu'il lui semblait une éternité, ils s'enfonçaient dans la forêt. Orm avait émis l'idée de faire une pause pour la nuit, mais Ranald paraissait avoir hâte de ramener Solveig au campement et avait refusé. Cacher ses véritables sentiments était pour elle une torture. Même si elle s'impatientait de retrouver Erik, son inquiétude pour Liam, ainsi que sa culpabilité à son égard, la rongeaient. À chaque pas, elle sentait le regard brûlant d'Orm sur elle. Il ne lui faisait guère confiance, à raison, et le sentiment était réciproque. Elle s'efforçait de l'ignorer, continuant à progresser entre les deux hommes. En chemin, ils avaient croisé la route des autres chasseurs. Au lieu de les accompagner, ces derniers avaient préféré poursuivre leur voie vers l'ouest, assurant retourner au camp le lendemain.

Solveig ne pouvait se départir de la sensation que Liam se trouvait auprès d'elle, comme s'il marchait à son côté. Il ne quittait pas ses pensées, ce qui ne faisait que l'affliger davantage. Les magnifiques rêves d'avenir qu'elle s'était imaginés auprès de lui s'évaporaient tout aussi sûrement que les volutes blanches de sa respiration dans l'air glacé.

Orm grommela dans son dos.

— Tu parais bien nourrie, pour une esclave en fuite.

— Je sais comment survivre, Orm.

— Oh ! ça, je n'en doute pas. Tout de même, ton histoire me semble pour le moins étrange et…

Elle se retourna pour se planter devant lui, une main portée sur la garde de son long couteau.

— Et rien du tout, répliqua-t-elle. Je me moque de ce que tu penses, Orm. Je ne te connaissais même pas jusqu'à ce jour et tu n'as pas à me juger ou à contester la véracité de mes paroles. Peut-être voudrais-tu que nous réglions cela par les armes ? Tu m'as attaquée en lâche, la première fois, mais si tu l'oses, je suis prête à t'affronter, à présent.

Il la toisa, mi-amusé mi-tenté de répondre à sa provocation. Ses doigts se plaquèrent sur le manche de sa hache.

— Tu n'as aucune chance contre moi, femme.

— Dans ce cas, tu n'as rien à craindre, n'est-ce pas ?

Elle ne sut s'il entendait relever ou non le défi, car Ranald déposa lourdement le cerf qu'il portait sur ses épaules entre eux, pour les séparer. Face à lui, même Orm avait l'air d'un nabot. Ce dernier recula sous l'implacable regard du géant.

— Erik tient à elle, gronda Ranald. Alors, si tu veux t'en prendre à la petite, il te faudra m'affronter d'abord.

— Je peux livrer mes propres batailles ! protesta-t-elle.

L'ignorant, il la repoussa en arrière et la bloqua de son corps immense, formant un mur entre Orm et elle. Finalement, Orm détourna les yeux, mais un rictus mauvais déformait ses traits.

— Elle n'en vaut pas la peine, clama-t-il. On verra si elle continue à mentir et à se considérer comme une guerrière quand Arvid l'interrogera.

— Arvid ? le père d'Erling ? Il est au camp ?

— Assurément, fillette. Lui et tous ses hommes, dont j'ai l'honneur de faire partie, répondit Orm avec fierté. Je te conseille de lui révéler tout ce que tu sais sur les défenses scots, et d'oublier tes folles accusations contre son fils, ou tes entrailles nourriront ses chiens.

Sur ce, il cracha à terre puis s'éloigna. Ranald baissa la tête vers Solveig.

— Ne prends pas garde à ce pourceau, petite. Il aboie bien plus qu'il ne mord… Contrairement à son maître, cela dit. Sur ce point, il a raison. Arvid voudra t'interroger et, si tes réponses ne le satisfont pas, il n'hésitera pas à te le faire payer. Tout comme si tu persistes à traiter Erling de menteur. Mais n'aie crainte, Erik et moi ne le laisserons pas te blesser.

Si elle lui en était reconnaissante, autre chose la préoccupait bien davantage que la cruauté d'Arvid.

— Est-ce qu'Erling se trouve au campement, lui aussi ?

Cette question lui brûlait la langue. Elle en redoutait une réponse positive, tout en l'espérant. Ce misérable était peut-être à sa portée !

— Il s'y trouvait, en tout cas quand j'en suis parti, assura Ranald. Son père comptait l'envoyer piller un monastère, avec quelques guerriers. J'ignore s'il en est revenu. Tu as hâte de le retrouver, pas vrai ? Tu prétends qu'il t'a abandonnée, mais… tous les deux, vous étiez amants, ou quelque chose du genre ?

— Amants, non. C'est bien autre chose qui nous lie.

Ses poings se refermèrent, sa bouche se serra. Ranald la contempla avec attention puis haussa nonchalamment les épaules.

— Quoi que ce soit, ça ne me regarde pas, et je devine que tu ne souhaites pas m'en parler.

Il glissa une main dans le dos de Solveig, pour l'inciter à reprendre la route. Un geste amical, presque fraternel, qui lui rappela un instant Erik, qu'elle retrouverait bientôt.

Ils marchèrent encore une bonne partie de la nuit, marquant des pauses ici et là, car ils se perdirent maintes fois. Le crépuscule se levait quand, épuisés, ils quittèrent la forêt pour arriver à une clairière. Le paysage s'étalait à perte de vue : une étendue d'herbes sauvages parsemée de rochers épars, plus ou moins hauts, et au fond, derrière des collines, la mer se devinait à l'horizon. Solveig inspira à pleins poumons. L'air était quelque peu différent, plus salé. Les cris des mouettes s'élevant dans le ciel bleu résonnaient comme une invitation au voyage, telle une ode à la liberté. Rien de surprenant à ce que les Scandinaves, habiles navigateurs, prennent tant de plaisir à explorer le monde qui les entourait, que cela soit pour commercer, piller ou coloniser des terres plus accueillantes que celles qu'ils abandonnaient derrière eux.

Ranald s'enthousiasma.

— Nous y sommes presque. Là-bas ! On voit la fumée de nos feux. Hâtons-nous, je meurs de faim et je salive déjà à l'avance du bon repas qui nous attend ! Si on s'était encore égarés, je jure que j'aurais dévoré ce foutu cerf cru, bois et sabots compris !

Même si le ventre de Solveig criait aussi famine, elle avait en tête des préoccupations autrement plus importantes. Elle accéléra l'allure sur le sentier, son cœur battant d'appréhension et de joie mêlées.

En fait de campement viking, un véritable village entouré d'un muret de pierre était établi à flanc de coteau. De nombreuses tentes étaient installées. Certaines petites, d'autres très grandes, autour de masures. La plupart étaient en ruines, mais quelques-unes étaient restaurées ou en cours de l'être. Non loin se trouvait une embouchure où un fleuve se jetait dans la mer. Une dizaine de drakkars y mouillaient. D'autres avaient été tirés au sec sur la grève, sans doute pour y être réparés, ou nettoyés. Des hommes s'activaient sur les ponts, ainsi qu'entre les habitations sommaires.

Solveig s'étonna.

— Depuis combien de temps êtes-vous installés ici ?

— Un bon moment, je crois bien. Pas longtemps après l'attaque du village, celle où on t'a crue morte, le *jarl* a ordonné le départ. On est nombreux à l'avoir suivi.

— Pourquoi ? Et pourquoi si vite ?

— Ça, Erik te l'expliquerait mieux que moi. Je dirais que l'espace manquait, que notre *jarl* ne s'entendait pas forcément avec certains des chefs de clan qui arrivaient et les opportunités seront de toute façon meilleures ici. On a commencé par ce village de pêcheurs à moitié abandonné, qu'on s'acharne depuis à restaurer. Il y a encore fort à faire, mais c'est un début prometteur pour une nouvelle vie, pas vrai ?

— Mon oncle et ma tante ? Sont-ils venus, aussi ? Ils tenaient la taverne.

— Ah, non, ces deux-là ont préféré rester. Désolé, tu pourras toujours les retrouver plus tard, cela dit.

Elle ne lui répondit pas, l'entendant à peine. Le souffle coupé, elle ne percevait plus rien d'autre que les battements précipités de son cœur. Elle ne voyait plus rien d'autre que l'homme qui venait de sortir d'une des plus grandes tentes. Il se tourna vers eux, leur fit un signe de bienvenue de la main, puis courut dans leur direction pour se figer, soudain livide. Il l'avait reconnue, à son tour.

— Solveig ? Par la lance d'Odin !

— C'est bien moi, Erik. Je suis revenue.

Il se précipita vers elle et l'emprisonna d'une étreinte massive. Tremblant d'émotion, elle se blottit tout contre lui.

Chapitre 22

— Je vais le tuer !

Furieux, Erik faisait les cent pas au centre de sa tente. L'une des plus grandes du campement, réservées aux guerriers d'élite du *jarl*. Ce dernier s'était lui-même octroyé une maison en dur, en hauteur, qui dominait toutes les autres.

Avant de s'adresser à lui, Solveig avait tout raconté à Erik. La trahison d'Erling, sa capture par les Scots, sa captivité au château des MacCann, son évasion… Tout en omettant volontairement de lui parler de Liam. Comment Erik aurait-il réagi, alors ? La révélation de l'acte abject d'Erling l'avait déjà rendu fou de colère. À la lueur du brasero, des ombres se mouvaient sur ses traits altiers, les montrant plus féroces et déterminés encore.

Il leva les poings, prêts à frapper.

— Même en pleine guerre, on ne tue pas nos femmes, on ne les violente pas ! Erling n'est qu'un infâme troll ! Dès son retour, j'irai le trouver, et…

— J'apprécie que tu souhaites laver mon honneur, mais ce combat m'appartient de droit. C'est moi qui le confondrai devant tous, pour ce qu'il m'a fait.

Il la dévisagea avec attention puis vint l'étreindre. Comme il n'avait cessé de le faire avec régularité depuis leurs retrouvailles, cherchant sans doute à s'assurer qu'elle était bien réelle.

— Certes, mais méfie-toi, Erling donnera sa propre version de ce qu'il s'est passé. Non, ne proteste pas, Solveig. C'est la vérité. Son père a l'oreille du *jarl*, tout autant que moi, et j'ignore ce qui en découlera. Bien sûr, je t'appuierai, et je veillerai à ce qu'Erling soit puni, mais seul le *jarl* peut décider de son sort. Quand je pense à ce qu'il t'a fait subir ! Comment ai-je pu croire ses mensonges ? Si j'avais su que tu étais encore en vie, j'aurais répandu ses tripes à terre et rasé ensuite ce maudit château pour te ramener !

Il la serra plus fort, presque à lui faire mal, mais qu'il était bon de le retrouver !

— Ne te reproche rien. Il sait se montrer convaincant. C'est normal que tu l'aies cru. Et il y a autre chose, aussi, dont je dois absolument te parler…

— Quoi donc ?

— Nous devons renoncer à attaquer la forteresse des MacCann.

Il se figea puis se détacha lentement d'elle. À l'intensité de ses yeux bleus qui la scrutaient avec effarement, elle comprit qu'il était décontenancé.

— Renoncer à cette attaque ? Tu es sérieuse ?

— Oui. Très.

— Je ne comprends pas. Pourquoi ?

— Les Scots ne sont pas des gens mauvais, Erik, et encore moins faibles. Ils sont courageux. Ils savent se battre. Leurs murs sont hauts et solides. Personne ne sortira vainqueur de cet assaut. Mieux vaudrait parlementer avec eux et trouver une solution qui éviterait toute violence. Il faut en convaincre le *jarl*.

— Le *jarl* ? Mais jamais il ne t'écoutera ! Il pourrait même exiger ta tête sur-le-champ pour avoir parlé ainsi ! Comprends-tu ? Tu insinues que ses hommes sont incapables de vaincre leurs ennemis. Tu glorifies leurs qualités, à eux, au lieu de soutenir nos guerriers ?

— Ce n'est pas ce que j'ai dit !

— Et pourtant…

— Écoute-moi, Erik, et réfléchis. Je veux juste éviter de faire couler inutilement le sang. Nous cherchons des terres accueillantes pour nos familles, les Scots auront toujours besoin de guerriers et de bras supplémentaires pour prospérer et se protéger de leurs voisins. Un accord entre nous profiterait à nos clans et…

— Oh ! et comment imagines-tu cela possible ? Même si le *jarl* choisit de suivre le chemin que tu proposes, les Scots n'accepteront jamais de s'allier à nous. Aurais-tu oublié ce que nous représentons, pour eux ? Le mal absolu, des païens, des barbares sanguinaires auxquels ils n'accorderont aucune confiance. Et en vérité je ne pourrais point leur donner entièrement tort. Qui nous écoutera, parmi ces Scots que tu sembles tant apprécier, au point de vouloir les protéger ?

— Erik ! Ce sont nos deux peuples que je cherche à protéger, par seulement les MacCann !

Il la saisit par les épaules.

— Que t'ont-ils fait subir, Solveig ? Qu'ont-ils fait pour que toi, qui aspirais tant à te battre contre eux, tu aies ainsi changé d'avis ?

— Le combat, les raids, les pillages… Ce n'est pas ce que j'imaginais. Loin de là ! Et les MacCann, ils m'ont traitée correctement. Pas au début, il est vrai, mais ensuite… Erik, je te le jure, ils sont comme nous. Ils travaillent dur pour leurs familles, prennent soin les uns des autres. Certes, il y en a qui sont paresseux et vils, mais ils ne sont pas pires que certains des nôtres ! Il se trouve des gens bienveillants, parmi eux. La jeune fille que j'ai sauvée des griffes d'Erling, par exemple. Elle s'appelle Caitrinn, et…

— Et tu t'es prise d'affection pour elle.

— En effet.

— Balivernes, Solveig ! Si tu souhaites la préserver, prends-la comme esclave une fois le château pris et tu pourras continuer à la protéger.

Elle se libéra franchement de son étreinte. Pourquoi ne pouvait-il comprendre ? L'écoutait-il vraiment ?

— Ça ne suffira pas ! Je refuse qu'elle devienne une esclave, je veux qu'elle soit libre, traitée en égale ! Elle ne m'a jamais fait sentir, elle, que j'étais autre chose qu'une amie, alors que j'étais leur prisonnière, entièrement à leur merci !

Il riva sur elle son regard de glace. Il semblait désemparé, et désolé.

— Tu as toujours eu bon cœur, Solveig, mais je crains que cette fois, tu ne…

— Avec ton aide, je parlerai au *jarl*. Il est sage, il comprendra.

— Il est surtout ambitieux.

— Alors, il comprendra d'autant mieux les avantages qu'il tirera d'une alliance, ou même d'une trêve, avec les MacCann.

— Ces derniers tueront le premier d'entre nous qu'ils apercevront depuis leurs murailles. Même si le *jarl* acceptait de parlementer, comment crois-tu que…

— Je connais un Scot qui écoutera. Il s'appelle Liam, et il est le neveu du *laird* des MacCann.

À peine eut-elle lâché ces mots qu'elle s'immobilisa, attentive à la réaction d'Erik. La conduirait-il au *jarl ?* Dans le cas contraire, ce dernier refuserait d'accorder audience à une simple villageoise, alors qu'il se préparait à un combat d'envergure.

Erik se racla la gorge.

— Liam, dis-tu ? Le neveu du chef du clan scot ?

— C'est un guerrier fort et brave. Il m'a sauvé la vie, quand un ours m'a attaquée.

— Un ours ? En plein hiver ?

— Je suppose que dans ma fuite dans la forêt, je l'ai dérangé, et…

— Ce Liam, il te poursuivait, c'est ça ? Pour te secourir ensuite ?

Elle acquiesça.

— Rien ne l'y obligeait, pourtant il l'a fait. Après cela, j'ai soigné ses blessures pour lui rembourser ma dette de sang, et…

— Et ?

— Je l'ai pris pour amant.

Erik écarquilla grand les yeux. Il se passa une main sur la nuque puis exhala un long soupir.

— Je vois… Je comprends mieux pourquoi tu hésitais à me parler de lui. Cela explique aussi ton empressement à empêcher ce conflit. Est-ce que tu l'aimes ? Oh ! nul besoin de me répondre. Je suis certain que oui. Je le lis dans tes yeux, et tu ne l'aurais pas choisi, autrement.

— Je l'aime, il est vrai. Je… Je ne m'y attendais pas, mais c'est arrivé. Je veux être avec lui. Il m'a demandé d'être sa femme, et j'ai accepté. Je refuse que nos peuples s'entre-tuent !

L'avouer lui était venu si naturellement ! Comme une évidence. Un sourire se dessina sur le visage d'Erik. Voilà qu'il semblait amusé de la situation !

— Eh bien, ce doit être un homme impressionnant, pour qu'il ait su capturer ton cœur ! Si seulement tu avais choisi l'un d'entre nous, les choses auraient été bien plus faciles, mais les *Nornes* décident de notre destin. Et si ce Liam a de l'honneur, il fera en effet de toi sa femme.

Hélas, il devait certainement avoir changé d'avis, à présent. *Je l'ai abandonné. Il doit me chercher, imaginer que je l'ai trahi… ou qu'il m'est arrivé malheur. Oh ! Liam, si tu savais combien j'aspire à me retrouver près de toi !*

Ignorant de ses pensées tourmentées, Erik posa des mains rassurantes sur ses épaules.

— Très bien. Il n'y a rien que je puisse y faire, et tu sais que je ne souhaite que ton bonheur, Solveig. S'il se trouve auprès de cet homme, allons parler au *jarl* avant que ton futur époux ne se fasse tuer.

Elle se jeta dans ses bras, éperdue de reconnaissance.

— Merci, Erik, merci !

Mais le plus difficile restait à venir.

Chapitre 23

Assis dans un fauteuil surélevé en chêne délicatement ouvragé et bordé de fourrures, le *jarl* Oldavson était impressionnant. Non seulement par le fait de sa musculature, des cicatrices sur ses bras nus, de celle qui balafrait son visage aux traits taillés à la serpe, mais aussi par sa simple présence. D'un seul regard, il imposait respect et crainte. De lui se dégageaient force et autorité. Dans la fleur de l'âge, il avait conservé la puissance de la jeunesse, et dans ses yeux bleu vert on pouvait lire l'intensité de la détermination et de l'expérience, forgée par des années passées à la tête du clan du loup blanc. Il en était le cœur, celui qui s'occupait de son bien-être et de sa prospérité, et qui prenait toute décision le concernant.

Comme celle qui changerait la vie de Solveig, ainsi que celle de tous les autres, si elle arrivait à le persuader du bien-fondé de ses paroles. Par son statut de membre du *Felag*, Erik était parvenu à lui octroyer une audience en urgence. Pour la première fois, Solveig se retrouvait à parler devant le *jarl*. Elle s'était rarement sentie aussi nerveuse, mais l'importance de sa résolution et l'espoir d'un avenir aux côtés de Liam lui apportaient la force dont elle avait besoin.

Le *jarl* Oldavson ne l'avait pas quittée du regard, pendant qu'elle lui exposait ses propositions. Quand elle en eut terminé, il frotta de ses doigts bagués les longues nattes de sa barbe cendrée.

— Ainsi, fillette, si je comprends bien, tu me recommandes de m'allier avec les Scots qui t'ont emprisonnée et qui ne songent qu'à nous étriper ?

— Oui, *jarl* Oldavson. Nous aurons beaucoup plus à gagner de cette manière, en privilégiant la paix à la guerre.

— Tu as bien du courage de te présenter devant moi, pour formuler une telle requête !

Ses mots furent ponctués de murmures approbateurs dans l'assemblée. Les cinq membres de son *Felag*, dont Erik et Arvid, l'entouraient. Thormund l'ancien, son *Vitr*[1], se tenait sur sa droite. Ses doigts tordus accrochés à son bâton de marche, il écoutait avec attention. Les autres hommes présents étaient des guerriers qui avaient fait leurs preuves au combat, et qui pour la plupart dirigeaient chacun une quarantaine d'hommes sous les ordres des capitaines. D'un geste, le *jarl* imposa le silence.

— Tu es pleine d'audace, fillette. Une qualité que j'apprécie. Mais vois-tu, mes guerriers sont tous impatients de combattre. De plus, notre peuple a besoin de coloniser ces terres, et j'entends bien les lui offrir, peu importe le nombre de Scots que nous devrons massacrer en chemin !

Des acclamations enthousiastes s'élevèrent. Les hommes frappaient en rythme sur leurs boucliers. Ils avaient soif de sang !

Solveig frémit, sans reculer.

— Il existe une autre voie, qu'il ne tient qu'à vous d'emprunter ! Les MacCann ne souhaitent pas la guerre, mais ils combattront eux aussi jusqu'à la mort, et qu'en restera-t-il ? Nous serons tous

1. Le *Vitr* (qui est un autre nom pour le *Skald*), en plus d'être un poète, musicien et conteur, est également un savant respecté pour sa sagesse. Il entretient la réputation du *jarl* et de son clan et joue donc un rôle important au sein de celui-ci.

affaiblis. À la merci de nos ennemis ! Je vous le répète : en nous alliant, nous serons plus forts. Nous avons besoin de paix, pour prospérer. Ensemble.

Avec l'accord du *jarl*, Arvid, qui se tenait à sa gauche, fit un pas en avant pour prendre la parole. Il avait les mêmes yeux qu'Erling qui avait également hérité de sa musculeuse stature.

— Je n'ai aucune confiance en ces Scots, déclara-t-il. Pas plus qu'en cette fille ! Elle était leur captive, ils ont pu la briser, la retourner contre nous, pour qu'elle nous convainque d'agir en lapins et non en loups !

Une fois encore, le son des armes frappées sur les boucliers retentit. Arvid sourit, encouragé, et poursuivit avec hargne :

— J'ignore ce qu'il t'a pris de l'amener ici, Erik ! De plus, elle est censée être morte ! Qui sait si elle n'est pas envoyée par le fourbe Loki pour nous tromper ?

Erik bondit devant lui.

— Elle n'est pas un esprit, Arvid. Ton fils, en revanche, est un menteur ! Je l'affirme, devant vous tous ici : durant l'attaque du village, Erling a voulu prendre Solveig de force ! Avant de l'abandonner, inconsciente, aux mains des Scots !

Cette fois, des murmures indignés parcoururent l'assemblée. Violenter une femme libre, de son propre clan de surcroît, était un crime très grave qui pouvait valoir la mort. Arvid, empourpré par la rage, paraissait sur le point de suffoquer.

— Misérable, comment oses-tu ? s'exclama-t-il avant de désigner Solveig. Toi, vipère ! Tu accuses mon fils par vengeance, parce qu'il n'a pas voulu de toi ! Tu lui tournes autour depuis des années, et il t'a toujours rejetée ! Que faisais-tu à bord du drakkar d'Erik, pour commencer ? Espérais-tu rejoindre Erling pour le séduire ? Es-tu désespérée à ce point ? Vous tous, vous le voyez bien, cette fille est folle !

Un brouhaha chaotique régnait à présent dans la salle. Chacun prenait parti pour l'un ou l'autre, vociférait, contestait. L'affaire était de grande importance, et Arvid était absolument furieux. Le visage déformé par la rage, il tenta de se frayer un chemin jusqu'à Solveig. Erik s'interposa entre eux et leva le poing.

Au milieu de ce tumulte, le *jarl* se redressa de toute sa hauteur.

— Silence ! Et toi Erik, retiens ton bras ! Si preuve est faite que le fils d'Arvid est coupable, il paiera pour son crime, mais si cette jeune femme ment, c'est elle qui sera punie pour l'avoir accusé à tort. En attendant, elle nous apprendra tout ce qu'elle sait sur les défenses des Scots.

Cela satisfit l'assemblée, exception faite d'Arvid, qui continuait à fulminer, et Solveig, tiraillée entre son devoir envers son clan et son amour pour Liam. Le *jarl* se rassit. D'un geste, il fit signe à Thormund de s'approcher. Celui-ci obéit et, d'une bourse en cuir, sortit ses bâtons de runes. Tous les regards étaient rivés sur lui tandis qu'il levait au ciel les tiges blanches, d'environ la longueur d'une main d'homme. Le silence devenu respectueux n'était brisé que par sa voix chevrotante qui fredonnait une prière dans un langage ancien connu des seuls *Vitr*… ou des sorciers, et Thormund était autant l'un que l'autre. Soudain, il laissa retomber les bâtons à terre, aux pieds du *jarl*.

Ce dernier cachait avec peine son impatience. Thormund, comme indifférent à tout sauf au dessin formé par les runes au sol, cherchait à y décrypter un message divin. Jouant avec les nerfs de Solveig, il passa plusieurs minutes à les examiner de près, les effleurant avec délicatesse. Enfin, il fronça les sourcils, puis, au lieu de révéler à voix haute comme il était d'usage le message d'Odin, il vint murmurer à l'oreille du *jarl*.

Un frémissement parcourut l'échine de Solveig. Qu'avait lu Thormund pour qu'il ne le leur dévoile pas, à tous ? Pourquoi le *jarl* en semblait si troublé ? Un Nordique ne reculait jamais devant un combat, mais il ne s'y lançait pas non plus à l'aveugle ou inconsidérément, sans avoir au préalable mesuré les forces de part et d'autre, et s'être assuré de pouvoir vaincre avec le moins de pertes possible de son côté. Le *jarl* Oldavson était intelligent, et rusé. Superstitieux, aussi. Il consultait les runes avant de prendre chaque décision importante. Sans ignorer les bénéfices d'une alliance, si les runes lui révélaient que les dieux souhaitaient la guerre, et qu'elle lui serait profitable, il s'y plierait.

Enfin, il se leva de son fauteuil, ce qui le rendit encore plus impressionnant.

— Les dieux ont parlé, déclara-t-il solennellement. Nous partirons à l'assaut de la forteresse des Scots, et nous en sortirons vainqueurs ! Les runes l'affirment, nous coucherons d'ici peu dans leurs lits, avec des femmes girondes pour nous tenir chaud !

Non ! Solveig en manqua de souffle. Une ovation sonore et exaltée emplit l'intérieur de la salle, à en faire trembler les murs. Les bras se levaient, les armes s'entrechoquaient, frappaient farouchement les boucliers. Solveig, au bord de la panique, voulut protester, mais Erik la stoppa d'un regard.

N'insiste pas. Il est trop tard, semblait-il chercher à la prévenir.

Impossible ! Elle avait échoué !

La parole des dieux ne saurait être contestée. Elle valait plus que la sienne, ou que celle de n'importe quel mortel. Leur destin à tous était scellé, les *Nornes* l'avaient écrit ainsi : le sang scot et norvégien coulerait encore, et elle n'y pouvait rien…

Jusqu'au crépuscule, Solveig fut enfermée dans une tente sordide, où elle fut interrogée sans relâche sur les défenses ennemies. En vérité, elle n'en dévoila pas plus que nécessaire. Comment satisfaire la curiosité légitime des siens, tout en préservant du mieux possible le peuple de Liam ? Pendant qu'elle répondait aux questions, épuisée et torturée par ses sentiments, Arvid cracha au sol à plus d'une occasion.

— On perd notre temps ! Il est évident qu'elle nous cache des informations importantes et nous fourvoie sur le reste ! Comme au sujet de mon fils, d'ailleurs ! Regardez-la, elle tremble comme une feuille, empêtrée dans ses mensonges ! Ce n'est plus l'une des nôtres, elle…

— Ferme-la, Arvid, ou je t'arrache la langue !

Erik avait bondi pour le saisir par le col. En un éclair, les deux hommes s'empoignèrent violemment et commencèrent à se battre. Tombant à terre, chacun frappait l'autre avec rage. Les coups fusaient, les vociférations aussi, dans un chaos au cœur duquel aucun des deux adversaires ne voulait céder. Autour, les guerriers encourageaient leur favori, prenant plaisir à assister à un tel spectacle. Solveig était horrifiée. Arvid, qui venait de prendre un mauvais coup sur la tempe, sortait un couteau de sa poche ! Sans réfléchir, elle se jeta sur sa main, s'agrippa à son poignet, résolue à le mordre s'il le fallait pour le désarmer ! Ce fut alors que Thormund, qui jusque-là s'était tenu dans l'ombre, intervint :

— Arrêtez ! Tout de suite ! Et vous, imbéciles, qu'attendez-vous pour les séparer ?

Les hommes lui obéirent aussitôt. Il avait l'oreille du *jarl*, et leurs deux voix n'en faisaient qu'une, pour les membres du clan. Ses doigts noueux se tordirent sur le pommeau de la branche taillée qui lui servait de canne. Ses yeux vifs avaient perdu de leur éclat avec l'âge, mais son autorité restait incontestable. Il loucha vers Solveig qui eut l'impression désagréable qu'il cherchait à lire en elle, à percer ses secrets. Heureusement, cela ne dura que peu. Il reporta son attention sur Erik et Arvid.

— Votre querelle sera réglée devant les dieux, mais plus tard, continua-t-il. Pour le moment, ne pensons qu'à la bataille à venir. À ce propos, je ne doute pas que la jeune Solveig nous a rapporté tout ce qu'elle savait. Erik, reconduis-la à ta tente, et qu'elle y reste sous ta garde, comme le *jarl* l'a ordonné. Tu en es responsable, ne l'oublie pas. Quant à toi, Arvid, retourne auprès de tes troupes et prépare-les comme il se doit.

Erik et Arvid acquiescèrent, mais la rage brûlait encore furieusement dans leurs regards. S'ils ne s'entendaient guère, et se trouvaient souvent en désaccord, leur animosité n'avait jamais été aussi profonde qu'en cet instant. Solveig se rapprocha d'Erik pour l'assurer de son soutien. Il lui saisit la main, puis ils quittèrent les lieux ensemble.

Dehors, des torches montées sur des poteaux en bois éclairaient le chemin. De tous ceux que Solveig et Erik croisaient, peu d'hommes leur prêtaient attention : ils ne semblaient préoccupés que par la bataille à venir, et les promesses de richesses et de gloire qui en découleraient. Solveig rencontra cependant le regard de femmes et d'enfants, de familles inquiètes qui espéraient toute autre chose : un endroit où vivre en sécurité, avec tous les jours de quoi manger.

— Ne traîne pas, Solveig. Il me reste encore beaucoup à organiser avant notre départ, et j'ai déjà perdu assez de temps comme ça.

La nervosité d'Erik était palpable. Sa contrariété, tout autant. Solveig leva la tête vers lui au moment où ils entraient dans sa tente.

— Vas-tu vraiment te battre contre les MacCann ?

— Je dois obéir au *jarl*.

— Comme il se doit, admit-elle sombrement. Erik, je… je voulais te remercier d'avoir pris mon parti face à Arvid, encore tout à l'heure. Crois-tu qu'il pourrait chercher à me faire taire… Définitivement ? Est-ce pour cela que le *jarl* veut que tu veilles sur moi ?

— Arvid mourra avant d'avoir pu t'effleurer. Ce fils de troll est capable de tout pour sa maudite descendance, mais je doute qu'il s'y essaie. Même si je ne le tuais pas, le *jarl* le châtierait durement en retour, et puis pourquoi prendrait-il un tel risque ? Rien ne prouve que tu dises la vérité. Ce sera la parole d'Erling contre la tienne, et Arvid en est bien conscient. Mieux vaut pour lui que tu restes en vie.

— Dans ce cas, le *jarl* craint sans doute que je ne cherche à rejoindre les Scots pour les prévenir de ses intentions, et il compte s'assurer que je n'y parvienne pas.

— Possible. Il cherche peut-être seulement à te protéger ? On ne peut jamais savoir ce qu'il pense vraiment, c'est ainsi qu'il est parvenu à remporter tant de batailles. Je sais en revanche qu'il s'assurera que justice soit rendue quand il sera prouvé qu'Erling est coupable.

— Certes, mais il ne me fait pas confiance pour autant.

— Cela viendra. Dors tranquille, à présent, je resterai dehors, à monter la garde.

Elle acquiesça, et il l'embrassa sur le front avant de sortir. Avec un soupir, elle s'allongea sur le lit d'Erik et se blottit sous des fourrures soyeuses. Les Vikings emportaient leurs meubles avec eux, lorsqu'ils planifiaient de s'établir sur de nouveaux territoires. Cette fois-ci n'avait pas dérogé à la règle. Toutes les possessions d'Erik l'avaient suivi : son lit, son coffre ouvragé, ses armes… Et Eawynn, son esclave scot, qui semblait si bouleversée d'être de retour sur sa terre natale qu'elle parlait à peine, perdue la plupart du temps dans ses pensées. Cette dernière n'était pas présente, Erik l'ayant « prêtée » à la famille de Bjorn, l'un de ses hommes, dont la femme venait d'accoucher de jumeaux et avait bien besoin d'aide. Eawynn, qui adorait les enfants, n'avait pas rechigné et dormait depuis souvent chez eux.

Consciente qu'elle devait se reposer pour reprendre des forces, Solveig ferma les yeux. Avec de la chance, un rêve dicté par les dieux la guiderait vers une solution. Mais n'avaient-ils pas déjà fait leur choix ? Les runes avaient parlé… De troubles pensées tourbillonnaient en elle, la torturaient. Bien qu'elle refuse d'abandonner, quel espoir lui restait-il ? Le visage de Liam la hantait. Se déformant sous la colère et la déception, il la couvrait de reproches. Poings serrés, elle luttait pour ne pas fondre en larmes devant son impuissance à arranger les choses. À le retrouver. À lui expliquer ! Il y avait tant de choses, qu'elle aurait voulu lui dire… Le temps s'écoulait, interminable, sans qu'elle parvienne à trouver d'issue satisfaisante. La fatigue finit par la vaincre. Enfin, elle s'endormit.

Un concert de cris l'extirpa brutalement du sommeil. Elle ne comprit tout d'abord pas ce qu'il se passait, pensant que son cauchemar l'avait suivie jusque dans la réalité, puis le son d'alerte d'une corne retentit. Le campement était attaqué ! Elle se redressa et voulut se saisir d'une arme, quand on l'attrapa par-derrière. Une main pressa fermement sa bouche. Impossible d'appeler à l'aide ! Ou de se libérer ! Son dos était plaqué contre un corps aussi solide et inflexible qu'un roc. Une lame fut placée sous sa gorge, la tétanisant. La panique la saisit. Erik avait eu tort : Arvid était venu pour la tuer !

Une voix sinistre vibra alors à son oreille :

— Enfin, je te tiens…

Chapitre 24

Plus tôt…

La nuit noircissait la lande de son voile ténébreux. Le soleil s'était comme noyé dans la mer, ses teintes crépusculaires disparaissant progressivement à l'horizon. Liam et Cullen avaient patienté longtemps, cachés en hauteur dans les branches épaisses d'un vieux chêne. De là, ils observaient l'ancien village de pêcheurs désormais souillé par les envahisseurs vikings qui s'y étaient installés. Cette attente interminable mettait les nerfs de Liam à rude épreuve. Se retenir de s'élancer au milieu de ces barbares païens pour les tailler en pièces les uns après les autres était un supplice. Il avait aussi cru qu'on lui arrachait le cœur en apercevant Solveig qui se jetait au cou de l'un d'eux, plus grand que la plupart de ses comparses. Erik, sans aucun doute. L'homme dont elle lui avait parlé, et auquel elle semblait tant tenir. Un frère, pour elle, avait-elle prétendu. Encore un foutu mensonge, à en croire l'ardeur avec laquelle elle avait couru vers lui pour l'enlacer ! Plus que jamais, il en était convaincu : il était prévu qu'ils se retrouvent ! Qu'elle révèle à ce maudit Erik chaque détail glané lors de sa captivité au château. S'amusaient-ils, ensemble, du fait qu'elle soit parvenue à le séduire ? Qu'elle ait gagné son cœur, pour le broyer ensuite ? Fulminant intérieurement, Liam s'étonnait du calme apparent de Cullen. En vérité, il devait bouillonner tout autant que lui. Ils avaient tant perdu à cause des agissements de ces gens ! Le désir de vengeance emplissait tout son être, exacerbé par la profondeur de sa frustration et de sa colère. Le pire était qu'en dépit de tout Solveig ne quittait pas ses pensées. Songer à elle ne faisait qu'aviver la douleur de son ressentiment, hélas il ne pouvait s'en empêcher.

Plus bas, sur la plage, près des navires, quelques Vikings montaient la garde. D'autres, autour d'un feu, jouaient aux dés. Des outres passaient de main en main, pour remplir des cornes rapidement vidées, avant d'être remplies de nouveau.

Liam s'autorisa un sourire.

Continuez donc à vous enivrer, imbéciles, vous nous rendrez la tâche plus facile…

Si seulement tous les autres pouvaient faire de même ! Notamment ceux qui gardaient l'entrée du village ou patrouillaient le long du muret qui l'entourait.

Cullen maugréa.

— Ils sont nombreux.

— Si fait. Bien organisés, aussi. Ces démons se croient en terre conquise ! Leur arrogance causera leur perte.

— Que Dieu t'entende, Liam.

Les pupilles de Cullen flamboyaient. Sa mâchoire se crispa. Il était facile de deviner ce qu'il pensait.

— Si tu t'imagines sauter à bas de cet arbre pour fondre au milieu de ces païens et leur fendre le crâne, Cullen, oublie ça tout de suite.

— Certes. Les éventrer d'abord me semblerait plus adéquat.

— Ce n'est pas ce que je voulais dire ! Je comprends ta rage et, crois-moi, je la partage, mais nous ne sommes que deux contre une centaine, au moins. Si tu t'emportes, nous perdrons l'avantage de la surprise. Nous ne pouvons nous le permettre, pour le salut du clan.

— Je ne l'oublie pas. C'est l'unique raison pour laquelle je me trouve là, avec toi, et pas en bas, à tailler de mon épée ces bâtards sournois…

— *Aye*, nous devons agir avant qu'ils ne fassent route vers nos terres, ce qui ne saurait tarder, à en croire leur agitation. Nous n'avons pas le temps de prévenir les nôtres, alors profitons de la chance qui nous est offerte. Ils ignorent tout de notre présence et, en détruisant leurs navires, nous sèmerons la panique et la peur dans leurs rangs. Ce sera encore pire pour eux, si nous réussissons à tuer leur chef.

Cullen hocha ostensiblement la tête.

— Cela me plaît. Mais se faufiler sans se faire voir jusqu'à eux ne sera pas aisé.

— Je sais.

Le terrain restait relativement à découvert. Il n'y avait pas beaucoup de rochers pour les masquer à la vue. Pas de zone herbeuse assez haute non plus. Leurs traces de pas seraient visibles dans la neige, il faudrait donc y prendre garde. Même en contournant le campement afin de trouver un passage moins surveillé sur l'arrière, ils se feraient prendre, à coup sûr.

Ne restait que l'océan.

— Cullen, j'ai une idée. C'est fort risqué, sans doute infaisable mais, toi comme moi, nous aimons les défis, et on ne vit qu'une fois, pas vrai ?

Le plan fou de Liam ne fit pas que plaire à Cullen : il l'enthousiasma !

— Parfait, approuva-t-il. On se retrouvera dans ce monde où dans l'autre, mon frère !

Sur ces mots, il sauta souplement de branche en branche jusqu'à terre, forma un ballot avec ses vêtements puis s'enfonça dans les ténèbres. Bien qu'en hauteur depuis sa cachette, il était difficile à Liam de suivre son parcours tant il était rapide. Ne restait plus qu'à attendre et à prier pour leur réussite. Le destin de leur clan en dépendait ! En dépit de leur détermination, rien ne serait simple. Pendant que Cullen filait vers les bateaux, Liam se préparait à partir dénicher le chef des barbares. Que ferait-il, s'il se retrouvait face à Solveig ? Serait-il alors capable de la tuer, si elle se dressait sur son chemin ?

Son regard se porta sur la grande tente où il l'avait vue entrer, plus tôt. Dormait-elle ? Son ventre se noua douloureusement au souvenir de leurs nuits d'amour, de leurs promesses échangées. À présent, partageait-elle sa couche avec Erik ? Il s'admonesta et chassa cette pensée. Que cela soit vrai ou non, y songer ne ferait qu'accentuer sa souffrance et son ressentiment, le détournerait de son objectif premier : protéger son clan.

Une chouette passa au-dessus de lui, volant à tire d'ailes.

La chasse de l'animal commençait, et il se contenait avec peine de débuter la sienne. Tous ses muscles étaient tendus, dans l'expectative. Peut-être aurait-il dû partir à la place de Cullen… Non. Son ami était meilleur nageur que lui. Il avait plus de chance de réussir. Chacun d'eux avait son rôle à jouer, un rôle de même importance. Un seul faux pas, et ils échoueraient. Hors de question que cela se produise ! Enfin, après ce qu'il lui sembla une éternité, des flammes jaillirent des voiles d'un des navires amarrés. Des cris furieux retentirent depuis la berge. Le son d'une corne résonna pour donner l'alerte. Comme un essaim d'abeilles dont on attaquerait la ruche, des Vikings, affolés, accouraient de tout le camp. Le feu s'étendait déjà aux autres bateaux. Liam ne retint pas sa satisfaction et son soulagement. Cullen avait réussi l'impossible. À son tour ! Profitant de la diversion, il descendit de l'arbre puis, comme Cullen avant lui, se fondit dans les ombres tel un spectre. Le chaos submergeait le campement. Accaparés par l'incendie, les Nordiques ne le repérèrent pas. Il s'élança vers la colline, là où se trouvait la masure du chef viking. Celui-ci en surgit, escorté de trois autres hommes, armés de pied en cap. Ils se ruèrent vers la berge. Liam poussa un grognement et les suivit. Diantre ! Trop tard. Il ne le tuerait jamais avant qu'il ne rejoigne l'attroupement. Depuis le départ, ce plan était folie. Pourtant, quelques instants de plus, et il aurait pu réussir ! Tant pis. Liam suivit le chef et ses hommes. À la moindre opportunité, il… s'immobilisa. Il se trouvait à l'arrière d'une grande tente. Celle d'Erik. Celle où se trouvait Solveig.

Mu par une impulsion dominante, faisant fi de toute raison ou pensée cohérente, il souleva la toile et se glissa à l'intérieur. Il faisait sombre. Le brasero était presque éteint, mais Solveig était là. Endormie si profondément qu'elle n'avait pas entendu l'alerte ni son intrusion. Lui-même était comme tétanisé, envahi de violents sentiments conflictuels. Il restait dans l'ombre, derrière elle, à la contempler, hésitant sur ce qu'il devait accomplir… ou non. À cet instant, les cris redoublèrent à l'extérieur. Le son d'une corne retentit, plus fort et plus long que le précédent. Tout alla très vite ! Solveig ouvrit les yeux, se redressa brusquement, tendit la main vers une épée pour s'en saisir. Liam fondit sur elle avant qu'elle y parvienne. Il la plaqua contre lui, pressa d'une main sa bouche pour l'empêcher de crier, plaça de l'autre la lame de son arme sur sa gorge.

— Enfin, je te tiens…

Elle se figea, cessa de se débattre. Lui fut traversé de frissons. Son parfum l'enivrait, ravivait en lui des sensations impossibles à réprimer. Le désir le saisit, enflammant brutalement ses reins. Seigneur ! Elle continuait à lui faire perdre toute maîtrise de lui-même !

Il souffla à son oreille.

— Pas un mot. Ou je te tranche la gorge.

Sa voix restait ferme, et il espérait que Solveig obéirait. En dépit de sa trahison, que Dieu lui pardonne, il répugnait à lui faire du mal. Elle hocha la tête, posa une main sur le poignet qui tenait l'arme. Liam retint un juron. L'effleurement de ses doigts sur sa peau ne lui facilitait guère la tâche, à exacerber ainsi tous ses sens.

Lentement, il la libéra de sa poigne. Au lieu de s'écarter de lui, de le fuir, elle se jeta à son cou pour le couvrir de baisers !

— Liam ! Je croyais ne jamais te revoir ! Mais tu n'aurais jamais dû venir ! Tu es en grand danger, ici. Tu dois partir, vite, avant que les autres ne te…

— Comme si tu te préoccupais de mon sort.

— Bien sûr que je m'en préoccupe ! T'abandonner m'a déchiré le cœur !

Avec effort, il se détacha d'elle. La démone, qui cherchait à le tromper, encore ! Uniquement pour préserver sa misérable existence, il ne devait pas l'oublier.

— Balivernes. Je t'ai vue, tu as librement suivi ces Vikings.

— Ce n'est pas ce qu'il s'est passé, je ne…

— Tu savais où ce campement se trouvait, depuis le début. Tu m'as trahi, alors que je m'étais ouvert à toi, que je te faisais confiance, comme à nulle autre. Je t'aimais, Solveig et toi, tu t'es jouée de moi.

Sa fureur grandissait, sa détresse et sa souffrance avec elle. Solveig le toisait, comme blessée par ses paroles. Quelle audace ! Ses yeux s'embuaient de larmes, mais il ne se laisserait pas prendre à son piège. Pas cette fois.

Elle tremblait, à présent, secouée de sanglots qu'elle semblait chercher à contenir. Finalement, elle haussa le menton et plongea son regard dans le sien.

— Si c'est vraiment ce que tu crois, si tu penses véritablement que je t'ai trahi, que je ne souhaite pas passer le reste de ma vie auprès de toi, alors…

Elle fit un pas vers lui, plaça d'elle-même la pointe de la lame sur son sein.

— Qu'est-ce que tu…

— Tue-moi. Je ne t'en empêcherai pas. Je ne supporterais pas de vivre dans un monde où tu me haïrais.

Seigneur ! Avait-il pu se tromper à ce point sur elle ? Il se perdait dans son regard, y lisait des émotions profondes qu'il craignait feintes, mais qui pourtant résonnaient en écho aux siennes, plus tourmentées que jamais.

— Solveig, je ne peux…

— Eh, qui es-tu toi ? Éloigne-toi d'elle, tout de suite !

Arme en main, un guerrier blond aux yeux bleu très clair venait d'apparaître dans l'ouverture de la tente. Ses traits exprimaient de la surprise… et de la fureur.

À sa vue, les doigts de Liam se crispèrent sur le manche de son épée. Solveig tenta de s'interposer entre eux.

— Tout va bien, Erik. C'est Liam, il ne…

— Liam, hein ? Eh bien, Liam, je te conseille d'écarter tout de suite ta lame de sa poitrine, si tu ne veux pas que je t'étripe !

Poussant un rugissement sauvage, Liam se jeta sur lui.

Chapitre 25

Solveig était terrifiée. Les deux hommes auxquels elle tenait le plus au monde se battaient ! De stature et de force égale, ils étaient aussi féroces l'un que l'autre. Leurs vociférations se perdaient dans le chaos extérieur. La lame de Liam trancha l'air à un cheveu au-dessus de la tête d'Erik, qui s'était baissé *in extremis*. Il répliqua instantanément, et si sa hache manqua de peu le cou de Liam, la violence de l'attaque déséquilibra ce dernier… qui se ressaisit si rapidement que Solveig eut du mal à suivre ses mouvements. Comme enragé, Liam frappait sans discontinuer, obligeant Erik à reculer. Jamais elle n'avait vu quiconque combattre ainsi. Même lorsqu'il s'était retrouvé face à l'ours, Liam ne s'était pas montré si acharné. Erik n'était pas en reste, et si elle n'intervenait pas, ils finiraient par s'entre-tuer !

— Arrêtez !

Hélas, ils ne l'écoutaient pas. Ils l'ignoraient, même ! Une fois encore, Liam attaqua à la vitesse de l'éclair. Erik dévia le coup, mais Liam lui envoya un puissant direct du gauche qui le fit tituber. Il récupéra cependant très vite. Du sang coulait de sa bouche, qu'il essuya de la main.

— Tu te bats bien, Scot. Mais tu ne me vaincras pas.

— Bien sûr que si, Viking !

Liam bloqua la hache d'Erik qui s'abattait sur lui. Il feinta à droite puis fit passer son épée sous la garde de son ennemi, qui s'apprêtait à frapper de nouveau.

— Il suffit ! Arrêtez !

Faisant fi du danger, Solveig avait cette fois bondi entre eux, bras tendus pour tenter de les maintenir à distance. Enfin, ils s'immobilisèrent et la toisèrent, le feu du combat brûlant encore dans leurs corps. Leurs torses puissants se soulevaient et s'abaissaient au rythme de leur respiration rapide. Leurs mains restaient crispées sur le manche de leurs armes. Il suffisait d'un rien pour qu'ils recommencent !

— Ne t'en mêle pas, Solveig, avertit Erik.

— Éloigne-toi, ajouta Liam. Je ne veux pas que tu sois…

À cet instant, deux Vikings surgirent… et réagirent très vite. Liam se baissa juste à temps pour éviter d'être décapité par Ranald, et renversa l'autre homme d'un violent coup d'épaule dans le ventre. Solveig s'écarta vivement sur le côté, mais avant qu'elle n'ait pu tenter autre chose, n'importe quoi, pour faire cesser ce combat, la tente s'écroula sur eux.

— Liam ! Par ici !

Par une ouverture découpée dans la toile, Cullen lui tendait la main. Il la saisit au vol pour se frayer un passage hors de la tente, avant que les Vikings ne s'en extirpent à leur tour.

— Solveig ! s'écria-t-il. Elle est encore là-bas !

— Avec les siens ! Cordieu, Liam, cours et oublie-la !

Le campement était dans le désordre le plus total. La fumée des navires incendiés montait jusqu'au ciel. Des Vikings à moitié nus semblaient ne plus savoir s'ils devaient chercher à éteindre le feu ou à poursuivre les fuyards. D'autres guerriers portant armes et boucliers ronds en bois accouraient vers la tente abattue, d'où surgissaient des grondements furieux. Sans faillir, Liam et Cullen se taillaient un chemin à coups de lames vers la forêt.

— Je suis heureux que tu ne sois pas mort, Cullen !

— Pas encore, et rends-en grâce à Dieu, ou tu l'aurais déjà rejoint ! Après avoir débuté l'incendie, je me suis caché sous un tas de rames, puis j'ai nagé sous l'eau aussi longtemps que possible. Comme tu lambinais, je suis revenu pour toi. Que ça ne devienne pas une habitude !

Liam acquiesça, esquivant une attaque, en lançant une autre. La frénésie du combat le gagnait. Il ne sentait plus les blessures qu'on lui infligeait. Des égratignures qui ne le ralentiraient pas. Néanmoins, l'étau se resserrait.

— Maudits barbares !

Il renversa un Viking râblé à la barbe nattée et au crâne rasé, qui tentait de leur barrer la route. Cullen et lui se battaient comme des lions, refusant de céder. La moindre faiblesse leur vaudrait une mort certaine, ou pire encore, de tomber aux mains de ces païens. Dans le sillage des combattants, le sang giclait, maculant de traînées écarlates la neige boueuse. Des Vikings venaient en renfort, et si jusque-là Cullen et lui les tenaient en respect, cela ne durerait pas. Le temps jouait contre eux. Ils commençaient à fatiguer. Une seconde d'inattention faillit être fatale à Liam. La pointe d'une lance lui effleura la nuque, fit perler le sang. Poussant un rugissement rageur, il éventra le guerrier qui avait manqué l'occire, pour aussitôt faire face à d'autres. Combien continueraient à venir ? Bientôt, ils seraient cernés, pris en tenaille !

Derrière lui, Cullen éructa un juron.

— On dirait bien que c'est la fin, cette fois.

— *Aye*, mais pas besoin de mourir tous les deux. Retourne au château, préviens mon oncle de ce qui se trame. Moi, je me charge de les distraire…

— Tu plaisantes ?

— Obéis, Cullen !

Ne lui accordant pas davantage l'opportunité de protester,

Liam se rua en hurlant sur leurs ennemis, espérant attirer leur attention sur lui. L'un d'eux, un géant au visage couturé de cicatrices hideuses, beugla un cri de guerre tout en bousculant ses compagnons. Il écumait et ses yeux d'acier étaient emplis d'une fureur sauvage. D'une main poilue, il brandissait une hache gigantesque, à la lame étincelante. De l'autre, il tenait un bouclier arrondi qui vint heurter si férocement Liam qu'il en tomba à la renverse, entraînant l'homme avec lui. Ils roulèrent à terre, empoignés l'un à l'autre sous les clameurs des Scandinaves qui encourageaient leur combattant. Ils hurlaient vengeance, réclamaient la tête de Liam, pour leurs navires détruits ! L'homme, lourd et fort, était si imposant qu'il ne devait d'ordinaire craindre nul adversaire. Ce qui causerait sa perte ! Bien que puissant, il était trop lent pour Liam. D'un geste rapide et sûr, ce dernier agrippa le Viking et enfonça sa lame jusqu'à la garde dans son cou de taureau. L'homme émit des gargouillements à mesure que sa vie lui échappait. Pantelant, le bras tremblant sous la violence du coup, Liam se releva, indifférent aux soubresauts qui agitaient toujours le corps du géant.

Surpris, voire horrifiés de cette défaite qu'ils n'imaginaient pas possible, les spectateurs Nordiques hésitèrent. Liam entendait bien en profiter pour continuer à les détourner de Cullen ! Bras levés et écartés, il se tint droit, souillé du sang de ses ennemis.

— Alors, bande de couards, qui osera me défier, à présent ? Lequel d'entre vous a assez de courage pour s'y risquer ?

Plus loin, les bateaux s'étaient transformés en un véritable brasier. L'incendie était devenu incontrôlable. Liam ne put réprimer un sourire triomphant. Au moins auraient-ils, Cullen et lui, remporté cette bataille. Bientôt, le soleil viendrait mêler ses teintes flamboyantes à celles de la fournaise. Alors, Cullen serait loin, en route pour…

Une voix tonitruante retentit depuis l'arrière de la masse

grondante des Vikings. Les regards se tournèrent vers leur chef – plus impressionnant encore que tous les autres – qui se frayait un passage au milieu des siens. De si près, Liam put constater qu'il était dans la force de l'âge, et que ses yeux brûlaient de colère.

Parfait, viens à moi, chef Viking. Je saurai te recevoir…

Liam esquissa un sourire qui s'affadit en apercevant Erik et Solveig qui jouaient des coudes pour suivre le *jarl*. Son ventre se contracta à la vue de la jeune femme, mais il fut soulagé : elle était indemne.

Ce n'était point, hélas, le cas de l'homme inerte qu'un guerrier jeta aux pieds de son chef.

Cullen !

Liam était horrifié. Il se retint avec peine de courir à lui, de hurler son nom. Le chef Viking fit un pas en avant, s'interposant entre son ami et lui.

— Je suis le *jarl* Oldavson, et toi, jeune Scot, tu ne manques point d'audace de t'attaquer ainsi à mon clan ! Incendier mes navires, nous affronter tous avec un seul compagnon pour t'épauler ! J'avoue être impressionné.

— Est-il encore en vie ?

— En effet, et il s'est bien battu. Il ne tient qu'à toi qu'il survive ou non… un jour de plus.

Liam serra les dents devant cette provocation. Pour Cullen, il devait s'efforcer de conserver son calme. Marchant de part et d'autre de son corps à terre, le *jarl* Oldavson fixait Liam.

— À vous deux, vous espériez vraiment avoir une chance de nous vaincre ?

— Un Scot vaut bien cent Vikings, alors en effet, nous avions tout loisir d'y croire. Par ailleurs, n'avons-nous pas réussi à brûler vos bateaux ?

— Un bel exploit, en effet, mais qui ne nous arrêtera pas.

En dépit de sa déclaration, la perte de ses navires était pour lui une terrible souffrance. Liam le comprit à son expression froide, à l'éclat dur dans son regard.

Le *jarl* esquissa un sourire empli de menace.

— Quel dommage que ton ami et toi ne soyez pas des nôtres, et que vous deviez mourir. À commencer par lui !

Une lame surgit dans sa main et il agrippa les cheveux de Cullen, lui tirant la tête en arrière. Instantanément, Liam sauta sur le *jarl* avant qu'il ne frappe !

— Liam ! Attention !

Il entendit trop tard l'avertissement de Solveig. Avec l'impression d'avoir été heurté par un bloc de granit, il fut stoppé en pleine course et s'effondra. Le souffle coupé, il n'eut pas le temps de lever son épée pour se défendre qu'on lui frappa le visage du pied. Un coup si violent dans la mâchoire, suivi d'un autre, qu'il fut projeté en arrière. Il atterrit douloureusement sur le dos, dans la boue glaciale. Un Viking aux traits sévères et au sourire narquois se tenait au-dessus de lui. Ses cheveux étaient d'un blond terne, rasés sur l'arrière du crâne, avec une longue frange sur le devant. Ses yeux étaient si assombris par la haine qu'il aurait été bien en peine de définir leur teinte. L'homme tourna la tête, mais Liam ne put entendre ce que ce dernier écoutait : ses oreilles bourdonnaient beaucoup trop. Alors, le Viking l'empoigna durement, et son sourire mauvais s'élargit.

Un cri s'éleva, si fort et puissant que tous se retournèrent. Telle une apparition divine, ses magnifiques cheveux longs et dorés cascadant dans son dos, Solveig surgit pour s'interposer entre le Viking et lui. Elle tenait fermement une épée, avec laquelle elle menaçait son assaillant.

— Non, Solveig, écarte-toi, je t'en prie…

Liam tendit la main vers elle, voulant la toucher, lui intimer de partir. Il refusait qu'elle soit blessée – ou pire encore – pour le défendre ! Elle l'ignora. Toute son attention était focalisée sur le Viking qui l'avait traîtreusement mis à terre.

Soudain, elle s'écria, d'une voix pleine de fureur et de mépris :

— Laisse-le, Erling ! Ou je jure sur tout ce qui m'est cher que je te tuerai !

Chapitre 26

Ivre de colère, Solveig se tenait prête à agir. Tous ses muscles étaient tendus. Son cœur battait à tout rompre. Ses yeux ne quittaient plus Erling, à l'affût du moindre de ses gestes. Si autrefois il était glabre, il s'était depuis laissé pousser une barbe qui le vieillissait et rehaussait la dureté de ses traits. Elle vit la fureur l'envahir, à mesure que sa surprise grandissait. Il ne devait guère s'attendre à la retrouver, et encore moins ici !

— Ainsi, tu es en vie, lâcha-t-il entre ses dents serrées.

— Pas grâce à toi.

— Sans doute. Écarte-toi, maintenant.

— Non.

Un rictus s'étira sur son visage. Il se pencha vers elle, grimaçant. Il empestait la sueur et la charogne.

— C'est la dernière fois que tu t'interposes entre ma proie et moi, Solveig, et que tu me menaces. Mais nous réglerons ça plus tard, toi et moi, une fois seuls. Pour le moment, obéis, ou je…

— Tu n'as aucun ordre à me donner, Erling ! J'exige mon droit au *hólmganga*[1] ! s'exclama-t-elle plus fort en s'adressant à

1. En vieux norrois, ce mot désigne une forme de duel à mort, utilisé à cette époque jusqu'au début du XIe siècle pour résoudre un conflit entre deux parties, quels que soient leur statut social et le motif du grief.

la foule. Cet homme, Erling, a cherché à abuser de moi ! Il m'a battue, pour m'abandonner ensuite aux mains des Scots ! Il a volé l'épée de mon père ! Je réclame justice !

Erling répliqua instantanément.

— Mensonges ! Je n'ai rien à me reprocher, et quant à cette épée, je l'ai prise uniquement pour la ramener à ton oncle, afin que les Scots ne s'en emparent pas ! Je te croyais morte, sinon jamais je ne t'aurais laissée à eux !

— Mon fils dit vrai ! Cette femme n'a aucune preuve de ce qu'elle avance, parce qu'il n'en existe pas !

Le visage déformé par la rage, Arvid fendait la foule pour se placer auprès d'Erling et le soutenir. Erik, lui, se planta à côté de Solveig, arme en main, et s'emporta :

— Ton fils n'est qu'une fiente de…

— Silence, tous ! beugla le *jarl.* Un *hólmganga* est réclamé pour résoudre ce conflit, qu'il en soit ainsi ! Le vainqueur aura l'aval d'Odin ! Solveig, tu n'es pas une guerrière. Choisis un champion pour te représenter.

— Je le serai, s'avança Erik.

— Non ! Je combattrai pour elle !

Toutes les têtes se tournèrent vers Liam, qui se levait pour se placer entre Solveig et les autres. D'un geste protecteur, il l'attira à lui et défia Erling du regard.

— Toi, pour lui avoir fait du mal, tu périras de mes mains !

— J'en doute, pitoyable chiure de porc. Tu es faible, c'est moi qui te…

— Tu ne feras rien du tout, Erling ! intervint Solveig. Et toi non plus, Liam. Pas plus que toi, Erik ! Je combattrai moi-même, mon *jarl.* Ma décision est prise.

Erling esquissa un sourire satisfait. Nul doute qu'il s'imaginait déjà vainqueur !

La voix du *jarl* s'éleva, aussi grondante que le tonnerre.

— Ce n'est pas commun, mais l'idée me plaît, et puisque c'est là ton souhait, Solveig, pris en toute liberté, j'y consens ! Le combat aura lieu demain, à l'aube, ici même ! Ensuite, quelle qu'en soit l'issue, nous partirons à l'assaut de la forteresse Scot !

De vives acclamations accompagnèrent ses mots. Les Vikings, impatients, frappaient leurs boucliers du pommeau de leurs armes. Liam bondit en avant vers le *jarl*, aussitôt arrêté par des lames de guerriers pointées sur lui.

Il ne s'en exprima qu'avec plus de conviction :

— À mon tour, je te défie, chef Viking ! Affronte-moi, si tu l'oses !

Le *jarl* Oldavson haussa un sourcil, à la fois intrigué et amusé.

— Tu n'es pas des nôtres, Scot. Comprends-tu que le *hólmganga* est un duel à mort ?

— Qu'ai-je à perdre ? Tu comptes me tuer, de toute façon.

— En effet. Il me suffirait d'un geste pour que tu meures, à l'instant

— Si, au lieu de cela, tu me vaincs en combat singulier, tu auras montré aux tiens que tu es plus fort que le meilleur guerrier de mon clan.

— L'es-tu ?

— Assurément.

— Continue…

— Les miens en seront démoralisés, et tu triompheras d'eux plus facilement. Mais au contraire, si c'est moi qui l'emporte, mon ami aura la vie sauve et ton clan quittera mes terres, pour ne jamais y revenir. Acceptes-tu, *jarl* Oldavson ? Ou craindrais-tu de tomber face à moi ?

Thormund se précipita pour tirer les runes, mais cette fois, le *jarl* l'arrêta.

— Nul besoin d'interroger les dieux, Thormund. Aucun homme ne me fait peur, et encore moins un foutu Scot ! J'accepte ton défi, et tu regretteras de m'avoir provoqué. Une fois tes entrailles brûlées en offrande à Odin, nous prendrons vos terres, vos femmes et vos biens !

Pendant que les Vikings approuvaient une fois de plus bruyamment, Solveig restait tétanisée. Liam était un guerrier expérimenté, mais le *jarl* l'était tout autant et, lui, il n'était pas blessé ! Malheureusement, il était trop tard. Les paroles avaient été prononcées. Les défis proclamés devant tous.

Liam ne reculerait pas, et elle non plus.

Pieds et poings liés, attaché au mât d'une tente de toile rugueuse, Liam fulminait. Qu'était-il advenu de Cullen ? Il s'inquiétait davantage pour le sort de son ami que pour le sien. Solveig, plus encore, occupait ses pensées. Il avait compris, à son empressement à le protéger, à sa manière de le regarder, qu'elle n'avait jamais cherché à le tromper. Elle s'était toujours montrée sincère avec lui, et la honte le tenaillait d'avoir douté d'elle, même si les circonstances laissaient supposer le contraire. À présent, parmi les siens, elle courait un immense danger ! Qu'est-ce qu'il lui avait pris de défier cette montagne de muscles ? Que n'aurait-il donné pour la protéger, pour la persuader de changer d'avis et de le laisser combattre, à sa place ! S'il n'avait pas compris tous les mots des Scandinaves, du moins en avait-il parfaitement saisi le sens. À l'aube, elle affronterait l'immense Viking nommé Erling, celui qui l'avait bafouée, puis ce serait à son tour, à lui, de se confronter au *jarl*.

Chaque duel n'aurait qu'une issue : la mort d'un des deux combattants. Si périr ne l'effrayait pas, imaginer le trépas de Solveig le terrifiait. Pourquoi avait-elle obstinément refusé qu'il lutte en son nom ? Même Erik avait proposé de la représenter ! Il exhala un long soupir. Elle le lui avait pourtant expliqué : il s'agissait de son combat et, bien que cela le torture, il se devait de respecter son choix. De là à l'accepter…

Des murmures, à l'entrée de la tente, attirèrent son attention. Les deux gardes s'écartèrent pour libérer le passage.

Solveig !

À sa vue, son cœur s'emballa. Son corps ne cesserait jamais de réagir férocement en sa présence, comme il ne se lasserait jamais de la contempler. Elle s'approcha et vint s'agenouiller devant lui. S'il n'avait été entravé, il l'aurait serrée étroitement contre lui, avec l'espoir qu'elle ne quitte plus jamais le refuge de ses bras. Ce désir impérieux ne rendait que plus douloureuse l'épreuve qui l'attendait, face à Erling. Elle le regardait, nerveuse, comme cherchant les mots qui pourraient briser le silence entre eux.

Ce fut lui qui les trouva.

— Je suis désolé, Solveig.

— Moi aussi, Liam. Je regrette… tant de choses. Je craignais que tu me haïsses, que tu imagines que je t'avais trahi…

— En vérité, je l'ai cru, durant un long, terrible moment. Dieu soit loué, je me fourvoyais ! Jamais je ne pourrais te détester, Solveig. Je t'aime plus que tout, et quand tout ceci sera terminé, je t'épouserai. Je te le jure.

— Je serai ta femme, Liam MacCann. Pour aussi longtemps que je vivrai.

Elle se pencha pour l'embrasser, et il se délecta de ce baiser jusqu'à ce qu'ils se séparent pour reprendre leur souffle.

— Où est Cullen ?

— En sécurité. Du moins, pour le moment. Ses blessures ont été pansées, le *jarl* entend s'assurer qu'il assiste à sa victoire, demain, et à ta chute. Je lui ai parlé, Cullen veut que tu lui promettes de réduire le *jarl* en charpie.

— Ah, cela lui ressemble bien, en effet, et j'honorerai son souhait avec plaisir. Mais, toi, je refuse que tu combattes,

Solveig. Cet homme, Erling, ou un autre, peu m'importe. Tu dois renoncer, tant qu'il est encore temps. Accorde-moi le droit de te représenter ! Je le tuerai, pour toi, et tu n'auras pas à risquer ta vie. Je ne supporterais pas que tu sois blessée, ou pire.

— Liam…

— Je t'en prie, change d'avis et accepte ma proposition !

— Non. Je l'ai dit et je le pensais : ce combat est le mien.

— Par tous les saints ! Pourquoi es-tu si entêtée ? Ne vois-tu pas que cet Erling est…

— Plus fort ? Plus aguerri ? Sans doute, mais je ne suis point sans défense. Aie confiance, Liam. Je peux et je vais le vaincre.

Il plongea les yeux dans les siens, aussi purs que l'eau vive.

— Je te crois, Solveig. Parce que je te connais et que je ne peux concevoir autre chose que ta victoire. Pourtant, ne t'attend pas à ce que je n'essaie pas d'intervenir si…

— Cela me touche plus que tout ce que tu peux imaginer. Mais ce dont je me soucie, pour le moment, c'est de toi. Provoquer le *jarl* en duel est sans aucun doute l'idée la plus folle que tu aies pu avoir.

— Et c'est toi qui me dis ça ?

Elle soupira puis se glissa dans son dos.

— Que fais-tu ?

— À l'évidence, je te débarrasse de tes liens. Cesse de gigoter, ou je risque de te blesser. La lame est très tranchante.

— Je ne m'enfuirai pas, Solveig.

— Tu devrais au moins essayer.

— Pas sans toi. Pas sans Cullen, et certainement pas alors que j'ai une chance unique d'arranger les choses en ne prenant qu'une vie.

— Sauf si c'est la tienne qui s'envole.

— Ton *jarl* ne me vaincra pas. Douterais-tu de moi ?

— Oh ! et c'est toi qui me dis ça ?

Elle avait sciemment répété ses propres mots, les retournant contre lui. Ses mains étaient libres à présent, et il massa ses poignets endoloris, pendant que Solveig coupait les liens qui lui entravaient les chevilles. À peine eut-elle terminé qu'il l'attira à lui et plaqua ses lèvres contre les siennes. Il s'empara de sa bouche en un impétueux baiser brûlant, auquel elle répondit avec la même avidité, la même passion dévorante, la même urgence, chacun redoutant que ces instants de bonheur soient les derniers…

Chapitre 27

La nuit s'écoula trop vite, tel un songe qui s'évapore avec les premières lueurs de l'aube. Solveig aurait pourtant souhaité que celle-ci n'arrive jamais. Liam lui avait fait l'amour des heures durant. Se reposer aurait sans doute été plus raisonnable, mais comment s'y résoudre ? D'ici peu, ils risqueraient tous deux leur vie. La menace d'être séparés était réelle, pourtant elle voulait s'en persuader : elle triompherait d'Erling, et Liam serait vainqueur, lui aussi ! Hors de question d'imaginer une autre issue. Blottie dans les bras de Liam, la joue pressée contre son cœur, elle aurait donné plusieurs années de son existence pour ne jamais avoir à le quitter. Hélas, le moment était venu… et tous deux le savaient. Ils étaient prêts, marchant main dans la main vers leur destin.

Tous les membres du clan qui avaient suivi le *jarl* étaient présents. Hommes, femmes et enfants s'étaient réunis en haut de la colline pour assister aux deux duels, qui se succéderaient. Debout sur un promontoire rocheux, Solveig bénéficiait d'une vue imprenable sur la mer infinie. Les teintes crépusculaires avaient cédé leur place aux lueurs chaudes du soleil levant. Ces dernières enveloppaient progressivement la lande tout en miroitant sur l'eau scintillante. Des vagues se fracassaient sur des rochers affleurants. Là-haut, dans un ciel presque immaculé, des mouettes criaient en tournoyant à la recherche d'un festin matinal. Solveig ferma les yeux un instant et inspira pleinement, s'imprégnant des sons et de l'air marin, cherchant à se concentrer sur eux pour apaiser ses nerfs éprouvés. Le vent d'ouest faisait danser ses cheveux, en une douce caresse. Lorsqu'elle rouvrit les paupières, Erling était arrivé. Il avait revêtu sa tenue de guerre, tenait sa hache de la main droite et portait au bras gauche son bouclier rond décoré d'ornements entrelacés. Immobile comme une statue de bois, il la foudroyait d'un regard fielleux.

— Tu peux encore renoncer, Solveig. Renie tes accusations mensongères, accepte de m'appartenir et tu vivras. Dès ce soir, tu partageras ma couche, qu'en dis-tu ?

— Jamais ! Tu sais aussi bien que moi ce que tu as fait, et tu dois payer pour cela ! Par ta mort, je retrouverai mon honneur !

Il s'esclaffa.

— Quand je t'aurai tuée, seule ma parole prévaudra, et tout le monde t'oubliera. Tu es faible, Solveig. Tout ce que tu obtiendras sera de périr vite !

Elle choisit de ne pas répondre à sa provocation. Si elle laissait la colère l'envahir, comme Erling le cherchait certainement, elle se montrerait impétueuse et n'en serait que plus vulnérable. Il imaginait qu'elle ne serait jamais une adversaire à sa mesure. Comme il se trompait ! Erik l'avait bien formée, elle s'était beaucoup entraînée... Lors de son premier combat contre Erling, elle avait perdu, mais les choses seraient différentes, cette fois. Il le fallait !

Néanmoins, la peur nouait ses entrailles. De la sueur glaciale coulait le long de sa colonne vertébrale. Son bras gauche portait un bouclier en bois, le plus petit et le plus léger qu'on lui ait trouvé. Sa main droite tremblait sur le manche de son épée – l'arme qu'elle s'était choisie parmi celles d'Erik. Bientôt, ses doigts retrouveraient la sensation familière du pommeau de celle de son père ! Erling la toisait toujours, avec mépris et hargne. Il paraissait beaucoup plus à l'aise qu'elle. Rien d'étonnant : il ne menait là qu'un de ses nombreux combats.

Le dernier ! se promit-elle.

Elle croisa alors le regard de Liam. Entouré d'Erik et de Ranald, il ne la quittait pas des yeux. Il semblait frustré et inquiet, mais la force de son amour ne l'en rendait que plus déterminée.

Erik serrait les poings. Jamais elle ne lui avait vu un air si sombre et grave. Ranald se pencha pour lui murmurer quelque chose à l'oreille. Le géant avait lui aussi perdu son expression d'ordinaire joviale. Erik hocha la tête puis, comme de nombreux autres, il se tourna vers le *jarl.* Qu'attendait-il pour lancer le signal ? Même Arvid, persuadé que son fils ne risquait rien de plus qu'une estafilade à se confronter à elle, trépignait d'impatience. La tension devenait insupportable.

Impassible, le *jarl* Oldavson, les doigts pressés devant son ventre, guettait l'horizon. Espérait-il y déceler un message divin ?

Enfin, il leva une main. À peine l'eut-il abaissée que dans un rugissement, Erling chargea. L'immense lame de sa hache de guerre tournoya avant de s'abattre sur Solveig qui en un réflexe salvateur bondit en arrière, évitant le coup autrement mortel. Il attaqua de nouveau. Elle para de son bouclier. Ce fut comme être frappée par un mur de granit ! Tout aussi violemment, Erling arracha sa lame du bouclier, amplement fendu. Il se relança à l'assaut. Jamais Solveig n'aurait cru qu'il puisse être si féroce ! Il avait également gagné en expérience ainsi qu'en vélocité, et il redoublait d'ardeur à l'anéantir ! Elle lutta pour empêcher la peur de la submerger. Reculant, trébuchant, elle manqua chuter, se rattrapa au dernier moment. Seuls ses réflexes, sa rapidité et sa souplesse faisaient qu'Erling ne parvenait, en dépit de ses efforts, qu'à l'effleurer. Mais le temps jouait pour lui. Elle s'épuiserait, et à la moindre erreur, il suffirait à son adversaire d'un unique coup pour la couper en deux !

— Soumets-toi à moi, Solveig, et je serai clément ! beugla-t-il, les yeux flamboyants, gagnés par la folie du combat. Tu seras mon esclave, tu m'ouvriras les jambes aussi souvent que je te l'ordonnerai ! Tu en redemanderas !

Poussant un cri rageur, il abattit de nouveau sa hache. Solveig vacilla en parant. La fente dans son bouclier en devint plus béante. Encore deux ou trois assauts de même facture, et il n'en resterait rien ! Elle crut entendre Liam crier son nom, mais entre le bruit des vagues sous ses pieds, les vociférations d'Erling et les propres battements de son cœur à ses tempes, comment en être certaine ?

Ne te laisse pas distraire ! s'intima-t-elle.

Savoir Liam à ses côtés la galvanisa. Elle avait assez subi, à elle d'agir ! Se baissant pour esquiver une nouvelle attaque, elle se releva vivement pour frapper à son tour. Il s'en fallut de peu qu'elle tranche la main droite d'Erling ! Aussi rapide qu'un serpent, il s'était retiré juste à temps. Cette fois, elle en était certaine : non seulement Liam l'encourageait – elle l'entendait clairement, à présent, tant il criait fort –, mais Erik et Ranald, également. D'autres prenaient aussi parti pour elle. Certains choisissaient de soutenir Erling, et d'autres encore, comme Arvid, le raillaient de cesser de s'amuser pour en terminer.

— C'en est fini de toi ! s'écria Erling, comme désireux d'obéir au plus vite à son père.

Il transpirait à grosses gouttes. Des mèches de cheveux gras se collaient sur son front. Un sourire cruel étira ses lèvres tandis qu'il affirmait sa prise sur sa hache. Solveig, plus rapide et plus souple, bondit avant qu'il n'attaque. Elle leva son arme au-dessus de sa tête pour l'abattre violemment sur lui. Elle lui aurait tranché l'épaule, s'il n'avait fait un écart. Le misérable restait agile ! Leurs boucliers s'entrechoquèrent. Solveig s'écarta soudain sur le côté, déséquilibrant Erling. Il essaya de faucher ses jambes, mais elle fut cette fois plus véloce que lui et s'élança en avant.

Il beugla. Elle poussa un cri de joie : elle l'avait touché au bras ! Pas suffisamment profondément pour l'obliger à lâcher son arme, pourtant cette victoire ne l'en enflamma pas moins.

— Je te vaincrai, Erling le menteur, et tous sauront quel genre d'homme tu es vraiment !

— Je vais t'arracher ta langue de vipère !

Il fit tournoyer sa hache et s'élança vers elle. Comme elle l'espérait, il perdait sa maîtrise et se montrait imprudent. Il ne réalisa que trop tard l'endroit où elle l'avait mené. Impossible pour lui de s'arrêter, il avait pris trop d'élan. Elle se jeta sur le côté pour l'éviter au moment même où il se ruait sur elle. Il chuta, dégringolant au bas du promontoire pour se réceptionner sur la plage de sable et de galets. Sans hésiter, épée brandie, elle le rejoignit en poussant un cri de guerre. Déjà, Erling se relevait. Il saignait de la bouche et du front. Une tache écarlate s'étendait sous sa tunique, au niveau du ventre, et sa cheville gauche était tordue dans un angle peu naturel.

— Maudite bâtarde, je vais te tuer !

— Viens donc, si tu t'en crois capable, je t'attends !

Il voulut s'élancer, mais sa cheville blessée le déséquilibra. Il tituba et glissa. Saisissant sa chance, Solveig plongea en avant et enfonça sa lame dans son avant-bras, près du coude. Il hurla et cette fois, lâcha sa hache tandis que son bras retombait, inerte, sur le côté. Emportée par la frénésie de la bataille, consciente qu'un seul d'entre eux en sortirait vivant, Solveig frappa encore et encore, le touchant de plus en plus facilement, de plus en plus profondément. Les forces d'Erling déclinaient. Il finit par tomber à genoux. Du sang ruisselait de toutes les blessures que Solveig lui avait infligées.

Haletante, à bout de souffle, en sueur, les muscles douloureux, mais exaltée par son exploit, elle plaça la pointe de sa lame face au visage de son adversaire.

— Avoue, à présent, que tu es coupable des crimes dont je t'accuse, et je te laisserai tenir ta hache quand tu mourras !

Les traits d'Erling se parèrent de terreur. Périr sans son arme en main était inconcevable pour un guerrier. Cela signifiait ne jamais rejoindre le *Valhalla* ! Comme si se faire occire par une femme qu'on méprisait n'était déjà pas un affront suffisant !

— Pauvre folle, tu n'oserais pas me refuser de…

— Crois-tu ? Parle, Erling ! Que tous t'entendent ! Fais preuve d'un peu d'honneur !

Du coin de l'œil, elle vit Arvid se précipiter vers eux, mais Ranald et Erik l'arrêtèrent en pleine course. Erling avait également aperçu son père et tous les autres autour. Il secoua la tête, soudain pris d'une brutale quinte de toux.

Il cracha à terre, aux pieds de Solveig.

— Ainsi, tu vas m'achever. Je sens déjà la vie me quitter… Promets que je ne mourrai pas désarmé.

— Je promets. Si tu dis la vérité. Aussi fort que possible.

— Bien. Il est vrai que je te désire depuis des années. J'ai toujours pensé que c'était ce que tu voulais, toi aussi, lâcha-t-il entre deux quintes de toux. J'ai voulu te faire mienne, et ensuite… Je croyais vraiment t'avoir tuée. Je maudis le jour où tu es revenue d'entre les morts ! Mon arme, maintenant ! Rends-la-moi !

Aux déclarations de son fils, Arvid était devenu livide. Il semblait totalement déstabilisé, comme celles et ceux qui l'avaient soutenu jusque-là. Solveig les ignora. L'énorme poids qui pesait sur elle s'évanouit. La vérité était connue de tous. Enfin ! Elle avait gagné. Son honneur était restauré. Levant une main vers son père, Erling essaya de parler de nouveau, mais ses lèvres n'émettaient plus que de pitoyables gargouillements. Ses yeux devenaient vitreux. Il quittait ce monde. Alors, comme elle le lui avait promis, Solveig s'agenouilla auprès de lui pour refermer ses doigts sur le manche ensanglanté de sa hache, au moment où il rendit son dernier souffle. Il ne le méritait pas, et elle doutait au fond que cela suffise à racheter ses crimes pour lui ouvrir les portes du *Valhalla*…

Mais elle n'avait qu'une parole.

Chapitre 28

— Solveig ! Solveig !

D'un geste brusque, Liam échappa à ses geôliers pour la rejoindre. Son soulagement était sans commune mesure : elle était vivante ! Il la saisit dans ses bras à l'instant même où elle vacillait. Comme elle était pâle ! Un contraste saisissant avec la teinte cramoisie du sang qui la souillait.

— Liam, j'ai réussi. J'ai vaincu Erling !

— *Aye, mo chridhe*[1], tu as gagné. Je suis tellement fier de toi, et si heureux que ce soit terminé…

Lui parlant, il l'examinait, cherchait une blessure grave qu'il n'aurait pas décelée. Tout en lui bouillait au souvenir des coups que ce maudit viking lui avait portés ! Plus d'une fois, il avait voulu la rejoindre pour l'aider, mais Erik et le géant roux l'en avaient empêché. À raison. Elle avait triomphé. Seule.

— Tu étais impressionnante. Une véritable guerrière. Jamais je n'aurais imaginé que tu saches te battre ainsi !

Elle lui sourit, pantelante. Ne cessant de lui murmurer des mots tendres, il l'étreignait, lui caressait le dos, savourait le bonheur de la sentir vivante, tout contre lui. Erik se rapprocha, tenta de

1. Ma chérie, mon cœur, mon amour.

l'écarter de lui. D'un seul regard, Liam le fit s'immobiliser. Qu'il essaie de la lui enlever, pour voir !

— Allons, sois raisonnable, Scot, déclara Erik. Elle a besoin de soins, nos femmes s'occuperont d'elle. Tu la retrouveras plus tard, si tu vis encore.

Ces mots le ramenèrent à la réalité. Il plongea son visage dans les cheveux de Solveig, s'enivra de son odeur.

— Je te reviendrai, *mo chridhe*, lui murmura-t-il. Ne t'inquiète pas.

Il l'embrassa tendrement. Ensuite seulement, il accepta de la confier aux femmes scandinaves. Alors qu'il la regardait s'éloigner, Erik posa une main sur son épaule.

— Viens avec moi, tu dois te préparer. Tu n'as pas la moindre chance contre le *jarl*, mais je te prêterai tout de même une de mes meilleures armes, et un solide bouclier. Entre nous, ajouta-t-il plus bas, je regrette ce combat. Une trêve est toujours préférable à la guerre. Dommage que le *jarl* ne l'ait pas compris, cela aurait simplifié les choses. Surtout pour Solveig.

— Je t'ai mal jugé, Erik, et je le regrette.

— Tu ne serais pas le premier, je ne te le reproche pas. Toi non plus, tu n'es pas comme je l'imaginais. Quand Solveig m'a parlé de toi, mon sang s'est échauffé à l'idée qu'un étranger ait ravi son cœur. Je tiens beaucoup à elle, comme à une sœur, et sachant combien elle t'aime, bien que tu sois un Scot, je commençais presque à t'apprécier. Il est évident que toi aussi tu… Par les dieux !

Visiblement furieux, un Viking aux longs cheveux nattés accourut auprès du *jarl* qui, vêtu d'une broigne[1], venait de se recouvrir la tête d'un casque conique en métal. L'homme parlait si vite que Liam ne parvenait pas à saisir ce qu'il braillait.

1. Vêtement protégeant le thorax, sur lequel des renforts rigides appelés mailles ou macles sont fixés.

— C'est le père d'Erling, pas vrai ?

— Oui. Il se nomme Arvid et il conteste le… résultat du *hólmganga*. Selon lui, Solveig n'a gagné que parce qu'elle a drogué son fils, ou qu'elle aurait supplié le dieu Loki pour qu'il l'ensorcelle. Il accuse aussi le *jarl* d'être faible face à elle et d'avoir souhaité le trépas d'Erling. Foutaises ! La mort de son fils unique lui fait perdre la raison, et s'il ne se rétracte pas rapidement, tout cela va très mal finir !

En effet, le ton montait entre les deux hommes. Le *jarl* gronda, Arvid recula, baissa les yeux, puis murmura quelque chose que seul son chef put entendre. À son expression qui s'adoucit, Liam supposa qu'Arvid lui présentait des excuses.

— Bien, conclut Erik. Le *jarl* est magnanime, il comprend sûrement la douleur d'Arvid, mais si celui-ci recommence à…

Tout alla très vite. Arvid renversa le *jarl* en arrière. La tête de ce dernier cogna contre un rocher. Sous la violence du choc, il perdit son casque qui roula à terre. Du sang s'écoula de sous sa nuque. L'attaque avait stupéfié l'assemblée ! Une lame jaillit dans la main d'Arvid. Rugissant, Erik s'élança vers lui, mais Liam fut le plus prompt à réagir. D'un bond, il s'approcha et se saisit du poignet d'Arvid pour l'empêcher de frapper. Celui-ci se reprit rapidement. Beuglant une insulte en vieux norrois, il délaissa le *jarl* assommé pour empoigner Liam. Ce Viking avait la force d'un ours ! À la vitesse de l'éclair, Liam lui envoya son poing libre dans le visage. Sous la violence du coup, Arvid vacilla.

— Maudit sois-tu, Scot !

Ses yeux fous étaient injectés de sang. Sa bouche se tordait en un rictus démoniaque. Erik avait raison : il avait totalement perdu l'esprit ! Le combat devint titanesque. Les coups fusaient de part et d'autre. De force égale, chacun cherchait à maîtriser son adversaire, à lui faire lâcher prise. Agrippés l'un à l'autre, ils dévalèrent jusqu'à la plage, en contrebas. Pour se retrouver presque là où Erling avait perdu la vie ! Arvid dut le comprendre aussi, car sa fureur en fut décuplée.

— Ta sorcière, cracha-t-il, je la prendrai jusqu'à ce qu'elle n'en puisse plus, puis je l'éventrerai pour nourrir les chiens, avant de jeter ses restes au feu !

— Tu ne la toucheras pas ! Jamais !

Sur ces mots, Liam le frappa. En retour, Arvid l'agrippa à la gorge, cherchant à l'étrangler. Instantanément, Liam releva la tête pour l'écraser de toutes ses forces sur le nez du Viking qui hurla de douleur et de surprise. Une fois, deux fois, et les mains qui l'étouffaient se retirèrent. Le nez d'Arvid saignait abondamment. Liam cogna encore et encore, sachant que s'il s'arrêtait, s'il épargnait cet homme, Solveig ne serait jamais en sécurité. Il ne le permettrait pas !

Du coin de l'œil, il repéra le couteau d'Arvid, qui gisait à deux pas de là. D'un geste souple, tout en continuant à harceler son adversaire qu'il clouait au sol, il s'en empara. Arvid paniqua, gigota sous lui, le frappa durement au visage. Mais cela ne suffit pas à le stopper. Sans hésiter, il lui enfonça la lame jusqu'à la garde, en plein cœur. Arvid cessa de se débattre. Ses doigts se portèrent en tremblant sur le manche du couteau. Il regardait Liam, incrédule. Après un dernier râle, il rendit l'âme, son sang dans le sable se mêlant à celui de son fils.

— Par les dieux, quel combat !

Liam, à bout de souffle, laissa Erik l'aider à se relever. D'autres Vikings étaient aussi descendus sur la plage, sans rien dire… ou intervenir. Parmi eux se trouvait le *jarl* Oldavson. Deux hommes le soutenaient, et il les écarta. Un linge entourait une partie de son crâne, masquant sa blessure. Du pied, il repoussa le cadavre d'Arvid, puis se tourna vers Liam.

— Tu as tué l'un de mes guerriers les plus féroces.

— Et je le referai, sans hésiter.

Un sourire éclaira le visage du *jarl.*

— À n'en point douter ! Ce pourceau n'a eu que ce qu'il méritait, tout comme son fils ! Dire que je lui avais accordé ma confiance, à ce serpent ! Quant à toi, Liam MacCann, pour m'avoir sans aucun doute sauvé la vie, tu as gagné mon respect. Par les dieux, je te suis redevable ! Même si tu n'en as pas le sang, tu as le cœur et l'esprit d'un Viking ! Les autres guerriers de ton clan sont-ils aussi vaillants que toi ?

— Assurément. Ils combattront tous jusqu'à la mort pour protéger leurs familles, et emporteront nombre d'ennemis dans la tombe.

Frottant sa barbe, le *jarl* semblait réfléchir.

— Ils sont en cela semblables aux miens. Et sont-ils nombreux ?

— *Aye.* Suffisamment pour vous faire subir de très lourdes pertes, répondit Liam en souriant de son mensonge éhonté.

Il avait rapidement comptabilisé les guerriers scandinaves, qui dépassaient largement en nombre et en férocité les troupes des MacCann. En dépit de la bravoure des siens, si les Vikings brisaient leurs défenses, ce serait un véritable massacre. Il retint son souffle, pendant que le *jarl* le dévisageait intensément.

Enfin, ce dernier s'esclaffa.

— Ah ! Ce que tu me racontes ne correspond guère aux informations reçues de mes espions, du moins en ce qui concerne la taille de ton armée, mais j'aime ton aplomb, et tu as du courage. Si chacun de tes hommes te vaut même seulement à moitié, il est possible en effet que vous nous compliquiez la tâche.

— Croyez-moi, vous regretteriez de nous avoir comme ennemis.

— Peut-être, mais les temps sont durs, et notre île est devenue trop petite pour tous ceux qui cherchent à s'y installer. Si nous ne voulons pas risquer la famine, ou pire encore, nous devons trouver de nouvelles terres à coloniser pour nos familles. Nous ne pouvons pas retourner en arrière ni renoncer, pas si près du but. Je crains que…

— Liam !

Solveig se précipita dans ses bras. Ses blessures étaient pansées, et si elle clopinait, elle avait meilleure mine. Impulsivement, il l'étreignit, heureux de la retrouver et prêt à tenir tête à quiconque essaierait de les séparer.

Un vieil homme aux traits ridés et aux yeux vifs, qui marchait à l'aide d'un bâton, intervint tout en les désignant :

— Souviens-toi du message des runes, mon *jarl.* Tout cela, elles l'avaient prédit !

— Si fait, Thormund, je m'en souviens, et j'en comprends pleinement le sens, à présent. Ainsi, à moins que tu ne souhaites encore te mesurer à moi, Liam MacCann, nous ne nous combattrons pas ce jour ni un jour prochain. Suffisamment de sang a déjà coulé entre nous. Gardons plutôt nos forces pour affronter nos ennemis, ensemble. Comme un seul peuple.

Liam haussa les sourcils, interloqué. Avait-il bien compris ? Le *jarl* Oldavson lui tendit son bras et il s'en saisit volontiers en une accolade virile.

Un pacte était en passe d'être scellé.

Ne restait plus qu'à convaincre son oncle de son bien-fondé…

Chapitre 29

Le ciel était sombre et menaçant. De gros nuages s'accumulaient vers l'est, au-dessus des montagnes. Une tempête se préparait, et pas uniquement dans les hauteurs. Depuis les remparts de la forteresse des MacCann, Caitrinn ne cessait de scruter l'horizon. Les sentinelles les avaient prévenus : une armée de Vikings arrivait ! La nouvelle s'était rapidement répandue. Au loin, déjà, se devinait leur sombre présence. Le son de leurs pas rappelait le grondement du tonnerre. Au cœur de la forteresse, la panique saisissait les uns, galvanisait les autres. Vieillards, femmes et enfants se cherchaient un abri, tandis que les guerriers se préparaient au combat. Si la plupart avaient survécu à plus d'une bataille, certains n'étaient que de jeunes garçons qui peinaient encore à lever leurs épées. Les mains pressées devant elle, Caitrinn priait la Sainte Vierge afin qu'elle les protège, tous. Que n'aurait-elle donné pour que Liam soit ici, avec eux ! Hélas, elle ignorait où il se trouvait. Solveig était-elle avec lui ? Et Cullen, parti depuis à leur recherche ? Les avait-il retrouvés ? Chaque jour, chaque heure, elle ne cessait de penser à eux. Beaucoup clamaient que Solveig était retournée auprès des siens, qu'elle avait attiré Liam dans un piège et l'avait sans doute même tué de ses propres mains. Son cœur se refusait d'y croire ! Pourtant, Liam et Cullen n'avaient pas donné signe de vie, et l'armée viking s'apprêtait à les assiéger ! Solveig les avait-elle conduits ici ? Marchait-elle parmi eux, librement ? Mais peut-être était-elle innocente et n'avait-elle rien à voir avec ces guerriers qui voulaient leur perte ? S'efforçant de ne point imaginer le pire au sujet de son frère, Caitrinn ne savait plus que penser. Son regard se porta de nouveau vers la masse grouillante et bouillonnante qui se rapprochait, souillait la blancheur de la neige sous ses maudits pas. Les premiers hommes émergeaient de la forêt. Ils gravissaient la colline qui les séparait encore du *glen*[1] et du village. Frissonnant, moins de froid que de peur, Caitrinn resserra sur elle les pans de son manteau fourré.

Elle sentit alors une présence dans son dos.

— Va te cacher avec les autres, Caitrinn, lui ordonna son oncle, qu'elle n'avait pas entendu arriver.

— Je préfère rester ici, avec vous. Donnez-moi une épée, et je combattrai à vos côtés !

Si Solveig et les femmes scandinaves le pouvaient, elle en serait tout aussi capable ! Du moins voulait-elle le croire, elle qui n'avait jamais tenu une arme entre ses mains. Son oncle la dévisagea avec tendresse.

— Tu es brave, ma fille, mais nos femmes ont d'autres batailles à mener que porter une lame, et il est trop dangereux pour toi de rester là. Bientôt, les Vikings seront à nos portes, et je veux te savoir en sécurité. Allons, ne discute pas, tu veilleras sur les familles de nos guerriers, puis nous célébrerons notre victoire, tous ensemble, autour d'un festin.

Il lui adressa un sourire. Comme il était tentant de le croire ! Elle le souhaitait de tout cœur, hélas la cruauté des Nordiques était légendaire. S'ils réussissaient à percer leurs défenses, il en serait terminé d'eux tous. En dépit de leur courage, les MacCann

1. Vallée.

encore en état ou en âge de se battre étaient beaucoup moins nombreux que leurs adversaires. Des affrontements avec certains de leurs voisins n'avaient en rien arrangé les choses, et leurs alliés arriveraient trop tard pour les secourir… S'ils venaient.

— Avons-nous une chance, véritablement ? osa-t-elle demander.

— Nos murs sont hauts et solides, et même le plus faible de nos hommes en vaut dix des leurs. Ne t'inquiète pas, ma fille. Va, à présent.

Il émanait de lui force et confiance, pourtant, elle perçut la fêlure dans sa voix et nota l'infime tressaillement au coin de sa bouche. Il cherchait à la rassurer, et elle se jura d'être forte. Pour lui, pour Liam, pour leur peuple. Se levant sur la pointe des pieds, elle déposa un chaste baiser sur la joue rugueuse de son oncle et *laird*. Mais à l'instant où elle s'apprêtait à partir, son instinct la poussa à se retourner une dernière fois sur l'armée ennemie. Elle était suffisamment proche à présent pour qu'on en distingue clairement les rangs. Des hommes armés d'épées, de lances et de haches, avec chacun un bouclier rond aux couleurs vives. Beaucoup avaient le crâne ceint d'un bonnet en cuir bouilli. Ils chantaient dans leur langue gutturale, certainement un hymne à leur victoire qu'ils devinaient assurée. Tous avançaient d'un pas sûr, avec à leur tête celui qui devait être leur chef : un guerrier imposant, dont la longue cape écarlate claquait au gré du vent.

Caitrinn retint son souffle et cligna plusieurs fois les paupières. Rêvait-elle ? Cette silhouette, là-bas ! Elle était comme tétanisée, incapable d'en éloigner les yeux. Cet homme qui se détachait du premier rang, et cette femme, à son côté, ils…

— Liam ! C'est Liam ! Et Solveig est avec lui ! Regardez, mon oncle, ils sont vivants ! Ils marchent sans entraves !

— Impossible, que… Seigneur tout-puissant ! C'est pourtant vrai ! Ta vue est meilleure que la mienne…

Sur un geste du chef viking, son armée fit halte, puis il s'avança jusque devant les portes avec Liam, Solveig et deux hommes : un géant roux et l'autre, presque aussi impressionnant de stature, avec des cheveux d'une superbe blondeur.

Liam leva haut le bras, et sa voix forte retentit :

— Ouvrez-nous les portes, mon oncle ! Le *jarl* Oldavson souhaite parlementer avec vous en vue d'une trêve, et je me porte garant de sa bonne volonté.

Caitrinn n'en croyait pas ses oreilles. Visiblement, son oncle non plus. Un rictus se peignit sur son visage qui se transforma en franc sourire.

— Eh bien, si je m'attendais !

Il s'éloigna pour crier des ordres à ses hommes. Caitrinn ne le suivit pas. Toute son attention restait focalisée sur son frère qui, rayonnant, entrait dans la forteresse tout en serrant étroitement la main de Solveig.

En pénétrant dans la forteresse, Solveig s'efforçait de masquer sa nervosité : rien n'était encore joué et la situation pouvait mal tourner à tout moment. Le spectacle d'un chef scandinave, escorté de deux de ses imposants et redoutables guerriers – Erik et Ranald –, d'une femme et du neveu du *laird*, au beau milieu de la cour attirait peur et curiosité. Si la main de Liam pressant la sienne la rassurait, elle n'en éprouvait pas moins une forte inquiétude. Le *laird* MacCann accepterait-il leurs conditions ? Le *jarl* saurait-il contenir son impétuosité et se montrer raisonnable, cette fois encore ? Elle voulait y croire et inspira amplement. Entamer des pourparlers pour établir une trêve, voire une alliance, était à portée de volonté. Avec Liam à son côté, tout leur était possible !

Sous bonne escorte, on les fit pénétrer à l'intérieur du château. Ils gravirent deux étages, longèrent un corridor éclairé de torches pour enfin parvenir à la grande salle du donjon devant laquelle on les délesta de leurs armes. Ranald rechigna, mais un seul regard d'Erik étouffa ses objections. Des tapisseries recouvraient chacun des murs, sauf celui du fond où une immense cheminée abritait un feu crépitant. Assis sur un haut siège de bois sculpté, au dossier orné de l'écusson de son clan, le *laird* MacCann les attendait, ainsi qu'une quarantaine de personnes qui se retournèrent toutes vers eux à leur arrivée. La tension était palpable, même si le *jarl* feignait l'assurance et la nonchalance.

Debout, à côté du *laird*, se tenaient ses conseillers, deux gardes solidement armés, et Caitrinn. Les yeux de celle-ci s'illuminèrent. Elle courut se jeter dans les bras tendus de Liam. Au bord des larmes, elle l'étreignit de toutes ses forces.

— J'ai tant prié pour toi, Liam ! Je n'y croyais pas, quand on me disait que tu étais perdu ! Je le savais bien, moi, que tu étais en vie !

— Mes excuses, Caitrinn. Je ne voulais pas t'inquiéter, je...

— Oh ! je m'en moque ! Tu es là, à présent, le reste m'importe peu ! Toi aussi, Solveig, je suis tellement heureuse de te retrouver ! ajouta-t-elle en s'emparant fébrilement de ses mains.

— Tu m'as manqué aussi, Caitrinn, souffla-t-elle. Je suis désolée de... t'avoir déçue.

— Cessez donc avec vos excuses, tous les deux ! Ce qui est fait est fait, je ne veux plus y penser !

Solveig acquiesça, sincèrement émue par la bonté de Caitrinn, et l'enlaça en retour. Ces retrouvailles la bouleversaient plus encore qu'elle ne se l'était imaginé !

Le *jarl*, indifférent à leurs étreintes, avançait à grands pas vers le *laird*. Escorté d'Erik et de Ranald, il se planta devant lui.

— Je suis Ingvald Oldavson, *jarl* du clan du loup blanc, se présenta-t-il sans plus de cérémonie.

— Et je suis Cinàed MacCann, *laird* du clan MacCann. Je vous souhaite la bienvenue en mon château de Dunaildinn, *jarl*

Oldavson, aussi longtemps que vous ne nous chercherez pas querelle.

Son ton autoritaire n'accordait aucun doute : au moindre signe de menace, le *jarl* et ses hommes seraient exécutés à l'instant. Le *jarl* ne pouvait l'ignorer, mais il se contenta de sourire et de hausser les épaules.

— Ce n'est pas mon intention, *laird*. Du moins, pas pour le moment, et peut-être jamais, si nous trouvons un accord.

— J'écoute.

— Une trêve, voilà ce que je vous propose. Ou même une alliance, si parlementer nous mène vers cette voie, ajouta-t-il, accordant un bref regard à Liam et Solveig.

Des murmures parcoururent l'assemblée. Solveig croisa plusieurs regards. La méfiance régnait dans les cœurs de ces hommes. Ils imaginaient sûrement que tout ceci n'était qu'un piège, un stratagème pour s'emparer de leurs biens sans même un combat. Comprendraient-ils que la paix leur serait, à tous, amplement plus profitable que la guerre ? Saisiraient-ils cette chance ?

Liam serra sa main plus fort. À l'évidence, il partageait ses craintes et ses pensées.

Le *laird* hocha la tête, se pencha légèrement en avant. Sur son siège, placé sur une estrade, il surplombait l'assistance et ne quittait pas le *jarl* du regard.

— Fort bien, j'irai donc droit au but : qu'espérez-vous en échange de votre amitié ?

— De bonnes terres accueillantes, pour y installer nos familles.

— Vraiment ? Rien que cela ? J'y vois certes votre intérêt, mais point le mien. Qu'y gagnerai-je ?

— De solides et rudes travailleurs. Des alliés de valeur qui partageront avec vous le fruit de leur labeur, et une promesse de commerce prospère entre nos clans. De plus, mes guerriers combattront aux côtés des vôtres, en une seule armée, et avec le temps, nos deux peuples se mélangeront pour n'en former plus qu'un. Voilà l'avenir que j'envisage, *laird* MacCann.

Cette fois, ce fut au tour de ce dernier de dévisager Liam et Solveig de son regard acéré.

— Liam, dit-il.

— *Aye*, mon *laird*.

— Cette alliance, est-ce ton idée ?

— Celle de Solveig, en vérité. Je la soutiens, à l'évidence, et puis vous assurer que le *jarl* Oldavson ne cherche pas à nous tromper. Nous avons tout à gagner à considérer sérieusement sa proposition. Prêtez-y oreille, je vous en conjure. Pour notre salut à tous.

— Avant cela, je dois d'abord m'assurer de deux choses : tout d'abord, j'exige que vos prisonniers et esclaves Scots soient libérés et rendus à leurs familles.

— Eh bien, cela ne sera sans doute pas…

— Je ne transigerai pas à ce propos.

Le *jarl* esquissa un rictus, pour déclarer enfin :

— Fort bien. C'est compréhensible et sera accompli, du moins pour tous ceux encore auprès de nous. Pour les autres, cela sera plus compliqué, mais pas impossible.

— Et Cullen ? Qu'est-il advenu de lui ?

— Il se porte bien, mon oncle, intervint Liam. Il est resté en arrière, dans les rangs des Nordiques, par… sécurité.

— Je vois.

Le *laird* le comprit assurément : si les Scots attaquaient le *jarl* durant l'entrevue, Cullen serait exécuté.

— Et ensuite ? s'enquit le *jarl*. Qu'entendez-vous vous assurer d'autre ?

— Comptez-vous vous joindre aux Vikings qui cherchent à s'emparer de la Northumbrie ? *Aye*, n'ayez pas l'air si étonné que nous en soyons informés. Vous, les Nordiques, n'êtes pas les seuls à user d'espions. Sachez que si vous entendez y prendre part, mon clan n'y sera aucunement mêlé.

— Oh ! soyez assurés que les terres angles ne nous intéressent point ! Il y fait trop chaud pour nous. L'air de Scotia nous convient bien davantage.

Le *jarl* ponctua ses mots d'un large sourire. Solveig ne sut déceler s'il était sincère ou non sur ce point, mais cela suffirait-il ? Le regard du *laird* se fit suspicieux. Il écouta scrupuleusement les murmures de ses conseillers.

Fébrile, Solveig ne pouvait qu'attendre. Caitrinn lui adressa un doux sourire, qu'elle lui rendit volontiers. Pour des innocents comme elle, pour l'avenir des enfants qu'elle-même souhaitait de Liam, il leur fallait réussir ! De son côté, Erik avait du mal à masquer son impatience. À l'évidence, se trouver entre des murs épais ne lui convenait pas. Il était fait pour le grand air et ne se sentait guère à son aise. Néanmoins, il gratifia à son tour Solveig d'un sourire… pour ensuite porter son attention sur Caitrinn, dont les joues s'empourprèrent. Ranald, lui, se tenait aussi droit et immobile qu'un roc. Sa passivité était trompeuse, devina Solveig à l'éclat dans ses yeux : au moindre signe de duplicité des Scots, il leur fracasserait le crâne.

Le silence s'éternisant, Liam fit un pas en avant.

— Mon oncle, je comprends vos réticences et votre méfiance, mais j'ai pu constater par moi-même combien ces Scandinaves nous ressemblent. Je suis certain qu'à terme nos peuples pourraient en effet n'en faire qu'un. Je ne prétends pas que tout sera facile, loin de là, mais avec des efforts de part et d'autre, nous en sortirons plus puissants.

— J'entends, mon neveu. Moi non plus, je ne souhaite pas la guerre, et nous avons suffisamment d'ennemis pour ne pas refuser des alliés de valeur. Je consens donc, *jarl* Oldavson, à parlementer avec vous plus avant.

Quel soulagement ! Solveig se pressa contre Liam. Il l'étreignit d'un bras, attira Caitrinn à lui de l'autre. Pendant ce temps, le *laird* descendait les marches de l'estrade pour tendre la main au *jarl* Oldavson. Celui-ci la serra dans la sienne en une ferme étreinte.

— Ainsi, les runes ne s'étaient pas trompées, s'exclama Erik. Ce soir, nous dormirons entre des draps Scots, dans leurs murs et auprès de femmes avenantes, mais en tant qu'alliés, et non de conquérants !

Ranald ponctua ses mots d'une tape virile dans son dos, et ils se joignirent aux vivats et applaudissements qui éclataient dans l'assemblée. En vérité, tous étaient satisfaits de cette issue. Solveig et Liam, sans doute plus encore, car cela signifiait qu'ils pourraient vivre ensemble, en toute liberté. Enfin !

Leurs lèvres se scellèrent en un langoureux baiser, promesse d'un avenir qu'ils espéraient désormais radieux.

Épilogue

Les Norvégiens du clan du loup blanc s'étaient établis depuis plus de quatre mois déjà sur les terres des MacCann, en tant qu'alliés de plein droit. Les négociations entre leurs chefs respectifs s'étaient déroulées à merveille, même si à plusieurs reprises leurs voix grondantes s'étaient affrontées, pour s'apaiser ensuite. Tout comme les relations entre les Nordiques et les Scots s'étaient améliorées avec le temps. Si au départ, l'animosité et la méfiance étaient de mise, les deux peuples apprenaient à se connaître, à s'apprivoiser. Des couples avaient commencé à se former, de part et d'autre. Les enfants jouaient ensemble, les familles s'entraidaient. Chacun œuvrait au mieux pour survivre et prospérer sur ces terres magnifiques balayées par les vents, enclavées entre mer et montagnes. Même Cullen, qui s'était remis de ses blessures, avait fini par accepter les nouveaux venus. Le fait qu'ils viennent de Norvège et ne soient pas des Danois, comme ceux qui avaient assassiné sa femme, l'y aidait grandement.

Comme le *jarl* Oldavson l'avait promis, les gens enlevés lors de la mise à sac du village avaient été rendus à leurs familles, et des relations commerciales privilégiées avec la Norvège avaient été organisées avec les MacCann, au bénéfice des deux clans. Cinàed MacCann ne regrettait nullement d'avoir accepté une alliance avec ses anciens ennemis, pas plus qu'Ingvald Oldavson. Les deux hommes en étaient venus à se respecter et même à s'apprécier, chacun reconnaissant la valeur de l'autre.

Leurs fermiers, bergers et paysans travaillaient ensemble, tout comme leurs guerriers qui partageaient à la fois leurs entraînements et leurs techniques de combat. Certes, le mur de boucliers était une manœuvre peu usitée, voire pas du tout, par les MacCann, mais ils ne tardèrent pas à éprouver son efficacité lors de l'attaque d'un clan rival. Les Cameron, mis en déroute, se souviendraient longtemps de leur défaite ! Solveig, même cantonnée aux rangs arrière, avait participé à cette bataille. Au grand dam de Liam, qui n'appréciait que peu qu'elle soit confrontée au danger bien qu'il respecte chacune de ses décisions et sa soif de liberté. Elle ne l'en aimait que davantage ! De plus, il n'hésitait pas à clamer combien il était fier d'elle. À part elle, aucune femme des deux clans ne souhaitait vraiment chercher à manier les armes. Elle était également la seule des Nordiques, du moins jusqu'à présent, à avoir épousé un Scot. Les souvenirs de la magnifique cérémonie durant laquelle elle s'était unie à Liam l'emplissaient immanquablement d'un profond émoi.

— Solveig !

L'avertissement la ramena brusquement à la réalité, et elle esquiva juste à temps le coup d'épée. Liam la dévisagea, inquiet.

— Si tu rêvasses ainsi, je n'aurai aucun mal à te vaincre, aujourd'hui.

— Essaie donc, mon cher époux, et nous verrons si tu y parviens ! Je me suis beaucoup entraînée, depuis ma dernière défaite, et je compte bien te faire mordre la poussière, cette fois-ci !

Il sourit. Il était si beau que l'urgence de jeter son arme à terre pour se précipiter dans ses bras la saisit subitement ! Plus tard… Pour le moment, elle voulait en apprendre davantage de l'art du combat, pour devenir plus forte et aider à protéger les siens. Quel meilleur professeur que Liam ? Il était tellement talentueux, et elle adorait s'exercer avec lui, même si elle devait constamment lutter contre l'impérieux désir qui l'envahissait.

Tant mieux, cette tentation l'obligeait d'autant plus à travailler sa concentration ! Liam ne lui rendait guère la tâche facile, à la contempler ainsi avec adoration, les yeux brillant de passion, comme tiraillé lui aussi par ses pulsions. Chaque nuit, ils faisaient l'amour. Le jour, également, dès qu'ils en avaient l'occasion. Liam savait l'emporter comme nul autre vers un univers de plaisir intense. Il lui faisait perdre la raison, toute notion de la réalité, et elle adorait cela. L'existence auprès de lui était plus merveilleuse que tout ce qu'elle aurait pu concevoir. Et dire que quelques mois plus tôt, seulement, ils étaient ennemis !

Les dieux l'avaient bénie en l'introduisant dans sa vie.

Le rire de Liam l'extirpa de sa contemplation et de ses rêveries.

— *Mo chridhe*, si tu ne cesses de me regarder aussi langoureusement, je te jure que je t'emporte dans mes bras, à l'instant, jusque dans notre chambre.

— Oh ! ainsi, tu lis dans mes pensées ?

— Ce n'est pas bien difficile, puisqu'elles sont semblables aux miennes.

— Il te faudra m'attraper d'abord !

De l'épée de son père, qu'elle avait récupérée auprès de son oncle, elle feinta une attaque sur la droite. Liam esquiva d'autant plus facilement qu'elle y avait volontairement mis peu de conviction. Dans le même mouvement, d'un geste souple et vif, comme elle l'espérait, il se saisit de son poignet et l'attira à lui. La poitrine pressée contre son torse puissant, elle se perdit dans la profondeur de son regard.

— Et à présent, que vais-je faire de toi, ma superbe captive ?

Sa voix suave, tout autant que ses mots emplis de promesses

lascives, la firent tressaillir. Elle laissa jouer ses doigts sur le bras de Liam, effleurant ses muscles solides.

— Tu te trompes. C'est toi, mon prisonnier, et…

Il la fit taire d'un baiser passionné. Lui répondant avec une ardeur semblable, elle s'accrocha à ses épaules, savourant les délicieuses sensations qu'il éveillait en elle. Le monde cessa rapidement d'exister, comme à chaque fois qu'il la touchait. Son envie de lui la consumait comme un brasier, et elle ressentait combien il la désirait, en retour. À l'évidence, ils ne seraient jamais rassasiés l'un de l'autre. Tant mieux ! N'avaient-ils pas toute leur vie pour en profiter ?

Ils se séparèrent pour reprendre leur souffle.

— Retournons à notre chambre, Liam. Tout de suite.

— C'est à ton tour de lire dans mes pensées, *mo chridhe.*

L'éclat dans ses yeux verts était sans équivoque. Son sexe dur pressé contre son ventre et les promesses enflammées que cela produisait en elle l'excitèrent encore davantage. Si Liam proposait de lui faire l'amour, là, à même le sol de la cour d'entraînement, elle pourrait le laisser faire, et même l'y encourager !

Mais ils n'étaient pas seuls.

— Eh ! Bien le bonjour, tous les deux !

L'expression avenante, Erik s'avançait vers eux à grands pas.

— Cordieu, tu choisis mal ton moment, grommela Liam.

— Mes excuses, je vous interromps ?

— En effet et, à en croire ton sourire, tu n'es pas désolé du tout, Erik.

— Ma chère Solveig, je ne puis te tromper ! Il est vrai, cela m'amuse mais me touche, surtout, de vous voir aussi heureux. J'en serais presque jaloux, si je souhaitais prendre femme ! Que les dieux m'en préservent !

— Plus d'un cœur en sera brisé, Erik.

En disant cela, Solveig pensait particulièrement à Caitrinn, qui en dépit de leurs presque dix ans de différence d'âge s'était visiblement prise d'affection pour le beau guerrier scandinave. Hélas, celui-ci n'avait pas les mêmes inclinaisons. S'il lui avait confié à maintes reprises la trouver charmante, il la trouvait, à quinze ans, trop jeune pour lui… Sans compter que Liam aurait cherché à le couper en deux s'il avait voulu séduire sa sœur !

— Peut-être souhaiterai-je m'établir, plus tard, pour mes vieux jours, quand je serai édenté et fatigué et que j'aurai besoin qu'on prenne soin de moi… s'esclaffa-t-il. Bah, en vérité, j'espère festoyer au *Valhalla* bien avant cela !

Impulsivement, Solveig posa sa main sur son bras.

— Ne parle pas ainsi, Erik.

— Excuse-moi, je n'ai pas l'intention de périr avant longtemps, même si je compte repartir bientôt en mer.

— Déjà ? Il y a tant à construire, ici !

— Eh bien, tu as trouvé ta voie, Solveig, ainsi que ta place, et j'en suis très heureux pour toi mais, de mon côté, l'aventure m'appelle. Les promesses de richesse en Northumbrie me tentent assez. C'est le meilleur moment, les rois Ælle et Osberth[1] se querellent, et les Danois sont prêts à en profiter pour frapper. Je veux en être. Ranald aussi, il m'accompagne. Si le *jarl* ne se mêle pas directement à ce conflit, il ne nous retiendra pas non plus. Nous partons ce soir.

— Je n'approuve pas, mais je te souhaite bonne fortune, déclara Liam.

— Merci, qu'espérer de plus d'un misérable Scot ?

Il ne fut pas assez rapide pour éviter le coup de poing de Liam sur son épaule. Tous deux s'esclaffèrent puis s'étreignirent en une embrassade fraternelle. Solveig se joignit à eux.

— J'aurais aimé que tu trouves ton bonheur parmi nous,

1. Ils auraient partagé, alors, le trône de Northumbrie.

Erik, mais je comprends ta soif de liberté. Je serais bien ingrate de te la reprocher.

Attristée de son départ, sans savoir quand ou si elle le reverrait, elle l'embrassa avec affection sur la joue. En réponse, il l'étreignit longuement.

— Prends soin de toi, petite sœur.

— Toi aussi, Erik. Toi aussi. Sois prudent, et reviens-nous vite.

Il s'écarta d'elle, hocha la tête puis détourna le regard, comme s'il craignait qu'elle y lise toute l'émotion qui le submergeait. Ensuite, il fit demi-tour, s'éloigna de quelques pas avant de se retourner, une dernière fois :

— Hé, Liam MacCann ! Si Solveig ne respire pas le bonheur lors de mon retour, sois certain que tu n'échapperas pas à mon courroux !

Il n'attendit pas de réponse, sachant déjà, devinait-elle, qu'il lui serait impossible d'être malheureuse auprès de l'homme qu'elle adorait et qui l'idolâtrait en retour.

Je te souhaite d'accomplir ta destinée, Erik. Quelle qu'elle soit, et où que le vent t'emmène…

Liam passa un bras autour de ses épaules et l'attira tout contre lui, pour la réconforter.

— Il reviendra, tu verras.

— Et il aura sans doute une superbe surprise, à son retour. Erik est un beau prénom, tu ne trouves pas ?

— Moins beau que Liam, à l'évidence, répliqua-t-il, haussant un sourcil. Pourquoi ?

— Tu en auras la réponse, d'ici quelque temps…

Il écarquilla les yeux de stupeur, posa une main fébrile sur le ventre de Solveig qui ne tarderait plus à s'arrondir.

— Dieu tout-puissant, serais-tu en train de me dire que…

Elle hocha la tête, souriant de bonheur. Éperdu de joie, il la souleva de terre, l'embrassa avant de la faire tournoyer. Elle n'avait jamais été aussi heureuse. Bientôt, une petite guerrière ou un petit guerrier viendrait agrandir leur famille. Un lien indéfectible entre leurs deux peuples, comme l'était la profondeur de leur amour.

L'écho de leurs rires se répercuta longtemps entre les murs de la forteresse, avant que le vent ne l'emporte dans l'immensité de la lande et de l'océan…

NATACHA J. COLLINS

Un Viking de glace et d'acier

Victoria

HARLEQUIN

© 2021, HarperCollins France.

À Coralie, pour sa gentillesse, son enthousiasme
et le généreux partage de ses délicieuses recettes gourmandes…
et à vous qui aimez les belles histoires d'amour…

Prologue

Hiver, an 873
Angleterre, royaume de Mercie[1]

Le ciel était ce matin-là d'un bleu profond et limpide, promesse d'une journée radieuse. Après des jours d'incessantes chutes de neige, le vent d'ouest avait finalement chassé les nuages vers Leicester, au-delà de la frontière mercienne, à l'est. À présent, un épais manteau immaculé recouvrait le paysage et remontait presque jusqu'aux jarrets des chevaux. Juchée sur sa jument favorite, Rohna de LochHaven soupira d'aise en dépit du froid piquant. Elle ferma les yeux un instant, pour mieux savourer la douce sensation des timides rayons du soleil sur son visage. Du haut de la colline, elle profitait d'une vue imprenable sur l'ensemble des terres de son père, l'*ealdorman*[2] Wilfred. Une forêt dense, des fermes pour certaines isolées, ainsi qu'une immensité de champs au repos accolés à des petits bourgs, certains en bordure du fleuve

1. La Mercie était l'un des principaux royaumes anglo-saxons du Haut Moyen Âge. Le cœur du royaume correspond aujourd'hui aux Midlands, région centrale de l'Angleterre.

2. Noble masculin, parfois de lignée royale, à la tête d'un comté anglo-saxon.

Trent. Parmi ces derniers, le village de Twyfyrde était le plus proche de la forteresse familiale, et de là où elle était, Rohna pouvait y voir la vie s'éveiller. Avec la distance, les habitants étaient minuscules, fourmillant à leurs occupations.

Si elle ne s'était trouvée en compagnie de Bronwyn, son esclave et dame de compagnie, mais surtout son amie la plus chère, elle aurait pu s'imaginer seule au monde ! Elle inspira profondément. L'air frais aiguisait ses sens. Sur son poing ganté pesait le poids de son faucon, une jeune femelle nommée Farouche qu'elle avait trouvée blessée quelques semaines plus tôt. Elle l'avait ensuite soignée, apprivoisée puis dressée avec l'aide de Garred, le maître fauconnier.

Bronwyn ancra ses grands yeux noisette dans les siens.

— C'est très aimable à vous d'avoir ordonné à Garred de rester au chaud, dit-elle d'une voix douce. Ces derniers temps, ses vieux os le font souffrir plus qu'il ne veut bien l'admettre.

En dépit des années passées auprès de Rohna, elle conservait un léger accent gallois.

— Si fait. Je ne voulais pas qu'il subisse une fois de plus les affres du froid et du vent, des heures durant, pour m'assister.

De plus, Rohna apprenait vite et se souvenait suffisamment des leçons de Garred pour pouvoir les appliquer sans lui. Hors de question, ainsi, d'abuser plus avant de la bienveillance du brave homme !

Emmitouflée tout comme elle dans une épaisse houppelande à la capuche bordée de fourrure, Bronwyn acquiesça puis reporta son attention sur le bourg en contrebas. Ses joues étaient roses, et de sa bouche s'échappaient des volutes blanches. Comme elle était différente de la pauvre enfant arrachée à son village natal ! Lorsque le père de Rohna l'avait achetée sur la place du marché de Birmingham[1], elle n'avait plus que la peau sur les os et était dévorée par les puces et les poux. Au premier regard, Rohna avait eu pitié de cette fillette misérable et émaciée et supplié son père de la lui offrir, ce qu'il avait heureusement accepté. Dès lors, Rohna avait veillé à ce que Bronwyn soit bien traitée. Jamais elle n'aurait toléré qu'un esclave soit rudoyé.

À présent, toutes deux s'aimaient comme des sœurs. Si on lui avait maintes fois proposé de retourner au pays de Galles, Bronwyn avait toujours refusé, préférant rester auprès de sa nouvelle famille. Rohna n'en était guère étonnée : elle savait que les parents de son amie la traitaient à peine mieux que les esclavagistes. En vérité, le sort de Bronwyn était presque miraculeux. Peu d'esclaves avaient autant de chance. En posséder était chose courante au sein de tous les peuples, autant parmi les nobles que les petites gens. En Anglie, ils venaient le plus souvent du pays de Galles, comme Bronwyn, d'Irlande, de Bretagne ou encore de Cornouailles. Considérés comme primitifs par les Saxons, ces barbares n'hésitaient pas à dérober les biens des Anglois qui, en représailles, les attaquaient et les emprisonnaient pour les vendre ensuite au plus offrant.

Farouche s'agita sur le gant, ramenant l'attention de sa maîtresse sur elle. Perdue dans ses pensées, Rohna l'avait presque oubliée.

— Tu veux voler, ma toute belle, pardonne-moi de t'avoir fait attendre…

D'un geste appliqué, elle ôta le chaperon de cuir sur la tête de Farouche, qui jusque-là lui masquait la vue. Les yeux noirs du faucon crécerelle, entourés d'un cercle jaune vif, brillaient d'un éclat sauvage.

— Va !

1. Un simple bourg, à cette époque, qui s'est développé plus tard pendant la révolution industrielle.

L'oiseau obéit sans se faire prier. Battant frénétiquement des ailes, il s'élevait très haut, à n'en devenir qu'un point distant dans le ciel sans nuages. Rohna se saisit d'un bout de viande, qu'elle lancerait au rapace dès qu'il redescendrait après s'être dégourdi autant qu'il le souhaitait. Si Farouche revenait vers elle, ce serait par choix, et non par obligation. Comme elle lui enviait cette liberté ! Hélas, depuis plusieurs mois, son père cherchait à la marier. Après avoir perdu trois de ses fils au combat et un quatrième de maladie infantile, il entendait assurer par ces épousailles l'avenir de LochHaven. Dieu merci, jusqu'à présent, elle avait réussi à dissuader les plus entreprenants de ses prétendants. Aucun ne trouvait grâce à ses yeux, et elle se sentait suffisamment instruite et volontaire pour veiller à la prospérité de leur domaine sans avoir à supporter l'un ou l'autre de ces flagorneurs ! Si seulement son père pouvait l'écouter davantage ! Il l'aimait, certes, mais pas comme il avait adoré ses garçons.

Son père avait cependant des préoccupations légitimes qui expliquaient son impatience à la voir mariée. Les Danois menaçaient plus que jamais le pays. De grandes villes comme Exeter et Leicester avaient été attaquées. La Northumbrie[1] était proche de tomber et la Mercie se retrouvait prise entre deux feux : les Gallois à l'ouest et les Nordiques à l'est. Chaque jour passant, ces derniers gagnaient en force. Le roi Burgred[2], cousin éloigné de son père, peinait à les contenir et son alliance avec le roi Alfred du Wessex[3] risquait de ne pas suffire. Rohna frémit. Quel avenir

1. Désigne à l'origine les terres anglo-saxonnes du haut Moyen Âge, actuellement au nord de l'Angleterre.

2. Roi de Mercie de 852 à 874, année où il fut chassé de son royaume par la grande armée danoise.

3. Roi du Wessex de 871 à sa mort, en 899. La cause réelle de son décès n'est toujours pas connue à ce jour.

les attendait, tous, face à la barbarie des païens ? Si les Gallois n'étaient que des tribus disparates, les Danois, eux, disposaient d'une armée organisée et dévastatrice de féroces guerriers.

Elle secoua la tête pour chasser ces pensées. Que pouvait-elle y changer ? Son impuissance la minait, et elle ne pouvait que prier pour que les Saxons l'emportent sur leurs ennemis.

Son faucon tardant à revenir, elle soupira.

— D'ici peu sera célébrée la Noël. J'ai cru comprendre que les moines du monastère souhai…

Les cris stridents de Farouche emplirent le ciel. Jamais encore elle n'avait agi ainsi ! Elle tournoyait au-dessus de la forêt, secouée par ses battements d'ailes frénétiques.

— Seigneur ! glapit Rohna.

La terreur la saisit. Bien qu'elle n'en ait jamais vus auparavant, nul doute n'était permis : des Vikings émergeaient du couvert des arbres. Armés de haches, d'épées ou de lances, ils portaient des cuirasses en cuir. Leurs têtes étaient nues, ou protégées d'un bonnet ou encore d'un casque en métal. Leurs boucliers ronds au côté, ils progressaient en silence, mais d'un pas déterminé.

Une main plaquée sur son cœur, Bronwyn était livide.

— Ils sont si nombreux, milady, et ils se dirigent vers Twyfyrde ! Les habitants ne verront rien venir !

— Bronwyn, pars prévenir mon père. Tout de suite !

Mobilisant toute sa volonté pour refouler la frayeur qui cherchait à la paralyser, Rohna fit tourner bride à sa jument pour dévaler la colline.

Dieu tout-puissant, je vous en supplie, faites que j'arrive à temps !

Ces gens étaient sous sa responsabilité. Elle ne les laisserait pas se faire tuer sans rien faire pour l'empêcher ! Hélas, en vérité, elle ne pouvait qu'espérer en sauver quelques-uns avant que la horde infernale ne fonde sur Twyfyrde. Chaque seconde comptait. Elle talonna sa monture pour forcer l'allure et cria de toutes ses forces en débouchant dans l'artère principale, tournant la tête de part et d'autre pour alerter les habitants.

— À la forteresse ! Vite ! Les Vikings arrivent !

Les passants et badauds se figeaient sur son passage. Des volets en bois s'ouvraient. Des bougies s'allumaient dans les chaumières. Des gens sortaient, hébétés, de leurs maisons… À mesure qu'ils comprenaient le sérieux et l'urgence de la situation, certains se précipitèrent à travers champs vers la forteresse de LochHaven, sans rien de plus que leurs vêtements sur le dos. D'autres rentrèrent chez eux pour réunir leur famille ou récupérer à la va-vite quelques affaires. Trop peu, ils étaient encore trop peu à partir ! Rohna continua à galoper, et à crier de toutes ses forces.

Un moine à la tête tonsurée l'accueillit sur le parvis de l'église. Transi de froid, il se frictionnait les bras tout en la dévisageant avec une évidente surprise et incompréhension.

— Lady Rohna, que…

— Les Danois, ils nous attaquent ! Faites sonner la cloche ! Vite !

L'expression effarée, l'homme se précipita à l'intérieur de l'édifice. Rapidement, la cloche se mit à résonner dans la vallée, achevant d'alerter les villageois alentour. Le cœur de Rohna tambourinait férocement dans sa poitrine. Les moines avaient réagi promptement, mais n'était-il pas trop tard ? À l'autre bout du hameau, un toit de chaume s'embrasa. Des hurlements retentirent. Les habitants de Twyfyrde couraient entre les maisons, serrant dans leurs bras leurs jeunes enfants, traînant les plus âgés derrière eux, emportant pour certains ce qu'ils pouvaient de leurs plus précieuses possessions. Beaucoup pleuraient, glapissaient, chutaient dans leur précipitation avant de se relever pour repartir. La panique était totale. Luttant contre l'effroi, Rohna tentait de maîtriser sa jument qui se cabrait, apeurée par les cris et la fumée qui brouillait la vue et piquait la gorge.

Bientôt, en un éclair, la situation empira. L'odeur métallique du sang se mêla à celle du bois et du chaume qui flambaient. Les Vikings avaient envahi Twyfyrde, et dévastaient tout sur leur passage ! Edda, la brave veuve du tanneur, s'efforçait à travers les nuages lourds de cendres de se frayer un chemin avec ses trois petits. Le dernier avait à peine deux ans. Les enfants pleuraient, terrorisés, et ne cessaient de trébucher. Sans hésiter, Rohna se précipita à leur rencontre et descendit à bas de sa monture.

Elle tendit les rênes à Edda.

— Vite, prenez ma jument et galopez jusqu'à la forteresse !

— Mais, vous, milady ? Je ne peux…

— Ne discute pas !

Rohna fit grimper les enfants sur le dos du cheval puis obligea Edda à faire de même.

— Milady, venez avec nous, je vous en conjure.

— Partez devant, je vous suivrai !

Elle ponctua ses mots par une frappe sur la croupe de la jument, qui n'eut pas besoin d'autres encouragements pour fuir avec Edda et sa famille. Secouée de quintes de toux, pleurant à cause de l'épaisse fumée, Rohna voulut s'enfuir à son tour. Hélas, elle ne put aller très loin, paralysée par une vision sinistre : deux gigantesques Vikings, encore plus monstrueux que tout ce qu'elle s'était imaginé, lui bloquaient le chemin. Leurs cheveux nattés encadraient leurs traits rudes et railleurs. L'un d'eux avait un étrange tatouage qui lui recouvrait une partie du visage. Les lames de leurs haches étaient couvertes du sang de leurs victimes innocentes. Dieu tout-puissant ! Elle en avait la nausée. L'apercevant, ils se délestèrent des sacs qu'ils transportaient et plaquèrent sur elle leurs yeux concupiscents.

Tétanisée, sachant qu'elle ne pourrait leur échapper, elle chercha un moyen de se défendre. Trop tard. Déjà, ils se jetaient sur elle…

Chapitre 1

— Par les dieux !

Sur le pont de son *langskip*[1], le *Dragon Écarlate*, Erik du clan du loup blanc fulminait. Depuis que le *jarl* Oldavson, chef de son clan, l'avait convoqué quelques jours plus tôt, il ne décolérait pas. La fille d'un seigneur saxon avait été enlevée par une bande de Danois, et voilà qu'il lui avait ordonné, à lui, de quitter le combat pour la retrouver et la ramener à son père !

« Elle doit impérativement lui être rendue saine et sauve, tu t'en assureras ! Cette mission est capitale, n'échoue pas ! »

L'ordre ne cessait de résonner dans son crâne… et de le tourmenter. Quelle perte de temps ! Que pouvait bien attendre le *jarl* de cet *ealdorman* de Mercie qu'il n'aurait pu obtenir autrement ? L'est de l'Anglie et la Mercie seraient bientôt conquis. Du côté du Wessex, un accord trouvé avec le roi Alfred protégeait ces terres des Scandinaves… pour le moment. Les espoirs de gloire et de richesse d'Erik reposaient donc en Northumbrie, au sein de la grande armée danoise menée par les fils de Ragnar Lodbrok[2].

1. Navire de guerre scandinave, capable de remonter les rivières.

2. À cette époque, Halfdan, Ubbe et Ivar le désossé entreprirent de conquérir l'Angleterre, et plus particulièrement la Northumbrie, au nord du pays.

Ubbe, le plus sage des trois, auprès duquel il combattait et qu'il appréciait le plus, avait fraîchement accueilli la nouvelle de son départ, mais il comprenait qu'Erik reste loyal à son *jarl*. Il l'avait assuré de son amitié, mais s'il n'avait tenu qu'à lui, jamais Erik ne l'aurait quitté. Frustré, ce dernier s'emporta, tapant furieusement du poing sur le mât du bateau.

— Formidable ! Continue comme ça ! le railla une voix rauque derrière lui. Si tu parviens à le casser, ça nous fera certainement arriver plus vite. À moins que tu n'essaies de te briser tous les os de la main ?

Erik se retourna, braquant son regard sur l'intrus.

— Ranald, ne me cherche pas et retire tout de suite ce sourire narquois de ton visage, ou je te jure que…

Le géant à la barbe rousse s'esclaffa.

— Oh ! nul besoin de me menacer ! Tu sais bien que je ne peux m'empêcher de te provoquer même si, au fond, je suis aussi contrarié que toi. Je ne comprends pas non plus pourquoi le *jarl* nous impose cette mission, ni pourquoi il tient tant à s'assurer les faveurs d'un misérable saxon.

— Peu importe, nous devons suivre ses ordres. Que cela nous plaise ou non et, pour sûr, je n'aime pas ça !

— Bah, ne t'en fais pas, nous aurons vite fait de ramener cette fillette à son père, Oldavson obtiendra ce qu'il souhaite et nous finirons bien par en tirer profit, nous aussi. Ne nous a-t-il pas promis une juste récompense pour nos efforts ?

Erik grommela.

— Mieux vaudrait qu'elle en vaille la peine. Bien, il suffit, à présent. Se morfondre ne nous avancera à rien, et plus vite nous en aurons fini avec cette corvée, plus vite nous retournerons nous battre.

Ranald acquiesça puis rejoignit un petit groupe qui jouait aux dés, abandonnant Erik à ses pensées. Ce dernier reporta son regard sur l'horizon. Au moins, après son entrevue avec le *jarl* Oldavson, il avait pu passer un peu de temps avec Solveig et ses enfants. Depuis son mariage avec Liam MacCann[1], la jeune femme qu'il considérait comme une sœur débordait de bonheur. Le cœur d'Erik en était ravi pour elle. Un véritable rayon de soleil qui n'estompait hélas qu'à peine ses propres tourments…

Des mouettes criardes tournoyèrent au-dessus du bateau, espérant sans doute trouver leur pitance dans son sillage. Comprenant finalement qu'il ne s'agissait pas d'un navire de pêche, elles s'éloignèrent au bout de quelques instants. Erik huma l'air iodé avec délice. Bientôt, ils seraient en vue de l'île de Man[2]. D'après ses renseignements, la captive s'y trouvait encore, dans l'attente d'être embarquée avec d'autres prisonniers en direction de l'Islande ou de la Norvège. Pourvu qu'il arrive à temps et ne soit pas obligé de la suivre jusque-là ! Il n'avait pas revu sa terre natale depuis des années et ne comptait pas s'y rendre avant très longtemps, voire jamais, sachant que rien de bon ne l'y attendait.

Et si la fille était morte, estropiée, ou rendue folle à force de maltraitance ? Comment réagirait son père, en ce cas ? Et le *jarl* ? Ils la voulaient saine et sauve, mais ils n'avaient pas précisé qu'il la leur fallait intacte… Et cela valait mieux. Elle avait certainement déjà été prise de force par un ou plusieurs de ses tortionnaires, et il ne pourrait hélas rien y changer. Bon sang, qu'il haïssait les violeurs ! Poussant un grognement rageur, il s'efforça de chasser ces sombres pensées. Que la captive soit sauve ou non, il le découvrirait d'ici peu. Lui-même ne possédait plus d'esclaves depuis

1. Voir *Le Highlander et la Valkyrie.*

2. La première attaque retranscrite des Vikings sur l'île de Man date de 798, bien que d'autres y aient certainement eu lieu plus tôt. Les scandinaves s'y sont par la suite établis pour y prospérer jusqu'en 1275.

qu'il avait rendu sa liberté à Eawynn, une jeune Scot, peu de temps après que le clan du loup blanc se soit allié aux MacCann.

L'esclavage n'était cependant pas l'apanage des Nordiques. Tous les peuples, du nord au sud et de l'est à l'ouest, le pratiquaient. Même les Saxons, qui ne valaient guère mieux que les autres, en dépit de ce qu'ils prétendaient ! Erik ne les aimait pas. Il les trouvait hautains et moins courageux que les Gallois. Quel intérêt de plaire à l'un d'eux ? Le *jarl* Oldavson était plus réfléchi que lui, moins impulsif, et sans doute avait-il de bonnes raisons d'agir ainsi. S'en persuader rendait les choses à peine plus faciles à accepter.

— Terre en vue !

L'avertissement de Bjorn, l'un de ses plus solides membres d'équipage, l'extirpa de sa torpeur. En effet, la côte escarpée approchait et le *Dragon Écarlate* se prépara à la manœuvre. Plusieurs navires mouillaient dans le petit port de Foxvik. Le hameau accueillait nombre de Scandinaves qui s'y ravitaillaient, avant de rejoindre pour certains l'armée danoise. Une fois encore, Erik tâcha de ne point y penser. Quelque chose d'autre l'avait mené ici.

Il distribua ses ordres à son équipage puis, seulement accompagné de Bjorn et Ranald, il bondit sur le ponton. Le bois craquait sous leurs poids combinés. Leurs pieds s'enfonçaient dans la neige épaisse qui recouvrait tout autant la passerelle que le paysage. De la fumée s'échappait par des trous dans les toits de chaume des habitations vers lesquelles ils se dirigeaient. Il devait y faire bien meilleur qu'à l'extérieur ! Pourtant, Erik aimait le froid. Il le vivifiait, gardait ses sens en alerte, et il en aurait bien besoin pour accomplir sa mission. Si la Saxonne se trouvait toujours entre les mains de Leif aux poings d'acier, comme on le lui avait assuré, la tractation ne serait guère aisée. L'homme était connu pour sa force et sa cruauté. Bien qu'Erik ne le craigne point, il l'avait suffisamment côtoyé par le passé pour redouter ce que la fille avait déjà pu subir.

D'un pas vif, il se dirigea vers la place du village, où d'ordinaire les esclaves se marchandaient. Hélas, les lieux étaient vides. Les étals étaient tous rangés, à l'abri des intempéries.

Bjorn se gratta la tempe.

— Si elle a été vendue ici, c'était il y a un bout de temps. Que fait-on, si elle a été emmenée ailleurs ?

— Souhaitons qu'il n'en soit rien, je n'ai pas envie de parcourir toutes les mers pour la dénicher, répliqua Erik. Allons à la taverne, on saura nous renseigner et avec de la chance, Leif est en train d'y cuver.

L'établissement ne fut pas difficile à repérer. De la longue bâtisse s'échappaient force rires et discussions. Sans hésiter, Erik en poussa la porte qui grinça en s'ouvrant. À l'intérieur, vautrés sur des bancs en pierre, des hommes étaient attablés devant des chopes d'*ale*[1] qu'ils engloutissaient plus vite que les servantes ne les remplissaient. Qu'ils étaient bruyants ! Certains étaient indéniablement joyeux, tandis que d'autres braillaient en se querellant. Il faisait si chaud dans la grande salle comble que l'air en était presque suffocant. Erik, suivi de près par Ranald et Bjorn, se frayait un passage en jouant des coudes tout en détaillant chaque visage. Où se trouvait Leif ? Une carcasse pareille ne pouvait se cacher longtemps, même parmi autant de gens. Là-bas, enfin ! Près du foyer au-dessus duquel rôtissait un beau morceau de viande, Leif levait haut sa chope avant de l'engloutir pour réclamer aussitôt qu'on la lui remplisse. Il était entouré de ses hommes, assis avec une fille docile sur chacune de ses cuisses énormes, et ses joues et son nez étaient presque aussi écarlates que la barbe de Ranald. Ses cheveux châtains, du moins ce qu'il

1. Bière anglaise blonde, à base de malt pâle, peu torréfié.

en restait, étaient tirés en arrière, rehaussant l'éclat du tatouage runique qui s'étirait du haut de son front jusqu'à emplir la moitié de sa joue. Erik lâcha un soupir. Leif avait décidément toujours tout fait dans la démesure, simplement pour se faire remarquer. Hélas, la Saxonne était, elle, introuvable. À moins qu'il ne s'agisse de l'une de ces pauvres filles qui s'accrochaient à Leif dans l'espoir de quelque récompense ? Impossible. Aucune ne correspondait à la description qu'on lui avait faite de la captive.

S'approchant du colosse, il se planta devant lui.

— Leif, toi et moi, nous devons parler.

Visiblement, ce dernier ne s'attendait pas à le voir. Il écarquilla les yeux de stupeur puis les plissa comme un prédateur examinant sa proie. Pour Leif, tout était sujet à se battre. Erik réprima un juron. Il lui faudrait s'y prendre avec diplomatie et faire preuve d'une certaine délicatesse pour arriver à ses fins... même si cela ne faisait que peu partie de ses qualités premières. Surtout lorsqu'il était pressé comme il l'était.

Leif continuait à le regarder d'un œil torve. Un rictus s'étira sur son visage balafré.

— Eh bien, quelle surprise ! J'ignorais que tu te trouvais sur l'île de Man, Erik. Je te croyais très loin d'ici, auprès d'Ubbe Ragnarsson. Se serait-il lassé de toi ?

— Prends garde, Leif. Mais je ne suis pas là pour te chercher querelle, je te l'ai dit : nous avons à parler.

— Oh ! et de quoi donc, jeune Erik ?

Erik grimaça. Après une première insulte, Leif recommençait ! Cherchait-il à mourir ? Le nommer ainsi était une manière de le rabaisser. Un adolescent sans expérience, un chiot se prenant pour un loup, voilà ce que ce mot signifiait ! S'il n'était pas obligé de se contenir pour le bien de sa mission, Erik lui aurait déjà fait manger ses dents.

Il inspira amplement pour tenter de masquer ses véritables sentiments.

— De ton esclave, Leif. Une Saxonne, enlevée dans le hameau de Twyfyrde. En Mercie.

Leif s'esclaffa.

— Crois-tu que je me souvienne ou même me préoccupe du nom du moindre village que je pille, ou des femmes que je capture ?

— Il vaudrait mieux que tu te souviennes de celle-ci et qu'elle soit en bonne santé.

Leif dut sentir la menace, ou du moins comprendre combien l'affaire était sérieuse, car son rire cessa instantanément. Il repoussa brutalement les deux filles juchées sur ses genoux pour planter son regard dans celui d'Erik.

— Eh bien, peut-être que je me rappelle de cette *thrall,*[1] et peut-être même aussi qu'elle m'appartient encore. En quoi elle t'intéresse ?

— Je la veux. Dis-moi où elle est, et quel est ton prix. S'il est raisonnable, et il vaudrait mieux que cela soit le cas, nous tomberons d'accord et nous nous quitterons en paix.

Leif engloutit sa chope, s'essuya le menton du revers de la main.

— Tu ne me fais pas peur, petit Erik, et je choisirai le prix que j'estime…

— Cherche encore une fois, une seule fois, à m'insulter, et je t'écrase le nez si fort qu'il ressortira de l'autre côté de ton crâne.

Face à cette menace énoncée d'une voix glaciale, Leif se renfrogna. Il savait de quoi Erik était capable, pourtant cet imbécile persistait à le défier.

— Cette fille, vois-tu Erik, j'y tiens beaucoup. Elle n'est pas bien jolie mais, laide ou non, ces Saxonnes, elles ont le don d'enflammer les hommes rien qu'en écartant les cuisses !

1. Esclave, en vieux norrois.

— Si tu l'as souillée, tu le regretteras.

— Bah, ce qui est fait est fait, n'est-ce pas ? Assez perdu de temps. Combien me proposes-tu, pour elle ?

— Dix pièces d'argent.

— Une foutue belle somme pour une misérable *thrall*.

— Puisque, à l'évidence, tu considères qu'elle vaut moins que cela, accordons-nous sur cinq pièces.

— Ah ! Dans ce cas, quinze serait plus juste. Après tout, tu sembles énormément y tenir et, moi, je dois rentrer dans mes frais. Rien que pour la nourriture, elle m'a coûté une fortune.

Erik se retenait avec peine de le cogner. Il fallait en finir. Vite ! Avant que son poing ne parte tout seul.

— Je veux la voir, exigea-t-il. M'assurer qu'elle… va bien.

Du moins, autant que possible, si une brute comme Leif l'avait violée.

— Non. L'argent d'abord.

Erik se pencha vers lui.

— Écoute-moi bien, Leif. Le voyage a été long et je n'ai pas davantage de temps à perdre. Amène la fille ici, tout de suite. Je ne déciderai rien avant de l'avoir vue.

Leif lâcha un soupir qui avait tout d'un grognement bestial, puis il murmura quelque chose à l'un de ses compagnons – une brute dénommée Knut, se rappela Erik – qui hocha la tête avant de s'éloigner. De son côté, Erik n'avait pas besoin de les voir pour savoir Bjorn et Ranald derrière lui. Si Leif ou l'un de ses hommes se risquait à la moindre fourberie, ils seraient bien reçus. Bientôt, Knut revint vers eux. Il tenait – ou plutôt traînait – une fille en haillons. Ses longs cheveux lui cachaient le visage. Ils étaient si sales et emmêlés qu'il était impossible d'en déterminer la teinte exacte. Elle ne se débattait pas, comme privée de toute force. La mâchoire d'Erik se contracta. Se pouvait-il qu'elle soit celle qu'il était venu chercher ? À première vue, et de surcroît dans cet état et cette posture, elle n'avait rien d'une fille de noble, fut-il saxon. Qui qu'elle soit, se retrouver entre les mains d'un être aussi cruel que Leif l'avait brisée. Erik en éprouvait de la pitié, pour elle, et un profond mépris envers Leif. Jamais il n'avait lui-même maltraité aucune femme, libre ou esclave, et il ne comprenait pas qu'on puisse y prendre le moindre plaisir.

Mobilisant toute sa volonté pour se contrôler, il parvint à ne rien montrer de sa colère et attendit que la prisonnière soit assez proche pour qu'il puisse ensuite lui écarter les cheveux du visage. Il pourrait lui demander son nom et vérifier si elle correspondait à la description que le *jarl* lui en avait faite. Le grain de beauté au coin de son œil gauche, notamment, pourrait suffire à…

Knut poussa un cri de stupeur. Tout alla si vite que même Erik eut tout d'abord du mal à saisir ce qu'il se passait. En un instant, la fille qu'il croyait à moitié morte s'était libérée de la poigne de son tortionnaire et, se faisant, s'était emparée du couteau à sa ceinture ! Tremblante et tenant à peine sur ses jambes flageolantes, elle ne l'en menaçait pas moins, la lame brandie devant elle. Bien que n'ayant pas une chance de s'échapper, elle avait trouvé la force de se rebeller.

Quelle combativité ! Erik ne put retenir un sourire.

La voix de la fille s'éleva, faible, mais déterminée.

— Démon de Viking ! Vous allez…

Knut bondit sur elle. Si la première fois, la prisonnière l'avait surpris, elle n'eut pas de seconde chance. Il la désarma aussi aisément qu'il l'aurait fait face à une enfant. La captive se débattit quelques courts instants puis s'effondra subitement. Avait-elle perdu connaissance ? En tous les cas, elle était en piteux état, et Erik se demanda si la récompense promise en serait moindre.

Irrité, il se tourna vers Leif, retenant entre ses dents serrées les insultes qui grondaient en lui.

— Oh ! ne me regarde pas ainsi, Erik du loup blanc, je n'y

peux rien si les Saxonnes ne sont pas résistantes ! Bon, où en étions-nous ? Tu voulais la voir, elle est là. Qu'en dis-tu ?

— Je dois vérifier quelque chose. Écarte-toi d'elle, Knut.

La prisonnière serait tombée à terre si Erik ne l'avait pas retenue dans ses bras. Elle était si légère qu'il ne douta pas que, en plus du reste, Leif l'avait affamée. Et elle respirait à peine ! Comment l'interroger, si elle s'était effectivement évanouie ? Avec douceur et précaution, il écarta quelques mèches qui retombaient sur son visage. Hélas, ses paupières restaient closes. Impossible d'en déceler la couleur ! Des iris d'un vert éclatant, lui avait expliqué son *jarl*. Fort bien, il le vérifierait plus tard. Que cette fille soit ou non la Saxonne qu'il recherchait, il ne l'abandonnerait pas à son sort. Néanmoins, il devait savoir… D'un geste précautionneux, il essuya la crasse autour de l'œil gauche de la jeune femme, sous les quolibets de Leif.

— Serais-tu devenu une servante, Erik ? À lui faire sa toilette ?

Il ne lui prêta aucune attention, pas plus qu'aux rires gras de ses comparses. Le grain de beauté était là ! Exactement comme il l'espérait ! Au même moment, la fille poussa un piteux gémissement. Il se pencha davantage sur elle.

— Ton nom, petite. Quel est-il ?

— Roh… Rohna… Je suis Rohna de…

Elle ne parvint pas à en révéler plus. En vérité, il l'avait à peine entendue, tant sa voix était ténue, pourtant ce qu'il avait perçu lui suffisait. Il en avait la certitude, à présent. Cette fille à l'accent anglois était bien Rohna de LochHaven.

Leif s'impatientait.

— Cesse de jouer avec elle ! Si tu la veux, tu dois me payer mon dû !

— Elle est plus morte que vive.

— Sans doute, mais tu ne l'auras pas sans rien !

— Ton prix. Qu'on en finisse.

— Ah ! Te voilà raisonnable. Ce que j'exige, en plus de quinze pièces d'argent, c'est ton navire, Erik. Donne-moi tout cela, et la Saxonne réchauffera ta couche ce soir.

Le *Dragon Écarlate* ? Jamais ! La fureur d'Erik menaçait de le submerger. Dès le début, il avait su que les négociations tourneraient court. Quel idiot d'avoir seulement essayé ! Il ne l'ignorait point, pourtant. On ne discute pas avec un misérable troll comme Leif.

En un éclair, Rohna de LochHaven passa de ses bras à ceux de Bjorn. Suivant ce mouvement, le poing d'Erik jaillit pour s'abattre sur le nez de Leif qui retomba en arrière en beuglant. Au même moment, Ranald fonça sur Knut avant que ce dernier ne puisse réagir. Bjorn avait quant à lui tiré de sa ceinture ses deux couteaux aiguisés et tenait en respect deux autres Vikings. Les coups fusaient de tous côtés. Des clients de la taverne se joignirent à la mêlée, frappant au hasard pour le simple plaisir de se battre. Au terme de ce combat brutal, il ne restait plus grand monde debout et du mobilier était détruit. Haletant, Erik se moquait des coups qu'il avait reçus. Ses hommes et lui avaient réussi à protéger la Saxonne, c'était le principal. Faisant signe à Bjorn et Ranald de rester auprès d'elle, il extirpa une pièce d'argent de sa bourse, qu'il jeta dédaigneusement à Leif, à terre.

— Voilà pour l'esclave. C'est beaucoup plus que tu ne mérites, après ce qu'elle a subi.

Se détournant de lui, sans attendre la réponse que Leif, assommé, aurait été de toute manière bien en peine de lui fournir, il clama ensuite d'une voix forte qui emplit la salle :

— Que tous soient témoins qu'à ce jour je ne dois rien à Leif le pourceau et que cette femme m'appartient ! Répétez-le-lui, quand il se réveillera !

Chacun hocha la tête en signe d'assentiment. Au moins l'un d'entre eux se chargerait de faire passer le message. À nul doute, il venait de se faire de Leif un ennemi. Il n'en avait cure : ce ne serait ni le premier ni le dernier à souhaiter sa mort. Rapidement, considérant le différend réglé, les clients de la taverne revinrent s'asseoir pour réclamer à boire. Détestant souffrir d'une dette envers quiconque, Erik en profita pour dédommager le tavernier, en compensation des dégâts dont il était après tout d'une certaine façon responsable. Puis, il se tourna vers ses hommes.

— Bjorn, Ranald, nous partons.

Lorsqu'il sortit de l'établissement, Rohna de LochHaven gisait, inerte et inconsciente, entre ses bras.

Chapitre 2

Dieu miséricordieux, quel cauchemar !

Rohna s'éveillait lentement. Ses pensées étaient confuses et encore emplies d'horribles visions. De plus, ouvrir les yeux lui était difficile, tant sa tête la lançait. En vérité, tout son corps lui faisait mal. Au souvenir de viles mains étrangères sur elle, la rudoyant comme si elle n'était rien, la nausée la saisit. La terreur et le dégoût remontèrent en elle telle une vague déferlante, menaçant de la submerger. Son mal-être était exacerbé par une odeur douçâtre et lancinante, qui se mélangeait à l'air chaud et humide. En cherchant à se tourner, une douleur atroce au creux de la poitrine la terrassa. Elle avait la sensation d'étouffer.

Il lui fallut un long moment pour se remettre. Avec effort, elle parvint à entrouvrir les paupières. Quel était cet endroit ? Qui l'avait couchée sur cette paillasse ? Qui avait posé sur elle cette couverture, sur son corps… nu ?

Le souffle lui manqua de nouveau. Une pensée terrible la paralysa. Avait-on profité de son inconscience pour… Tremblante, craignant le pire, elle chercha la réponse : pas de sang entre ses cuisses, aucune douleur. Face à l'évidence, elle faillit pleurer de soulagement : elle était toujours intacte.

Sainte Vierge, merci !

Leif, qui l'avait tant maltraitée, avait pourtant maintes fois essayé de la forcer. Par miracle, la… défaillance de cet horrible Viking l'avait immanquablement empêché d'arriver à ses fins. À chaque tentative manquée de ce démon du nord pour raidir son membre, il la battait en représailles, comme si elle était responsable de son incapacité à la violenter. Les coups valaient mieux que l'outrage d'être souillée par ce barbare !

Si seulement elle parvenait à se souvenir de ce qui s'était passé. Ces derniers jours restaient brumeux dans sa mémoire… et cela devrait attendre. L'important à l'instant était de découvrir où elle se trouvait, qui l'avait menée ici et comment s'échapper. Ses blessures étaient pansées, recouvertes d'une substance pâteuse. De là venait l'étrange odeur. Un onguent ? Qui l'avait soignée ? À quel dessein ?

Parvenant à s'asseoir, elle explora les lieux du regard. Au milieu de la pièce, entouré d'un carré de pierres, crépitaient les flammes d'un foyer. Aucune marmite n'était suspendue au trépied de fer au-dessus du feu. Il n'y avait pas de fenêtres et l'unique porte était close. Les murs étaient faits de bois, comme il était commun. Divers outils étaient accrochés à des pitons. Il y avait aussi des ustensiles de cuisine à terre, près du foyer. Sur une petite table étaient posés un bol et un pichet, ainsi qu'un gobelet. S'en rapprochant, elle découvrit que le bol contenait du poisson séché, et le pichet était rempli d'eau. Les avait-on laissés ici pour elle ? Ou pour son bourreau ? Peu lui importait. Sa gorge était râpeuse, son estomac vide et douloureux. Elle dévora et but si vite qu'elle manqua s'étrangler, avant de se ressaisir et de se comporter avec plus de raison et de dignité. Qu'il était bon de se sentir revivre !

Assurément, ce lieu n'était pas la pièce sordide où elle était d'ordinaire retenue prisonnière. Sans la nourrir, ou si peu, son ravisseur n'avait brisé sa solitude que pour la battre et l'humilier.

Pourquoi ne l'avait-il pas vendue, comme les autres captifs ? Quelle qu'en soit la raison, il l'avait gardée auprès de lui pour la rudoyer, encore et encore, jour après jour. À tel point qu'elle en avait perdu toute notion du temps. Elle n'aurait su dire combien de jours s'étaient écoulés depuis le jour maudit de l'attaque de Twyfyrde. Affamée, malmenée, terrifiée, épuisée, elle n'avait plus foi en ses propres souvenirs. Rêves, désirs, réalité, cauchemars… tout se mélangeait dans sa tête ! Avait-elle imaginé son audace ? Avait-elle véritablement dérobé l'arme d'un Viking et fait front devant lui ? Leif avait-il combattu d'autres Nordiques dans la taverne ? Qu'en était-il de cet étrange et invraisemblable sentiment de sécurité qui l'avait ensuite envahie ? Sa seule certitude résidait dans le fait qu'elle n'était plus dans aucun de ces horribles endroits où Leif le maudit l'exhibait comme un trophée, sans qu'elle comprenne le moindre mot prononcé dans sa détestable langue gutturale.

Ce n'était point en restant enfermée ici qu'elle obtiendrait des réponses ! Revigorée, elle chercha ses vêtements. Ou plutôt ce qu'ils étaient devenus : des loques, des haillons, dont le plus misérable des pouilleux ne voudrait pas, mais elle refusait de rester plus longtemps nue comme au jour de sa naissance. Hélas, elle ne les vit pas. En revanche… Là ! Sur cette barrique en bois, un bliaud[1] ! Cela ferait son affaire, faute de mieux. Le tissu était rêche, mais peu lui importait. Du moins était-il à peu près propre et la recouvrait-il assez pour qu'elle se sente mieux. D'un pas hésitant, elle se rapprocha ensuite de l'unique porte de la pièce. Que ferait-elle, si…

— Ah !

1. Tunique longue portée indifféremment par les hommes et les femmes au Moyen Âge.

La porte s'ouvrit devant elle, la faisant reculer si brusquement qu'elle manqua en tomber à la renverse. Entourée de la vive lumière de l'extérieur, une silhouette gigantesque se tenait sur le seuil.

Rohna retint avec peine un hurlement de terreur.

Ce corps aux muscles saillants, ces vêtements, les bracelets à ses poignets… n'accordaient nulle place au doute.

Un Viking !

Refusant de laisser sa peur la paralyser, elle se retourna, rampa pour s'éloigner de la porte, tout en tâtonnant à la recherche d'une arme. N'importe quoi ! Dans son dos, la brûlure du regard du barbare sur sa nuque était tel un tison ardent. Plutôt mourir, que de le laisser la toucher !

Elle s'empara du pichet, le jeta à la tête de l'intrus. Hélas, il s'écarta sans peine. Suivirent le bougeoir, puis le gobelet dans lequel elle avait bu. Il les évita tout aussi agilement. Que n'était-elle plus forte !

Une poigne de fer lui saisit le poignet au moment où, de l'autre, elle cherchait à agripper le tabouret. Le Viking l'obligea à se relever. Ruant comme une possédée, poussée par la panique, elle le frappa des poings et des pieds. L'homme gronda de fureur, sans la libérer. Au contraire, sa main se referma plus fermement sur elle. Comment lui échapper ? Il était tellement plus puissant qu'elle ! Pourtant, elle refusait de céder. Elle tenta même de le mordre, tant la terreur et la colère la galvanisaient, lui donnaient une hardiesse qu'elle ne se connaissait pas.

Croire qu'un nouveau miracle se produirait, que ce colosse nordique serait aussi impuissant que Leif à la violer était illusoire. Dieu l'avait abandonnée ! De désespoir, des larmes roulèrent sur ses joues. Elle se retrouvait à la merci du Viking, plaquée contre son corps aussi solide qu'un roc. Son large torse était ferme, ses bras musclés et solides. Il ferait d'elle ce qu'il voudrait, et elle ne pourrait l'en empêcher. Comme elle les maudissait, lui et sa propre impuissance !

Mais… pourquoi restait-il immobile, au lieu de la contraindre plus avant ? La profonde respiration du Nordique s'attardait sur son front, en une chaude caresse, presque tendre. Son odeur masculine n'était pas désagréable, loin de là. La fermeté de ses mains sur elle n'avait rien de brutal, au contraire. Troublée, hésitante, elle leva lentement les yeux vers son visage… et son univers bascula. Son cœur lui sembla manquer un battement. Comme s'il ne restait plus rien au monde que cet inconnu à la beauté sauvage.

Ses cheveux blonds étaient tirés en arrière, et chaque côté de son crâne rasé de près. Ses traits virils avaient tout de la perfection. Si ce n'étaient les fines ridules qui marquaient le coin de ses yeux braqués sur elle, elle aurait pu s'imaginer qu'il s'agissait d'un ange, ou un dieu barbare, plutôt que d'un homme de chair et de sang. La teinte de ses pupilles était tout aussi saisissante : un magnifique bleu très clair, comme elle n'en avait encore jamais admiré. Y lire du désir mêlé à de la colère aurait dû la faire hurler de frayeur, pourtant, la peur en elle s'estompait pour faire place à une profonde confusion. Que lui arrivait-il, de contempler ainsi ce Viking, cet ennemi qui l'entravait ? D'apprécier cela, de surcroît ? Avait-elle perdu l'esprit ? Sa captivité ne pouvait l'avoir rendue folle ! Elle devait se ressaisir. Il pouvait bien être l'homme le plus séduisant et attirant qu'elle ait jamais rencontré, cela ne changeait en rien sa véritable nature ! Pour lui échapper, briser ce trouble étrange et pénétrant qui menaçait de la consumer, elle baissa la tête et se débattit de nouveau. Il la serra plus fort. Cette torture ne finirait-elle jamais ?

— Lâchez-moi !

En réponse, son regard glacé se fit plus incisif encore.

— Rohna de LochHaven, je ne vous ferai aucun mal.

Elle ne sut ce qui était le plus surprenant : qu'il connaisse son nom, qu'il s'exprime dans sa langue avec un accent délicieux ou le ton de sa voix, si viril qu'elle en fut traversée de frissons. Le fait fut qu'elle en resta muette de stupéfaction, s'accrochant à ces mots rassurants auxquels elle voulait tant croire.

Chapitre 3

« Elle n'est pas bien jolie, avait prétendu Leif. »

Un foutu menteur, en plus d'un imbécile ! Rohna de LochHaven était loin d'être hideuse. Au contraire : elle était superbe ! Erik ne s'en était pas vraiment rendu compte plus tôt. En vérité, il n'y avait guère prêté attention, beaucoup plus préoccupé par sa santé fragile et ses blessures que par son aspect. À présent, elle tremblait comme une biche affolée entre ses bras. Ils étaient si proches qu'il en avait le souffle coupé. Son épaisse chevelure rousse avait l'ardeur des flammes. Leur couleur chaude, secondée par de longs cils sombres et un teint d'albâtre, rehaussait la pureté de l'éclat émeraude de ses yeux. Ils étaient, tout comme les traits délicats de son visage, d'une splendeur sans pareille. Comment rester de marbre face à une telle beauté ? Il sentait les battements précipités de son cœur sous sa poitrine écrasée contre son torse.

Pourrait-elle défaillir, s'il ne la convainquait pas de sa bonne foi ? Ou pire encore ? Il avait entendu parler de gens mortellement terrassés par une peur immense. Des rumeurs, sans aucun doute, cependant il ne pouvait s'y risquer.

— Je vous le répète, vous n'avez rien à craindre de moi. Pour vous en persuader, je pourrais par exemple vous coucher sur cette paillasse et vous faire l'amour jusqu'à ce que la frayeur et le doute vous quittent. Le souhaiteriez-vous ?

Aux yeux écarquillés de terreur qu'elle braqua sur lui, il comprit instantanément son erreur. Pourquoi avait-il fallu qu'il parle sans réfléchir ? Qu'il cherche à l'amadouer, par cette boutade idiote ! Grand Odin… Cette Saxonne le rendait maladroit. Sans doute parce qu'il n'avait jamais ressenti ce frisson pour aucune autre, et cela l'emplissait de confusion.

Que lui arrivait-il ? Certes, le désir pour une belle femme était compréhensible, mais pas d'une telle puissance. C'était inacceptable !

Il serra les dents, s'efforçant de se ressaisir. Ensuite, avec un calme qui n'était qu'apparent, il reprit la parole. Intérieurement, il bouillonnait contre lui-même.

— Je ne voulais pas vous effrayer.

— Vous y parvenez pourtant très bien.

— Il semblerait. Mes excuses.

Elle haussa un sourcil.

— Des excuses ? Vraiment ? De la part d'un Viking ?

Il ne put retenir un sourire. En dépit de sa peur et de son évidente vulnérabilité, elle lui tenait tête ! Sa force de caractère l'impressionna. Il la libéra de son étreinte et leva les mains un instant, pour lui signifier par ce geste qu'il était sincère.

— Je suis Erik, du clan du loup blanc. J'ai pour ordre de vous ramener à votre père.

— Mon… père ?

— En effet. Lady Rohna, vous êtes en sécurité à présent, et sous ma protection. Nul mal ne vous sera fait, et ni Leif ni un autre ne portera plus la main sur vous, j'y veillerai.

Du moins tant que je n'aurai pas achevé ma mission, songea-t-il. Ensuite, il ne serait plus responsable d'elle et pourrait retourner à ses propres affaires.

Pourquoi y penser le dérangeait-il soudain ? Il ne connaissait pas cette femme. Il ne ressentait rien pour elle, autrement qu'un désir certain et de l'admiration. Pourtant, une inexplicable pulsion de la protéger de tout mal l'avait saisi au moment même où il l'assurait de son secours. Pire encore : ce sentiment semblait chercher à s'ancrer en lui ! Il secoua doucement la tête, essayant de le chasser. Rohna continuait à le dévisager de ses ensorcelants yeux émeraude, ce qui ne l'aidait pas. Par Odin ! Leur éclat était si envoûtant. Jamais il n'aurait imaginé qu'il soit à ce point tentant de…

Elle s'éclaircit la gorge, l'extirpant de sa torpeur. Tout en elle évoquait la méfiance.

— Puis-je vous croire ?

— Bien sûr que vous…

— Vous mentez. Mon père aurait envoyé ses hommes, pas un Viking. Pas un barbare, un païen sans âme ni honneur ! Ceux de votre espèce ne savent que tuer, piller et semer la mort dans leur sillage ! Alors, je vous le demande : pourquoi cherchez-vous à obtenir ma docilité en me racontant une telle fable ?

Quelque peu agacé par ses paroles blessantes et son jugement hâtif sur lui et les siens – bien que d'une certaine façon il soit justifié –, il lâcha un profond soupir.

— Quel intérêt aurais-je à mentir ? Si je souhaitais vous brutaliser, ce serait déjà fait, et je ne perdrais certainement pas mon temps à discuter avec vous. Vous avez subi de graves outrages, et j'aurais préféré vous trouver plus tôt pour l'éviter, mais ne m'insultez pas sans me connaître. Nous ne sommes pas tous les monstres que vous imaginez, loin de là.

Elle le considéra avec attention, comme cherchant à jauger de sa sincérité. Comme elle semblait fragile, vulnérable ! Il tendit la main vers elle. En réaction, elle recula d'un pas, et il suspendit son geste. Quoi qu'il fasse ou dise, elle continuait à le craindre.

Maudit sois-tu, Leif !

Il aurait eu mieux fait de le tuer, là-bas, à la taverne, quand il en avait eu l'occasion.

— Vous tremblez comme une feuille, ajouta-t-il. Voulez-vous vous asseoir ? Boire quelque chose ?

— Non, je… je vais bien, je vous remercie.

Erik exhala un long soupir. Elle avait tout d'une innocente, même si Leif lui avait volé sa vertu de la pire des manières.

— À mon tour de vous présenter mes excuses, souffla-t-elle. Certes, vous êtes un Nordique, mais il est vrai que vous ne ressemblez en rien à ceux qui m'ont enlevée. Mon jugement envers vous était hâtif et… si mon père vous a, comme vous l'affirmez, mandé pour me ramener à lui, je vous en suis profondément reconnaissante.

Les mots qui franchissaient ses lèvres avaient tout de la sincérité, pourtant la détresse et le doute persistaient dans ses yeux humides. À la fois tiraillé entre l'attirance physique qu'il éprouvait pour elle et sa raison, Erik était lui-même confus face aux sensations qu'elle lui inspirait.

— Où sommes-nous ? s'enquit-elle.

— Dans un petit village de pêche, au sud de l'île de Man. Je voulais en partir au plus vite, mais vous… enfin, j'ai considéré qu'il était préférable de vous accorder du repos avant de prendre la mer. La guérisseuse locale s'est occupée de vous. Ne me regardez pas ainsi, ce n'est point moi qui vous ai dévêtue.

Bien que l'idée soit plaisante, songea-t-il.

Elle émit un petit rire, qui n'avait rien de joyeux.

— Vous craignez que la récompense soit moindre, si je reviens meurtrie et marquée de coups ? Que vous a promis mon père, en échange de ma vie ?

— En vérité, c'est plutôt le *jarl* de mon clan qui tirera profit de votre retour. J'ignore quels sont ses arrangements avec votre père et, en vérité, je m'en moque. Je me contente d'obéir aux ordres. Ensuite, une fois ma mission accomplie, je retournerai… là où le vent me portera.

Il s'était repris juste avant de lui expliquer qu'il repartirait combattre au sein de la grande armée danoise, à la conquête de son pays. Une précaution utile : elle avait déjà suffisamment peur de lui comme cela.

Elle hocha la tête.

— Je vois. Quand partons-nous ?

— Dès demain, à l'aube, puisque vous semblez vous sentir mieux. D'ici quelques jours, nos chemins se sépareront. La durée du voyage dépendra du vent, du courant et des événements.

Elle frémit à ces mots. Erik réagit instantanément.

— Je n'entends pas m'attarder pour attaquer un monastère ou un village, si c'est cela que vous redoutez.

— Je songeais davantage à une… mauvaise rencontre. Avec d'autres Vikings comme Leif, par exemple.

— Ah, bien sûr, alors je vous le répète, personne ne vous touchera à moins de me tuer d'abord. Et Leif y réfléchira à deux fois avant de nous poursuivre, faites-moi confiance. Je lui souhaite bonne chance s'il a la stupidité de s'y essayer car, cette fois, je n'aurai aucune pitié.

Une lueur vive surgit au cœur des prunelles vertes de Rohna. Elle le contemplait de toute sa hauteur, comme cherchant à s'assurer qu'il était à la mesure de ses paroles ou à… graver en elle la moindre parcelle de son corps. La manière dont le regard de cette femme s'attardait sur lui, comme une caresse sensuelle, enflammait ses sens de manière intolérable. Si elle ne cessait pas tout de suite, il lui faudrait…

Elle détourna alors les yeux, se levant pour ramasser le gobelet et les morceaux du pichet brisé à terre. Il s'agenouilla auprès d'elle, voulut l'aider. Elle le repoussa d'un geste autoritaire. À l'évidence, elle avait recouvré ses forces et ses attitudes de fille de noble ! Sans aucun doute avait-elle pour habitude de se faire obéir, mais Erik n'était pas un de ses serfs. Pourtant, pour cette fois, il lui accorderait cette illusion de pouvoir sur lui. Plus vite il obtiendrait sa confiance, mieux cela vaudrait pour la suite de leur voyage.

Il se redressa et s'arrêta sur le seuil.

— J'ai des ordres à donner à mon équipage en vue de notre départ. D'ici peu, on vous apportera un repas chaud. Dégustez-le bien, vous n'en aurez pas d'autre de sitôt. On ne fait jamais de feu, sur un bateau.

Sur cette évidence, il fit demi-tour et quitta la cabane, espérant que l'air froid de l'hiver et l'activité auprès de ses hommes l'aideraient à chasser les sensations ardentes que cette Saxonne avait insufflées en lui.

Chapitre 4

Assise à la proue du bateau, dominée par la grande tête de dragon peinte en rouge, Rohna contemplait l'immensité de la mer. Les vêtements et les cheveux mouillés par la brise marine, elle resserra sur elle les pans de la houppelande fourrée qu'Erik lui avait fournie, en plus d'une robe de paysanne achetée au village de pêcheurs. Depuis ce qu'il lui semblait une éternité, ils faisaient voile vers la côte anglaise. Pour combien de temps ces terres resteraient-elles saxonnes, avant de passer en d'autres mains ? Chaque jour, les Danois gagnaient par le feu et le sang davantage de territoires. Un sanglot de détresse lui serra la gorge, et elle se pinça les lèvres pour le retenir. Au moins, les Nordiques qui l'escortaient paraissaient dignes de confiance, et ils possédaient un certain sens de l'honneur… tant qu'on pouvait s'offrir leurs services. Quelle somme son père leur avait-il promise, pour elle ? Une petite fortune, peut-être, car en dépit de tout il l'aimait profondément, même s'il aurait sans aucun doute échangé sa vie en un instant si cela avait pu lui ramener l'un de ses fils. Quelle sotte, de penser ainsi ! Son père aurait pu l'abandonner, et il n'en avait rien fait, tout au contraire. Se montrer injuste envers lui était indigne, et elle se l'interdit.

Les vagues se fracassaient contre la coque, projetant de l'écume mousseuse de part et d'autre du navire, comme traçant un long chemin en arrière. Les Vikings avaient levé la grande voile colorée pour utiliser la force du vent. Les rameurs en profitaient pour sommeiller, nettoyer leurs armes et outils ou jouer aux dés. Rohna soupira. Dieu merci, Erik du clan du loup blanc avait tenu parole. Elle ne manquait de rien et, mieux encore, aucun de ces hommes n'était venu l'importuner. Cela n'en empêchait pas certains de la dévisager avec concupiscence, à la dérobée. S'ils n'avaient pas autant respecté ou craint Erik, son sort auprès de ces païens aurait pu s'avérer très différent…

Rien d'étonnant à ce qu'ils contemplent leur chef avec une telle déférence. Elle-même ne parvenait qu'avec peine à détacher son regard de lui. Cette fascination aussi puissante qu'indescriptible, elle la réprouvait, sans réussir pour autant à la maîtriser… ou à la comprendre. Il se dégageait de lui tant de force, tant d'assurance ! Comment ne pas être subjuguée ? Elle n'avait jamais connu d'homme comme lui. Le souvenir de ses bras autour d'elle lui revint subitement, et elle sentit ses joues s'empourprer. S'il avait alors tenté de l'embrasser, l'aurait-elle repoussé ?

Ressaisis-toi, idiote ! Ignore ces pensées impies ! s'admonesta-t-elle pour la énième fois.

Certes, Erik était très différent des autres Saxons et surtout des Nordiques qu'elle avait eu le malheur de rencontrer, pourtant il n'en restait pas moins un barbare, un païen. S'il veillait sur elle et lui témoignait de la bonté, c'était uniquement par devoir et opportunisme. L'aurait-il secourue, sans espoir de récompense ? En dépit de ses paroles réconfortantes, hors de question de lui accorder son entière confiance…

Sans qu'elle le veuille vraiment, son regard glissa de nouveau sur lui. Ignorant ses tourments, il arpentait le pont parmi ses guerriers, lançait des ordres à certains, riait avec d'autres, en particulier avec un impressionnant colosse à l'épaisse barbe rousse nommé Ranald. D'ailleurs, beaucoup de ces Nordiques étaient grands, aux muscles saillants. Cependant, Erik se détachait sans commune mesure du reste du groupe. Au milieu de ces hommes sombres, il rayonnait !

Afin d'échapper à l'inexorable et inacceptable attraction que ce diable de Viking exerçait sur elle, elle s'efforça de reporter son attention sur l'horizon. Bientôt, comme le lui avait expliqué Erik, ils arriveraient en vue du bourg de Lierpul[1]. Puis, ils suivraient un temps la rivière Mersey, avant de continuer sur l'un de ses affluents vers le sud, jusqu'à LochHaven. Comme elle avait hâte !

Là-haut, le ciel s'assombrit, chargé de lourds nuages noirs. Le vent forcit soudain, fouettant les visages et faisant claquer la voile. Frissonnant, Rohna se blottit encore davantage sous sa houppelande. À présent, le *Dragon Écarlate* volait sur les flots, sur une mer d'Irlande de plus en plus vigoureuse. Elle qui s'était jusque-là montrée si calme se déchaînait. Les vagues heurtaient furieusement la coque, qui tanguait d'un côté et de l'autre. Aussi terrifiée que fascinée, Rohna se recroquevilla de son mieux pour se protéger des éléments, sans pouvoir échapper à l'eau salée qui s'engouffrait sur le pont.

— Seigneur ! s'écria-t-elle.

Le *Dragon Écarlate* avait basculé si fort qu'elle s'était cognée l'épaule contre le parapet. Désormais, des vagues de plus en plus impressionnantes frappaient durement le bateau, le maculaient d'écume, le chahutaient comme un enfant capricieux aurait secoué un jouet. La poupe se soulevait si haut ! La mer menaçait de la submerger ! Rohna, qui sentait la panique monter en elle, parvint néanmoins à retenir ses cris. Risquaient-ils de sombrer ? Atteindraient-ils la rive indemnes ? Pendant qu'elle formulait une prière pour le salut de l'équipage et le sien propre, Erik, aussi à

1. Liverpool, de nos jours.

l'aise sur le pont qui se balançait au gré des vagues furieuses que sur la terre ferme, lança un ordre qu'elle ne comprit pas tant le fracas du vent était féroce. La voile fut rapidement baissée. Les rameurs reprirent leur place et redoublèrent d'efforts pour maintenir le cap. Comme si tout ceci était habituel et nullement effrayant, ils entamèrent un chant au ton joyeux, marquant le rythme.

S'ils semblaient indifférents aux mouvements brusques du bateau, Rohna, elle, avait la nausée. Ses haut-le-cœur s'accentuaient au point d'en devenir douloureux et pressants. N'y tenant plus, elle n'eut pas d'autre choix que de se pencher par-dessus le bastingage. Son regard plongea dans l'écume bouillonnante. Un frisson d'horreur la traversa si vivement qu'elle voulut reculer, comprenant sa bêtise. Trop tard. Une énorme vague souleva la poupe. Bousculée, Rohna perdit l'équilibre et fut projetée par-dessus bord. Une vague la submergea, étouffant ses appels à l'aide. La mer cherchait à l'entraîner dans ses profondeurs sombres et glacées. Même en sachant nager, elle n'aurait pu lutter ! Les éléments déchaînés étaient trop forts, trop déterminés… elle allait se noyer. Déjà, l'eau s'engouffrait dans sa poitrine qui la brûlait. Elle hoquetait. Elle étouffait. Les ténèbres l'envahissaient.

Un bras solide s'enroula autour de sa taille, s'agrippa fermement à elle. À peine fut-elle de retour à la surface qu'elle ouvrit grand la bouche pour inspirer à pleins poumons des goulées d'air salvatrices. Ses cheveux trempés retombaient en mèches collantes sur son visage. Elle n'y voyait rien ou presque, s'accrochait désespérément à son sauveur qui bravait les éléments pour la ramener sur le *Dragon Écarlate.* Des mains se saisirent d'elle pour l'aider à remonter à bord. Tremblante, frigorifiée jusque dans ses os, elle se blottit contre l'homme qui avait risqué sa vie pour sauver la sienne. Erik !

Il la serrait contre lui, caressait ses cheveux, lui murmurait des paroles apaisantes, lui frottait les bras pour les réchauffer jusqu'à ce que Ranald vienne avec une couverture dont Erik lui entoura les épaules.

— M… merci, bredouilla-t-elle. Vous m'avez sauvée.

— Vous en semblez étonnée. Je vous l'avais pourtant assuré, rien de mal ne vous arrivera tant que vous serez sous ma garde. Vous ne risquez rien.

À la ferveur de son étreinte, à la manière dont il la contemplait, à sa voix légèrement voilée, elle aurait pu croire qu'il avait en réalité craint pour sa vie… ou serait-ce de perdre sa récompense, s'il ne la gardait pas saine et sauve ?

En vérité, elle s'en moquait. Elle venait d'échapper à la mort et se sentait en sécurité, entre ses bras puissants. Ce sentiment la submergeait tout aussi sûrement que les vagues essayaient de l'emporter, plus tôt. Pressée contre son torse solide, elle s'abandonnait à sa chaleur et à sa force, certaine qu'en effet il continuerait à tenir parole.

Ils restèrent ainsi longtemps, et il ne se détacha pas d'elle avant que la tempête n'ait cessé et que la mer d'Irlande n'ait retrouvé son calme.

— Vous sentez-vous mieux ?

— Oui, merci.

— Tant mieux. Le plus raisonnable à présent serait d'ôter votre robe. Elle est trempée et vous tomberez malade, si vous la portez plus longtemps. Ranald, ramène ici une de mes chemises, des braies, une paire de chausses et mon manteau.

Ranald revint vite avec les vêtements, qu'il tendit à Rohna.

— Cela fera l'affaire, le temps que nous puissions vous procurer une tenue plus… convenable et féminine, expliqua Erik. Vous pouvez vous changer en toute confiance, personne ne vous regardera ou ne vous ennuiera, je vous le promets.

— Dieu vous bénisse !

— Si jamais vous avez besoin d'aide, commença le dénommé Ranald, pour vous dévêtir ou vous vêtir, je…

Le regard qu'Erik lui lança fit taire instantanément le géant, qui répliqua d'un sourire et d'un haussement d'épaules.

— Moi, ce que j'en disais, c'était pour rendre service.

— Merci, mais je saurai me débrouiller seule, répondit Rohna.

Erik grommela.

— Assurément, elle n'aura pas besoin de toi. Aide-moi plutôt à la protéger des regards avec la couverture.

Ainsi, sous la garde des deux hommes, Rohna ôta seule sa robe trempée et l'échangea contre les vêtements d'Erik. Ils étaient trop grands pour elle, mais elle s'y sentait à l'aise et eu tout de suite plus chaud.

— J'en ai terminé, souffla-t-elle.

Seulement alors Erik se retourna-t-il sur elle. Il acquiesça d'un air approbateur puis déclara :

— Nous atteindrons bientôt la côte. Vous aurez enfin un repas chaud et nous vous trouverons une nouvelle robe. En attendant, restez sous la couverture et n'en bougez plus avant que je vous y autorise.

Plus que de l'autorité, elle crut déceler de l'inquiétude dans la voix, les yeux et l'attitude d'Erik. Il lui avait sauvé la vie, elle se trouvait sur son navire, elle pouvait bien lui accorder cela. Au lieu de protester, elle se contenta donc de hocher la tête et d'obéir. Déjà, il s'éloignait d'elle à grandes enjambées pour arpenter le pont et parler avec ses hommes, sans plus lui accorder un regard.

Docilement, elle se blottit sous l'épaisse couverture et inspira profondément. Le tissu portait encore sur lui la chaleur et l'envoûtante odeur masculine d'Erik.

Alors qu'Erik arpentait le pont de son bateau, le regard de ses hommes pesait sur lui. Sans doute se demandaient-ils pourquoi il était resté plus que de raison auprès de la Saxonne, après l'avoir secourue. Impossible de le leur reprocher. Lui-même n'y comprenait rien ! Une force irrépressible avait dicté son attitude. Pourtant… s'il l'avait ainsi tenue serrée contre lui, n'était-ce pas uniquement pour la réchauffer ? Pour s'assurer qu'elle se remettait afin de la rendre à son père en bonne santé ? Rien de plus que cela, évidemment. Bon sang ! Il sut qu'il se fourvoyait à la seconde même où il formulait cette pensée.

En vérité, voir Rohna tomber à l'eau, emportée par les flots rugissants, l'avait bouleversé. Non seulement il aurait failli à sa mission et déçu son *jarl* s'il ne l'avait pas sauvée, mais surtout, une terreur indicible l'avait saisi en la croyant perdue. Il aurait suffi de si peu pour que l'issue soit différente ! Imperceptiblement, son attention revint sur Rohna. Comme il le lui avait intimé, elle n'avait pas bougé de là où il l'avait laissée, emmitouflée dans la couverture. À première vue, elle ne tremblait presque plus. Ses lèvres bleuies par le froid reprenaient progressivement leur teinte vermeille naturelle, celle-là même qui le défiait tellement d'y goûter. Il réprima un soupir contrarié. Inutile de le nier, il avait férocement envie d'elle, mais il ne la toucherait pas. Que d'ennuis n'avait-il déjà, pour laisser cette Saxonne l'ensorceler ! Fi de tout cela. D'ici quelques jours, elle serait auprès de son *ealdorman* de père et, lui, il l'aurait oubliée. Une bonne chose, car rien qu'à la contempler, un tourbillon d'émotions contraires venait l'assaillir et le tourmenter. De plus, son corps aussi réagissait sans qu'il n'y puisse rien ! Jamais aucune femme ne l'avait autant troublé. Cela devait cesser, et vite, d'une manière ou d'une autre. Au même moment, leurs regards se rencontrèrent, et il déglutit avec difficulté. Résister à l'impulsion de la serrer contre lui le saisit si brusquement qu'il manqua en perdre l'équilibre. Sur son propre navire ! Il ne se reconnaissait plus. Bon sang ! Était-il un adolescent pour se comporter ainsi ? Furieux contre lui-même, il se campa à l'autre extrémité du *Dragon Écarlate* et se concentra sur le trajet qui leur restait à faire.

Enfin, la terre fut à portée. Une longue plage déserte au bas de falaises escarpées et, par là, le petit port de Lierpul… Erik hocha la tête, rassuré. La tempête ne les avait finalement que peu écartés de leur chemin.

— On lève la voile ? demanda Bjorn.

— Inutile de la redresser déjà, les rames suffiront. Nous accostons à Lierpul.

— Tu es sûr ? Ce n'était pas prévu, et ça nous fera perdre…

— Notre invitée a besoin d'un bon repas chaud. Comme nous tous, par ailleurs. La tempête a été rude, et nous sommes tous épuisés. Nous ferons donc halte, comme je l'ai ordonné. Préviens les autres.

Bjorn le considéra avec attention, puis il acquiesça et rejoignit les rameurs. Erik savait qu'ils approuveraient. Quitte à perdre une journée, il avait pris l'unique décision raisonnable. De la bonne chère et de l'*ale*, voilà ce dont ils avaient tous besoin ! Quant à se réchauffer, il existait différentes manières de le faire… dont une particulièrement agréable et qui n'avait rien à voir avec un feu de cheminée. Pourtant, en dépit des images tentatrices qui lui venaient, il n'en ferait rien. Pas avec une fille de taverne, cela ne lui disait rien, et encore moins avec Rohna qui ne souhaitait certainement pas qu'on la touche ainsi, après ce qu'elle avait subi. À la pensée de ce qu'elle avait perdu et avec quelle insoutenable violence, ses poings se serrèrent, sa mâchoire se crispa.

Il sentit la présence de Ranald derrière lui, avant que le géant n'ouvre la bouche.

— Il va pleuvoir, peut-être même neiger, déclara celui-ci. Au cas où tu n'aurais pas remarqué, la petite est gelée jusqu'aux os.

Il vaudrait mieux qu'on fasse une pause, parce que dormir sur le pont, entourée de nous tous sous une bâche, je doute que ça lui plaise.

— Je sais, Ranald, c'est pour cela que nous ferons halte à Lierpul. Bjorn ne t'en a rien dit ?

— Oh ! si, il l'a fait, mais je tenais à vérifier par moi-même auprès de toi que j'avais bien compris.

— Vraiment ?

— Eh bien, en fait… je me cherchais une excuse, parce que c'est d'autre chose, dont je voulais m'entretenir avec toi.

Erik soupira.

— Parle. De quoi s'agit-il ?

Le sourire de Ranald s'élargit. On aurait dit un ours aux épais poils roux sur le point de dévorer un énorme rayon de miel. De quoi craindre le pire.

— Elle est appétissante, pas vrai ? La jolie Saxonne. Du genre à rendre un homme fou de désir, non ?

Erik grimaça. Exactement ce qu'il redoutait !

— Sans doute. Peut-être.

— Bien sûr. Comme si tu ne l'avais pas remarqué.

— Ne prétends pas lire mes pensées.

— Oh ! je ne prétends rien du tout, c'est juste qu'elles ne sont pas bien difficiles à deviner !

Le sourire moqueur et l'éclat dans les prunelles grises de Ranald étaient décidément contrariants. À l'évidence, il en décelait plus en lui qu'Erik ne l'aurait souhaité.

— Qu'elle soit laide ou superbe ne change rien à notre mission, Ranald.

— Au contraire. Surtout si tu entends la mettre dans ton lit avant de la ramener à son seigneur de père.

— Ça n'arrivera pas.

— Ça vaudrait sans doute mieux, ou tout au moins il faudrait que l'homme ne l'apprenne jamais.

— Je te le répète : cela n'arrivera pas !

— Certes, cependant, on a tous remarqué comment tu la regardais, et comment tu agissais autour d'elle. C'est un spectacle fort distrayant. Un jeune coq paradant devant sa belle !

— Continue comme ça et je te balance par-dessus bord !

— Bah, tu sauterais aussitôt à l'eau pour me sauver.

— N'y compte pas trop.

Ranald prit l'air faussement outré.

— Est-ce ainsi que tu t'adresses à ton plus proche ami ? Pourtant, je me juge au moins tout aussi séduisant que cette jeune dame et…

— Ranald ! Plus un mot, ou je te jure que tu le regretteras !

— Compris, chef ! À vos ordres !

Ranald n'en riait néanmoins pas moins fort en s'éloignant pour rejoindre les rameurs. Quant à Erik, il fulminait. Ranald se plaisait souvent à le provoquer, mais ce n'était pas ce qui le dérangeait. D'ordinaire, cela l'amusait. Cette fois, c'était différent. Il en était fort contrarié, parce que son ami avait raison. Son désir irrésolu pour cette fille était réel, prégnant, beaucoup trop palpable ! Il le détournait de ses devoirs, le rendait distrait, maladroit et vulnérable. Cela risquait de lui coûter cher. Dorénavant, mieux vaudrait mettre le plus de distance possible entre eux, avant qu'elle n'emploie davantage sur lui son étrange et puissant pouvoir de séduction.

Comment ne pas en être convaincu ? L'ensorcelante Rohna de LochHaven exerçait sur lui de mystérieux charmes. Quelle autre explication justifierait ces sentiments déconcertants qu'il éprouvait pour cette femme qu'il connaissait à peine ?

Par les dieux ! Plus vite il serait débarrassé d'elle, mieux il se porterait…

Chapitre 5

Après une halte d'une nuit dans l'unique taverne de Lierpul qui les avait tous revigorés, Rohna se sentait beaucoup mieux. Erik avait veillé à ce qu'elle ne manque de rien, lui procurant comme il le lui avait promis un repas chaud ainsi qu'une robe de bonne qualité, achetée auprès d'un marchand itinérant. Là encore, lui avait-elle assuré, tous les frais lui seraient remboursés. L'équipage avait ensuite appareillé dès l'aube. Comme prévu, le *Dragon Écarlate* longea la rivière Mersey pour bifurquer ensuite sur l'un de ses affluents, en direction du sud. Les rames plongeaient et ressortaient dans l'eau en un rythme régulier, accompagné des chants des marins.

Si Rohna n'en comprenait pas le sens, du moins les trouvait-elle agréables à l'oreille, presque rassurants. D'ici peu, ils s'engageraient sur le fleuve Trent qui les mènerait au hameau de Twyfyrde, où ils accosteraient avant de rejoindre LochHaven. Enfin ! L'impatience la tenaillait, s'accentuant à mesure que le paysage lui devenait familier. Cependant, elle ne s'en sentait pas entièrement soulagée, car d'insidieuses pensées la malmenaient. Depuis leur entrée en terres de Mercie, Erik instaurait un mur entre eux, ne lui adressant la parole que lorsque cela s'avérait indispensable. À peine la regardait-il ! Pourquoi cette froideur soudaine, lui qui s'était montré si agréable, jusque-là ? Il ne cessait de scruter les alentours, comme si des hommes en armes risquaient de surgir à tout moment. Sans doute craignait-il une embuscade, peut-être d'autres Vikings ? Nul n'ignorait que ces guerriers n'hésitaient pas à s'attaquer entre eux, à l'occasion. En vérité, elle ne se sentirait pleinement en sécurité qu'une fois entre les murs solides de LochHaven… et loin de cet homme qui la troublait tant.

Son regard se porta sur lui. Sa seule présence l'emplissait d'une curieuse plénitude, tout en la rendant nerveuse et fébrile. Une réaction qu'elle n'acceptait pas et s'efforçait immanquablement de chasser ! À la fois contrariée et soulagée qu'il ne lui prête plus aucune attention, elle ne pouvait se fourvoyer : en dépit de ses actes honorables, il restait un barbare païen qui n'agissait que selon son bon vouloir, et surtout des gains qu'il en retirerait.

Pourquoi perdre davantage de temps à penser à lui ? Mieux valait savourer le plaisir de bientôt retrouver les siens. Son père et Bronwyn aussi, bien sûr. Comme ils devaient s'inquiéter pour elle ! Elle réprima un soupir en contemplant le paysage. Tout autour s'étendait un territoire majoritairement boisé, avec des masures visibles près de ports de fortune où mouillaient des petits bateaux de pêche. Si parfois des visages curieux les observaient depuis la berge, la majeure partie du temps, les gens se cachaient ou s'enfuyaient. Pareillement, les modestes embarcations qu'ils croisaient s'éloignaient au plus vite sur leur passage. Certainement la population était-elle apeurée par la proue à tête de dragon du navire et la perspective d'une attaque. Les Vikings repartiraient ensuite sur les eaux dès leur forfait commis…

De ce qu'elle avait vu et entendu, les Nordiques ne cherchaient pas encore à s'établir durablement en Mercie, préférant pour le moment le nord et l'est du pays. Pour combien de temps encore ? N'entendaient-ils pas conquérir toute l'Angleterre ? Des rois pliaient déjà le genou devant eux, pour préserver leur vie et leurs intérêts. De simples pantins aux ordres des Scandinaves, voilà ce qu'ils devenaient ! Une bourrasque glaciale balaya le pont, piquant sa peau et secouant ses cheveux. Dieu merci, le manteau en laine de mouton et au col bordé de fourrure qu'Erik lui avait acheté au marché de Lierpul en même temps que la robe lui tenait chaud. Il n'avait pas lésiné à la dépense, et elle lui avait assuré que son père le rembourserait dès leur arrivée. Hors de question d'entretenir une quelconque dette envers des Vikings ! Erik avait hoché la tête, répondant simplement qu'il y comptait bien.

Les heures s'écoulaient, monotones. Sans doute était-ce pour le mieux, jugeait-elle. À présent, bien qu'au milieu de l'après-midi, l'éclat du soleil disparaissait progressivement pour laisser place à l'obscurité. La nuit tombait tôt en hiver, raccourcissant les journées et assombrissant ses pensées tout autant que le monde.

— Lady Rohna.

Elle sursauta. Perdue dans ses questionnements et la contemplation du paysage, elle n'avait pas vu ni entendu Erik approcher ! Leur proximité soudaine la fit tressaillir. Ses yeux d'un déroutant bleu limpide s'attardaient sur sa bouche, comme se délectant du goût qu'il semblait s'imaginer y trouver. Cela dura suffisamment longtemps pour que sa propre imagination s'envole et que ses joues s'enflamment.

Brisant le charme, il lui tendit une besace, ainsi qu'un quignon de pain.

— C'est pour vous. J'ai pensé que vous auriez faim et soif.

— Si fait. Je vous remercie.

Il opina de la tête.

— Je voulais aussi vous avertir que nous dormirons à même le pont, cette nuit. Nous ne pouvons nous permettre de perdre davantage de temps, et je suppose que vous avez hâte de retrouver votre père.

Sur ces mots, il se prépara à faire demi-tour. Impulsivement, elle le retint.

— Vous ne cessez de scruter la rive, déclara-t-elle. Craindriez-vous une attaque ?

— Aucunement. N'y pensez plus.

Certaine qu'il lui cachait quelque chose, elle n'eut pas l'opportunité de lui en parler plus avant. Déjà, il était parti clamer des ordres à ses hommes. Elle songea alors à ce qu'il venait de lui annoncer : ils passeraient la nuit à bord. Tant mieux ! Ainsi, avec de la chance, ils seraient dès le lendemain en vue de LochHaven. Sur le pont, des membres de l'équipage s'allongèrent à même le sol, se préparant à s'endormir sous une longue bâche épaisse qui les protégerait des intempéries. Du moins en partie. En vérité, vent, froid et neige ne les avaient guère épargnés durant leur périple. Quel délice ce serait de savourer la chaleur d'un feu de cheminée ! Rohna conserva sa position à la proue, autant à l'écart des hommes que possible. Même doutant que quiconque parmi eux profite de son sommeil pour l'importuner, elle ne pouvait s'empêcher de rester vigilante. Une précaution inutile, sans aucun doute, car Erik ne l'aurait jamais toléré. Personne n'aurait osé défier un tel gardien.

Les abords du fleuve étaient calmes et tranquilles. Hommes comme animaux avaient regagné leurs foyers. Au loin, des fumées remontaient vers les cieux, colonnes grisâtres perçant les ténèbres, témoins de la vie au cœur des fermes et des hameaux. Recroquevillée dans son manteau, avec en plus sur elle une couverture et l'extrémité de la bâche, Rohna ne trouvait pas le repos. Le balancement régulier du bateau et la respiration régulière des dormeurs ne parvenaient pas à l'apaiser. L'excitation et le soulagement d'être très bientôt de retour à LochHaven la rendaient fébrile. Trop de pensées se bousculaient en elle ! Des sentinelles arpentaient le pont en prenant garde à ne pas faire de bruit et surtout, à ne point marcher sur un dormeur. Un art qu'elle-même aurait été bien en peine de maîtriser, quand ces Nordiques faisaient preuve d'une véritable habileté. Rien d'étonnant à ce qu'on les surnomme les Seigneurs des mers ! Grands navigateurs, ils parcouraient, racontait-on, des distances incroyables, explorant des mondes jusque-là inconnus. Peut-être un jour les verrait-elle, elle aussi ? Un vœu pieux[1], assurément. Une femme, noble de surcroît, ne quittait pas ses terres et sa famille pour partir à l'aventure. Ses responsabilités passaient toujours avant ses propres désirs. Quoi qu'elle en pense ou souhaite, son destin était choisi par d'autres depuis le jour de sa naissance…

Erik, qui avait monté la garde avec trois autres de ses hommes, souleva alors la bâche et la couverture pour s'allonger… auprès d'elle. Fermant les paupières, elle s'immobilisa alors que son corps vigoureux se plaquait contre le sien. Si sa chaleur se transmettait à elle, c'était autre chose, de bien plus profond et bouleversant, qui l'envahissait ! Dos à dos, elle pria pour qu'il ne remarque rien de son trouble. Pourquoi diable venait-il se coller à elle ? Jamais encore elle ne s'était retrouvée à reposer aussi près d'un homme. Encore moins un homme tel qu'Erik ! Seul William, son plus jeune frère, avait partagé son lit quand il était petit, lorsque sa peur de l'orage ou un cauchemar le faisait se précipiter pour trouver du réconfort auprès d'elle. Le souvenir de l'adorable enfant, pelotonné contre elle, et des berceuses qu'elle lui chantait pour l'apaiser manqua lui faire monter les larmes aux yeux. Son frère si gentil et doux était mort deux ans plus tôt, emporté en trois jours par une forte fièvre.

Erik gémit quelque chose qu'elle ne saisit pas et se retourna vers elle. Sa respiration régulière lui chatouillait le cou. À l'évidence, il dormait. Elle n'osa pas bouger, pas même lorsqu'il glissa son bras

1. Vœu illusoire, irréalisable.

autour de sa taille et l'attira étroitement à lui… Avait-il ressenti sa détresse au souvenir de William ? Essayait-il de la consoler ? Cette fois encore, elle se fourvoyait forcément sur ses intentions. Il ne s'apercevait même pas de son geste. Sans doute cherchait-il seulement par instinct sa chaleur en cette nuit glaciale.

Néanmoins, quelle qu'en soit la raison, ce réconfort même involontaire était bienvenu et appréciable. Soucieuse de ne pas le réveiller, elle resta immobile, savourant cette sensation de bien-être et de sécurité qui s'imposait à elle. Finalement, elle se détendit et sombra dans un profond sommeil.

— Là-bas ! Nous y sommes !

Bras tendu, Rohna trépignait de joie et d'impatience. Au travers de la brume matinale persistante, elle distinguait enfin les premières maisons de Twyfyrde. À mesure qu'ils s'approchaient du ponton flottant et qu'elle put mieux y voir, ce fut l'amertume qui la saisit. Le hameau portait les stigmates de l'attaque des Vikings qui l'avaient enlevée. Des habitations avaient été saccagées. La grange principale tenait à peine debout. Des toits s'étaient effondrés. L'église avait sans aucun doute été profanée. Cependant, des travaux de reconstruction avaient débuté et la vie reprenait, comme avant cette terrible épreuve. Hors de question de penser autrement !

Tout en souplesse, le *Dragon Écarlate* entama sa manœuvre pour accoster. Deux fringants hommes d'équipage sautèrent sur le ponton. Ils tirèrent sur les cordages et amarrèrent solidement le navire au quai. Rohna sentait son cœur s'emballer à la perspective de revoir les siens.

Erik vint à côté d'elle.

— Vous voici chez vous, milady.

Il lui tendit la main pour l'aider à descendre sur l'embarcadère branlant. À peine y eut-elle posé un pied qu'un vif souffle d'air passa à un pouce de son visage.

— Bon sang !

Erik la projeta à terre et se coucha sur elle, la protégeant de son corps. Horrifiée, elle vit alors la flèche plantée dans le mât du *Dragon Écarlate*. Seigneur ! Il s'en était fallu de peu qu'elle ne soit transpercée, elle !

— Boucliers ! On nous attaque !

Instantanément, réagissant comme un seul homme, les guerriers d'Erik bondirent et les abritèrent de leurs boucliers ronds. Déjà, d'autres flèches sifflaient. Elles rataient leurs cibles, s'enfonçaient dans l'eau, se fichaient dans le ponton, sur la coque du navire ou dans le bois épais des boucliers. Erik lâcha un juron puis cria pour que sa voix grondante porte le plus loin possible.

— Imbéciles ! Nous ne sommes pas vos ennemis ! Nous vous ramenons Lady Rohna !

L'attaque cessa aussi brusquement qu'elle avait commencé. Une fois assuré que tout danger était écarté, Erik se releva, imité par Rohna. Une dizaine d'archers émergeait du couvert des arbres.

Rohna les reconnut aussitôt à leurs couleurs.

— Des soldats de LochHaven !

— Ces crétins auraient pu vous tuer !

Erik fulminait. Il ne s'attendait certes pas à un tel accueil ! Rohna pas davantage, mais elle comprenait la prudence de son père. À l'évidence, ces archers protégeaient le village d'une éventuelle nouvelle attaque. Comment auraient-ils pu deviner les véritables intentions de cet équipage viking ?

Erik se pencha sur elle, l'air sincèrement inquiet.

— Vous n'avez rien ?

— Non, grâce à vous.

Il hocha la tête puis se fraya un passage parmi ses hommes, qui continuaient de se tenir sur leurs gardes même si les archers avaient abaissé leurs armes. Le visage anguleux du plus grand et plus âgé d'entre eux s'illumina en reconnaissant Rohna. Il se précipita vers elle.

— Milady ! C'est vraiment vous !

— Si fait, Aelfweard.

Le capitaine de la garde de son père était un homme aux cheveux striés de gris, aux traits secs et au sourire franc. Il se saisit chaleureusement de ses mains, comme pour s'assurer qu'elle était bien réelle.

— Dieu bénisse ce jour où vous nous êtes rendue ! s'exclama-t-il. Si nous avions su que… je suis contrit, nous pensions à tort à un raid et… j'espère que vous me pardonnerez. Ces hommes, avec vous, ce sont les Nordiques mandés par notre Seigneur ?

— Si fait. Voici Erik, du clan du loup blanc. Il m'a sauvée et traitée avec le plus grand respect.

Elle crut utile de l'ajouter, car Aelfweard aurait autrement été capable de se jeter sur lui pour venger son honneur. Il n'en accorda pas moins un long regard suspicieux à Erik.

— Bien, c'est très bien, soupira Aelfweard. Votre père vous attend, milady. Il est impatient de vous retrouver et sera heureux de vous savoir saine et sauve.

— Et, moi, répliqua Erik, je le suis tout autant de toucher enfin ma digne récompense. Mes hommes et moi repartirons au plus vite ensuite.

Aelfweard ne répondit rien. L'intensité du regard qu'il braqua sur Erik, pour ensuite glisser sur Rohna, intrigua cette dernière… et l'inquiéta. Parcourue d'un sinistre frisson, elle posa sa main sur l'avant-bras du capitaine.

— Qu'y a-t-il, Aelfweard ? Les maux de mon père se sont-ils aggravés en mon absence ?

Ces derniers mois, Wilfred de LochHaven était frappé de

sévères migraines. Au mieux elles le rendaient irascible, au pire elles le clouaient au lit. Aelfweard tenta un sourire.

— Que nenni, milady. Il se porte fort bien, comme vous le constaterez par vous-même d'ici peu. Venez.

Il ouvrit la marche. Rohna lui emboîta le pas. Avant de les suivre, Erik ordonna à ses hommes de rester sur le navire, sauf Bjorn et Ranald qui l'accompagnèrent. Escortés par les archers, ils remontèrent le chemin qui traversait le village, en direction de la forteresse.

Chapitre 6

— Pitié père, vous n'y pensez pas sérieusement !

Rohna était tétanisée, pétrifiée. Son père, après l'avoir accueillie chaleureusement, la considérait à présent avec lassitude.

— Tu m'as parfaitement entendu, ma fille, et compris. Tu épouseras ce Viking qui t'a sauvée ! Voilà sa récompense, et l'assurance d'une alliance durable entre nos peuples. Je te le répète : le *jarl* Oldavson et moi avons scellé cet accord. Si son meilleur guerrier parvenait à prouver sa valeur en te ramenant à moi saine et sauve, il obtiendrait ta main. Je ne reviendrai pas sur ma parole.

— C'est impossible, vous ne pouvez pas…

— Je peux ce qu'il me sied, au contraire, et tu me dois obéissance. Jusque-là, j'ai cédé à tes caprices et t'ai laissée rejeter tes prétendants, mais il suffit ! L'heure est grave, j'ai fait mon choix et tu l'accepteras ! Par ce mariage, nous assurerons au clan du loup blanc une place de choix en Mercie. En retour, nous serons préservés des assauts nordiques, et ils nous aideront à éradiquer ces misérables bandits qui nous harcèlent depuis des mois.

— Je refuse !

— Tu n'as pas ton mot à dire.

— Le roi Burgred ne l'autorisera pas.

— Il n'a pas force de loi en ces lieux ! Mon cousin est faible, incapable de nous protéger des Danois ! Ne comprends-tu pas l'importance de cette union ? Un véritable dirigeant fait toujours passer l'intérêt de son peuple avant toute chose, quoi qu'il en coûte. Tu es fille d'*ealdorman*, tu t'en montreras digne en épousant cet homme !

— Vous me vendez à un Viking, au lieu de vous battre auprès du roi ! Je préfère rejoindre le couvent !

— Fille insolente et ingrate !

Son père s'était redressé de toute sa hauteur et, même si les ans l'avaient voûté, il n'en restait pas moins impressionnant. Rohna était outrée et non moins furieuse que lui. La terre s'ouvrait sous ses pieds et cherchait à l'engloutir. Cela ne pouvait être vrai ! Comment son père pouvait-il lui infliger cela ? Erik du clan du loup blanc était certes séduisant, d'une beauté sauvage tentatrice, et il la troublait plus que de raison, mais de là à devenir son épouse et à lui offrir ainsi LochHaven… Hors de question !

Fébrile, elle se tourna vers lui. Ses traits virils étaient crispés. Sa mâchoire serrée. Chacun de ses muscles était tendu, prêt à rompre. Dans le bleu pur de ses yeux crépitait une lueur inquiétante. Pourtant, il ne disait mot.

Elle s'emporta.

— Pourquoi restez-vous silencieux ? Vous ne souhaitez pas cette union plus que moi ! Protestez ! Faites quelque chose !

Il baissa la tête vers elle puis porta son attention sur le messager du *jarl* Oldavson, qui se tenait près de son père.

— Thorsten, il s'agit forcément d'une erreur, gronda-t-il d'une voix glaciale. Ce n'est pas du tout ce qui m'était promis. Le *jarl* ne peut m'imposer le mariage.

— Détrompe-toi, Erik. Il le peut et il le fait. Il a passé un marché très important avec l'*ealdorman* de LochHaven et il s'attend à ce que tu lui obéisses, pour le bien commun.

— Mon bras est à son service, pas ma…

— Suffit, Viking ! Ma fille est une Saxonne de sang noble ! C'est à elle qu'un sacrifice est exigé en vous épousant, certainement pas l'inverse !

Rohna n'avait jamais vu son père dans un tel état de rage. Si le refus de sa fille le contrariait, la réaction d'Erik l'enflammait. Par son rejet, comme s'il insinuait qu'elle n'était pas digne de lui, Erik aurait tout aussi bien pu le gifler en pleine face. Son père fut soudain frappé d'une violente quinte de toux qui le plia en deux. Rohna voulut se précipiter vers lui, il l'arrêta d'un geste agacé.

Thorsten, le messager, intervint alors d'une voix calme et posée.

— Erik est impulsif, *ealdorman* Wilfred, mais il est surtout un valeureux guerrier. Ne l'a-t-il pas prouvé ? N'en doutez point, il protégera votre fille et vos terres, au péril de sa vie s'il le faut et il sait où se trouvent son devoir et nos intérêts communs. N'est-ce pas, Erik ?

Le ton était sans équivoque, presque menaçant. Si Erik restait de marbre, sa colère était palpable. Cependant, celle-ci sembla retomber lorsque Thorsten vint lui murmurer longuement à l'oreille. Quand ce dernier se retira pour revenir auprès du père de Rohna, Erik annonça :

— Fort bien. J'ai réfléchi et j'épouserai lady Rohna, au jour qu'il vous conviendra.

Elle fut saisie d'un hoquet de surprise.

— Comment ? Pourquoi acceptez-vous soudain, et aussi facilement ?

— Parce que je suis loyal à mon *jarl* et lui dois allégeance, comme vous devez obéissance à votre père.

— Avant de vous obéir, à vous !

— Sans aucun doute.

Le ton d'Erik était ferme et déterminé, pourtant, dans ses pupilles brûlait une fournaise qui témoignait de la fureur qu'il éprouvait. Comme Rohna, il était pris au piège… mais contrairement à elle, il cédait !

Son père eut un sourire satisfait.

— Parfait, je suis ravi de voir que votre *jarl* avait raison à votre sujet, sire Erik. Une fois les formalités d'usage terminées, les noces auront lieu en notre sainte église.

— Je ne suis pas un sire, ni un chrétien. Je ne…

— Il est vrai, concéda son père. Du moins pour le moment ! Fort bien, peu importe où la cérémonie se déroule, dès l'instant où les épousailles se font.

Thorsten sourit et ajouta :

— Comme il vous plaira, seigneur. Notre clan ayant déjà versé le *mundr*[1] convenu, rien ne s'oppose plus à ces noces.

Son ton était sans ambages, tout comme son regard aiguisé. De son côté, Erik se renfrogna mais n'ajouta mot. L'imitant, Rohna ne regimba[2] plus. À quoi bon ? Personne ne l'écouterait. Elle n'était qu'une femme ! Ses seuls droits étaient ceux que son père ou son époux lui octroyaient. Elle ravala sa fierté, consciente qu'elle ne pourrait jamais choisir son mari, en dépit de ce que son père lui avait laissé espérer. En vérité, elle avait été sotte de penser qu'il puisse en être autrement plus longtemps. Elle était amplement en âge d'être mariée et il était déjà miraculeux qu'elle ait pu y échapper jusque-là… À présent, obligée de se résoudre à une vie sans amour, son destin semblait scellé. Lentement, elle leva les yeux vers Erik. Bientôt, comme le souhaitait son père, elle serait liée pour le reste de ses jours à ce colosse païen aux yeux clairs… sauf si elle trouvait, comme elle l'espérait encore, un moyen d'empêcher ce mariage avant qu'il ne soit trop tard.

1. Dot.

2. Protester.

En ramenant Lady Rohna à LochHaven, Erik n'aurait jamais imaginé ce qui l'y attendait. Au lieu d'une récompense sonnante et trébuchante, on lui avait tendu un piège ! Une multitude d'émotions contraires, comme il n'en avait jamais connu, le bousculait. Il avait à la fois chaud et froid, était traversé de frissons et se sentait enserré dans un étau qui se refermait implacablement sur lui. Le *jarl* Oldavson s'était joué de lui. Un mariage ! Lui qui aspirait à la liberté, à la gloire, à l'aventure et au combat se retrouverait uni à une Saxonne ! Une femme certes magnifique, fière et digne, héritière d'un domaine qui permettrait à son clan de s'établir sans effusion de sang en Mercie, mais cela ne changeait rien : il n'avait jamais voulu se marier et ne le souhaitait toujours pas.

Pourtant, Thorsten l'avait convaincu que ce ne serait pas si contraignant. Wilfred de LochHaven n'avait aucun héritier mâle encore en vie, et sa santé déclinait de jour en jour. Afin de consolider la prospérité de son peuple, comprenant que les Nordiques gagnaient en puissance et qu'il valait mieux les avoir pour alliés, il avait conclu un accord avec le clan du loup blanc. À sa mort, Erik deviendrait *ealdorman* de LochHaven. Il en assurerait la protection… tout en restant fidèle à son *jarl*. D'ici là, une fois l'union célébrée et consommée, l'annonce serait faite aux chefs danois que LochHaven était désormais une terre amie sous la protection du clan du loup blanc. Avec les Saxons de LochHaven, ils ne formeraient plus qu'un peuple, et il serait vain de chercher à les conquérir ou à leur nuire.

« Les forces de cet homme déclinent, avait murmuré Thorsten. Épouse sa fille, fais-lui un enfant, un fils pour le mieux, et ses possessions seront à toi, à nous ! Ce mariage est essentiel pour notre avenir. »

Erik n'avait pas le choix. Il avait juré fidélité au *jarl*. Il connaissait son devoir envers son clan et s'il pouvait aider à sa prospérité sans verser le sang des siens, il ne faillirait pas.

Épouser une noble étrangère était d'ailleurs un moyen de plus en plus usité par les Nordiques pour s'imposer, notamment en Anglie, par la diplomatie plutôt que par l'épée. Une méthode à laquelle le *jarl* Oldavson avait assurément pris goût, semblait-il, puisqu'il avait déjà agi ainsi en négociant l'union de Solveig avec Liam MacCann, un Scot du nord du pays. Erik soupira. Si ces deux-là s'aimaient et que leur mariage était heureux, qu'en serait-il du sien ? À l'évidence, Lady Rohna était horrifiée à l'idée de lui appartenir. Son regard épouvanté braqué sur lui le prouvait. Elle ne voulait pas de lui mais n'avait pas davantage le choix que lui.

Au moins, posséder une femme aussi superbe ne serait pas désagréable. Imaginer son corps souple ondulant sous lui l'enflamma. Les gémissements de plaisir qu'elle pousserait quand il la ferait sienne seraient une mélodie délicieuse et… bon sang ! Pour cela, il suffisait de la mettre dans sa couche, pas de l'épouser ! Son sang se mit à pulser plus vite dans ses veines. La colère l'envahit de nouveau. Contre lui-même, dont la loyauté envers son *jarl* l'obligeait à un acte qu'il réprouvait, et contre sa faiblesse face à l'ardent désir que lui inspirait sa future épouse, qui le regardait comme s'il n'était qu'un loup prêt à fondre sur un agneau innocent.

Saisi d'une pulsion soudaine, cherchant à la rassurer, il effleura sa main de la sienne. Elle sursauta et s'écarta de lui si vivement qu'on aurait cru qu'un tison ardent l'avait brûlée. Elle semblait désespérée.

— Il n'est pas trop tard, vous pouvez encore refuser, souffla-t-elle.

— Non. Pas plus que vous.

— Mais je ne suis plus vierge ! Leif m'a… il m'a forcée ! Je ne suis pas pure, vous ne voulez pas de moi comme épouse. Renoncez, je vous en prie !

Impulsivement, il posa une main sur sa joue délicate pour la caresser du pouce, comme si cela pouvait suffire à effacer tout le mal qu'elle avait supporté.

— Je suis navré de ce que troll vous a fait subir, pourtant cela ne change rien. Ni pour moi ni pour l'accord établi entre nos peuples. Jamais je ne vous brutaliserai, mais ce mariage aura lieu, pour le meilleur et pour le pire.

Chapitre 7

— Milady, calmez-vous.

— Me calmer, Bronwyn ? Comment le pourrais-je ?

Depuis une éternité, lui semblait-il, Rohna arpentait le sol de sa chambre, usant la semelle de ses souliers sur les tapis de jonc parfumés. La nuit précédente, elle n'avait que peu dormi et pleuré longtemps. Impossible de profiter du moindre repos ! Un tourbillon de questions la taraudait. Malgré ses efforts, elle n'avait toujours pas trouvé comment échapper à cette union arrangée. Depuis la veille, à peine avait-elle échangé un mot avec Erik qui, en dépit de son consentement, était à l'évidence aussi décontenancé qu'elle.

Bronwyn posa son ouvrage sur ses genoux puis riva sur sa maîtresse ses grands yeux presque aussi sombres que sa chevelure.

— Hélas, milady, vous savez qu'une femme de votre rang ne se marie presque jamais par choix, et encore moins par amour.

— Certes, mais ce n'est pas pour autant l'avenir que je m'imaginais. J'ai l'impression d'être une génisse qu'on mène à la boucherie !

Avait-elle échappé à une vie de captivité pour une autre ?

— Du moins votre promis est-il très bel homme.

— Je te l'offre, s'il te plaît tant ! À t'en croire, je serais chanceuse !

— Eh bien, ne l'êtes-vous pas ? Il est jeune et vaillant, et il se fiche que vous ne soyez plus vierge, même si ce n'est qu'un vil mensonge. Pensiez-vous vraiment l'effrayer ?

— Je me devais d'essayer. S'il était saxon, cela aurait pu fonctionner.

— Mais il ne l'est point, ou ne l'auriez-vous pas remarqué ?

Rohna soupira. Comment nier la part de vérité dans les mots de son amie ? Son père aurait en effet pu l'offrir à une brute, un souffreteux, un imbécile ou un vieillard édenté. Erik n'était rien de tout cela. Il s'était toujours montré courtois et aimable envers elle. Il avait aussi promis de ne jamais la brutaliser, mais tiendrait-il parole lorsqu'elle lui appartiendrait ? Comment se comporterait-il durant leur nuit de noces ? Elle avait entendu tant de choses terribles au sujet des Nordiques et en avait fait l'horrible expérience entre les mains de Leif. Erik était-il réellement différent ?

Quel temps perdu à ressasser ! Tout cela ne l'avançait en rien. Elle se passa quelques gouttes d'huile de lis sur le visage, espérant que cela suffirait à lui redonner des couleurs et à estomper la fatigue sur ses traits.

— Je dois lui parler, annonça-t-elle abruptement. Essayer encore. Autant qu'il le faudra.

— Dois-je le faire mander pour vous, milady ?

— Inutile. Je pense savoir où le trouver.

Sur ces mots, elle quitta la chambre, suivie par Bronwyn dont le claquement des pas sur les dalles du couloir se mêlait au sien. Le château de LochHaven n'était pas très grand, mais suffisamment pour qu'il faille quelques minutes de marche pour rejoindre la salle d'apparat depuis ses appartements. Comme un serviteur croisé en chemin le lui avait confirmé, Erik s'y trouvait, attablé devant une chope d'*ale*, entouré comme d'ordinaire de ses deux compagnons, Ranald et Bjorn. Si ces derniers riaient, Erik ne participait pas à leurs joyeux bavardages. Les yeux rivés sur le feu qui crépitait au cœur de l'immense foyer de la cheminée, il semblait perdu dans ses pensées. Tout en venant à lui, Rohna ne put s'empêcher d'être subjugué par la virilité de ses traits, soulignée par les ombres projetées sur son visage par les flammes.

S'immobilisant, elle toussa pour capter son attention.

— Messire, nous devons parler. À l'instant.

Il tourna la tête vers elle, visiblement étonné de la trouver là… ou de son aplomb à l'interpeller avec tant d'autorité. Il s'adossa confortablement contre son siège pour mieux la contempler.

— Messire… je ne m'y ferai jamais, grimaça-t-il. Fort bien, ma promise. Et de quoi, exactement, souhaiteriez-vous m'entretenir ?

« Ma promise… » Ces mots lui nouèrent l'estomac. La lueur amusée de défi qu'elle surprit dans les yeux d'Erik n'aida en rien. Elle répliqua d'un ton sec.

— De nos noces !

— Évidemment.

Il se pencha en avant pour se resservir à boire puis vida son gobelet d'un trait. Le silence s'était installé autour d'eux. Rohna, impatiente, s'empressa de le briser.

— J'ignore si vous comprenez la valeur d'un engagement tel que le mariage, mais c'est très important, à mes yeux.

— Aux miens également.

— Parfait. En ce cas, vous concéderez que…

— Que cette union se fera, quoi qu'il nous en coûte, à vous comme à moi. Il n'y a rien d'autre à ajouter, milady.

Son ton s'était fait incisif. Son regard, ancré dans celui de Rohna, devint glacial, aussi froid que les fjords de sa lointaine terre natale, devina-t-elle. En dépit de la crainte que cela lui inspirait, elle s'efforça d'afficher un sourire aimable.

— Au contraire, j'ai moi-même beaucoup à en dire. Ainsi, j'apprécierais que nous… Oh !

D'un geste vif, il s'empara de sa main. Sa paume était très chaude, en totale opposition avec la froideur de son expression. Pourtant, ses traits crispés se détendirent quand il prit la parole.

— Notre destin est déjà écrit, Rohna, mais je vous promets d'être… un aussi bon époux que possible. Ne m'en demandez pas davantage.

La sincérité dans sa voix rauque la déconcerta. Cet homme la déstabilisait ! Encore ! Hélas, elle en avait désormais la certitude : rien ne le ferait changer d'avis. Quoi qu'elle en pense, quoi qu'elle dise, peu importait. Elle devrait épouser ce Viking.

— Bah, ne faites pas cette tête, tous les deux, c'est un mariage que nous allons célébrer, pas un enterrement !

Ils se tournèrent vers Ranald qui levait haut sa chope avant d'en engloutir goulûment le contenu.

— Ranald, si tu ne la fermes pas, je…

— Ah, capitaine, tu feras pour sûr un bon mari, du moins au lit, ce qui est déjà pas mal ! Ça me fait mal de l'avouer, mais même si je suis fort bien pourvu, notre Erik est peut-être plus viril encore ! Vous ne serez pas déçue, milady !

Le géant s'esclaffa et gratifia Bronwyn d'un clin d'œil qui lui fit monter le rouge aux joues. Il persistait à sourire même après qu'Erik l'ait rudement frappé à l'épaule. Bjorn, visiblement accablé, se cacha le visage d'une main.

Rohna avait le souffle coupé par l'audace de Ranald. Plus que cela, ses mots l'avaient heurtée de plein fouet : « Le plus viril d'entre nous, un bon mari au lit… » La vision imaginaire et inconvenante d'Erik, entièrement nu devant elle et le sexe dressé, l'emplit d'embarras et de confusion. Tout autant que d'une autre émotion très différente, plus profonde, presque animale qui lui échauffa le bas-ventre.

Décontenancée, elle s'emporta :

— Je me moque qu'il soit... viril ou non, cela ne change rien ! Je refuse de l'épouser !

Erik se leva pour agripper son bras.

— Venez avec moi.

Elle fit signe à Bronwyn de rester en arrière puis le suivit en trottinant alors qu'il l'entraînait hors de la salle. Quand il s'arrêta enfin dans un couloir désert, ce fut pour l'emprisonner contre le mur, une main passée de chaque côté de son visage. Sa respiration était haletante. Son regard glacé s'était transformé en brasier.

— Ranald est un imbécile, dit-il.

— Il semblerait, en effet. Un menteur, également ? Ne seriez-vous pas aussi viril qu'il le prétend ?

Seigneur ! Pourquoi avait-elle parlé sans réfléchir ? Impulsivement, au lieu de calmer les choses entre eux, voilà qu'elle le provoquait ! Un éclair traversa les pupilles d'Erik, et un sourire arrogant étira ses traits.

— Après notre nuit de noces, très chère, vous ne remettrez plus jamais en doute ma vigueur. Ranald est certes une outre pleine de vantardise, mais il a dit vrai, sur ce point.

Voilà qu'il se penchait vers elle ! Leurs visages étaient si proches, prêts à se toucher... Elle déglutit avec difficulté. L'odeur masculine d'Erik l'entourait tout autant que ses bras musclés. La sensation de son corps ferme pressé contre le sien raviva la chaleur en elle. Elle tremblait, fébrile, incapable de bouger. Les battements de son cœur s'emballaient dans l'expectative. Erik entendait-il l'embrasser ? En dehors d'un piètre et chaste baiser partagé avec un garçon d'écurie, des années plus tôt, elle n'avait jamais...

Les lèvres brûlantes d'Erik effleurèrent les siennes. Comme envoûtée par cette caresse délicate, elle ferma les yeux et poussa un petit gémissement lorsqu'il glissa une main sur sa nuque pour mieux l'attirer à lui. Sa poitrine pressée contre son torse ferme, elle ne protesta pas tandis qu'il soudait leurs bouches en un baiser plus profond. À présent, sa langue titillait la sienne, jouait avec elle, l'explorait. Jamais on ne l'avait embrassée ainsi. Jamais elle n'avait connu de telles sensations ! À peine se rendait-elle compte qu'elle s'accrochait à ses épaules solides, submergée d'émotions aussi puissantes que déconcertantes. Sans qu'elle ne maîtrise rien, tout en elle en réclamait davantage, jusqu'à ce qu'il rompe leur étreinte pour reprendre son souffle.

Il murmura d'une voix suave :

— Voilà un avant-goût de ce qui vous attend, ma promise. Nous nous reverrons à la cérémonie.

Sur ces mots, il fit demi-tour et s'éloigna à grands pas pour disparaître au bout du couloir. Déstabilisée, pantelante, Rohna s'appuya contre le mur pour retrouver son équilibre. Ses jambes flageolaient. Elles la portaient à peine, tant elle était bouleversée. Le cœur battant trop vite, elle tremblait encore d'émoi et de colère contre sa propre faiblesse quand Bronwyn la rejoignit.

— Milady ? Je m'inquiétais, vous ne reveniez pas et… vous êtes écarlate. Que s'est-il passé ?

— Je… je préfère ne pas en parler.

Comment expliquer le trouble intense qu'elle ressentait ? Cette brève étreinte avait mis à mal nombre de ses convictions. À la fois furieuse de s'être aussi facilement abandonnée et décontenancée d'avoir autant apprécié ce fougueux baiser, elle ne trouvait pas les mots.

Bronwyn la dévisageait avec inquiétude et curiosité.

— Vous ne voulez vraiment pas me dire ce qui…

— Plus tard, je te raconterai tout. Allons, viens, nous avons encore beaucoup à faire aujourd'hui.

Partant devant Bronwyn qui eut la bonté de ne point insister, Rohna s'efforçait de reprendre ses esprits. Presque malgré elle, elle fit glisser sa langue sur ses lèvres. Le goût iodé de celles d'Erik y persistait.

Erik ne ralentit qu'en arrivant dans la cour extérieure. L'air frais et piquant charrié par un vif vent d'est lui fouetta rudement le visage. Tant mieux ! Cela l'aiderait à remettre ses idées en place… et le reste aussi. S'il ne regrettait en rien d'avoir embrassé Rohna, il ne s'attendait guère à ce que ce simple baiser lui fasse autant d'effet. Comme il avait été difficile de s'en contenter ! Mobiliser toute sa volonté n'avait pas été de trop pour s'empêcher de la soulever pour la porter dans la première chambre qu'il aurait trouvée. Sa façon de se presser contre lui, de s'agripper à ses épaules pour l'inciter à davantage de passion avait mis à mal tous ses efforts pour se maîtriser. Certes, il la désirait et, à l'évidence, c'était réciproque, ce qui leur faciliterait les choses par la suite. Pourtant, il était certain que l'un comme l'autre fuirait aussi loin que possible s'il en avait l'occasion.

Il en aurait ri, si la situation n'était pas si compliquée. Hélas, il ne pouvait plus reculer. Il avait juré de faire de son mieux pour être un bon époux. Du moins n'était-il pas homme à volontairement faire souffrir une femme, qu'il l'aime ou non. Et si l'amour ne germait jamais entre eux, eh bien, il la respecterait assez pour qu'elle ignore tout de ses futures maîtresses…

Il réprima un juron. Quelle merveilleuse façon d'envisager sa vie de couple qui n'avait même pas encore commencé que déjà s'imaginer forniquer avec d'autres femmes que son épouse ! Elle méritait mieux qu'un mari volage. Comment réagirait-il, lui, s'il découvrait qu'elle trouvait son bonheur ailleurs ? Il en deviendrait certainement fou de rage, prompt à tuer n'importe quel amant.

Pourtant, une fois son devoir accompli, il n'hésiterait pas à l'abandonner pour retourner guerroyer auprès d'Ubbe Ragnarsson. Il était fait pour le grand air, la mer, les champs de bataille ! La vie de famille et la gestion d'un domaine, s'il y avait songé par le passé, il ne s'y sentait pas encore prêt… Ses pas l'avaient mené sur le terrain d'entraînement, où une vingtaine de jeunes Saxons se faisaient face, épées en main. La plupart étaient visiblement inexpérimentés. Au premier vrai combat contre des troupes danoises, ils tomberaient !

S'ils voulaient survivre, ils devaient apprendre, et vite, à manier une arme correctement. Pour commencer. Erik esquissa un sourire. Il avait justement fort besoin de se défouler et de se changer les idées.

Chapitre 8

— Ton bouclier, lève-le plus haut ! Toi, là, ne tourne pas le dos à ton adversaire, ou tu mourras !

Erik lançait ordre sur ordre aux jeunes recrues de LochHaven. Jamais il n'aurait cru que la tâche s'avérerait si difficile, et si gratifiante ! Depuis quelques jours, il passait la plupart de son temps à les entraîner. Existait-il meilleur moyen de s'occuper utilement le corps et l'esprit ? Et surtout de chasser l'idée que le lendemain il serait marié. Moins il y pensait, mieux il se portait ! L'*ealdorman* avait tout organisé pour que la cérémonie se déroule rapidement, et plus les heures s'écoulaient, plus Erik était nerveux.

Son attention se reporta sur deux soldats qui se faisaient face : l'un de carrure solide, l'autre plus fluet, mais aussi plus leste et véloce. Tous deux étaient pantelants. Chacun refusait d'octroyer du terrain à son opposant. À n'en point douter, ils étaient prometteurs. Erik n'hésita pas à les encourager.

— Toi, continue à épuiser ton adversaire jusqu'à ce qu'il tombe et, toi, n'abandonne pas ! Tu es plus fort, un seul coup bien placé et tu remporteras ce combat !

Ils hochèrent la tête, signifiant qu'ils avaient compris. Erik s'étonnait de la facilité avec laquelle ces soldats lui obéissaient, comme s'ils avaient déjà accepté qu'il devienne leur chef à la disparition de l'*ealdorman* Wilfred. Ou peut-être le fait qu'il en ait flanqué une dizaine à terre lors de leur premier jour d'entraînement en commun lui avait gagné leur respect ? Quelle qu'en soit la raison, il en ferait de véritables guerriers, capables de protéger leurs familles et leurs terres. Il lâcha un soupir. Dès ses noces célébrées, ces gens seraient sous son entière responsabilité.

Il vit alors du coin de l'œil deux silhouettes approcher. Plus resplendissante encore que la veille, Rohna était accompagnée de sa servante, celle qui plaisait tant à Ranald. Elles s'immobilisèrent pour regarder les hommes se battre. Cependant, les yeux de Rohna ne se braquèrent pas sur eux, mais sur Erik, qui ne put s'empêcher de s'en enorgueillir. Pourtant, il lui était impossible de déceler les pensées de sa promise. L'admirait-elle ? Lui reprochait-elle de déjà s'imposer au sein de son peuple ? Refusant de se laisser distraire, il se concentra sur le combat qui réclamait toute son attention. Le soldat véloce avait glissé dans la neige boueuse et le plus costaud en avait profité pour le saisir par le col. Son épée de bois plaquée contre le cou de son adversaire, il souriait, fier de sa victoire. Erik leur fit signe de s'écarter l'un de l'autre, les félicita de leurs efforts, puis les complimenta sur ce qui devait l'être, sans hésiter à les morigéner à propos de leurs erreurs.

D'ici peu, ils seraient prêts pour apprendre la manœuvre du mur de boucliers. Pour cela, ses propres guerriers se joindraient à eux. S'assurer que les Saxons s'exercent et combattent à leurs côtés ne ferait que renforcer leur unité et les rendrait plus efficaces, plus féroces contre leurs ennemis. Il manqua s'esclaffer. Voilà qu'il les voyait déjà ne former qu'un seul peuple ! Une même armée ! Plus surprenant encore, ce sentiment s'était imposé à lui naturellement… En toute honnêteté, devenir par mariage le chef d'un fief prometteur, à la tête de troupes à la fois saxonnes et nordiques, s'avérait très loin d'être aussi atroce qu'il l'avait d'abord imaginé. Il y avait beaucoup réfléchi, à s'en donner la migraine. Même responsable de LochHaven, rien ne l'empêcherait de guerroyer à sa guise. Simplement, il le ferait pour d'autres raisons que sa seule gloire et aurait un foyer à retrouver pour célébrer ses victoires.

Depuis toujours, il savait qu'il périrait sur le champ de bataille et non en vieillard dans son lit. Tel était le sort d'un guerrier ! Comme on le lui avait inculqué. Avant que cela ne se produise, il voulait cependant s'assurer une descendance qui perpétuerait son héritage. En suivant l'armée danoise, il espérait des terres à conquérir et voilà qu'on lui en offrait, sans effusion de sang, et d'une manière inattendue. Avec en sus une femme superbe et courageuse ! Thorsten avait raison. Le *jarl* Oldavson savait ce qu'il faisait, il commençait à le comprendre et à lui en être reconnaissant. Finalement, il apprendrait à tirer parti de cette union avec Lady Rohna, qui en profiterait aussi, à terme. Cette certitude s'insinuait en lui aussi sûrement que les vagues déferlaient sur le sable et les rochers, gagnant progressivement sur eux du terrain, les submergeant sans qu'ils ne puissent les repousser.

Les soldats le regardaient, attendant ses directives.

— Vous avez bien travaillé ! À présent, accordez-vous un peu de repos et restaurez-vous. Nous reprendrons l'entraînement à None[1]. Cela nous laissera un peu de temps avant la tombée de la nuit.

Les hommes lui obéirent sans discuter et s'éloignèrent. À l'inverse, Rohna s'avança vers lui d'un pas décidé. D'impassible, son expression était devenue furieuse. Il se glissa une main derrière la nuque. Qu'avait-il donc bien pu faire pour l'énerver de la sorte ? Elle se planta devant lui, les poings sur les hanches. À la fois intrigué et amusé parce qu'il ne pouvait s'empêcher de la trouver ravissante, il haussa un sourcil.

1. Office de la neuvième heure du jour, et donc vers 3 heures de l'après-midi de nos jours.

— Vous semblez contrariée, ma promise. De quoi s'agit-il ?

— Ne m'appel… Peu importe, ce que j'entends savoir, à l'instant, c'est ce que vous faites ici !

— À l'évidence, j'exerce mes troupes.

— Vos troupes ? Quelle audace ! Elles ne le sont point encore !

— Certes. Mais très bientôt ce sera le cas. M'en voudriez-vous de les y préparer ?

Le vert de ses yeux s'illumina d'offuscation. Sa bouche tressaillit nerveusement. Pourquoi une telle colère ? Elle semblait sur le point d'exploser. Autour d'eux, le silence régnait. Les hommes s'étaient immobilisés, l'oreille tendue à la querelle.

— Tant que nos noces ne seront pas célébrées, vous n'êtes qu'un invité, ici, clama-t-elle. Vous n'avez aucunement le droit de chercher à vous assurer la loyauté de…

— Très chère, que les choses soient clairement établies entre nous : j'en ai tous les droits, au contraire, et j'agirai comme il me convient. En tant que successeur désigné de votre père, il est de mon devoir de veiller à ce que LochHaven soit efficacement protégé. Ces soldats, aussi vaillants soient-ils, ne sont pas suffisamment aguerris et ils doivent progresser. Entendriez-vous me reprocher mon initiative ? Pour un seul petit jour nous séparant de nos noces ?

Elle se mordit la lèvre, ses yeux braqués sur lui. Si elle ne cilla pas, sa voix tremblait d'émotion.

— Que nous soyons mariés ou non, mon père reste l'*ealdorman*. N'imaginez pas prendre sa place si facilement. J'ai ouï dire que certains des vôtres n'hésitent pas à… forcer la nature pour obtenir plus rapidement un titre qu'ils convoitent. Si jamais vous entendez vous y essayer, je…

— Il s'agit donc de cela. C'est très noble de votre part de vouloir ainsi protéger votre père. Rassurez-vous, je ne chercherai pas à lui nuire. Pensez-vous réellement que j'en serais capable ?

— Comment le saurais-je ? Je vous connais à peine !

— Il est vrai, mais cela changera bientôt, et vous saurez alors que vous pouvez avoir toute confiance en moi.

Elle inspira longuement. Comme elle semblait accablée ! Son cœur se serra. Il ignorait s'il était agacé ou attristé par le regard chargé de reproches et de désespoir qu'elle lui adressait.

— N'y a-t-il vraiment aucune chance que je puisse vous persuader de renoncer à cette union ?

— Aucune, je le crains.

Comment lui avouer qu'il avait trouvé avantage à la situation ? Que, de plus, à la contempler ainsi si brave, si fidèle à sa famille, une chaleur diffuse se propageait dans tout son corps, annihilant en lui la rigueur du froid de l'hiver ? Il lui sourit, souhaitant l'adoucir. En réponse, elle le dévisagea d'un air toujours plus déterminé.

— Je ne vous aimerai jamais, messire.

— Je ne vous le demande pas et j'espère que vous n'en exigerez pas davantage de moi, si tel est notre destin. Du moins apprécierez-vous de partager ma couche, comme celles qui vous ont précédée.

Il avait cherché à l'apaiser, à la rassurer quant à son habileté. Au lieu de cela, elle semblait encore plus contrariée et offusquée. Comment comprendre cette femme ? Plus il essayait de l'amadouer, plus elle le déstabilisait. Ses réactions le désarçonnaient. Les joues rougies, les cheveux défaits, les yeux scintillants, elle le défiait ! Sa beauté en devenait sauvage, lui faisant douter qu'elle n'ait point du sang nordique coulant dans ses veines. Sur ses traits tendus se lisait tout l'effort qu'elle mettait à lui cacher l'intensité de son ressentiment.

— Je ne suis pas votre ennemi, Rohna.

— Puisque vous le dites.

Elle haussa fièrement le menton puis fit demi-tour pour fendre la masse de badauds, suivie de sa servante.

— Le spectacle est terminé, filez !

Obéissant au ton péremptoire d'Erik, les curieux s'éparpillèrent sans demander leur reste. Lui ne lâchait pas Rohna des yeux. Le balancement harmonieux et sensuel de ses hanches alors qu'elle quittait la place à la hâte raviva le feu dans ses reins.

Il esquissa un sourire. En dépit des circonstances, leur nuit de noces s'avérerait sans nul doute passionnante…

Comment osait-il ? Quelle prétention ! Tout en s'éloignant d'un pas nerveux du terrain d'entraînement, Rohna ne décolérait pas. Non seulement Erik donnait des ordres aux soldats de LochHaven, comme s'il en était le maître, mais de plus, il se vantait ouvertement devant elle de ses conquêtes ! Qu'en avait-elle à faire, de son succès auprès des femmes ? De son habileté, au lit ? Hors de question de se l'imaginer ! Trop de pensées confuses et inconvenantes l'envahiraient, alors, et elle ne pouvait l'autoriser. D'autres problèmes, beaucoup plus importants, méritaient sa considération. Comme empêcher Erik de chercher à évincer son père, le seul seigneur légitime de LochHaven ! L'admiration dans le regard des soldats qu'il entraînait l'avait bouleversée. D'une certaine façon, c'était comme s'ils trahissaient son père. Elle ne l'avait pas supporté. Pourtant, au fond d'elle, elle savait que cette réaction était injustifiée. Erik ne faisait que prendre possession de ce qui lui appartiendrait bientôt de droit. Par la loi, en tant que son époux, LochHaven lui échoirait au décès de son père et tout ce qui faisait partie du fief avec… sauf si une rébellion des seigneurs saxons, ceux-là mêmes qui avaient demandé sa main en vain, surgissait.

Pourquoi fallait-il que tout soit si compliqué ? Si seulement le roi Burgred et le roi Albert de Wessex parvenaient à repousser ces envahisseurs ! Hélas, l'Angleterre n'était pas unie, mais profondément divisée, et les Scandinaves en profitaient, jour après jour. À l'évidence, si rien ne changeait, et vite, ils s'empareraient du pays entier ! En s'alliant avec des Nordiques, son père pensait agir avec raison, voulant ainsi préserver LochHaven de la désolation et des pillages, mais il se trompait, forcément !

Elle était éduquée, curieuse, volontaire et avisée. Elle se jugeait absolument capable de seconder son père à la tête de LochHaven, sans avoir besoin d'un fichu Viking à ses côtés ! Si seulement cela pouvait lui être permis… Mais elle était femme, et cela ne se pourrait. Erik écouterait-il ses conseils quant à la gestion du domaine ? Il paraissait tellement suffisant ! Impossible que son *jarl* ou lui privilégient LochHaven face à leurs propres besoins. L'intérêt des Saxons passerait toujours en second… Les poings serrés, elle accéléra l'allure, indifférente aux regards curieux des manants qui murmuraient dans son sillage.

S'il existait une solution pour échapper à ces épousailles, elle la trouverait. Elle lâcha un long soupir, mobilisant sa détermination. Rien n'était perdu. Pas tant que les mots n'avaient pas été prononcés, que le mariage n'avait pas été célébré devant Dieu et les hommes. Une journée, une petite journée ! Voilà tout ce qu'il lui restait pour parler à son père. À cette heure, il devait se trouver dans sa chambre, d'où il dirigeait la plupart des affaires du domaine. Face à la lourde porte en chêne, Rohna inspira longuement.

— Bronwyn, attends-moi ici, je te prie.

— Bien, milady.

Elle frappa à la porte, attendant d'être invitée pour entrer. À peine fut-elle dans la pièce que la fragilité de son père la stupéfia. Avachi sur son fauteuil, devant des livres de comptes en compagnie de Wilford, son fidèle intendant, il leva la tête vers elle. Ses yeux avaient perdu de leur vivacité. Un voile opaque commençait même à les recouvrir. L'homme autrefois grand et fort était blafard, voûté, et paraissait épuisé, comme si le poids du monde pesait sur ses épaules.

Elle en eut la gorge nouée.

— Père, je…

— Oui, ma fille ? J'espère que c'est important, tu nous déranges en plein travail.

Elle se mordit la lèvre inférieure, plus décontenancée par la faiblesse dans la voix chevrotante de son père que par son agacement. Pourtant, elle devait continuer. C'était sa dernière chance. Son unique chance !

— C'est au sujet de mon mariage, je…

Il la coupa d'un geste las de la main.

— Wilford, accorde-nous un instant. Quant à toi, Rohna, écoute-moi attentivement : les préparatifs pour le banquet sont presque terminés. Tout sera prêt dans les temps. Si tu souhaites ajouter des éléments de décoration ou modifier des plats, je crains qu'il ne soit trop tard, mais parles-en aux cuisines, ils feront de leur mieux pour te satisfaire.

— Il ne s'agit pas de cela, père.

— En ce cas, si tu es venue pour contester mon choix concernant ton époux, l'affaire est faite et rien n'y changera, même pas ton expression affligée qui me fend le cœur, ajouta-t-il avec plus de douceur. Allons, ma fille. Cet homme est certes un païen, mais il saura vous protéger, notre peuple et toi, une fois que j'aurai rejoint notre Seigneur divin. Nous devons nous y préparer. Tu dois t'y préparer.

— Ne parle pas ainsi, père ! Tu ne…

— Je ne voulais pas te l'annoncer ainsi, mais je suis mourant, Rohna. Chaque jour qui passe me rapproche de mon trépas, et je dois veiller à ton avenir avant de quitter ce monde. J'en suis conscient, tu ne souhaites point d'un Nordique pour époux, et même pas d'un époux du tout, mais réfléchis : les Danois ont envahi le nord et l'est de l'Anglie. Ils s'y installent, gagnent en puissance et entendent coloniser à leur tour la Mercie et le Wessex. Déjà, ils s'étendent sur notre territoire et notre roi, ce bon à rien de Burgred, est incapable de les en empêcher. Mieux vaut s'allier aux puissants que soutenir des faibles qui nous entraîneront dans leur chute. Je n'espère que le meilleur pour notre peuple, Rohna, et pour toi. Ainsi, tu épouseras cet Erik du clan du loup blanc. Non, inutile d'en parler plus avant ! Je suis encore ton père, et tu m'obéiras, par devoir et loyauté, et aussi parce que c'est l'unique solution.

Une violente quinte de toux le plia en deux. Rohna se précipita vers lui. Il la repoussa mollement et porta un mouchoir à sa bouche : du sang maculait le tissu.

Horrifiée, Rohna émit un gémissement.

— Mon Dieu, non…

— Je n'ai nul besoin de ta pitié, mon enfant. J'aurais certes préféré périr sur un champ de bataille, mais notre Seigneur en a décidé autrement et je ne puis aller à l'encontre de sa volonté. À peine pourrais-je monter à cheval, alors tenir une épée !

Rohna se sentait défaillir de chagrin. Il saisit ses mains avec une ferveur qui la fit chanceler.

— Jure-moi de garder le secret sur mon état, au moins jusqu'aux noces ! Ton époux, son *jarl*, aucun d'entre eux ne doit en découvrir la gravité, pas avant l'aboutissement de la cérémonie ! Dans le cas contraire, ils pourraient s'emparer de tous nos biens par la force sans respecter notre accord, sans te respecter, toi, et tous nos gens ! Promets-moi, Rohna, sur tout ce qui nous est cher, de ne pas faillir à ton devoir, comme je n'ai jamais failli au mien !

Bouleversée au-delà de toute mesure, luttant pour refouler ses larmes, elle hocha la tête en tremblant. Son père ne cherchait qu'à la protéger, à assurer son avenir et celui de LochHaven. À préserver son héritage ! Lui jusque-là si fort, si intimidant… il menait sa dernière bataille avec courage. Comment avait-elle pu faire preuve d'autant d'égoïsme, alors qu'il se montrait si brave ? La honte se mêla à l'ampleur de sa peine. Longtemps, ils s'étreignirent en silence, partageant un rare moment de tendre intimité, d'autant plus précieux que le temps leur était compté.

Chapitre 9

En ce jour de célébration, les derniers préparatifs des noces et du banquet battaient leur plein. Serviteurs et esclaves couraient en tous sens, veillant à la bonne mise en place des tables et de la décoration. Les boulangers enfournaient des dizaines de pains. Des chasseurs avaient ramené du gibier de la forêt, qui rôtissait depuis des heures dans les larges foyers des cuisines. Garnis de poisson, de coquillages, de viande juteuse ou de légumes d'hiver, des plats odorants mitonnaient dans d'immenses marmites. Les tonneaux de bière avaient été mis en perce. LochHaven tout entier était en effervescence.

Le grand portail au cœur des palissades en bois de la forteresse était amplement ouvert, afin de laisser entrer les gens qui se massaient dans la cour. Après un petit déjeuner fait de pain et de babeurre, Rohna avait profité d'un peu de répit, dans un calme relatif, pour se préparer à jouer le rôle qu'on espérait d'elle. Plus rien n'empêcherait son mariage d'être célébré à midi.

Ignorant ses tourments, tous s'attendaient à une journée des plus joyeuses. Un événement d'une telle ampleur était toujours une occasion de danser, de s'amuser, de festoyer…

Même si le cœur de l'épousée n'est point à la fête, songea-t-elle avec amertume. Si elle avait finalement accepté son destin, elle n'en ressentait pour autant aucune satisfaction. Pendant que son père et Erik recevaient les invités, elle se trouvait assise sur un tabouret, dans sa chambre. Bronwyn l'aidait à terminer sa toilette. De ses doigts habiles, elle brossait les longs cheveux de Rohna, avant de les peigner jusqu'à ce qu'ils brillent pour ensuite les lui épingler savamment.

— J'en ai bientôt fini, milady. Voilà, il ne me reste plus qu'à ajouter votre voile nuptial, et nous pourrons vous vêtir de votre jolie robe.

Le tissu en soie, d'une teinte crème, recouvrait la tête et le cou de Rohna. Ce porte-bonheur, censé la protéger du mauvais œil, ferait-il son office ? Elle soupira. Toute pensée morose devait être chassée de son esprit, ou son visage en serait marqué. En ce jour de liesse pour beaucoup, elle se devait d'offrir à la vue de tous une expression apaisée et confiante. Par-dessus le fond de robe qu'elle portait déjà, Bronwyn l'aida à passer le reste de sa tenue. L'extrémité des longues manches évasées de la robe écarlate étaient brodés au fil d'or de délicats motifs entrelacés.

Pour finir, Bronwyn lui glissa autour du cou un ruban de soie rose pâle au bout duquel était attachée une croix en or. Un bijou d'autant plus précieux pour Rohna qu'il avait appartenu à sa défunte mère qu'elle avait trop peu connue.

— Vous aurez beau temps pour la cérémonie, milady. Le vent chasse les nuages et laisse percer le soleil. C'est un bon présage.

En réponse, Rohna lui sourit, voulant y croire. Partagée entre sa volonté et son devoir, quelle issue avait-elle ? On frappa à la porte. Son escorte était arrivée.

S'agitant d'un pied sur l'autre, Erik trouvait le temps long. Interminable ! Attendre sa fiancée le rendait fou ! Il avait voulu aller la chercher lui-même, mais l'*ealdorman* lui avait bien fait comprendre qu'il n'en était pas question. Le vieil homme s'était ensuite consacré à ses invités, mais il n'avait pas échappé à Erik qu'il le gardait à l'œil. Le cérémonial semblait particulièrement important pour ces Saxons et il se devait de le respecter, rien que pour les faire démentir au sujet de sa prétendue barbarie païenne. De plus, il n'ignorait pas combien les apparences comptaient pour ces gens. Puisqu'il vivrait parmi eux, il consentirait à quelques efforts. Néanmoins, il trépignait. Qu'il avait hâte que ces formalités s'achèvent ! Difficile d'être à l'aise en se retrouvant ainsi au centre de l'attention. Avec, sans surprise, plus de curiosité, voire d'animosité, que d'admiration dans les yeux de ces Saxons. Entouré de tant de monde, dont certains le jalousaient sans aucun doute, affublé d'une épée d'apparat et non d'une véritable arme, il se sentait presque nu. Qui parmi ces gens rêvait de l'occire, mécontent que la fille de l'*ealdorman* épouse un sauvage du nord ? Il y en avait, forcément, de ces misérables lâches, cachés au sein de ces nombreux visages. L'un d'eux oserait-il agir en pleine cérémonie ? Et que faisait sa promise ? Bon sang, il ne se rappelait pas avoir été aussi nerveux !

Placé à sa droite, Ranald était loin de ces préoccupations. Au contraire, le colosse était goguenard, comme si tout cela n'était qu'un jeu ! Pour lui, certainement. Ce n'était pas son existence à lui qu'on le contraignait à changer pour toujours ! Le prêtre, un vieil homme ventripotent aux joues cramoisies, au nez trop petit pour son visage et aux yeux vitreux, joignait ses mains devant lui pour prier tout en évitant le regard d'Erik. Il tremblait, même ! Imaginait-il se préparer à marier ce que les chrétiens appelaient un démon à une innocente vierge ? Erik s'agaça. S'il n'en avait tenu qu'à lui, il aurait enlevé sa promise jusque sur le pont du *Dragon Écarlate* et ils se seraient unis là, sous les acclamations de l'équipage. Pas entourés d'une multitude d'inconnus, obligés de suivre un rituel ennuyeux… et d'écouter un misérable petit prêtre, dont il n'avait que faire des litanies.

Voilà que Ranald venait en sus le provoquer, en murmurant à son oreille :

— Ta fiancée, je crois qu'elle a réfléchi et changé d'avis.

— Que nenni. Elle a juste… du retard.

— Du retard, évidemment. Moi, je l'imagine plutôt en train de courir loin d'ici, pendant que tu restes là à l'espérer. Elle semble maligne et, si j'étais elle, moi aussi je me sauverais, au lieu de…

— Les dieux soient loués, Ranald, tu n'es pas à sa place et tu ne le seras jamais.

— Tu ignores ce que tu rates ! Enfin, si j'aimais les hommes, bien sûr, ou si j'étais une femme. Sache que les demoiselles me trouvent très…

— Ah, ça suffit ! Si tu cherches une excuse pour que je te rosse, remets ça à plus tard. Ce n'est vraiment pas le moment !

— Je vois, et tu as raison : conserve ton énergie pour ta nuit de noces. Du moins, si ta promise finit par se montrer ! Pauvre petite, j'espère qu'elle appréciera t'avoir entre les jambes !

Il ne termina pas sa phrase. Erik l'étala d'un puissant coup de poing en pleine mâchoire. Loin de s'en formaliser, Ranald s'esclaffa, une main frottant son menton endolori. L'autre main fut tendue vers Erik, qui la saisit pour l'aider à se relever.

— Ranald, espèce d'idiot à la cervelle de moineau, si tu cherchais à me distraire, à ta manière tordue, c'est réussi.

— Parfait ! Je préfère voir le feu dans tes yeux. Ce sont tes noces, que nous allons célébrer ! C'est un jour joyeux, alors souris, mon ami ! Demain, il sera bien temps de t'inquiéter !

Erik le gratifia d'un rictus. Le lendemain serait aussi le premier du reste de sa vie, auprès d'une femme qu'il connaissait peu… Parviendraient-ils à s'entendre ? Pour le moment, hélas, c'était à peine s'ils se comprenaient. Qu'on en termine, vite ! Rohna devrait déjà être là. Qu'est-ce qui la retenait si longtemps ? Ranald pourrait-il avoir vu juste ? Était-elle en train de se sauver plutôt que de devoir l'épouser ? La tentation de se lancer à sa recherche pour en avoir le cœur net l'assaillit, tout comme celle, plus insidieuse, de quitter le grand hall en courant pour remonter à bord de son navire et voguer le plus loin possible avant qu'il ne soit trop tard ! Cette idée le fuit à la seconde suivante. Les acclamations de la foule depuis l'extérieur annonçaient l'arrivée de la future épousée. Enfin ! Le cœur d'Erik se mit à battre plus fort. Tous les regards se figèrent sur Rohna qui venait de faire son entrée. D'une démarche royale, elle avançait à pas mesurés vers lui. Quelle splendeur ! Elle était à couper le souffle. Sa robe écarlate moulait à merveille son corps parfait, accentuant le dessin de ses courbes affriolantes. Elle s'arrêta à sa hauteur. Même à travers le voile, il pouvait distinguer ses traits délicats, sa peau d'albâtre, sa bouche pulpeuse à la couleur rubis qui appelait au baiser.

Il se pencha vers elle.

— Vous êtes en retard.

— Oh ! vous seriez-vous inquiété ?

— Nullement. Je savais que vous viendriez.

— Étonnant, j'en doutais moi-même jusque-là.

Il ne put retenir un sourire. À travers le fin tissu qui recouvrait son visage, ses yeux emplis de défi semblaient lancer des éclairs. Tels des feux ardents qui cherchaient à le transpercer. À le consumer.

Il lui offrit son bras, qu'elle accepta.

— Êtes-vous prête, à présent ?

— Non. Mais puisqu'il le faut, finissons-en.

Il hocha la tête, puis, ensemble, ils avancèrent jusqu'à l'autel où le prêtre les attendait. Alors qu'ils se faisaient face, leurs mains liées, celui-ci entama une litanie en latin, une langue qu'Erik ne connaissait pas. Peu lui importait la signification de ces mots, s'il s'agissait d'une prière ou d'autre chose. Il était trop tard pour faire marche arrière. Ses yeux ne quittaient pas Rohna. Elle, elle ne le regardait pas. Toute son attention semblait rivée sur le prêtre qui psalmodiait d'un ton monocorde. En dépit de sa posture digne et sereine, elle était nerveuse. Impulsivement, il resserra ses doigts autour des siens. Elle tressaillit et releva un bref instant la tête vers lui. Sans doute maudissait-elle ce jour qui l'unissait à un païen. Néanmoins, elle lui appartiendrait et il serait responsable d'elle. De son bien-être, de sa sécurité, de son bonheur. Tout cela dépendrait de lui. En homme d'honneur, il ne faillirait pas à son devoir. Du moins ferait-il de son mieux…

Les battements du cœur de Rohna résonnaient férocement à ses tempes. À peine parvenait-elle à écouter le prêtre. Comment se concentrer ? La sensation des doigts brûlants d'Erik enserrant les siens déclenchait en elle de troublantes émotions. Au lieu d'en être répugnée, elle trouvait son contact réconfortant, agréable… n'aurait-ce pas dû être tout l'inverse ? Comment se le reprocher… il était si beau dans sa tenue d'apparat, et si tendre dans ses gestes. Elle s'efforçait de cacher son émoi, pendant que son père approchait avec une splendide épée. Un présent pour Erik, qui la reçut avec une gravité de circonstance, bien que l'éclat dans ses yeux témoigne de son admiration pour la qualité de l'ouvrage. Thorsten, l'émissaire du *jarl* Oldavson et en charge de le représenter en son absence, apporta à son tour un superbe bracelet d'or fin. D'autres cadeaux précieux furent échangés et acceptés de part et d'autre. Quand il en fut terminé, la voix rauque d'Erik s'éleva, haute et claire, emplissant la grande salle :

— Moi, Erik Skallagrimson du clan du loup blanc, je vous prends, Rohna de LochHaven, pour épouse. Je fais serment devant tous de vous aimer et de vous protéger, ainsi que les enfants que nous aurons ensemble, aussi longtemps que je vivrai. Par notre union, nos deux peuples ne feront qu'un, comme nous ne formons plus qu'un, vous et moi. De ce jour et pour toujours.

Il s'était exprimé avec une telle sincérité qu'elle en fut à la fois surprise et bouleversée. Le pensait-il réellement ? Ou jouait-il juste son rôle à la perfection ? La gorge sèche, elle déglutit avec difficulté. Malgré elle, l'émotion la submergeait. Comme si ce mariage, elle l'avait choisi, souhaité ! Par miracle, elle se ressaisit assez pour parvenir à réciter ses vœux à son tour.

— Moi, Rohna de LochHaven, fille du seigneur Wilfred, *ealdorman* de LochHaven, je vous prends, Erik Skallagrimson du clan du loup blanc, pour époux. Devant tous, je fais le serment de vous chérir et de vous être fidèle jusqu'à mon dernier souffle. De ce jour, nous ne faisons qu'un.

Il esquissa un sourire, se pencha vers elle et plaqua ses lèvres sur les siennes. Sous la ferveur de ce baiser, ses jambes flageolèrent sous elle, mais Erik la maintenait si fermement contre lui qu'elle n'aurait pas pu tomber. Les acclamations et les félicitations fusaient de toutes parts. Les vivats emplissaient les lieux, résonnaient entre les murs, enveloppaient Rohna qui avait la sensation étrange que tout ceci n'était qu'un rêve vécu par une autre.

Et pourtant… c'en était terminé.

Elle était mariée.

Chapitre 10

Les festivités battaient leur plein. Serviteurs et esclaves déposaient sur les longues tables des grands plats de viande rôtie, de légumes bouillis et de poisson, des grosses miches de pain frais, des cruches d'*ale* et de vin, ainsi que de l'hydromel, réservé à l'*ealdorman*, aux jeunes mariés et à leurs invités privilégiés. Des musiciens, des jongleurs et des conteurs distrayaient l'assemblée. Durant le banquet, tous festoyaient, conversaient avec entrain. Nordiques et Saxons se mélangeaient au cœur de la fête, leurs destinées désormais liées.

Installée au centre de la table d'honneur, assise sur un banc recouvert de fourrure, Rohna picorait. Le ventre noué, elle avait du mal à manger mais parvenait tout de même à sourire et remercier chaleureusement toutes celles et ceux qui venaient la féliciter. Soudain, une forte acclamation attira l'attention vers les portes grandes ouvertes. Erik faisait une entrée fracassante, juché sur les épaules de deux de ses guerriers. Il riait à gorge déployée. Ce diable d'homme semblait tellement satisfait ! Pourquoi ne l'aurait-il pas été ? Elle était à lui et avec elle, LochHaven lui appartiendrait bientôt… Il s'esclaffait encore lorsqu'il fut posé à terre, devant la table d'honneur, face à Rohna.

— Ma chère et tendre épouse, vous m'attendiez. Vous ai-je manqué ?

Elle ne sut ce qui l'horripila le plus : son expression narquoise ou le fait qu'il la nomme « mon épouse ». Une vérité qu'elle devait, hélas, accepter, et dont il semblait se délecter.

Elle haussa le menton.

— Je dois avouer que non, aucunement.

Un pur mensonge. En vérité, en dépit de sa propre volonté, elle avait guetté son retour depuis l'instant où ses compagnons l'avaient éloigné d'elle, peu après la cérémonie. Il ne se formalisa pas de sa réponse. Au contraire, il était jovial en venant s'assoir près d'elle.

— Où est votre père ?

— Il a dû se retirer. Il avait… une affaire pressante à régler. Rien qui vous concerne, je vous l'assure.

Hors de question de lui avouer que le pauvre homme, perclus de fatigue, avait préféré écourter pour sa part les festivités.

Erik haussa un sourcil.

— Je vois. Puisque vous me l'assurez.

Sa jambe collée à la sienne était ferme et solide. Troublée plus que de raison, elle s'écarta de lui.

— Essaieriez-vous de m'échapper, mon épouse ?

— Si seulement c'était possible.

Il se pencha vers elle, effleura son cou de ses lèvres. Elle sursauta et sentit ses joues s'enflammer, ce qui déclencha l'hilarité d'Erik.

— Vous sentez extrêmement bon, déclara-t-il. Inutile de feindre le contraire, ma douce, vous êtes aussi impatiente que moi que ce banquet se termine, que nous puissions nous retrouver enfin seuls, rien que tous les deux.

— Vous vous méprenez. Je n'espère rien de plus de notre nuit de noces que l'accomplissement du devoir conjugal.

— Pourquoi se contenter de si peu ? Je sais m'y prendre.

— En palabres et vantardises, je n'en doute point. Quant au reste, je n'éprouverai aucun plaisir entre vos bras.

— Oh ! à votre place, je n'en jurerais pas ! Aucune femme ne s'est jamais plainte de ma compagnie, tout au contraire.

Vous en êtes en tout cas persuadé, puisque vous ne cessez de vous en enorgueillir, pensa-t-elle sans s'exprimer à voix haute, partagée entre l'exaspération et la curiosité. Intérieurement, elle fulminait. Pourtant, une lueur d'espoir la saisit. Puisqu'il aimait tant l'acte d'amour, si elle se montrait peu encline à partager sa couche, chercherait-il son plaisir ailleurs ? Après tout, nombre d'hommes avaient des maîtresses. Cette possibilité lui parut aussi plaisante qu'horrifiante. Comment pouvait-elle penser ainsi ? En dépit de son ressentiment, imaginer Erik entre d'autres bras lui semblait inexplicablement intolérable.

À cet instant, il se redressa d'un bond.

— Levons nos verres ! En l'honneur de Rohna de LochHaven, ma tendre et digne épouse, et de l'union de nos deux peuples ! Que ce mariage soit fécond d'une grande lignée !

Des vivats approbateurs ponctuèrent ses paroles, et tous burent à l'unisson. Même Rohna, qui ne pouvait décemment pas refuser de trinquer. Satisfait, Erik vint se rasseoir auprès d'elle.

— Je vous préviens, murmura-t-il d'une voix suave, j'espère une descendance nombreuse. Du moins m'y emploierai-je. Très souvent.

— Je connais mon devoir, mais je ne suis pas qu'un ventre que vous pourrez…

Il la fit taire d'un baiser.

Enivré par l'envoûtant parfum et la beauté de sa femme, Erik savourait la sensation exquise de l'embrasser. Si elle ne le repoussait pas, elle ne s'en figea pas moins, marquant ainsi son offuscation contenue. Mais déjà elle se détendait entre ses bras. Tant mieux. Il était son époux et son aplomb à prétendre qu'elle ne ressentirait aucun plaisir en couchant avec lui était une provocation qui l'excitait encore plus. Un défi audacieux qu'il entendait relever !

À bout de souffle, il la libéra enfin.

— Cet avant-goût vous a plu, ma douce, inutile de chercher à le nier.

Pantelante, elle le fixait avec colère… et autre chose, aussi, qui le remplit d'orgueil. Elle avait beau se mentir, elle avait autant apprécié ce baiser que lui.

— Pensez ce que vous souhaitez, je m'en moque, gémit-elle, peu convaincante.

Il se pencha de nouveau sur elle, plongeant son visage dans son cou. À la caresse de son souffle sur sa peau, elle tressaillit et ses joues s'empourprèrent de plus belle. En dépit de ce qu'elle s'obstinait à prétendre, elle était loin d'être insensible à ses attentions particulières. Cela ne ferait que leur faciliter les choses, à tous les deux.

— Erik ! Erik !

— Gardes-en pour la nuit de noces !

Les exclamations grivoises de ses compagnons furent bientôt rejointes par celles des Saxons, tout aussi joyeux. Erik se leva et les accompagna de bon cœur. Voir tous ces gens réunis en liesse pour les célébrer, alors qu'ils auraient pu s'entretuer dans d'autres circonstances, l'emplissait de fierté. Après l'avoir considéré avec crainte et suspicion, voilà que les Merciens de LochHaven le regardaient avec presque autant de respect que ses propres hommes ! Cette sensation de pouvoir l'enorgueillissait. Gagné une fois encore par l'ambiance festive, il leva sa coupe et but avec délectation. L'avenir s'annonçait sous les meilleurs auspices et LochHaven n'était que le premier pas vers sa gloire future.

Il s'en assurerait.

Chapitre 11

— Il est temps de nous retirer, ma douce.

Par cette simple phrase, prononcée dans le plus grand calme, Erik tétanisa Rohna. Comment était-il possible que le moment soit déjà venu ? Le banquet tirait en effet à sa fin. Plusieurs invités avaient rejoint leurs chambres à la forteresse, à l'hostellerie du monastère ou encore à l'auberge de Twyfyrde. Certains convives s'étaient endormis à même leur table. D'autres, totalement gris[1], avaient roulé dessous. Si elle avait fait durer autant que possible, Rohna ne pouvait plus reculer. Tout en la contemplant, les yeux d'Erik scintillaient d'un éclat concupiscent. Il s'empara de sa main, porta ses doigts à sa bouche en un baiser délicat empli de promesses. Elle frémit. Comment oublier leur précédente étreinte, dans le couloir de la forteresse, et qui l'avait tant bouleversée ? Elle ne s'était plus reconnue, alors. Pourquoi devenait-elle si faible, face à cet homme ?

Refusant de lui accorder l'opportunité de sentir l'ampleur de son trouble, elle dégagea sa main avec une lenteur calculée.

— Si vous le jugez bon, mon époux.

— En effet, je le juge bon !

1. Éméchés, ivres.

Sur ces mots, il la souleva du sol pour la porter dans ses bras puissants. Comme si elle ne pesait rien ! Instantanément, les Nordiques encore debout se mirent à brailler des encouragements. Pour certains des insanités graveleuses qui la révoltèrent. Semblant s'en moquer lui-même, Erik l'emportait loin du tumulte. Une fois dans le couloir, elle bougea pour se dégager de lui.

— Reposez-moi tout de suite !

— Très bien, mon épouse, concéda-t-il en la reposant au sol. Puisque vous souhaitez marcher, marchons !

— Comptez-vous m'accompagner jusqu'à ma chambre ?

— J'entendais plutôt vous escorter jusqu'à la mienne, mon lit est des plus confortables, mais je suppose que le vôtre l'est tout autant. À vous de décider, je vous en prie !

Quelle courtoisie ! S'efforçant de conserver sa contenance malgré l'émoi qui la tenaillait à l'idée de ce qui suivrait immanquablement, elle se tint droite, aussi dignement que possible. Un insupportable sourire matois s'étirait sur le visage d'Erik. Il la narguait. Il s'amusait !

— Décidez-vous, ma douce, ou l'incertitude finira par me tuer.

Si seulement !

— Accordez-moi le temps de me préparer puis rejoignez-moi dans ma chambre.

— Naturellement, mais ne lambinez pas, j'ai hâte.

De narquois, son sourire se fit plus suave. Voilà qu'il continuait à se moquer, à la provoquer ! Il lui tourna alors le dos pour retrouver ses compagnons et les Saxons occupés à vider leurs verres. Rohna soupira longuement. Au moins avait-il la bonté de lui offrir un peu de solitude avant l'inévitable. *Qu'il profite de leur compagnie aussi longtemps que possible !* souhaita-t-elle. *S'il pouvait suffisamment s'enivrer pour se perdre et ne jamais retrouver le chemin de mes appartements, cela serait encore mieux !*

Un miracle qui, hélas, ne se produirait sans doute pas. Bronwyn surgit de l'ombre pour la rejoindre. Elle était essoufflée, ses cheveux ébouriffés, ses prunelles scintillantes. Se trouvait-elle en compagnie de Ranald ? Ces deux-là ne s'étaient pas quittés des yeux de la soirée.

— Je… avez-vous besoin de moi, milady ? Je vous ai vue, dans les bras de votre époux, et… pourquoi est-il parti, au lieu de…

— Il me retrouvera bientôt.

Savoir que d'ici peu, les mains d'Erik exploreraient son corps l'emplissait d'un émoi déconcertant. Il la ferait sienne, et elle ne pourrait l'en empêcher. Elle n'essaierait même pas, là était son devoir d'épouse, vendue au jeu des alliances. Ce mariage était une transaction. Un arrangement ! Erik ne l'avait pas choisie, pourtant les choses semblaient si faciles, pour lui. Évidemment, il y voyait son intérêt ! Puisqu'elle ne pouvait pas reculer, il lui fallait penser avec intelligence et raison. En gagnant sa confiance, son époux écouterait sans doute ses conseils. À lui la gestion des troupes, à elle celle du fief et des finances ! À tout prix, pour le bien de LochHaven et de leurs gens, ils devraient trouver un terrain d'entente.

Devançant Bronwyn, elle remonta un escalier, longea un couloir désert éclairé par des torches accrochées aux murs, puis arriva enfin devant sa chambre. Une pièce spacieuse qu'elle occupait depuis sa tendre enfance. Les murs étaient recouverts de tapisseries colorées. La plupart représentaient des paysages bucoliques et non des combats ou des scènes de chasse, comme on en trouvait ailleurs dans la forteresse. Bronwyn se hâta de raviver le feu dans la cheminée cerclée de pierres épaisses. Rapidement, une douce chaleur envahit les lieux. La fumée s'échappait par un trou percé en hauteur. Deux fenêtres donnant sur les collines enneigées étaient obturées par des toiles huilées et des volets en bois. Un coffre ouvragé, une armoire, un tabouret et une table composaient l'essentiel du mobilier… et il y avait le lit, évidemment.

Celui où très bientôt, elle deviendrait pleinement la femme d'Erik du clan du loup blanc. Sa propriété.

Sans doute aurait-elle eu mieux fait de le rejoindre dans sa chambre à lui, finalement, afin que ses propres appartements restent son refuge sacré. Il était trop tard. Elle avait décidé, et il en serait ainsi.

— Aide-moi, Bronwyn. Mon époux ne saurait tarder, et je me dois d'être prête à le recevoir.

Bientôt, elle fut en chemise de nuit, assise sur le tabouret, sa robe de mariée soigneusement rangée et pliée dans le coffre, avec son voile nuptial. Derrière elle, Bronwyn lui dénouait les cheveux.

De sa voix douce, qui gardait en dépit des années un léger accent gallois, elle murmura :

— Avez-vous peur, milady ? Vous tremblez comme une feuille.

— Me retrouver à la merci d'un homme que je connais à peine me terrifie. Je refuse qu'il sache à quel point je redoute ce... ce qui doit se passer entre nous, cette nuit.

— Milady, je ne...

— Oh ! ne te méprends pas. En vérité, ce n'est pas tant mon époux qui est en cause, que le souvenir de cet autre... cet être vil et abominable qui a cherché à me forcer.

Sa voix se bloqua dans sa gorge. Songer à son supplice entre les griffes de Leif lui nouait le ventre de rage et de frustration. Impossible de l'occulter. Que n'avait-elle pu mieux se défendre, alors ! Si elle avait été plus forte... Des larmes lui piquèrent les yeux. Elle ferma les paupières pour les refouler.

Bronwyn s'emporta.

— Ce démon brûlera en enfer, milady ! Mais votre époux, Dieu merci, n'est point ce monstre. Ne pourriez-vous lui accorder une chance ? Ranald dit que...

— Ranald ? Le géant à la barbe rousse ?

Les mains de Bronwyn se crispèrent. Rohna se retourna pour la découvrir empourprée.

— Si fait, milady. Il est beaucoup plus gentil que ne le laisse supposer son aspect. Il est grand et fort comme un ours, mais il a le cœur tendre.

— Seigneur, Bronwyn, serait-ce vrai ? T'aurait-il charmée ?

Elle gloussa et rougit de plus belle.

— Non ! Enfin, peut-être un peu…

— Te trouvais-tu avec lui, juste avant de me rejoindre, tout à l'heure ?

— M'en voudriez-vous ?

— Pourquoi donc ? Au contraire, je suis heureuse pour toi, si tu l'es aussi. Néanmoins, s'il te blesse d'une quelconque manière, fort comme un ours ou non, sois certaine que je le lui ferai payer !

— Je n'en doute point, milady, et vous en remercie, mais ce sera inutile. Ranald est un homme bon. Vous savez que j'ai cet instinct pour juger les gens. D'ailleurs, je suis persuadée que votre mari est meilleur que vous l'imaginez. Ranald me l'a aussi assuré, et…

On frappa à la porte. Des coups prononcés. Impatients.

— Mon époux est arrivé. Ouvre-lui et laisse-nous, je te prie.

Bronwyn s'exécuta. Sur le seuil, Erik restait immobile, comme hésitant. Rohna se redressa, lui faisant face.

— Eh bien, auriez-vous soudain peur de moi ? Pourquoi n'entrez-vous pas ?

— Je prends le temps de vous contempler. Vous êtes vraiment très belle. Plus que beaucoup de femmes que j'ai rencontrées.

— Ainsi, pas plus que toutes, c'est cela ?

— Il faut d'abord que je vous voie nue, pour en décider.

Offusquée, elle lui lança au visage le premier objet qu'elle put saisir – un simple gobelet – qu'il évita prestement en souriant.

— J'aime votre fougue, ma douce, aussi vaine soit-elle.

— Vous n'êtes qu'un malotru ! Un…

— Un barbare, un païen, un sauvage, comment l'ignorer ? Je ne l'ai que trop entendu de votre bouche, mais je suis surtout et avant tout votre époux !

Il bondit vers elle si vite qu'elle recula d'instinct. Si son ton s'était fait autoritaire, ce fut l'éclat de pure avidité dans ses yeux qui la terrifia. Il lui rappelait trop celui d'un autre, vicieux et cruel, qui hantait encore ses nuits…

Erik s'immobilisa. Il semblait décontenancé.

— Vous êtes livide. Vous aurais-je effrayée ? Mes excuses, en ce cas. J'ai un peu abusé de la boisson, ce soir, et je me montre certainement impulsif, mais je vous le promets : je ne vous veux aucun mal.

Il tendit la main vers elle. Un geste anodin, amical, pourtant l'effroi la saisit. Sans qu'elle puisse l'empêcher, l'image d'Erik se superposait à celle de son tortionnaire, comme s'ils ne faisaient plus qu'un. Les souvenirs de sa captivité l'assaillaient, menaçaient de la faire hurler. Mobilisant toute sa volonté, en appelant à sa raison, elle s'efforçait de chasser ces visions terrifiantes de son esprit. Erik la dévisageait avec une attention soutenue. Comment lui faire confiance ? Sans être brutal, il restait un homme, et lorsqu'il la posséderait, ce serait forcément douloureux. La première fois ne l'était-elle pas toujours ? Les femmes en parlaient, souvent. Une crainte supplémentaire et pire encore lui vint : l'empreinte de la cruauté de Leif reviendrait-elle l'assaillir pendant l'acte avec son époux, rendant les choses insupportables ?

Erik fronça les sourcils.

— Qu'y a-t-il ? Pourquoi tremblez-vous ainsi, à me regarder comme si j'étais un monstre prêt à vous blesser ? Je ne suis pas ivre au point de m'oublier et de vous brutaliser.

— Il ne s'agit point de vous.

Les pupilles d'Erik s'illuminèrent. Il se donna une tape sur le crâne.

— Leif ! Cet ignoble troll ! J'aurais dû le comprendre tout de suite. Ce que vous avez subi est terrible et vous marque encore, à l'évidence. Je peux cependant vous assurer que je ferai tout pour que…

Elle l'interrompit d'un geste.

— Je ne peux nier qu'il continue à me hanter, mais en vérité, je… je suis toujours vierge.

— Comment ?

— Leif… il n'a pas pu… il a essayé, à maintes reprises, pourtant son corps ne réagissait pas comme il le voulait. Il n'a jamais été capable de me forcer, et il avait tellement de honte et de colère en lui qu'il préférait me battre et m'humilier, plutôt que d'accepter qu'il était le seul responsable de son impuissance.

Le traumatisme de ces tentatives de viol n'en restait pas moins prégnant. Elle détourna les yeux pour cacher sa détresse. Si jusque-là elle avait réussi à se montrer suffisamment forte et fière pour se persuader qu'elle avait surmonté cette épreuve, elle se fourvoyait. Leif avait brisé quelque chose en elle. Tout ce qu'elle avait cherché à oublier lui revenait avec une telle puissance qu'elle en était prise de vertiges. Elle avait l'impression de chavirer, de chuter, de perdre pied. Erik restait à distance. Il semblait stupéfait. Elle profita de ce sursis pour se ressaisir. Il le fallait ! Elle inspira amplement pour se donner du courage, priant pour parvenir à chasser l'horrible Leif de ses pensées. S'accrochant désespérément au souvenir des sensations délicieuses que le baiser d'Erik avait fait naître en elle, elle s'assit au bord du lit.

— Je connais mon devoir, mon époux. Je ne me refuserai pas à vous. Qu'on en finisse.

Erik lâcha ce qu'elle supposa être un juron en vieux norrois. Il s'avança vers elle pour se poser près d'elle, sans la toucher. Son odeur musquée l'enveloppa. À la fois semblable et très différente de celle de Leif. À la fois effrayante… et tellement rassurante. Comment était-ce possible ?

Pendant un long moment, il n'esquissa pas le moindre geste. Il se contentait de la contempler, le front légèrement plissé. Puis il lâcha un soupir et ancra son regard au sien :

— En ce qui me concerne, cela ne change rien, mais je suis soulagé, pour vous, qu'il n'ait pu vous souiller. Néanmoins, je vous promets de l'occire à notre prochaine rencontre. Très lentement, pour lui faire payer le mal qu'il vous a fait subir et qui vous torture encore. Je ne me doutais pas que… que vous en souffriez autant.

Sa voix était douce et sincère. Son regard empli d'inquiétude, de compréhension, mais aussi d'une sourde colère qui faisait tressaillir un coin de sa bouche. Rohna sentit son cœur s'emplir de reconnaissance. En dépit de leurs différences, Erik était un homme bon. Elle esquissa un sourire, pour le rassurer.

— Vos paroles me touchent, plus que vous ne l'imaginez. Ces horribles souvenirs finiront par me quitter, ne vous en préoccupez plus, je saurai les oublier.

— Je n'en doute point puisque, moi vivant, plus personne ne vous blessera. Vous êtes ma femme. J'ai juré de veiller sur vous et c'est bien ce que j'ai l'intention de faire.

Il glissa sa main sur sa joue. Cette fois, elle n'imagina pas se dérober. Sa paume était chaude, calleuse, et tendre à la fois. Il se pencha vers elle. Tant d'émotions troublantes et saisissantes brillaient dans ses yeux !

— Vous ne m'aimez pas, je le sais. Vous ne vouliez pas de moi dans votre lit et encore moins dans votre vie, pourtant je ferai en sorte que vous n'ayez plus peur et preniez du plaisir entre nos draps. Vous n'aurez pas mal, à part peut-être un peu, au début.

Cela arrive, parfois. Mais vous ne souffrirez pas longtemps, pas avec moi.

Pendant qu'il l'envoûtait de sa voix voluptueuse, il l'entourait de ses bras, caressait sa nuque, son dos, l'enveloppait pour chasser ses peurs. Lorsqu'il posa ses lèvres sur son cou, de délicieux frissons la parcoururent. Il la couvrait de mots doux, l'effleurait, la touchait avec précaution, attentif à la moindre de ses réactions… Progressivement, elle s'abandonnait.

— Laissez-moi vous montrer comment un homme, un vrai, fait l'amour à une femme…

Sa bouche se referma sur la sienne. D'abord avec délicatesse, puis la pression se fit plus ferme, plus exigeante, à mesure qu'elle l'y autorisait. Sa langue jouait avec la sienne, l'entraînait en un ballet fiévreux et passionné. Rohna perdait pied. Sous les caresses et les baisers, toutes ses craintes s'évanouissaient, fondaient comme neige au soleil. Le moindre de ses sens s'éveillait. Des vagues d'émotions nouvelles la submergeaient. Un flot de désir irrépressible faisait céder les derniers vestiges de son appréhension. Les mains d'Erik l'exploraient avec une habileté divine. L'une descendit sur ses fesses, l'autre s'attarda sur un sein. Elle pouvait sentir leur chaleur sur elle, à travers l'étoffe de sa chemise de nuit. Elle-même parcourait les épaules solides de son époux. Ses doigts suivaient le contour de ses muscles fermes, s'enhardissaient à s'insérer sous sa tunique pour glisser dans la toison dorée de son torse.

Mais alors il s'écarta d'elle. D'un mouvement souple, il se débarrassa de ses vêtements – tunique, chemise, braies et chausses furent jetées à même le sol. Si habillé, sa carrure était déjà avantageuse, à le contempler nu devant elle, elle eut le souffle coupé. Son corps était au-delà de ce qu'elle s'était imaginé. Tout en muscles longs et parfaitement dessinés, il était la perfection incarnée… et son membre ! Qu'il était impressionnant ! Épais, rigide et tendu, indéniablement prêt pour elle. Était-il possible qu'il ne la blesse pas, avec un sexe aussi imposant ?

Pourtant, contrairement à ce qu'elle avait redouté, elle n'éprouvait plus aucune crainte. La curiosité et le désir l'emportaient sur le reste. Cela, associé à une intrigante sensation qui grandissait depuis son bas-ventre, pour ensuite se développer en elle.

Erik ne la quittait pas des yeux.

— Aimez-vous ce que vous voyez, ma douce ? Touchez-le, si vous le souhaitez. Il vous appartient aussi, à présent.

Sa voix était particulièrement rauque, engageante, tentante… Impossible de résister à son invitation ! À peine eut-elle effleuré la peau soyeuse de son sexe gonflé qu'Erik, les paupières closes, émit un gémissement qui lui procura à elle-même d'agréables frissons. Elle osa alors le caresser plus avant, y prenant grand plaisir et s'enhardissant jusqu'à ce que, fébrile, il lui saisisse la main pour l'arrêter.

— Pas si vite, dit-il en l'attirant tendrement à lui. À mon tour de vous contempler. Entièrement.

Joignant le geste à la parole, il releva la chemise de nuit de Rohna sur ses jambes, les chatouillant délicieusement ce faisant, puis il remonta le tissu vers ses fesses, sa taille, sa poitrine, pour enfin passer par-dessus ses bras et sa tête. Pas une seconde il ne cessa de la cajoler, de l'admirer.

— Assurément, vous êtes plus belle que n'importe quelle autre femme, susurra-t-il.

Il l'allongea sur le lit, la couvrant de baisers, remontant de ses chevilles vers ses cuisses, qu'il écarta délicatement avant d'y faire glisser ses doigts expérimentés pour explorer son intimité. Fermant les yeux, elle rejeta la tête en arrière. Personne ne l'avait jamais touchée ainsi, et elle adorait cela ! Avec quel délice elle s'abandonnait aux exquises et indécentes sensations qui l'enflammaient… Elle ne se reconnaissait plus, elle n'était plus qu'un jouet entre ses mains. De sa bouche, il l'embrassait, la mordillait, descendait sur son ventre, allait vers... Son hoquet de surprise quand la langue d'Erik remplaça ses doigts entre ses cuisses se transforma en un râle diffus. Un bouleversement intense déferlait en elle. Pourrait-elle longtemps le supporter ? Pourtant, le merveilleux supplice s'éternisait, l'entraînait au cœur d'un univers de plaisir insoupçonné. Tout son corps palpitait, frémissait. Ses muscles se tendaient, ses doigts se crispaient sur le drap. Elle poussa un cri lorsqu'une explosion intérieure, comme elle n'en avait jamais connu jusque-là, secoua tout son être.

Elle était encore pantelante lorsque Erik remonta sur elle. Il l'embrassa tendrement, ancra ses yeux dans les siens puis la pénétra avec douceur. D'instinct, elle s'accrocha à lui et éleva son bassin. Lentement, lui accordant le temps de s'habituer à lui, il s'enfonça en elle. Si elle se crispa sous la douleur, celle-ci fut fugace, vite remplacée par une autre sensation, beaucoup plus agréable. Il n'avait pas menti : avec lui, il n'y avait que du plaisir qui grandissait à mesure qu'il se mouvait en elle. Sans heurt, sans violence, avec patience et tendresse. Il aurait suffi, le pressentait-elle, qu'elle le lui demande pour qu'il cesse et la libère, mais elle ne le souhaitait pas, au contraire. De ses gestes et de ses gémissements, elle l'encourageait. Sans se faire davantage prier, il bougea de plus en vite, de plus en plus fort. À chaque coup de reins, il l'emportait dans un océan de plaisir où elle se noyait volontiers, succombant à la passion, oubliant tout hormis leurs deux corps harmonieusement réunis.

Soudain, une tension encore plus intense que la précédente explosa en elle. Son cri de jouissance se mêla à celui d'Erik. Il rejeta la tête en arrière, secoué de spasmes, puis il retomba à côté d'elle pour la prendre dans ses bras. Le visage posé sur son torse, son cœur battant à tout rompre sous son oreille, elle avait des difficultés à reprendre pied dans le monde réel. Erik lui caressait les cheveux, délicatement, pendant qu'elle essayait de réunir ses pensées éparses. Longtemps, ils restèrent ainsi, en silence, à retrouver leur souffle et leurs sens.

Un bruit soudain les fit sursauter. Quelqu'un frappait avec frénésie à la porte de la chambre !

Erik gronda.

— Qui que vous soyez, je vais vous tuer si vous ne partez pas sur-le-champ ! Surtout si c'est toi, Ranald !

Les coups redoublèrent. Elle eut à peine le temps de se couvrir du drap que son époux avait bondi hors du lit pour ouvrir à l'importun. Le poing serré, il semblait décidé à mettre sa menace à exécution, mais il s'immobilisa en découvrant Bronwyn sur le seuil. Aussi blême qu'un spectre, elle paraissait sur le point de défaillir. Derrière elle était posté Ranald, la mine sombre. Ignorant Erik qui se tenait pourtant nu comme un ver devant elle, Bronwyn se précipita vers Rohna.

— C'est votre père, milady… vous devez venir, tout de suite, avant qu'il ne soit trop tard !

Chapitre 12

Agenouillée au pied du lit, Rohna, pâle, les yeux rougis par les larmes, l'expression défaite par le chagrin, serrait la main de son père mourant. Erik se tenait quelques pas en arrière, à les observer en silence. Son impuissance le tenaillait. Qu'aurait-il pu faire, de toute manière ? Cela n'était pas censé déjà se produire ! Tout se passait très vite, trop vite ! Et pas du tout au bon moment, alors qu'il tenait sa femme rassurée et satisfaite entre ses bras ! Leur nuit de noces s'était déroulée à la perfection. Elle avait finalement oublié sa peur et son traumatisme pour s'abandonner entre ses bras. Il entendait bien continuer des heures durant… Pourquoi fallait-il que ceci se passe, maintenant ?

L'expression splendide de Rohna emportée par l'extase se superposa à l'horreur peinte sur son visage en apprenant la gravité de l'état de son père. Comment ne pas en éprouver de la peine pour elle ?

Le sachant souffrant, Erik s'était certes attendu au trépas prochain de l'*ealdorman*, mais pas avant plusieurs semaines, certainement pas durant sa nuit de noces ! Hélas, le médecin l'avait assuré : il rendrait l'âme à son dieu avant l'aube. Le prêtre qui les avait mariés, Rohna et lui, psalmodiait à voix basse près du lit. Le mourant n'en avait plus pour longtemps, frappé des affres d'un mal incurable. Son teint était de plus en plus blafard. Son corps émacié sous les épaisses et précieuses courtepointes[1] tressaillait à peine. Erik tangua d'un pied sur l'autre, pour essayer de détendre ses muscles endoloris à force d'inactivité. Qu'il faisait chaud, dans cette pièce ! Une véritable étuve. Le foyer ne cessait d'être alimenté par un esclave ou un serviteur. Comment faire la différence ? Ceux d'ici étaient vêtus et traités de la même façon, ce qui n'était guère banal. L'*ealdorman* reprit brièvement conscience. Il murmura quelques mots à sa fille qui hocha la tête en l'écoutant religieusement.

Cette pièce sentait la mort à plein nez, et l'avidité sinistre des charognards qui patientaient dans un recoin de la chambre était si palpable qu'Erik se contenait avec peine de les jeter dehors. Des nantis qui gravitaient d'ordinaire autour de l'*ealdorman* pour grappiller ses faveurs et qui risquaient de tout perdre, ou du moins beaucoup, avec la disparition de celui-ci. Il n'avait retenu le nom d'aucun d'entre eux.

Ranald était à l'extérieur, à prendre soin de Bronwyn, mais Bjorn, arrivé un peu plus tard et depuis resté avec Erik, plaqua une main sur son épaule.

— Je sais ce que tu penses, à ta manière de les regarder. Un seul mot de toi et je m'occupe d'eux.

— Inutile. Ma femme est déjà suffisamment affligée pour que nous y ajoutions un scandale. Tant que ces Saxons se tiennent tranquilles, ne les touchons pas.

— Évidemment. Mais tu seras *ealdorman* d'ici peu. Que feras-tu, alors, si l'un d'eux cherche à contester ta position en dépit de ton mariage ?

— En ce cas, il se soumettra ou périra de ma main. Que crois-tu, Bjorn ? Que je m'affaiblis, en évitant de leur faire face ?

1. Couvertures.

Je respecte juste les derniers instants d'un mourant. Qu'il parte en paix. Bientôt, son fil sera coupé et tout changera pour nous… comme pour elle, ajouta-t-il sombrement.

Comment ne pas songer au profond chagrin de Rohna, quand son père s'en serait allé ? Elle paraissait beaucoup tenir à lui. Pourquoi rien ne pouvait-il être simple ?

Bjorn hocha la tête en signe d'assentiment puis retourna coller son dos au mur pour surveiller le petit groupe de notables de Mercie. Erik reporta quant à lui son attention sur Rohna. Son épouse. Sa femme. Celle qu'il avait juré de protéger, la veille seulement. Il entendait bien tenir sa promesse, même si pour l'instant, il se savait impuissant à apaiser ses tourments.

Escorté de Aelfweard, le capitaine de la garde qui semblait terriblement affligé, un saxon d'une cinquantaine d'années s'approcha de lui. Il était de belle stature, et vêtu d'habits flamboyants, peut-être ceux qu'il portait lors des noces. Erik le reconnut pour l'avoir croisé la veille : Eldred Digby, croyait-il se souvenir, ou plutôt shérif[1] Digby. S'il ignorait en quoi son rôle consistait, ou ce que son titre signifiait exactement, Erik n'appréciait pas la manière qu'avait cet homme aux yeux inquisiteurs de le dévisager.

— Quoi ? Que voulez-vous ?

Son ton sec eut l'effet escompté. Digby sursauta et détourna le regard un bref instant, avant de se ressaisir.

— En ces moments difficiles, permettez-moi de vous poser une question d'importance, voire cruciale, vous en conviendrez, messire.

« Messire… » Erik s'habituerait-il un jour à ce titre ? Il soupira, à défaut d'énoncer le juron qui lui brûlait les lèvres. Tout ce qu'il souhaitait, à l'instant, c'était soutenir Rohna, pas perdre son temps

1. À cette époque, en Angleterre, un shérif était l'équivalent d'un bailli, à savoir un magistrat représentant de la couronne, chargé d'appliquer l'ordre dans le comté.

à répondre aux attentes d'hommes tels que Digby. Pourtant, il le devait. Cela ferait très bientôt partie de ses devoirs.

— Le moment est fort mal choisi, répliqua-t-il, mais continuez.

— Eh bien, à l'évidence, vous serez bientôt *ealdorman* de LochHaven, et au nom de notre digne roi Burgred, que j'ai le grand honneur de représenter…

Ah, voilà donc le rôle qu'il jouait !

— … il est de mon devoir de m'assurer que…

— Que quoi ? Finissons-en !

Digby grimaça, n'exprimant qu'un rictus en lieu et place d'un sourire, tant il semblait marcher sur des œufs.

— Je dois veiller à ce que votre union avec Lady Rohna ait bien été consommée. Si ce n'est point le cas, vos épousailles seraient nulles et…

— Et je ne serais alors pas reconnu comme nouvel *ealdorman*, en dépit des accords signés et scellés. Si je ne me trompe, vous cherchez à me menacer ?

— Que nenni, absolument pas, rien de cela ! Cependant, il me faut vous avertir. Vous devez comprendre qu'il est essentiel pour vous de…

Erik agrippa l'homme par le col.

— Mon épouse veille sur les derniers instants de son père, et vous venez exiger de moi une preuve de son dépucelage ?

— Ce… ce n'est point par choix ou plaisir, je me dois d'en témoigner pour assurer la validité de votre union ! C'est de la plus haute importance, pour la succession !

— Bien sûr. Dans le cas contraire, si je n'ai pas encore accompli mon devoir d'époux, vous et vos pairs, vous pensez être libres de me renvoyer avant de vous battre entre vous pour LochHaven et la couche de ma femme ! Espèce de charognard, si ce n'était par respect pour elle, je…

Autour, les murmures avaient cessé. Les regards étaient tournés vers eux. Celui de Rohna également.

Par les dieux…

Faisant appel à toute sa volonté pour conserver son calme, Erik soupira et libéra Digby, le poussant vers Bjorn.

— Escorte-le jusqu'à la chambre de mon épouse. Qu'avec d'autres témoins, ils vérifient les draps. Ils pourront ainsi constater par le sang que mon union avec Lady Rohna est parfaitement consommée, et légitime.

Peu importait sa pulsion d'écraser son poing sur le nez de cet homme, il lui fallait se maîtriser. Ce n'était ni le lieu ni le moment. Bon sang ! Un chef digne ne se laissait pas emporter par la colère. Il réfléchissait et savait faire preuve de patience, quand il le fallait. Comme Ubbe Ragnarsson, ou le *jarl* Oldavson ! Rohna esquissa une ombre de sourire dans sa direction et hocha la tête, comme pour le remercier de ne pas avoir rajouté à son malheur par une réaction violente et inappropriée. Au moins avait-il remporté cette menue bataille. Hélas, l'*ealdorman* fut secoué d'une brusque quinte de toux qui le plia en deux, et Rohna reporta toute son attention sur lui.

Bjorn et Digby sortirent, accompagnés des notables. À peine furent-ils partis que la toux de l'*ealdorman* s'intensifia. Au bout de ce qui sembla à Erik durer une éternité, bien qu'il ne s'agisse en réalité que de quelques minutes, le pauvre homme exhala un râle puis retomba en arrière, les yeux clos et le souffle court. Il vivait encore, mais pour combien de temps ?

Erik grimaça. Quelques heures, avait dit le médecin. À l'évidence, cela durerait beaucoup moins que cela.

Que les dieux me préservent d'une telle fin, songea-t-il.

Un guerrier valeureux n'avait d'honneur qu'en mourant l'arme à la main. C'était là l'unique moyen d'atteindre le *Valhalla*[1], de s'assurer d'être emmené par les *valkyries* jusqu'au grand palais d'Odin. Le défunt devenait alors un *Einherjar*[2], un combattant qui ne cesserait de s'entraîner avec ses camarades pour se préparer à l'ultime bataille du *Ragnarök*[3].

De son expérience, Erik savait cependant que tous ceux qui périssaient au combat n'étaient pas des braves. Pas plus que ceux qui perdaient la vie dans leur lit n'étaient des couards. Pour autant, il refusait de mourir de la même manière que le père de Rohna. L'éventualité de dépérir lentement, à petit feu, rongé de l'intérieur par un ennemi invisible qu'il ne pouvait combattre et encore moins vaincre le terrifiait plus que toute autre chose. Voilà sans doute pourquoi il se sentait si nerveux dans cette pièce sordide, et de plus en plus mal à l'aise à attendre ainsi l'inévitable. Finalement, l'intervention de Digby était tombée à point nommé. Cette distraction lui avait échauffé le sang, et changé les idées pour au moins quelques instants.

L'heure qui suivit, le corps frêle du père de son épouse fut assailli de quintes de toux de plus en plus violentes. Il cracha du sang, gémit plaintivement, chercha sa respiration. Rohna ne quittait pas son chevet. Elle épongeait son front, essayait de le faire boire, lui murmurait des mots tendres. Les entendait-il, seulement ? Subitement, il saisit avec une force insoupçonnée le poignet de sa fille, avant de le relâcher dans un dernier râle. Il retomba en arrière, inerte, sur les oreillers.

Le prêtre se signa et énonça une prière, tout en fermant les paupières du mort. Les épaules secouées de sanglots, Rohna

1. Lieu où les défunts guerriers scandinaves sont conduits, au sein du royaume des dieux nordiques, et où règne Odin.

2. Guerrier du *Valhalla*.

3. Fin du monde.

remonta les mains de son père sur son torse figé. Lorsqu'elle se retourna vers Erik, ses yeux étaient rougis par les larmes qu'elle avait versées. Le chagrin se lisait sur son visage éploré et, pourtant, elle n'en affichait pas moins une intense détermination qui le stupéfia.

Sa voix ne tremblait pas, quand elle déclara :

— Mon père a rendu son dernier souffle. Son âme immortelle s'envole auprès de Dieu. À présent, vous et moi, nous devons nous préparer sans plus attendre à ce qui s'ensuivra. Ensemble.

Chapitre 13

Le cœur de Rohna était brisé. Bien que son père et elle n'aient jamais été aussi proches qu'elle l'aurait souhaité, il y avait entre eux beaucoup de tendresse, et du respect. Sa mort soudaine et brutale la dévastait. Les funérailles s'étaient déroulées la veille, et l'image du cadavre de son père ne cessait de la hanter. Au moins son visage avait-il retrouvé la paix. Où qu'il se trouve, il ne souffrait plus. Elle s'accrochait à cette certitude pour ne pas s'effondrer. À cela, ainsi qu'à son devoir. Son peuple avait besoin d'elle plus que jamais. Comme il en avait été décidé, Erik était désormais *ealdorman* de LochHaven. Tout s'était déroulé très vite, afin d'étouffer dans l'œuf d'éventuelles protestations. Serait-ce suffisant ? Tous n'étaient pas satisfaits de voir un Nordique à la tête du domaine.

Digby, en particulier, vociférait. À l'évidence, avoir obtenu devant témoins la preuve de la légalité du mariage ne lui suffisait pas.

— Cette union est une farce ! Ces terres appartiennent aux Merciens, au roi Burgred ! Comment croire que vous lui serez fidèle ? Vous devez le jurer, devant Dieu !

Erik, assis sur le haut siège qu'occupait jusqu'à présent le père de Rohna, foudroyait le shérif d'un regard noir.

— Je ne dois rien du tout. Je n'ai fait aucune promesse au

petit roi de Mercie et je ne ferai aucun serment devant le dieu des chrétiens.

Digby s'empourpra et manqua s'étouffer d'offuscation.

— Vous insultez notre bon roi, et vous blasphémez !

— Un conseil, Digby, tenez votre langue si vous ne voulez pas que je vous l'arrache. Vous commencez sérieusement à m'agacer, et j'ai la main qui me démange.

Sentant le pire venir, Rohna posa sa main sur l'avant-bras de son époux en un geste d'apaisement puis prit la parole.

— Shérif Digby, le roi Burgred n'a rien à craindre de nous. Je vous promets que mon époux…

— Votre époux, ce devrait être moi, milady. Moi, un véritable Mercien, représentant de notre digne roi ! Ou même n'importe lequel de ces notables, ici présents ! Tous, nous serions heureux de vous assister et de vous chérir. Il n'est point trop tard, ensemble, nous pourrions…

Erik poussa un rugissement terrifiant qui tétanisa l'assemblée. Il saisit Digby par le col, le souleva tant que ses pieds touchaient à peine le sol et dressa le poing devant son visage blafard. Rohna se précipita pour l'arrêter, s'accrochant à son poignet juste avant qu'il ne frappe.

— Je vous en prie, ne faites pas cela !

— Pourquoi ? Il m'a insulté, chez moi, devant ma femme. J'ai le droit de le châtier.

— Certes, mais… pas ici, pas comme cela. Il nous serait préjudiciable que votre premier acte en tant qu'*ealdorman* soit empreint de violence envers un Saxon. D'aucuns vous considèrent déjà comme un sauvage, montrez-leur qu'ils ont tort. Soyez plus avisé et subtil pour arriver à vos fins.

Elle avait murmuré tout cela à son oreille, pour que lui seul entende. Autour d'eux, les partisans de Digby étaient tendus, main sur la garde de leurs épées, prêts à l'affrontement. Tous n'étaient pas des couards, loin de là, et beaucoup étaient aguerris. Un bain de sang entre leurs deux peuples, voilà ce qui en résulterait ! En lieu et place de la prospérité et de la paix que voulait son père.

La respiration saccadée, Erik plongea son regard dans le sien. Une tempête y grondait. Dieu merci, elle s'apaisa et il relâcha Digby. Ensuite, il enlaça Rohna par la taille pour s'adresser avec force et détermination à l'assemblée de Saxons et de Scandinaves réunis.

Sa voix grave résonna entre les murs de la grande salle d'apparat :

— Que cela vous plaise ou non, je suis *ealdorman* de LochHaven ! À moins d'être provoqué, je n'attaquerai pas votre roi, ni aucun d'entre vous, pas plus que l'un ou l'autre de mes voisins ! En retour, vous me jurerez loyauté, comme nos accords l'exigent ! Que ceux qui ne l'acceptent pas me défient, ici et maintenant, et nous réglerons ce différend par les armes ! Un volontaire ?

Chacun lorgnait son voisin, dans l'expectative. Personne n'ouvrait la bouche, espérant peut-être qu'un autre s'y essaie d'abord à sa place. Il suffirait d'un rien, redoutait Rohna, pour que la situation tourne au drame ! Elle leva les yeux vers son époux. Aucun de ces hommes ne parviendrait à le vaincre, ils en semblaient tout aussi conscients qu'elle. Digby, que deux de ses compagnons avaient aidé à se remettre debout et soutenaient encore, serrait des lèvres pincées de frustration. Il était vaniteux, mais également influent et rusé. Mieux valait donc s'en faire un allié plutôt qu'un ennemi. Elle lui parlerait plus tard. Quand la tension serait retombée.

Impulsivement, elle reprit la parole :

— Vous respectiez tous mon père, et il souhaitait ardemment cette union entre nos peuples. Selon sa volonté, mon mariage a été célébré et il n'y a pas à contester sa légitimité. Pour le bien de tous, je vous demande de jurer loyauté à mon époux.

Des murmures parcoururent la salle. Beaucoup finirent par

approuver… ou céder. Même Digby acquiesça. À mesure que les hommes se dispersaient et sortaient, un immense poids quittait les épaules de Rohna. Une fois seule avec son époux, elle se tourna vers lui. Ses traits restaient tendus. Ses poings serrés. Sa mâchoire contractée.

— Merci, de ne pas avoir… empiré les choses.

Il soupira.

— Uniquement parce que vous avez eu la sagesse de m'arrêter. Même si Digby méritait une bonne correction, je sais que ça n'aurait rien arrangé, sur le moment.

— Il n'est pas si mauvais, et les autres non plus. Ils doivent juste s'habituer à avoir un Nordique pour seigneur. Faites preuve de patience, ils finiront par vous accepter.

— Vous avez raison. Je dois voir à long terme et agir davantage comme un chef que comme un guerrier. Vous, Saxons, redoutez la force brute. Il faut user de patience et de ruse pour vous gagner à une cause.

— Est-ce là ce que vous imaginez ? Et la raison pour laquelle vous avez fait preuve de tendresse envers moi ? Pour m'amadouer et me gagner à votre cause ?

Comme cela avait fonctionné ! Ne l'avait-elle pas soutenu face à ceux qu'elle avait connus toute sa vie ? La manipulait-il, depuis le début ? Elle qui s'était imaginé qu'il éprouvait pour elle une véritable affection ! Ses nerfs mis à rude épreuve depuis des jours la mettaient au supplice et amplifiaient ses doutes.

Il se massa la nuque.

— Certes non, même si vous semblez persuadée du contraire. Allons, calmez-vous. Je ne peux nier que votre soutien m'a surpris et touché, mais aussi… la manière avec laquelle vous répondez à mes caresses.

— Si vous vous êtes joué de moi, cela ne risque pas de se reproduire !

— Vous changerez d'avis. Notre vie commune serait beaucoup plus simple et agréable si vous acceptiez le fait que je ne suis pas votre ennemi. De plus, votre corps me réclame. Je le vois au feu dans vos yeux.

En effet, elle bouillonnait intérieurement, mais pas pour la raison qu'il s'imaginait ! Pourtant, s'emporter contre lui ou le monter contre elle en le défiant ouvertement ne lui serait d'aucune utilité. Surtout qu'après y avoir amplement réfléchi, elle avait trouvé une solution parfaite qui leur conviendrait, à tous les deux... pour faciliter leur vie commune, comme il semblait le souhaiter. Encore fallait-il qu'il accepte ! Afin d'appuyer ses intentions, elle saisit fermement ses mains entre les siennes et ancra ses yeux aux siens.

Il arqua un sourcil.

— Que vous prend-il, soudain ?

— Vous n'êtes pas obligé de vous imposer cela.

— Expliquez-vous.

— Votre devoir envers votre *jarl* est accompli, nous sommes mariés et LochHaven est à jamais lié à votre clan. Si aucun de nous n'a choisi ce destin, rien ne nous empêche d'en tirer parti, n'est-ce pas ? Accordez-vous à présent ce que vous souhaitez réellement : retournez guerroyer avec l'armée danoise autant qu'il vous siéra, pourquoi pas dès demain ! En retour, je gouvernerai LochHaven... en votre nom. Je suis instruite, j'aidais déjà mon père aux comptes, je sais m'occuper d'un domaine, je connais nos gens... Autorisez-le-moi et nous en serons tous deux satisfaits.

Il la considérait avec une ardente intensité. Ses yeux fouillaient les siens, comme cherchant à lire en elle, à déterminer sa sincérité... ou à s'octroyer le temps de réfléchir. Il était tenté, elle le sentait. Il le fallait !

— Ma douce, il est vrai que je suis un guerrier, et que je me languis de repartir au combat, mais je n'ai qu'une parole et je ne fuirai pas mes responsabilités par facilité.

— Par facilité ? Il n'en est rien ! Ne le voyez-vous pas ? Je vous offre une échappatoire à un sort que vous ne souhaitiez pas !

— Sans doute. Au début tout du moins, car il me plaît finalement de diriger un fief, et de le voir prospérer sous ma commande. Vous m'y aiderez, assurément, et me donnerez des héritiers. En retour, je vous protégerai et vous ne manquerez jamais de rien.

— Ce n'est point un jeu ! Et je n'ai pas besoin d'être protégée !

— Cela, j'en doute. Autrement, votre père vous aurait choisi pour mari une mauviette saxonne et non pas un féroce Nordique.

Quelle audace ! Quelle prétention ! Hélas, le fait qu'il ait raison exacerba son dépit. N'aurait-il pas pu tout simplement accepter sa proposition ?

— Peu importe, clama-t-elle. Nous savons tous deux que rester ici n'est pas votre désir. Cela ne l'a jamais été. Vous n'êtes pas raisonnable de refuser !

Il se renfrogna.

— Sans doute, mais ma décision est prise : je ferai de LochHaven le domaine le plus prospère et redouté de Mercie, voire de toute l'Anglie. Il est de plus hors de question que je mette un pied loin de mes terres avant que vous n'attendiez mon enfant.

— Vos terres ? Votre enfant ? Ils sont et seront à moi, tout autant !

— Si cela vous sied, je n'y vois pas d'objection, tant que vous vous souvenez de qui commande.

— Vous et vous seul, est-ce bien cela que vous entendez ?

— À l'évidence. De votre côté, continuez de me soutenir comme vous l'avez fait, et nous…

— Ce n'était point pour vous, mais pour LochHaven ! Pour préserver la concorde avec le roi et nos voisins ! Vous n'y comprenez rien à la diplomatie ! Bien sûr, la force est salutaire, et il faut savoir en montrer pour s'imposer, mais ces hommes vous considèrent comme un barbare stupide, plus prompt à frapper qu'à penser. Prouvez-leur le contraire ! En vous attaquant sans motif légitime au shérif, ou à un autre de ces notables, ce sera la guerre entre nous ! Réfléchissez !

— Ont-ils réfléchi, eux, en essayant de m'écarter ? La guerre se trouve déjà à leurs portes, comme aux nôtres ! Quant à leur déplaire, je les méprise tout autant qu'ils me conspuent, et je ne les crains aucunement, tous autant qu'ils sont ! Bientôt, ils nous seront soumis, ou morts. Je ne suis peut-être pas doué pour les flatteries, mais au combat il en est tout autrement. Votre père avait compris où était son intérêt en s'alliant avec les vainqueurs, agissez de même ! Ah, j'en ai assez, cette discussion est terminée, soupira-t-il. J'ai besoin de prendre l'air. M'accompagnerez-vous ?

Il lui tendit la main. Comme si l'affaire était faite, qu'il n'y avait plus rien à en dire. Elle ne le comprenait pas. Après avoir imaginé qu'ils s'étaient suffisamment rapprochés pour trouver un terrain d'entente, un gouffre se creusait entre eux. Jusque-là, Erik n'avait semblé faire que peu de cas de la Mercie, ou de véritablement gouverner LochHaven, et voilà qu'il changeait d'avis !

Elle recula.

— Vous pensez pouvoir tout posséder par l'intimidation, la menace et la force brute. LochHaven, la Mercie, voire l'Angleterre tout entière, grand bien vous fasse ! Moi, je ne vous laisserai pas me dicter ma conduite, je ne vous appartiens pas !

Il esquissa un sourire narquois. D'un geste vif, il l'agrippa par la taille et l'attira à lui.

— Au contraire, je vous possède déjà.

Tout en susurrant, il effleurait de ses lèvres son cou, sa joue, son oreille… hélas, son corps la trahissait. Lui donnait raison ! Elle frémissait sous ses caresses, s'échauffait à ses baisers. Plus le désir montait en elle, plus son ressentiment grandissait. Qu'est-ce qui n'allait pas, chez elle, à réagir ainsi ? Elle n'aimait pas Erik, elle ne l'appréciait même pas ! Bien qu'il ait fait preuve de patience et de tendresse lors de leur nuit de noces, ce qui l'avait profondément touchée, ce n'était que pour mieux briser ses défenses et ensuite s'en vanter…

Était-ce cela, que le sort lui réservait ? Une existence auprès d'un homme impulsif qui n'aurait que faire, au fond, de ses opinions ? Elle venait de perdre son père et sa liberté, en si peu de temps. Le chagrin et la déception, pour elle, la richesse et la gloire, pour Erik. Non !

Emportée par une multitude d'émotions opposées, elle s'arracha à lui.

— Croyez ce que bon vous semble. Vous n'aurez jamais mon affection. Jamais ! Je vous déteste !

Elle fit vivement demi-tour, remonta ses jupes et s'enfuit en courant. Longtemps après, elle sentait encore peser sur elle le regard brûlant de son époux.

Chapitre 14

— Par les cornes de Loki !

L'air glacial ne suffisait pas à calmer les nerfs d'Erik. D'un pas vif, il traversa la cour boueuse de neige à moitié fondue. Pourquoi fallait-il que sa femme s'évertue à le contrarier ? Ne faisait-il pas preuve de patience envers elle ? Et son possible pour lui être agréable ? Ne la traitait-il pas avec respect ? Pourtant, elle semblait toujours en colère contre lui. À peine lui adressait-elle la parole, à part pour de banales formules de politesse ou pour le récriminer ! La perte de son père l'affligeait, et cela altérait son comportement, mais combien de temps encore porterait-elle ce deuil ? L'homme était mort, il fallait l'accepter et penser à l'avenir !

Certes, elle l'avait soutenu face aux notables. De son propre aveu uniquement par calcul et non parce qu'elle lui octroyait sa confiance. Le feu qui couvait en elle l'émoustillait, mais ne s'en fatiguerait-il pas si elle persistait à le défier de la sorte ? Pire encore, comment réagirait-il, si elle s'y essayait ouvertement, devant tous ? Bon sang, il répugnait à la châtier pour instaurer et conserver son autorité. Jamais il ne pourrait s'y résoudre, et il devait donc trouver une autre solution, qui persistait à lui échapper. Fichus Saxons !

Elle ne l'aimerait jamais, avait-elle clamé. Grand bien lui fasse !

Qu'en avait-il à faire, de son affection ? Il n'avait pas voulu d'elle, lui non plus ! Il tapa du pied dans un caillou, l'envoyant loin devant lui. Ce n'était pas ainsi qu'il avait imaginé ses premiers jours à la tête de LochHaven, même s'il se doutait que ce ne serait pas une tâche aisée. Il avait fort à faire avec la protection du fief et ne pouvait se permettre de se préoccuper des humeurs de son épouse. Une Saxonne choyée, trop gâtée, habituée à ce qu'on suive le moindre de ses ordres, voilà ce qu'elle était ! Croyait-elle vraiment qu'il la laisserait agir à sa guise, sans qu'il n'ait son mot à dire ?

Elle semblait si prompte à vouloir le voir partir. Cela cachait peut-être quelque chose de plus vil qu'une envie de liberté. Si comme elle le souhaitait, il quittait LochHaven pour guerroyer auprès d'Ubbe, espérait-elle qu'il ne revienne jamais ? Ou profiterait-elle de son absence pour chercher à l'écarter ? Peut-être était-ce là son objectif. Avec le soutien de Digby et d'autres, elle pourrait monter une petite armée afin de l'évincer et briser ainsi le traité, établi contre son gré.

— Malédiction !

Il était tellement frustré et en colère que ses pensées ne lui appartenaient plus. Ses poings se crispèrent. Quelle aubaine ce serait pour sa tendre épouse s'il périssait bientôt au combat !

Non. De droit, LochHaven lui appartenait, à lui et à son clan, autant qu'aux Merciens qui y vivaient. En vérité, il ne souhaitait rien de plus que leur prospérité, à tous. Ne pouvait-elle le comprendre ?

Elle me hait et me désire tout à la fois…

Tout autant que lui la désirait en retour. Impossible de le nier quand leurs corps frémissaient à l'unisson au moindre de leurs effleurements. Il devait aussi l'admettre : elle envahissait la moindre de ses pensées. Une évidence pour lui bien pire qu'un irrépressible désir physique.

Elle le déstabilisait, le rendait fou. Chercher à la comprendre tout en gérant les problèmes imposés par la responsabilité d'un fief lui donnait la migraine. S'il lui accordait volontiers la charge des comptes avec l'intendant – d'autant plus qu'il ne savait ni lire ni compter –, il veillait à parler à tous les villageois qu'il croisait, à apprendre leurs noms pour mieux les connaître et s'attirer leur sympathie. La loyauté se gagnait, et quand ces gens lui feraient confiance, ils n'en travailleraient que plus efficacement. Pour le moment, tous le saluaient avec crainte ou respect – l'un comme l'autre lui convenait –, et certains même lui souriaient. Des femmes, surtout, qui cherchaient à le séduire.

Autrefois, il aurait sans doute succombé à leurs charmes. À présent, tant de choses étaient différentes… et aucune femme ne l'attirait autant que la sienne. En réalité, il admirait sa force de caractère et son courage, et le fait qu'elle ose le défier comme nulle autre. Son corps splendide éveillait tout autant son désir.

Il pouvait certes lui faire l'amour quand bon lui semblait, mais elle était son épouse, pas une esclave à sa disposition. Par fierté, ou par sottise auraient dit certains, il aspirait à gagner sa confiance, à ce qu'elle s'abandonne entièrement à lui. Librement, et non par contrainte, même s'ils ne s'étaient pas choisis. Il voulait l'entendre crier son nom à l'apogée de la passion, alors qu'ils basculeraient ensemble dans l'extase. Qu'elle oublie totalement, auprès de lui, son passé douloureux.

Il lui fallait réussir à vaincre ses défenses, à abattre les barrières qu'elle dressait entre eux. Ainsi, elle comprendrait que…

— Bien le bonjour, Erik ! Même si à te regarder on pourrait croire qu'il est plutôt mauvais.

— Ah, parfait. Il ne manquait plus que toi, Ranald.

Adossé contre le mur de la tannerie, goguenard comme à son habitude, le géant le toisait de toute sa hauteur.

— Loki t'aurait-il joué un sale tour, ou est-ce encore ta femme qui te fait regretter d'avoir mis les pieds en Mercie ?

— Ce jour serait bien meilleur si je t'arrachais la langue à l'instant.

— Voilà qui est intéressant ! Tu crois en être capable ? J'aimerais te voir essayer ! Enfin, du moins si tu es assez fou pour…

Erik bondit sur lui. D'un mouvement aussi leste que puissant, il lui faucha les pieds. Retombant lourdement sur son épais fessier, Ranald ne s'en départit pas pour autant de son indécrottable sourire. Même quand Erik, juché à califourchon sur lui et le bloquant à terre, agrippa sa barbe pour lui soulever le menton.

À son tour de s'amuser un peu !

— Ouvre donc ta grande bouche, Ranald. Je sors mon couteau, à moins que tu préfères que je t'arrache la langue à la main ?

— Tu n'oserais pas. Ma douce voix te manquerait beaucoup trop ! Et pense à toutes ces femmes qui le regretteraient encore plus. Les pauvres ! Perdre un tel instrument serait un drame dont elles ne se remettraient jamais.

Ce fut au tour d'Erik de s'esclaffer. Qu'il était bon de rire ! Avec un ami de confiance, de surcroît. Il lui tendit la main pour l'aider à se relever.

— Tu as raison, Ranald, même s'il me coûte de l'admettre. Du moins pour la première partie. Concernant ces dames et le plaisir que tu es persuadé leur procurer, je préfère ne point en entendre davantage !

— Dommage, je pourrais t'en apprendre sur le sujet, et…

— Plus un mot, ou je change d'avis !

Hilare, Ranald hocha la tête puis désigna le ciel.

— Regarde, il va bientôt neiger.

En effet, là-haut, de lourds nuages chargés de flocons s'étaient amoncelés. D'ici peu, le vent se renforcerait et le froid s'intensifierait. L'hiver était loin d'être achevé. Erik le sentait jusque dans ses os, en dépit de l'épais manteau fourré qu'il portait sur ses larges épaules.

Il lâcha un bref soupir.

— Ce pays est presque aussi froid en hiver que la Norvège.

— Et presque aussi beau !

— Il est vrai que ces terres sont belles, et fertiles. Et elles sont à nous.

— Ah, compterais-tu t'y établir pour de bon, finalement ?

— Comment ça, finalement ? J'en suis l'*ealdorman*. Je n'entends pas m'enfuir et faillir à mes nouvelles responsabilités.

— J'en suis heureux, mais beaucoup sont persuadés que tu prépares déjà ton départ.

Le ton de Ranald n'avait plus rien d'amusé, mais tout du sérieux de la connivence et de l'inquiétude. L'humeur d'Erik s'assombrit de nouveau. Sa méfiance s'éveilla.

— Qui prétend cela ?

— Oh ! ce sont de simples rumeurs. Tu sais que j'ai toujours une oreille qui traîne.

— Viens-en au fait, veux-tu ?

— Eh bien, on raconte que tu es déjà fatigué de ton épouse et de LochHaven. Tu serais décidé à plier bagage pour retrouver l'armée danoise. Ton mariage ne vaudrait rien et, après ton départ, un autre ne tarderait pas à rejoindre ta femme dans ton lit. Ces notables qui ont cherché à te tenir tête, ils te planteront un couteau dans le dos à la première occasion.

Finalement, Ranald ne lui apprenait rien qu'il ignorait.

— Bon sang, je viens à peine d'arriver ! Qu'ils essaient, si ça leur chante. Je ne serais pas contre un peu d'exercice, et ma lame se réjouirait de verser le sang du premier misérable qui… ah, quoi encore ?

Un jeune garde s'agitait frénétiquement depuis le chemin de

ronde. Il répondait à une sentinelle qui lui cria à son tour quelque chose du haut de la tour de guet.

— Ces deux-là beuglent aussi fort qu'un porc qu'on égorge, clama Ranald, les bras croisés sur son torse puissant.

— Sans doute pas sans raison. Allons voir ce qu'il en est.

Ranald lui emboîta le pas. En quelques enjambées, ils se retrouvèrent assez proches pour héler le garde. Un homme d'à peine vingt ans, aux traits déjà fatigués et au teint blême.

Erik l'interpella d'une voix grondante :

— Soldat ! Qu'y a-t-il ?

— De la fumée, messire. Là-bas, derrière les collines. Je crois que ça vient de Peckford !

Peckford… un petit hameau niché au creux d'une vallée, se souvint Erik. Sans plus attendre, il grimpa l'échelle jusqu'en haut de la tour. De là, il aurait une vue parfaite sur les environs. La sentinelle s'écarta pour lui accorder davantage de place sur la plate-forme.

D'épaisses volutes de fumée remontaient depuis l'horizon.

— Par les dieux, gronda Erik. Sonnez l'alerte !

Il redescendit encore plus vite qu'il était monté puis courut vers l'écurie en criant des ordres :

— Aux armes ! Préparez les chevaux ! Ranald, protège la forteresse ! Bjorn, avec moi !

Accompagnée de Bronwyn, Rohna surgit des cuisines. Elle n'eut pas le temps d'ouvrir la bouche pour le questionner qu'Erik l'interrompit d'un geste autoritaire :

— Ne bougez pas d'ici jusqu'à mon retour !

— Dites-moi ce qu'il se passe !

— Peckford est attaqué. Je m'en charge. Ranald veillera sur vous.

Sur ce, il s'empara de sa hache et de son bouclier qu'un serviteur lui tendait puis sauta en selle. Accompagné d'une vingtaine d'hommes dispersant neige, boue et poussière dans leur sillage, il passa les grandes portes, sans se retourner.

Ils galopaient à bride abattue vers le village. Impossible de savoir ce qu'il s'y déroulait exactement avant d'avoir franchi les collines. Erik craignait le pire. En plus de l'incendie évident, le vent portait vers eux le son d'alerte des cloches de l'église de Peckford, mêlé aux cris des habitants.

La fureur le galvanisait. Qui osait nuire à ses terres, alors qu'il venait à peine d'en prendre le contrôle ? Ces misérables fils de troll paieraient de leur vie ! On lui avait parlé de bandes de brigands qui écumaient la région. Peut-être des déserteurs nordiques, sans foi ni maître, qui pillaient les fermes et les villages, attaquaient les voyageurs et les marchands. Ils disparaissaient ensuite, cherchant refuge dans les forêts. Ou peut-être rejoignaient-ils un navire qui les emmenait sévir ailleurs… Ces hommes étaient particulièrement dangereux. Aguerris, redoutables pour la plupart, et uniquement guidés par l'appât du gain, aucun honneur n'était à espérer d'eux. Ils n'avaient aucune pitié.

Erik n'en aurait pas davantage pour eux ! Enfin, ses cavaliers et lui arrivèrent au sommet de la colline. Une scène de dévastation s'offrit à eux. Une odeur nauséabonde de bois, de chaume et de chair brulée leur assaillit les narines. Si Peckford semblait finalement relativement épargnée, ce n'était pas le cas de la ferme qui se trouvait en amont.

Erik lança son cheval au bas de la colline. Son regard était rivé sur le toit du bâtiment principal. Il était auréolé de flammes que le vent d'ouest renforçait. La grange aussi partait en fumée. Les barrières entourant deux enclos étaient effondrées, éventrées. Les animaux, moutons et cochons, avaient soit été tués et laissés sur place, soit emmenés par les assaillants. Quel gâchis ! Le pire était à venir : une famille entière, le père, la mère et les deux enfants gisaient au sol, inertes. Le cadavre d'un gros chien noir était couché auprès d'eux.

— Seigneur tout-puissant, glapit l'un des soldats saxons.

Livide, il semblait sur le point de tomber de cheval. Bjorn posa une main sur son épaule pour le soutenir, et le jeune homme retrouva son assise.

— Vérifiez si l'un d'entre eux respire encore, ordonna Erik.

La réponse claqua vite, sinistre.

— Hélas, aucun n'a survécu, messire.

Erik fulminait. Cela n'aurait jamais dû se produire ! Si seulement il avait eu le temps de mieux organiser les défenses ! S'il avait pu disposer déjà de plus d'hommes ! Malheureusement, les renforts promis par le *jarl* ne viendraient pas avant plusieurs semaines et, pour le moment, il manquait de guerriers, d'éclaireurs et de sentinelles pour patrouiller efficacement sur tout le fief et en assurer la surveillance. Les hommes capables de se battre efficacement manquaient à LochHaven. Rien d'étonnant à ce qu'ils aient tant besoin des Nordiques ! Et à quoi donc servait le shérif Digby, censé aider à faire régner l'ordre, à part flagorner et gaspiller de la nourriture ? Erik se chargerait de lui faire savoir ce qu'il pensait de ses services, et du traitement qu'il entendait réserver à ces lâches qui s'en prenaient à d'innocents fermiers.

Il engloba les environs du regard. Les meurtriers n'étaient plus en vue, néanmoins il ne tarda pas à repérer leurs traces, encore fraîches. Ces misérables se dirigeaient vers l'ouest.

— Par-là, vers la forêt ! En avant !

Ils s'enfoncèrent dans les bois. Inutile de craindre une embuscade. Les bandits n'auraient pas le temps d'en organiser, d'autant plus qu'ils ne devaient pas s'attendre à ce qu'on les poursuive. Erik et ses hommes se chargeraient de leur prouver leur erreur… Qui qu'ils soient, peu importait leur nombre et leur force, il ne leur laisserait pas la possibilité de recommencer.

Là ! L'humus s'enfonçait par endroits, des branchages avaient été récemment cassés par les fuyards. Des marques de chausses étaient profondes dans la couche de neige. Ils ne pouvaient plus être très loin.

Galvanisé par le combat à venir, Erik talonna sa monture.

Chapitre 15

Le soleil descendait à l'horizon, baignant le ciel et le paysage de chaudes couleurs mordorées. Des ombres s'étiraient depuis les collines, jusqu'au pied des murailles.

Depuis le chemin de ronde, Rohna était rongée par l'inquiétude. Cela faisait deux jours, déjà, qu'Erik s'était élancé à la poursuite des pillards. Sans nouvelles depuis, elle avait renforcé les défenses de LochHaven avec l'aide de Ranald, notamment, dont elle devait louer l'efficacité. À présent, elle ne pouvait rien faire de plus que patienter et prier pour le retour de son époux et de ses hommes.

L'air était particulièrement piquant et chargé d'humidité. La neige était tombée presque sans discontinuer depuis la veille, accompagnée d'un épais brouillard qui achevait de masquer l'horizon. Jusqu'à l'arrivée des renforts promis par le *jarl* Oldavson, elle se devait de l'admettre, ils ne pouvaient rien faire d'autre qu'attendre. Elle aurait tant souhaité envoyer d'autres soldats à la recherche d'Erik ! Hélas, ils ne disposaient pas de suffisamment de troupes. Comment être efficace, quand la plupart de leurs soldats avaient péri sous les coups des Vikings ? L'année précédente, une attaque particulièrement vicieuse les avait privés d'une cinquantaine de braves guerriers, tous occis sans pitié lors d'une terrible embuscade. Il avait ensuite fallu lutter contre d'ambitieux nobles qui cherchaient à profiter de leur désarroi pour s'emparer de LochHaven. Certains avaient même tenté d'obtenir sa main. Heureusement, son père ne leur avait pas cédé. S'imaginant unie à l'un ou l'autre de ces vils et écœurants flagorneurs, elle frémit. Erik en valait mille comme eux. Avec quelle promptitude il s'était lancé à l'assaut des brigands ! S'il était borné au point de l'exaspérer, il était surtout courageux et vaillant. Comment ne pas se soucier de son sort, lié au sien de surcroit ? En dépit de tout, elle ne lui souhaitait aucun mal. Rien que l'imaginer blessé ou pire nouait douloureusement ses entrailles.

Frictionnant ses mains au-dessus du brasero, elle exhala un long soupir. Sa respiration s'éleva en une volute blanche, avant de s'évaporer dans l'air frais. Si seulement ses tourments pouvaient disparaître aussi facilement ! Cette attente, cette incertitude, cette inquiétude qui la rongeait, cela devenait insupportable.

— Sainte Vierge Marie, comme je déteste me sentir aussi impuissante !

En vérité, qu'aurait-elle pu accomplir de plus ? Chevaucher en compagnie des hommes, armée et prête au combat, n'était point l'apanage des Saxonnes. Cependant, elle l'avait appris très tôt, la force brute n'était pas la seule façon de prouver sa valeur. Elle prenait plusieurs formes, et les femmes n'étaient pas dépourvues de qualités.

— Milady, vous devriez retourner à l'intérieur. Le vent se lève et le froid n'en sera que plus mordant. Vous risquez d'attraper mal.

— Non, Bronwyn, je tiens à être présente quand ils reviendront.

— Ranald nous en avertira, milady. Il est inutile pour vous de…

— Rentre, toi. Moi, je reste encore un peu.

Elle se mordilla la lèvre inférieure. Bronwyn avait raison. Il n'était guère judicieux de demeurer sur le chemin de ronde à la merci des éléments, mais tout en elle se refusait à partir. Pas tant que la nuit ne serait pas entièrement tombée et qu'elle ne pourrait plus rien distinguer au loin.

Soudain, après ce qu'il lui sembla une éternité, elle crut percevoir un mouvement dans l'épaisse végétation. Son cœur se mit à battre plus fort. S'appuyant sur le garde-corps, elle s'avança autant qu'il était sage, plissant les yeux pour mieux voir.

— Là-bas !

Des cavaliers apparurent dans une trouée entre les arbres. Le soulagement manqua la faire vaciller. Elle avait reconnu l'homme à leur tête.

Son époux était de retour.

— Ils connaissaient bien les lieux, mais nous les avons tout de même débusqués.

Assis sur le siège en bois noble de l'*ealdorman*, sur une estrade face à un auditoire suspendu à ses lèvres, Erik relatait avec enthousiasme les étapes de l'expédition punitive qu'il avait menée. Rohna, à son côté, l'écoutait avec attention. Si à l'évidence certains faits étaient enjolivés, la victoire n'en était pas moins glorieuse. De plus, si les soldats étaient épuisés, aucun ne souffrait de blessure grave. Ils ne tarissaient d'ailleurs plus d'éloges sur leur nouvel *ealdorman*, ce qui avait empli Rohna de sentiments mitigés, mais surtout d'admiration et de fierté.

— Dois-je en conclure que le problème causé par ces bandits est définitivement réglé ?

Erik se tourna vers le shérif Digby. Ce dernier, supposé s'assurer que la justice du roi soit appliquée et le peuple protégé en son nom, avait échoué là où le nouveau maître de LochHaven avait réussi. En moins de trois jours ! Digby le regardait avec une animosité qu'il avait grand-peine à cacher. En retour, le sourire d'Erik s'élargit, carnassier, menaçant. Rohna frémit, moins cependant que Digby alors que son époux se penchait vers lui.

— Ce n'est certes pas grâce à vous, et nous en reparlerons en privé, assura-t-il, ce qui fit blêmir Digby. Soyez en tout cas certains que ceux-là ne nuiront plus jamais. Quant à d'autres, s'il y en a, ils y réfléchiront à deux fois avant de revenir s'en prendre à mes gens.

— Vos gens ?

— Mes gens, en effet, Digby. Y trouveriez-vous à redire une nouvelle fois ?

Celui-ci hésita, se racla la gorge, puis répondit d'une voix doucereuse :

— Oh ! grand Dieu non ! Vous avez prouvé votre valeur, messire. Quelle chance que LochHaven soit sous votre protection, en ces temps difficiles ! Je prie de tout cœur que votre loyauté reste acquise à la Mercie, ainsi qu'à notre bon roi Burgred qui…

Erik se redressa de toute sa hauteur, le visage sévère.

— Trêve de flatteries mielleuses ! Je n'ai aucun grief envers votre petit roi, tant qu'il n'interfère pas avec mes plans, mais n'attendez point de moi de lui être loyal ! Je ne lui dois rien ! Que cela soit clair, Digby, et si vous insistez encore une fois, une seule fois, votre tête lui sera renvoyée dans une boîte, tout comme celle de quiconque osera se mettre en travers de mon chemin ! Me suis-je bien fait comprendre ?

Digby bredouilla en reculant. Rohna dévisageait son époux avec stupéfaction. La force de sa menace et sa détermination tétanisaient l'assistance. Il venait ouvertement d'insulter le roi de Mercie, ainsi que son représentant, et il en fallait peu pour que les choses s'enveniment pour de bon.

Le cœur de Rohna se mit à battre furieusement dans sa poitrine. La colère et l'offuscation se lisaient sur les visages des nobles et notables. La peur également. À l'évidence, ils craignaient de se mesurer à son époux. De manière frontale, du moins. Était-il encore possible d'arranger les choses ?

Seuls Ranald et Bjorn, debout derrière leur chef, paraissaient amusés par la situation et la déconvenue des Saxons. Le sang de Rohna bouillait dans ses veines : parce qu'elle se sentait insultée, elle aussi, en tant que Mercienne, mais peut-être surtout parce qu'elle ne pouvait s'empêcher d'être captivée par la prestance d'Erik. Sa beauté sauvage se reflétait dans ses traits, dans le moindre de ses muscles tendus, alors qu'il défiait la foule. Celle-ci ne pouvait faire autrement que se soumettre à son autorité naturelle. Il était impressionnant. Hélas, la paix, de plus en plus fragile, ne tenait plus qu'à un fil. Si les uns se soulevaient contre les autres, le prix à payer en serait terrible, pour eux tous.

— Il suffit ! clama-t-elle en se levant. Tous ici, vous me connaissez ! Vous savez combien LochHaven est important pour moi, comme il l'était pour mon père ! Par ses actes, mon époux a prouvé sa valeur et je le soutiens de toute ma volonté. Nous devons rester unis, pour faire face aux dangers qui nous menacent. Par pitié, cessons de nous quereller et faisons front ensemble, pour LochHaven !

Tous les yeux s'étaient braqués sur elle. Cependant, seuls ceux d'Erik comptaient. Ils brûlaient d'une passion ardente mêlée à de… l'exaltation ? Un frisson la traversa. Elle n'était que trop consciente de l'émoi qui l'envahissait.

— Ma femme est sage, déclara-t-il. Nous ferions bien de tous l'écouter. Je m'emporte facilement et je ne connais pas encore tous vos usages, mais j'apprendrai.

Le pensait-il vraiment ? Sa voix rauque la fit frémir, tout autant que la portée de ses mots et l'intensité sensuelle de son regard posé sur elle.

Déjà, il ramenait son attention sur l'assemblée.

— Je ne suis pas votre ennemi. Je ne me lèverai pas contre

Burgred, mais j'anéantirai quiconque menacera LochHaven ou périrai en luttant pour sa défense. En cela, nous sommes tous d'accord, n'est-ce pas ?

Cette fois, des murmures d'assentiment s'élevèrent. Des têtes acquiescèrent. Rohna se détendit imperceptiblement. Les Saxons acceptaient Erik, du moins commençaient-ils. Une bouffée d'espoir l'envahit.

Le shérif Digby avança d'un pas. Son visage avait retrouvé des couleurs.

— Messire Erik, je ne puis qu'approuver. En effet, tout ce que nous souhaitons au fond est le meilleur pour LochHaven et la Mercie. Cela étant, et puisque Lady Rohna vous soutient avec autant de ferveur, je ne doute plus qu'en dépit de nos différences nous pourrons nous appuyer les uns sur les autres.

— Qu'il en soit ainsi, approuva Rohna.

— Qu'il en soit ainsi !

Erik leva haut son verre. Chacun l'imita et, bientôt, l'atmosphère s'allégea notablement. L'heure du repas arrivant, des serviteurs apportèrent des plats chauds et tous festoyèrent dans une ambiance plus amicale. Cependant, Rohna n'était pas dupe. Elle n'ignorait pas certains regards suspicieux lancés de part et d'autre, et tous les sourires n'étaient pas sincères. Avec le temps, espéra-t-elle, ils le deviendraient.

Erik ne la regardait plus. À peine semblait-il, à présent, se rendre compte qu'elle se tenait assise à son côté. Il dévorait une énorme pièce de viande rôtie, tout en riant avec Bjorn, qui mangeait lui aussi de bon appétit. Ranald n'avait d'intérêt que pour Bronwyn qu'il gratifiait d'œillades si appuyées que cela aurait pu s'avérer embarrassant si celle-ci n'avait pas paru tant les apprécier ! Empourprée, elle lui répondait par des sourires qui n'avaient rien de timide. Rohna les envia. Leur relation naissante avait l'air si simple, si facile ! Dès le premier regard, ils s'étaient plu. Quelle chance, pour eux ! Ils ne seraient sans doute pas le seul couple à se former. La plupart des Nordiques de l'équipage d'Erik étaient célibataires et puisqu'ils s'établissaient à LochHaven pour de bon, ils chercheraient certainement à y fonder une famille.

Nos deux peuples ne font plus qu'un…

Comme ils ne faisaient plus qu'un, Erik et elle. Pour le meilleur et pour le pire. Qu'ils s'aiment ou non ne comptait pas, et la perspective d'une vie sans bonheur lui nouait le ventre. Du moins pourraient-ils se respecter, apprendre peut-être à s'apprécier, ce qui serait…

Elle sursauta. La main d'Erik était venue se poser sur sa cuisse, éveillant instantanément en elle une sensation vivace. Sa chaleur traversait l'étoffe de sa robe. Avec un sourire provocant, qui ne rehaussait qu'un seul coin de sa bouche, il se pencha à son oreille :

— Merci de votre intervention, tout à l'heure. J'en suis ravi. Cela me touche beaucoup que vous ayez changé d'avis à mon sujet.

— Ce n'est point le cas.

— Vraiment ? Pourtant, vous avez clamé devant tous que vous m'acceptiez sans réserve. Entièrement.

— Entièrement ? Je ne me rappelle pas avoir…

— Mais vous le pensiez et, dès ce soir, entre nos draps, je vous en récompenserai.

Quelle arrogance ! Voilà qu'il la provoquait, encore ! Pensait-il réellement qu'une nuit d'amour suffirait à tout régler entre eux ? Que c'était ce qu'elle attendait, ce qu'elle espérait en retour de son soutien ? Ces Nordiques étaient si différents des Saxons ! Et cette expression suffisante, qu'il affichait ! Même si, en vérité, l'idée de revivre l'extase entre ses bras était extrêmement tentante, elle ne pouvait le lui montrer. En dépit de l'indéniable désir qu'il lui inspirait, il lui était impensable de lui accorder davantage de victoire et de pouvoir sur elle.

Elle haussa le menton et ne faillit pas.

— Je ne souhaite aucune récompense pour n'avoir accompli que mon devoir d'épouse, cette fois encore pour le salut de LochHaven et non pour vous flatter. De plus, je suis épuisée et, ce soir, je dormirai dans ma chambre. Seule.

Elle voulut se lever. S'esclaffant, il la ramena à lui et l'embrassa à pleine bouche, sous les acclamations des Nordiques… et même des Saxons ! C'en était trop ! Impulsivement, elle plaqua ses mains sur son torse pour le repousser. En vain. Il était trop fort, et la pressait trop étroitement contre lui. Et, si sa volonté cherchait à se rebeller, son corps, lui, réagissait tout autrement. Elle avait de plus en plus chaud. D'agréables frissons la parcouraient. Ils l'incitaient non point à échapper à l'étreinte de son époux, mais au contraire à se rapprocher toujours plus de lui à mesure que leur baiser devenait plus tendre, plus caressant. L'ampleur de son désir grandissait. Que lui arrivait-il, de s'abandonner ainsi, devant tous de surcroît ? En vérité, elle s'en moquait. Seuls ses sens l'emportaient, annihilant sa raison. Quel pouvoir cet homme exerçait-il sur elle, pour qu'elle se perde ainsi ? Autour d'eux, le monde s'évanouissait. Les sons s'étouffaient. Ses pensées se diluaient dans un flot de plaisir qu'elle ne maîtrisait pas. Que Dieu lui pardonne, elle en réclamait davantage !

Jusqu'à ce qu'il s'écarte d'elle.

Pantelante, les joues en feu, le corps en ébullition, elle cherchait à reprendre son souffle et à recouvrer ses esprits. Erik, lui, exigea bruyamment à boire, comme indifférent. Décontenancée, à la fois furieuse contre lui et honteuse contre elle-même, elle le foudroya du regard.

En retour, il lui adressa un sourire désarmant qui ne fit qu'accentuer sa contrariété.

— Oui, ma douce ?

— Ne recommencez jamais.

— Quoi donc ? Vous embrasser en public ? Je suis votre

époux. Vous m'appartenez, vous l'avez vous-même admis, et je vous embrasserai autant qu'il me sied, où il me conviendra, et comme je le souhaiterai.

— Je ne vous y autorise pas !

— Allons, ce n'est pas comme si cela ne vous plaisait pas.

— Peu importe ce que vous pensez, je ne…

— Suffit, ma douce, j'ai parfaitement compris.

Son ton s'était soudain fait très sérieux. Ses yeux plissés scintillaient d'un éclat étrange. L'avait-elle blessé ?

— Retirez-vous, à présent. Puisque vous me refusez votre lit, vous dormirez en paix, cette nuit. Je vous promets de ne pas vous rejoindre, ne vous inquiétez pas. Après tout, je trouverai bien une autre manière tout aussi agréable de m'occuper.

Sur ce, il adressa un large sourire à la jeune esclave qui lui remplissait sa chope d'*ale*. La fille gloussa et il lui donna une claque retentissante sur les fesses alors qu'elle s'en retournait.

Rohna aurait préféré ignorer le pincement qui lui meurtrit le cœur à cet affront. Si son époux qu'elle repoussait trouvait son plaisir entre d'autres bras, n'aurait-elle pas dû s'en féliciter ? Pourquoi fallait-il cependant qu'il en fasse étalage ? Tourmentée de sentiments opposés, elle se détourna de lui et se leva un peu trop vivement.

— Comme vous le souhaitez, monseigneur. Profitez bien de votre soirée.

Il ne répondit pas à son ton sec et blessé. Il ne la retint pas. Il ne la regarda même pas. Toute son attention était fixée sur la jeune esclave. La tête haute, Rohna quitta la pièce sans se retourner, maudissant cette douleur inexplicable qui lui nouait les entrailles…

Chapitre 16

Erik s'appuya plus confortablement contre le dos de son siège. De là où il se trouvait, il avait une vue globale sur l'ensemble de la pièce. Saxons et Nordiques festoyaient côte à côte. Comment ne pas avoir foi en l'avenir, à les voir ainsi ? Si ces deux peuples pouvaient s'entendre, pourquoi ne pouvait-il en être de même entre sa femme et lui ? Dès qu'il imaginait que leur relation s'améliorait, l'un ou l'autre agissait de façon à ce qu'il n'en soit rien. Ses pensées étaient moroses. La contrariété le tenaillait. Il n'imaginait pas que son épouse le méprisait à ce point. Elle persistait à le repousser, à le rejeter ! Pourtant, elle pouvait prétendre ce qu'elle voulait, réprouver cette indéniable attirance physique entre eux était une perte de temps et d'énergie. Pourquoi ne l'acceptait-elle pas ? Aucune femme avant elle ne l'avait refusé. Aucune ne l'avait regardé avec un tel mélange de peur et de désir. Aucune ne l'avait autant bouleversé qu'elle. Son épouse. Celle avec qui il partagerait tout, pour le reste de sa vie. Le mur qu'elle érigeait entre eux à la moindre occasion le contrariait plus que de raison. Pourquoi cela lui importait-il autant ? Il n'entendait pas obtenir son amour ni en éprouver pour elle. S'ils se respectaient mutuellement, ce serait déjà une belle avancée, pour tous les deux.

Par ses mots et son rejet, elle l'avait rudement blessé. Heurté dans sa fierté. En retour, il avait feint s'intéresser à une autre. Quelle folie était-ce là ? Cela ne lui ressemblait pas. De plus, si l'esclave était séduisante, il n'avait aucune envie de la mettre dans son lit. Déjà, il avait oublié son visage, alors que celui de Rohna l'obsédait. Si son expression était restée neutre, il avait remarqué la pique de la jalousie scintiller dans ses yeux. Son pas aussi avait été trop rapide, sa posture trop raide, lorsqu'elle avait quitté la pièce, pour qu'elle soit indifférente. Elle était nerveuse. Offusquée. Contrariée. Tant mieux ! Que cela soit par frustration ou par fierté, cela leur faisait au moins un point en commun.

Si elle était obstinée, il ne l'était pas moins. Elle le voyait toujours comme un barbare inculte, un homme fort et solide juste bon à pourfendre ses ennemis, tout en étant trop sot pour gouverner leur fief. Se débarrasserait-elle de lui à la première occasion ? Ou s'en voulait-elle de ressentir de l'attirance pour son païen d'époux ? Bon sang ! Il n'y comprenait plus rien, se sentait perdu. Plus il faisait d'efforts pour se rapprocher d'elle, plus elle en semblait contrariée. Qu'attendait-elle de lui ? Ces Saxonnes étaient tellement plus compliquées à saisir que les Nordiques ! Jamais ses sentiments pour une femme ne l'avaient autant tourmenté. Jamais il ne s'en était autant préoccupé…

Bjorn lui tapa sur l'épaule, l'extirpant de ses pensées.

— Tu sembles bien songeur, Erik. Et plutôt nerveux, aussi. C'est à cause des Saxons ? Ce Digby, c'est juste une grande gueule, mais il grogne plus qu'il ne mord. Tu n'as pas à…

— Je ne me soucie pas de Digby. Il ne ferait pas peur à un cafard.

— Ah, c'est sans doute vrai ! Alors, quel est le problème ?

— Ma femme. Je ne la comprends pas.

Bjorn haussa les épaules.

— Comprend-on jamais les femmes ? Moi, je n'essaie même plus. Ça me repose la tête.

Erik lâcha un soupir.

— Je croirais entendre Ranald.

— Eh bien, il ne raconte donc pas que des foutaises.

Bjorn rit puis engloutit d'une traite sa chope. De la mousse resta un instant à maculer les tresses de sa barbe blonde, qu'il essuya du revers de sa manche.

— Bon, que se passe-t-il avec ta femme ?

Erik hésita, mais il avait confiance en Bjorn et Ranald autant qu'en lui-même, et il avait besoin de s'épancher. Sans doute avait-il un peu trop abusé de l'*ale*, ce soir.

— Elle refuse que je l'embrasse, et encore plus, à l'évidence, que je lui fasse l'amour.

— Tu es si mauvais que ça ? Ah, ne me dévisage pas comme si tu allais me tuer, je cherchais juste à te dérider !

— C'est très sérieux. Elle ne m'aime pas, Bjorn. Elle ne m'apprécie pas du tout, à vrai dire.

— Pourtant, elle t'a soutenu, tout à l'heure. Et à sa manière de te regarder, je jurerais que…

— Je sais, je sais. N'empêche, elle m'a interdit de la toucher.

— Elle te l'a interdit ? Voilà qui est amusant. Depuis quand une femme te donne-t-elle des ordres ? Sait-elle qu'elle te doit obéissance ? Du moins, les Saxons sont formels sur ce point, leurs femmes n'ont pas les mêmes droits que les nôtres, et certainement pas celui de refuser leur époux dans leur lit.

— Je ne la forcerai pas.

— Tant mieux, cela m'aurait étonné de toi, et déçu, aussi. Bon, que comptes-tu faire, alors ?

— Rien de particulier. Elle finira par s'offrir à moi, par me supplier, même, et elle regrettera le temps qu'elle nous aura fait perdre.

— Voilà qui est parlé ! Et si elle tarde, eh bien, il y a beaucoup d'autres poissons dans l'océan…

Sur ce, Bjorn enlaça une esclave et l'attira sur ses genoux. La fille gloussa, entoura son cou de taureau de ses bras et il l'embrassa à pleine bouche.

Erik secoua la tête et se détourna d'eux, abandonnant son ami à ses plaisirs frivoles. Il était temps pour lui de quitter les lieux.

Dédaignant une invitation à jouer aux dés, il rejoignit l'escalier qui menait à l'étage, puis à sa chambre. Leur chambre. Là où Rohna se trouvait, et où il entendait passer la nuit, lui aussi ! Quel genre de chef serait-il, autrement, s'il se laissait jeter hors de ses appartements par son épouse ? Sur le chemin, il tituba, se cogna l'épaule contre le mur et émit un grognement. Sans doute avait-il abusé de la boisson, mais pas au point de perdre ses moyens ou d'en oublier sa résolution… et sa promesse. S'il avait juré de ne pas importuner sa femme, sa discussion avec Bjorn avait fait germer en lui une idée qu'il entendait bien mettre à profit. Le couloir était désert. La porte de la chambre s'ouvrit dans un léger grincement. Il entra à pas feutrés. Les flammes du foyer se mouraient doucement. Il y ajouta une grosse bûche qui se consumerait un long moment. Peut-être même tiendrait-elle jusqu'à l'aube.

Dans le lit en bois finement sculpté, une silhouette immobile reposait sous une courtepointe. Celle-ci échouait à masquer la perfection des formes affriolantes de Rohna. Le corps d'Erik réagit instantanément. Un puissant désir lui fouilla les reins. Inspirant profondément, il se débarrassa de ses chausses et de ses vêtements, puis souleva couverture et draps pour s'y glisser.

Contrairement à ce qu'il pensait, Rohna ne dormait pas. À peine avait-il posé ses fesses sur le matelas de lin qu'elle se redressa d'un bond, remontant le drap jusqu'à son cou.

— Que diable faites-vous ?

— Cela me paraît évident. Je me couche.

— Vous ne pouvez pas !

— Tiens donc. C'est pourtant mon lit, pour autant que je sache, et j'entends bien y dormir. Cette nuit et toutes les autres, comme bon me semblera.

— Dois-je comprendre que la jeune esclave ne vous a point comblé, monseigneur ?

La tension dans sa voix était plaisante. Au lieu de la tranquilliser, la tentation de la provoquer fut plus forte. Il se pencha vers elle, à effleurer son visage de son souffle chaud.

— Il ne tient qu'à vous de prendre sa suite, pour vous en assurer.

— Je… certainement pas !

Son ton s'était fait plus glacial qu'un fjord de Norvège. Elle s'accrochait à son drap comme s'il pouvait suffire à l'empêcher de la toucher, s'il le souhaitait. Cela le fit sourire, tout en le contrariant.

Il lui tourna le dos.

— J'ai promis de ne pas vous toucher contre votre volonté, point de dormir ailleurs que dans mon propre lit. Bonne nuit, ma douce.

Comprenant certainement qu'il entendait en rester là, elle s'étendit à son tour. Sa nervosité n'en restait pas moins palpable. Son corps chaud tressaillait près du sien. Son odeur suave et fleurie l'enveloppait, l'envoûtait. Ses cheveux effleuraient son dos en une délicieuse caresse. Le souvenir de leur merveilleuse nuit de noces l'assaillit. Il réprima un juron. Mieux valait qu'elle ignore tout de l'énorme érection qui le tiraillait ! Puisqu'il s'était promis de ne plus la toucher sans qu'elle ne le lui demande, il s'y tiendrait. Qu'importe les efforts surhumains qu'il devrait fournir pour y parvenir ! En dépit de ce que ces maudits Saxons croyaient, un Nordique pouvait être honorable. De plus, l'idée que Rohna vienne à lui était fort plaisante. Il n'en savourerait que davantage sa victoire !

Le problème était que la rigidité de son sexe commençait à

en devenir franchement inconfortable. Son corps se moquait de ses résolutions, il voulait faire l'amour à sa femme ! La mener à l'extase, l'entendre crier son nom, le supplier de la faire sienne, encore et encore, jusqu'à ce que, épuisés et comblés, ils s'endorment enlacés. Que lui arrivait-il de penser ainsi ? Il était ivre, voilà tout, ce qui l'empêchait de raisonner. Il lui fallait dormir. D'ici quelques heures, il y verrait plus clair. Hélas, la sentir si proche de lui exacerbait la tension qui le torturait. Sur une pulsion qu'il fut incapable de contenir, il se retourna, effleura l'épaule nue de sa femme. Elle tressaillit.

— Cessez et retournez plutôt trousser une esclave.

— Croyez-le ou non, je n'ai pas forniqué avec cette fille ni avec aucune autre depuis nos noces.

Pourquoi sentait-il le besoin de se justifier ? Face à elle, il avait l'impression de perdre pied. Un sentiment pour le moins déplaisant, en plus du reste. Comme elle ne répondait pas et restait figée, la colère se mêla à sa frustration. Il se retourna, ferma les yeux et n'ajouta plus un mot ni ne tenta plus rien. Pourvu que le sommeil l'emporte vite !

Chapitre 17

Impossible de trouver le repos. La sensation du corps d'Erik, quasiment pressé contre son dos, était trop prégnante pour que Rohna réussisse à simplement fermer les yeux. À sa respiration régulière, elle était certaine qu'il dormait. Comment y parvenait-il, tandis qu'elle en était incapable ?

Dès qu'il s'était couché près d'elle, sa chaleur l'avait enveloppée, tout autant que son odeur virile et musquée. Le désir s'était instantanément éveillé dans son bas-ventre, sans qu'elle ne puisse rien y faire pour l'empêcher. Sa peau frémissait, comme en attente de caresses que sa volonté et sa fichue obstination refusaient de réclamer au grand jour. Elle se recroquevilla sur elle-même, espérant que cela suffise à l'éloigner de son époux. Hélas, son bras puissant retomba sur sa taille, l'enserra et l'attira à lui ! Muette de stupeur, elle se retrouva prisonnière de son étreinte, son dos plaqué contre son ventre ferme. Le visage de son époux enfoui dans ses cheveux. Son souffle lui caressant la nuque.

Seigneur ! Agissait-il consciemment ? S'amusait-il à ses dépens ? À en juger par sa respiration régulière, il n'en était rien. Comment pouvait-il dormir alors qu'elle luttait âprement pour refouler la sensation inconfortable qui s'insinuait entre ses cuisses ? Seule la mince étoffe de sa chemise de nuit les séparait. Une bien maigre barrière ! Ses joues s'enflammèrent. Son cœur s'emballa. Pourquoi avait-il fallu qu'il se couche entièrement nu ? En plus de sa virilité tendue, tout son corps divin n'était que tentation. Il lui suffirait de peu pour le caresser du bout des doigts, pour suivre le dessin de ses muscles harmonieux, de son torse solide, de son ventre plat et ferme, de…

Elle se mordit la lèvre inférieure, refusant de s'abandonner à ces pensées impudiques. Comment le pouvait-elle, alors qu'il venait de posséder une autre femme ? Il lui avait assuré le contraire et, si son cœur voulait y croire, sa raison s'y refusait. Nombre d'hommes trompaient leurs épouses, qui pour la plupart ne s'en formalisaient guère. Pourtant, le simple fait d'imaginer Erik entre les bras d'une autre avait éveillé en elle un profond sentiment des plus désagréables qu'elle ignorait jusque-là. Humiliée, honteuse, comment accepter qu'elle puisse être si jalouse ? Que lui arrivait-il ? Elle n'aimait pas Erik ! Que lui importait qu'il prenne son plaisir ailleurs, tant qu'il la laissait tranquille ?

Si seulement elle parvenait à s'en convaincre… Décontenancée, elle s'efforça de clore les paupières, priant pour trouver rapidement le sommeil afin d'échapper, même brièvement, aux puissantes émotions diamétralement opposées qui la torturaient…

Finalement, ses prières furent entendues.

À son réveil, les rayons du soleil perçaient à travers la toile huilée qui recouvrait la fenêtre de la chambre. Dehors, des chiens aboyaient, des hommes se hélaient, les cuisines s'activaient, les bruits matinaux s'animaient comme d'ordinaire. Rohna s'étira. La place à son côté était vide, mais encore chaude. Se redressant, elle découvrit Erik, debout au milieu de la pièce. Vêtu de sa seule tunique, il avait le dos tourné. La vue offerte de ses fesses rondes et fermes éveilla aussitôt une vague de désir en elle. Elle s'obligea à fermer les yeux un instant pour retrouver la maîtrise d'elle-même, et tenter d'apaiser l'implacable chaleur qui l'envahissait. Elle avait envie de lui, terriblement, et se l'avouer résonnait en elle comme un échec face à sa volonté. Comment pouvait-elle se montrer si faible ?

Quand elle rouvrit les paupières, ce fut pour croiser le regard d'Erik. Dieu merci, il avait entre-temps revêtu ses braies ! Elle déglutit difficilement face à l'imposante protubérance dissimulée sous le tissu, s'imaginant la toucher. Le feu en elle se raviva aussi férocement que si un vent violent attisait des flammes pour devenir un incontrôlable brasier.

— Bonjour, ma douce. Avez-vous bien dormi ?

À son sourire triomphant, elle aurait pu jurer qu'il avait deviné ses pensées ! Il s'en amusait… Honteuse, elle serra les dents.

— Et vous ?

— Aussi bien que possible, même si vos ronflements m'ont parfois réveillé.

— Comment ? Mes… mes ronflements ?

— N'en prenez pas ombrage, je m'y habituerai, ou nous trouverons comment vous faire passer cette particularité.

Son sourire s'élargit. À l'évidence, il prenait grand plaisir à la provoquer, encore !

— Je ne ronfle pas. Vous, en revanche…

Quelle pitoyable repartie ! Hélas, rien de mieux ne lui était venu. Face à lui, elle perdait tous ses moyens !

Il croisa les bras, et la dévisagea avec gourmandise.

— Si vous avez manqué de sommeil par ma faute, sans doute souhaiteriez-vous que nous retournions au lit ? Je me ferais un plaisir de vous cajoler jusqu'à ce que…

— Non !

Hors de question ! Parviendrait-elle à se contrôler, alors ? À s'empêcher de le toucher, comme chaque fibre de son être le lui intimait ? Il s'approcha d'elle. Lentement. Ses yeux d'un bleu cristallin brillaient d'un éclat concupiscent. Qu'il était tentant de s'y noyer ! Il s'agenouilla devant elle. Avec une tendresse qui la déstabilisa, il se saisit de ses mains.

— Vous ne m'appréciez guère mais vous êtes ma femme, et je refuse que vous ayez peur de moi.

— Je n'ai pas peur.

Pas de vous, en tout cas. Plutôt de moi-même ! De mon corps, qui me trahit dès que vous vous trouvez près de moi !

La pression de ses doigts s'accentua.

— Ma douce, il n'en tient qu'à vous de briser cette tension entre nous. Suppliez-moi, et…

Le supplier ? Vraiment ? Il attendait d'elle qu'elle se soumette ! Qu'elle s'humilie devant lui !

Elle retira ses mains des siennes.

— Bronwyn ne tardera pas à venir, et je dois me préparer pour les corvées de la journée. Je suis certaine que vous avez fort à faire, également.

Erik la contempla un instant, l'expression fermée.

— Comme vous voudrez.

Son ton s'était fait aussi revêche que le sien. Il récupéra le reste de ses affaires posées sur un coffre puis quitta la chambre en faisant claquer la lourde porte derrière lui.

À peine fut-il sorti que Rohna, bouleversée, s'effondra sur son lit.

Faute d'adversaire encore vaillant et disponible, Erik s'acharnait à coups d'épée contre un mannequin en bois, tant et si bien qu'il n'en restait plus grand-chose. Il avait tellement besoin de se défouler ! De décharger toute cette énergie accumulée à cause de son propre comportement. Pourquoi persistait-il à agir comme un imbécile ?

« Suppliez-moi… » Bon sang ! Ces mots fort mal choisis lui avaient échappé. À l'évidence, Rohna n'avait guère apprécié. Comment aurait-il pu en être autrement ? Il s'était montré si maladroit ! D'ordinaire, il s'en serait sans doute amusé, mais pas cette fois. En vérité, il n'était pas le seul fautif : il lui avait dit la vérité, au sujet de l'esclave, et elle persistait à ne pas le croire ! De rage, il frappa le mannequin. Des lambeaux de paille tressée voletèrent autour de lui.

Jamais il ne s'était senti aussi frustré. Tout ça parce qu'il accordait de l'importance à ce que pensait et ressentait son épouse ! Cela le rendait nerveux, impulsif. Quelle idiotie ! Au lieu de perdre son temps, il ferait mieux de lui faire l'amour ! Néanmoins, la contraindre le répugnait. Se soulager seul n'y changerait rien – il avait déjà essayé –, pas plus que la possibilité de coucher avec une esclave ou une Saxonne de bonne volonté. Cela n'aurait pas été difficile, nombre d'entre elles le contemplaient avec une envie palpable, et pas uniquement parce qu'il était l'*ealdorman*. Toujours, il avait plu aux femmes. Pourquoi n'était-ce pas aussi simple, avec la sienne ?

Il porta un nouveau coup au mannequin qui ploya sous sa puissance et fut presque coupé en deux.

— Eh bien, mieux vaut lui que moi, s'exclama une voix grave.

Erik se retourna. Ranald le lorgnait, son éternel sourire aux lèvres. Il était avec Bronwyn. À ses cheveux défaits, et à leur expression satisfaite, à tous les deux, il était facile de deviner le tendre moment qu'ils venaient de partager. Erik réprima un juron, torturé par le besoin d'avoir, lui aussi, ce genre de relation avec Rohna. Le regard complice qu'ils échangèrent acheva de lui nouer les entrailles.

L'humeur sombre, il fit un pas vers Ranald et tendit vers lui la pointe de son épée.

— Tu tombes à point nommé, Ranald. Un adversaire qui

essaie de répliquer, c'est toujours plus intéressant qu'un bout de bois qui reste immobile.

— Qui essaie de répliquer ? Tu vas voir, si je me contente d'essayer de répliquer ! Bronwyn, regarde-moi étaler ce grand vantard dans la boue !

Gaillard, Ranald se saisit de sa lourde hache, portée à la taille et tenue en place à l'aide d'une épaisse ceinture. La faisant tournoyer, il se mit en position, face à Erik. Bronwyn leva les yeux au ciel puis recula, s'éloignant des deux colosses qui se tournaient autour. Un sourire aux lèvres, Erik sentait sa vigueur lui revenir. Enfin, un combat digne de ce nom ! Ranald était un guerrier émérite, qui ne lui octroierait pas facilement la victoire.

Chacun des muscles d'Erik se tendait, prêt à agir. Du coin de l'œil, avant que le premier coup ne soit porté, il nota que plusieurs Saxons et Nordiques s'immobilisaient pour assister au combat.

Bien. Ces soldats en apprendront peut-être quelque chose, songea-t-il distraitement.

Il bondit au moment où la hache de Ranald s'écrasait là où il se trouvait, une seconde auparavant. Sans aucun doute ragaillardi par l'attention de sa belle et souhaitant l'impressionner, le géant ne plaisantait pas.

Parfait. C'est exactement ce que j'espérais !

Souriant, Erik contre-attaqua en un éclair. Sa lame fendait l'air. Il n'accordait aucun répit à son adversaire. Si Ranald était plus grand et plus costaud, lui était plus rapide et plus souple. Il épuiserait son ami avant qu'il ne soit lui-même à bout de souffle. Le silence s'était fait autour d'eux. Les spectateurs étaient captivés par le moindre de leurs gestes, empreints de férocité. Il aurait été aisé de croire qu'ils étaient déterminés à se battre à mort !

En vérité, l'exaltation du combat face à un adversaire de valeur les emportait tous les deux. Habitués à se confronter à leurs pairs depuis leur tendre jeunesse, tenir une arme et s'en servir était devenu pour eux une seconde nature. On les traitait de barbares. Peut-être l'étaient-ils, mais ils étaient surtout des guerriers, des survivants. Ils rendaient coup pour coup, esquivaient, feintaient, cherchaient à exploiter les failles de l'adversaire. Pour avoir lutté côte à côte depuis des années, la tâche s'avérait à la fois compliquée et aisée. Ils se connaissaient trop bien ! Aucun ne paraissait prendre le pas sur l'autre. La sueur coulait sur les corps et les visages, qui s'échauffaient. Erik ne s'était pas senti aussi bien, aussi libre et enthousiaste depuis longtemps ! Pas depuis que les responsabilités de LochHaven lui incombaient, qu'il avait été obligé d'épouser une femme qu'il n'avait pas choisie, et qui ne voulait pas de lui… Penser à elle fut une erreur, qui faillit lui coûter cher. Profitant de cette brève distraction, le poing de Ranald n'avait manqué son visage que de peu. Heureusement, les réflexes d'Erik avaient repris le dessus et il s'était écarté *in extremis*. Ranald commençait à fatiguer. Ses gestes devenaient maladroits mais restaient puissants. À la moindre faiblesse, Erik en serait pour ses frais. Hélas, en bondissant sur le côté, il glissa sur une plaque de boue gelée et fut déséquilibré.

Ranald poussa un grognement victorieux face à son adversaire à terre, qu'il imaginait à sa merci. D'un mouvement leste et vif, Erik plongea en avant. Il renversa le géant qui chuta en arrière et se jeta sur son torse pour s'y jucher à califourchon. Sa lame en travers de la gorge de Ranald, sous l'épaisse barbe rousse, il s'exclama joyeusement.

— Tu t'es bien battu, Ranald, mais j'ai gagné.

— Bah, tu as juste eu de la chance !

— Cette fois seulement, ou aussi les nombreuses fois précédentes où je t'ai mis à terre ?

Le sourire de Ranald s'élargit.

— Moi, je parierai plutôt que l'attention de ta femme t'a déchaîné.

— Ma femme ? Qu'est-ce que tu…

Il suivit le regard de Ranald, et découvrit alors Rohna. Auprès de Bronwyn, elle se tenait fière et droite, avec le port d'une reine. Depuis quand était-elle là ? Ses grands yeux verts étaient braqués sur lui, et l'inquiétude mêlée d'admiration qu'il y surprit lui échauffa les reins tout autant que le cœur. Il n'en profita cependant pas longtemps : Ranald le bouscula d'un puissant coup de poing. Vautré sur le côté, sourd aux acclamations joyeuses des spectateurs, la mâchoire en feu, il accepta la main tendue de Ranald. Celui-ci était goguenard, et en dépit de la douleur cuisante, Erik s'esclaffa à son tour en se relevant.

— Bien joué, Ranald.

— Ça me fait mal de l'admettre, je n'ai aucun mérite. Tu es un adversaire farouche, Erik, mais tu es surtout facile à distraire. Pas sûr que je m'en sois sorti sans un peu d'aide. Grand merci à vous, Lady Rohna !

Il effectua devant elle une révérence appuyée puis saisit Bronwyn dans ses bras pour la faire tournoyer.

Une fois encore, Erik envia leur complicité. Comment ce grand balourd avait-il séduit une jolie et gentille fille comme Bronwyn restait un mystère, mais il était sincèrement heureux pour eux.

Il se tourna vers Rohna. Son regard s'ancra au sien et ne le quitta pas, alors qu'il venait à elle.

— Vous vous êtes bien battu, annonça-t-elle.

— Certes, mais j'ai, paraît-il, perdu ce combat par votre faute.

Elle haussa un sourcil.

— Si c'est le cas, j'en suis contrite. Cependant, ne croyez-vous point qu'il est aisé de faire peser sur moi le poids de votre défaite ?

— Ce n'est pas ce que je voulais dire. C'est juste que…

Il ne termina pas sa phrase, autrement qu'en exhalant un profond soupir. Décidément, s'exprimer dûment devant elle était difficile !

— Je… j'ai une requête, souffla-t-elle.

— Oui, ma douce ? De quoi s'agit-il ?

— Pourriez-vous m'apprendre ?

La question le désarçonna.

— Vous apprendre quoi ?

— À me défendre. Avec une arme. Certaines de vos femmes se battent, paraît-il, et participent même à vos batailles.

— Il est vrai, mais…

— Je suis consciente que je n'ai pas la force physique d'un homme, et j'aurais certes du mal à manier l'une de vos lourdes haches, mais avec une épée courte ou un couteau, je pourrais agir.

Il la dévisagea avec attention. D'où lui venait cette idée ? Oh. Évidemment. Elle songeait à Leif, et à son impuissance face à lui. Bien qu'il doute qu'elle ait pu repousser seule, armée ou non, cet étron de troll et ses comparses, sa demande était légitime et recevable. Bien que…

— Je suis votre époux. J'ai juré de vous protéger. Vous n'avez nul besoin de vous battre.

— Certes. Cependant, vous ne pourrez pas toujours être auprès de moi. Je refuse de… de me sentir aussi vulnérable que je l'étais quand… Plus jamais. Vous comprenez ?

Ses yeux émeraude brillaient de détermination. Ses joues étaient écarlates. Piquées par l'air froid, et sans doute plus encore par la colère et le ressentiment. Elle voulait vraiment apprendre le maniement des armes. Même en accord avec la sincérité de cette requête, la fierté d'Erik en était blessée. Son épouse ne l'estimait-elle pas capable de veiller sur elle ? *Imbécile !* Cette pensée était aussi stupide que fausse. Il ne devait pas voir les choses ainsi. Elle voulait juste s'assurer de ne plus être une victime impuissante. Solveig, déjà, lui avait adressé la même requête et il avait accepté, ce qui avait en partie sauvé la vie de la jeune femme lorsqu'elle avait affronté en duel l'un des plus redoutables guerriers du clan. À présent, son épouse réclamait son aide. Pouvait-il la lui refuser ?

Elle s'impatientait.

— Alors ? Que décidez-vous ? Dois-je plutôt demander à Ranald ou Bjorn de m'apprendre ?

— Ma douce, je n'autoriserai aucun autre que moi à vous approcher d'aussi près, répondit-il en lui tendant son couteau par la garde. Voici mon *seax*[1], c'est le nom que nous donnons à ce genre de lame. Il vous sera aisé de la manier, du moins pour commencer. C'est une bonne arme. Légère et facile à porter, mais aussi mortelle quand on sait s'en servir. Je vous l'offre, en gage de ma bonne volonté et du pacte que nous allons sceller, vous et moi.

— Un pacte ?

— En effet. Je vous apprendrai à vous défendre et en retour, vous… m'enseignerez à lire et à écrire votre langue.

Elle écarquilla grand les yeux. À l'évidence, elle ne s'attendait pas à cela !

— Je ne maîtrise pas cet art, loin de là, expliqua-t-il. Pour devenir un véritable *ealdorman*, j'ai besoin de m'améliorer. Cela me tient à cœur, tout comme, il me semble, il est important pour vous de pouvoir vous protéger sans autre soutien que le vôtre.

Ce fut à son tour, à elle, de le contempler un long moment. Cherchait-elle à s'assurer qu'il ne la fourvoyait pas ? Qu'il n'essayait pas de l'amadouer, avant de changer subitement d'avis ?

Elle murmura, comme incrédule.

— Ainsi, vous avez besoin de mon aide ?

— En effet. Comme vous de la mienne. Si nous nous soutenons, nous obtiendrons tous deux satisfaction.

Elle inspira profondément puis acquiesça.

1. Arme de valeur et de meilleure qualité qu'un couteau de combat commun dans la société nordique.

— Quand commençons-nous les leçons ?

— Tout de suite.

Le sourire qu'elle lui adressa en réponse lui réchauffa le cœur plus sûrement que n'aurait pu le faire un feu ardent en plein hiver.

Chapitre 18

— Il nous faut prendre en considération les demandes de Gilda, la tavernière. Elle réclame des gardes, ou du moins à ce qu'ils passent plus souvent par son établissement. Ces derniers temps, des ivrognes se sont cherché querelle et elle a eu le plus grand mal à les chasser…

Wilford, l'intendant, énonçait avec application chacune des revendications des notables et villageois. Erik et Rohna l'écoutaient en silence. Lui assis derrière le bureau de l'*ealdorman*, elle debout à son côté. Depuis le matin, ils travaillaient ensemble aux tâches administratives de LochHaven. Grâce aux leçons de Rohna et à sa propre vivacité d'esprit, il progressait vite et, bientôt, il n'aurait plus besoin de son assistance pour déchiffrer tous ces parchemins et documents indispensables au bon fonctionnement du domaine. Sachant qu'il considérait ceci comme une corvée, elle était impressionnée qu'il s'évertue tout de même à s'y intéresser. Il semblait par ailleurs en apprécier d'autant plus la valeur d'un homme honnête et expérimenté comme Wilford.

Ce dernier était fort assidu à sa tâche, qu'il avait toujours prise grandement au sérieux, depuis trente longues années qu'il travaillait à LochHaven. L'âge n'avait en rien miné ses capacités et Rohna avait toute confiance en lui. Quel soulagement qu'Erik fasse de même !

Son époux hocha la tête.

— Je demanderai à Bjorn d'assigner davantage de soldats au village, déclara-t-il. Ils patrouilleront plus souvent autour de la taverne. Nous pouvons nous le permettre, avec les renforts de mon clan arrivés ces derniers jours.

— Comme il vous siéra, messire, approuva Wilford. Cependant... s'ils imaginent pouvoir y boire gracieusement, ou pire, à vos frais ?

— Il vaudrait mieux pour eux qu'ils ne s'y essaient pas.

Erik lui sourit. Il n'était point un secret que Wilford craignait l'impulsivité des Nordiques, et que certains ne sachent se comporter correctement. La réponse de son *ealdorman* sembla le satisfaire.

— Bien, messire. À présent, il nous faudrait parler du prélèvement des redevances. Comme vous le savez, elles nous sont versées quatre fois par an et, après du retard, le négociant en fourrure de Twyfyrde et le teinturier de Curvill se sont finalement acquittés de leurs dettes. Leurs difficultés étaient causées par ces misérables pillards que vous avez occis. Ceux-ci avaient un temps empêché le bon acheminement de certaines denrées, mais tout est depuis rentré dans l'ordre. Grâce à Dieu, messire Erik, vous êtes aussi valeureux qu'efficace !

Rohna savait le sentiment sincère, et non une flagornerie prononcée pour s'attirer les bonnes grâces de l'*ealdorman*. Contrairement à nombre d'intendants, Wilford était loyal et droit.

— Moi, je remercie les dieux de vous avoir parmi nous, Wilford ! Votre dévouement est admirable. Je préférerais mille fois parcourir les routes pour massacrer mes ennemis plutôt qu'accomplir votre travail. Je deviendrais fou, à passer tant d'heures enfermé ici, au lieu de profiter du grand air !

Touché par le compliment, ce fut au tour de Wilford de sourire.

— Vous servir est un honneur et un plaisir, messire, comme

je le faisais du temps de l'*ealdorman* Wilfred et de celui de son père avant lui. Cela étant, je vous propose de revoir certains points d'importance, comme la construction du pont qui nous ferait gagner une journée de cheval si…

Erik leva haut une main pour l'interrompre.

— Par pitié, j'ai besoin d'une pause. Voyez cela avec mon épouse. J'ai toute confiance en elle, et sa voix sera la mienne. Elle prendra la décision qui s'impose.

Wilford écarquilla les yeux de stupeur. Rohna partageait sa surprise. Après lui avoir d'abord refusé ces responsabilités, voilà qu'il les lui accordait ? Qu'il assurait de plus avoir toute confiance en elle ?

— En êtes-vous certain, mon époux ?

— Absolument. Vous êtes très douée pour cela, beaucoup plus que moi ! Je l'avoue, tous ces chiffres et ces doléances me donnent le tournis ! Je vous abandonne donc volontiers cette charge, comme vous le souhaitiez, et me consacrerai plutôt à la défense de LochHaven. J'entends à ce que nous nous complétions, en tout point.

Elle en restait sans voix. Ce changement d'attitude était inattendu, inespéré ! S'agissait-il d'un piège ? Impossible. Pas quand il la dévisageait de cette manière, avec autant de sincérité. Un fort sentiment de gratitude et de satisfaction l'envahit. Cela, et autre chose, aussi, de beaucoup plus profond et intime.

— Je vous remercie. Je…

— Inutile. C'est vous qui me rendez service en me déchargeant de cette corvée. Bien ! clama-t-il en se levant. À présent, je m'en vais rejoindre le terrain d'entraînement, là où mes compétences seront véritablement profitables. Libre à vous de m'y retrouver quand il vous siéra, ma douce, pour votre leçon.

Sur ce, il prit congé, abandonnant Rohna et Wilford au milieu des parchemins et des livres éparpillés.

Qu'il était difficile d'y croire ! Pourtant… Son cœur exultait d'avoir obtenu la reconnaissance et les responsabilités auxquelles elle aspirait tant. Son époux, enfin, lui faisait pleinement confiance ! Elle ne le décevrait pas.

Emplie d'espoir et d'enthousiasme, elle se tourna vers Wilford.

— Reprenons, voulez-vous ? Au sujet de ce pont…

L'air glacial ne minait en rien la satisfaction d'Erik. Non seulement il s'était débarrassé d'une tâche qui, contrairement à ce qu'il avait d'abord voulu imaginer, l'exaspérait terriblement, mais de plus il avait obtenu un sourire radieux de son épouse. Quelle fierté pour lui ! Comme les femmes scandinaves, Rohna ne demandait qu'à être respectée, valorisée et considérée comme une égale, et certainement pas dominée. S'il l'avait compris plus tôt, et surtout s'il avait saisi comment s'y prendre pour la satisfaire, au lieu de n'écouter que son orgueil et les rumeurs idiotes concernant les désirs et besoins des Saxonnes, il se serait évité beaucoup de déconvenues ! À présent, il n'en doutait plus : Rohna et lui prenaient un nouveau départ. À mesure qu'ils passaient du temps ensemble, il comprenait combien ils avaient à apprendre l'un de l'autre… et combien il appréciait cela. Dans la cour, une trentaine de Saxons et une dizaine de Nordiques se faisaient face pour l'entraînement. Les deux groupes étaient mélangés, comme ne formant qu'un seul peuple. Erik en fut ravi. Merveilleux ! Cette journée n'aurait pu mieux commencer. Il les observa pendant quelques minutes, puis, avec assurance, s'avança pour les rejoindre. Il avait décelé dans les gestes de plusieurs des techniques à améliorer… L'heure du déjeuner approchant, après une multitude d'exercices éreintants mais nécessaires, il ordonna aux hommes d'aller se restaurer. Il se préparait à en faire de même quand Rohna fit son apparition. Par-dessus sa longue robe d'un bleu profond, elle portait une houppelande au col bordé de fourrure grise et en avait remonté le capuchon à moitié sur sa tête. Les joues rosies, elle se hâtait vers lui… et elle souriait. Devant sa beauté naturelle et sa joie manifeste, le corps d'Erik réagit instantanément. Il parvint, non sans peine, à refouler le puissant désir qui cherchait à le dominer.

Elle s'arrêta devant lui, radieuse.

— Mes excuses, dit-elle. Je pensais venir plus tôt, mais il y avait beaucoup à vérifier, et…

— Ce n'est rien. J'ai trouvé à m'occuper, en vous attendant.

Elle jeta un coup d'œil aux soldats qui s'éloignaient et acquiesça avant de le dévisager.

— Il semblerait que vous les ayez épuisés.

— Ils ne m'ont guère épargné en retour, et c'est tant mieux. Je veux les pousser au maximum, pour qu'ils soient les meilleurs possible.

— Comme il se doit, et je ne doute aucunement que vous y parviendrez. Ils vous admirent, vous savez.

— Et vous, m'admirez-vous aussi ?

Sa question sembla la désarçonner. Elle le toisa avec une appréhension qui trahissait l'ampleur de son émoi et la rendait plus adorable encore. Son embarras était si touchant qu'il s'en délectait.

Elle balbutia.

— Je… peut-être souhaiteriez-vous profiter d'un peu de repos, ou même vous restaurer, avant que nous ne reprenions l'entraînement ? Nos dernières leçons étaient très enrichissantes, et j'ai hâte de poursuivre mais je puis attendre, si cela vous sied, monseigneur.

Monseigneur… c'était sans doute la première fois qu'il l'entendait le nommer ainsi sans aucune animosité sous-jacente.

— Je ne suis pas fatigué et je n'ai pas faim.

Pas de nourriture, en tout cas…

— En ce cas, sourit-elle, voulez-vous aller au pré, cette fois encore ?

— Ce sera parfait. Nous y serons tranquilles, à cette heure. Rien que vous et moi.

Rêvait-il ? Ces simples mots l'avaient-ils furieusement empourprée ? Si elle avait décelé son désir dans cette invitation à le suivre, tant mieux ! Cela faisait trop longtemps qu'il attendait qu'elle y réponde.

Elle acquiesça en détournant le regard, presque timidement. Que n'aurait-il donné pour entendre ses pensées !

— Fort bien, souffla-t-elle. Le pré, alors.

En effet, les lieux étaient déserts et recouverts d'un manteau de neige intact, si ce n'était leurs traces de pas et celles d'animaux sauvages retournés depuis longtemps sous le couvert des arbres de la forêt. Haut dans le ciel, des corbeaux perçaient les nuages immaculés de leurs sombres silhouettes. Leurs croassements, portés par le vent, semblaient chercher à envelopper la vallée entière.

Le pré qu'Erik et Rohna avaient choisi était en jachère. Ils ne pouvaient décemment pas risquer d'abîmer le sol de ceux qui seraient ensemencés au printemps. Un pré sur trois reposait ainsi pendant une année, assurant une rotation constante des cultures entre les champs pour obtenir de meilleurs rendements. Les fermiers enrichissaient notamment leurs terrains avec le fumier de leur cheptel et sélectionnaient des graines parmi les mieux adaptées au climat et à leur sol. C'était tout un art que de maîtriser ces techniques qu'Erik jugeait judicieuses, bien qu'il ne se soit pas auparavant beaucoup soucié du travail des paysans. Depuis qu'il était devenu *ealdorman*, nombre de choses avaient changé. Il avait décidément beaucoup appris sur des domaines dont il ignorait tout ou presque jusque-là. Mieux les fermiers et artisans étaient traités, mieux ils travaillaient, et plus ils versaient de dîmes… Une raison de plus pour s'intéresser à eux !

À l'instant, il n'avait cependant guère envie de penser aux serfs, aux esclaves, aux redevances, aux rendements ou à quoi que ce soit d'autre que sa femme qui se tenait face à lui, les pieds dans la neige, couteau en main et sourire impatient aux lèvres.

Chapitre 19

Impossible pour Erik de détacher les yeux de son épouse. Elle ne cessait de le surprendre ! Lui qui pensait les Saxonnes faibles et timorées s'était grandement fourvoyé. Du moins en ce qui la concernait, elle. Non seulement Rohna apprenait vite, mais sa détermination et son endurance étaient impressionnantes. Elle s'accorderait à merveille avec Solveig. Peut-être qu'un jour sa femme et sa sœur de cœur feraient connaissance et deviendraient de proches amies. Une perspective des plus plaisantes ! Les imaginer se faisant face pour un combat amical l'amusa autant que cela le contraria : le spectacle et l'issue en seraient intéressants, néanmoins il se refusait à ce que Rohna puisse courir le moindre risque d'être blessée. Une crainte qui l'empêchait par ailleurs de la pousser trop loin… en dépit de ce qu'elle lui réclamait. Ils avaient débuté avec un mannequin en paille et une épée courte en bois, puis, une fois les bases acquises, il avait joué le rôle de son adversaire et échangé son arme en bois pour le *seax*, rendant les choses plus compliquées… et plus réelles.

Lame brandie devant elle, dans l'attente du moindre de ses gestes, les grands yeux verts de Rohna ne le lâchaient pas. Il bondit pour l'agripper. Elle s'écarta prestement.

Parfait. Elle y parvenait de plus en plus souvent.

— Bien, c'est très bien.

— Je n'ai aucun mérite. Je m'attendais à votre attaque. C'est toujours ainsi que vous débutez l'entraînement.

Il haussa un sourcil, une main glissée sur sa nuque.

— Vraiment ? Suis-je si prévisible ?

— En partie, vous…

D'un geste plus vif que le précédent, il se saisit d'elle sans qu'elle puisse cette fois lui échapper. Il l'attira contre lui, coinçant ses poignets en arrière, dans son dos, serrant suffisamment pour la désarmer. Il sourit, satisfait.

— Et cela, vous y attendiez-vous ?

Elle grimaça.

— J'avoue que non et j'ai honte de m'être laissée prendre aussi aisément. Lâchez-moi, à présent, voulez-vous ? Que nous essayions à nouveau de…

— Ma douce, c'est à votre tour de vous montrer prévisible. Si vous souhaitez m'échapper, il faudra vous débrouiller seule pour y parvenir, parce que je ne compte pas vous faciliter les choses.

Sa voix s'était faite plus rauque, plus suave. À se retrouver ainsi pressé contre elle, une vague de désir le balayait, se répandait dans tout son corps. Les joues de Rohna s'enflammèrent. Éprouvait-elle la même chose ? Partageait-elle la puissance de ce besoin impérieux qui le déstabilisait ?

Une tension grandissante les enveloppait. Elle devint d'autant plus pressante et palpable que Rohna se dressait sur la pointe des pieds pour rapprocher leurs visages. Son parfum l'enivrait. Goûter la douceur prometteuse de ses lèvres s'avérait une tentation à laquelle il ne pourrait que céder.

Son nom lui échappa en un souffle, à peine un murmure.

— Rohna…

Leurs bouches prêtes à s'effleurer, il commit l'erreur de relâcher sa poigne, juste assez pour que sa femme en profite. En un instant, elle dégagea l'une de ses mains, s'en servit pour le repousser tout en le frappant du pied dans le genou si fort qu'il en fut déséquilibré. Par réflexe, il la libéra entièrement et elle s'élança en arrière, lui échappant pour récupérer son couteau.

Petite maligne ! Elle l'avait manipulé ! Et avec succès. Face à face, à bonne distance, ils en étaient donc revenus au point de départ. Elle le toisa, un sourire empreint de fierté aux lèvres.

— Est-ce assez imprévisible pour vous, monseigneur ?

— Bien joué, mais cela ne se reproduira pas.

Pure vantardise. Jamais il n'aurait imaginé qu'elle puisse se montrer si leste et rapide, ni aussi rusée ! Et lui si crédule. Il avait réellement cru qu'elle voulait l'embrasser. En dépit de la frustration qui le tiraillait, il ne l'en admirait que davantage pour son audace. Cependant, désormais, il ne se retiendrait plus pour la préserver. Hors de question de continuer à la sous-estimer ! Longtemps encore, ils tournoyèrent l'un autour de l'autre, à esquiver, feinter, bondir, à n'en plus ressentir le froid piquant de l'air.

— N'oubliez pas : quiconque combat avec un couteau se doit de bouger sans arrêt et rapidement. La force brute ne compte plus, une fois votre arme plongée jusqu'à la garde dans le cou de l'adversaire. Si celui-ci s'avère plus costaud que vous, il lui suffira de vous attraper une fois, une seule, pour que le combat s'achève… dramatiquement pour vous. Alors, à moins d'être acculée, préférez toujours décamper à vous confronter à l'ennemi.

— Comment l'ignorer ? Vous ne cessez de me le répéter : la meilleure défense reste la fuite mais, si je n'ai pas d'autre choix, autant feindre la faiblesse pour attaquer en premier. Est-ce cela, aussi, que vous enseignez aux femmes de votre clan ?

— En partie.

— Et vous écoutent-elles ?

— Parfois. Souvent, comme vous, elles n'en font qu'à leur tête.

Un adorable sourire provocant éclaira ses traits délicats.

— Elles me semblent très avisées.

— Croyez-vous ? Ah, en vérité, sans doute le sont-elles, du moins quelques-unes, s'esclaffa-t-il. Trêve de bavardages, reprenons, à moins que vous ne soyez déjà lasse ?

La sachant au contraire passionnée par leurs exercices, au point d'en ignorer la fatigue, il la taquinait à son tour. À la lueur de défi scintillant dans ses yeux, il comprit qu'en effet, la leçon était encore loin d'être terminée.

Si Rohna ne sentait plus la fraîcheur hivernale, le moindre de ses muscles la tiraillait. Avant que son époux accepte de lui apprendre à se défendre, elle n'avait jamais autant utilisé son corps ! Découvrir qu'elle pouvait se mouvoir avec agilité était pour elle une véritable fierté. Il était essentiel qu'elle puisse résister physiquement à un dangereux adversaire. Pour cela, Erik était le professeur idéal ! Évidemment, il la ménageait. Elle s'en rendait bien compte, mais plus elle apprenait, plus il la poussait. Sans aucun doute aurait-elle progressé encore plus vite s'il ne la troublait pas autant ! Lorsqu'il l'avait attirée à lui, son cœur s'était mis à battre si fort contre son torse ferme qu'elle avait cru qu'il cherchait à exploser ! Comment se concentrer, quand il suffisait qu'il l'effleure pour qu'une irrépressible chaleur l'envahisse ? Un simple regard de sa part et elle se sentait prise de vertiges. Toute sa volonté avait été mobilisée, plus tôt, pour ne pas l'embrasser. Il s'en était fallu de peu qu'elle ne s'abandonne à son propre jeu ! Plus elle passait du temps en sa compagnie, plus elle voyait combien il était différent des autres hommes, et combien elle l'avait méjugé. Son désir farouche d'apprendre à lire et à écrire l'avait aussi profondément touchée et avait suscité son admiration.

Ces pensées, elle devait pour le moment les refouler et ne plus songer qu'à l'entraînement. Plus vite elle serait aguerrie, mieux cela vaudrait. Impossible de se montrer raisonnable, en écoutant sa fatigue et en repoussant les leçons au lendemain ! Tant pis si son souffle se faisait haletant, ou si la neige avait fini par pénétrer le cuir de ses bottes fourrées.

Hélas, ses réflexes s'émoussaient, là où ceux d'Erik gagnaient en force. Elle parvint de justesse à reculer avant qu'il ne la touche de la main. Bientôt, il se saisirait d'elle et… pourrait-elle s'empêcher de se blottir contre lui ?

— Le ciel se couvre, déclara-t-il abruptement. Nous devrions rentrer.

— Comment ?

Elle leva les yeux. Jusque-là, elle n'avait pas pris garde aux lourds nuages qui s'amoncelaient dans le ciel, encore immaculé quelques instants auparavant. Ou était-ce des heures, plus tôt ? Elle perdait toute notion du temps, lors de leurs entraînements.

— Il est si facile de vous distraire, ma douce.

En un éclair, il se jeta sur elle. Voulant lui échapper, elle glissa sur l'herbe gelée et chuta en arrière. Poussant un cri, elle battit stupidement des bras, comme cherchant à s'envoler. Hélas, elle s'écroula… pour s'effondrer sur quelque chose de bien plus agréable et chaud que la terre dure et glacée. Sans qu'elle sache comment, Erik s'était faufilé sous elle pour amoindrir le choc. Elle se retrouva juchée sur lui, ses deux mains posées sur son torse puissant, ses jambes plaquées de part et d'autre de son ventre plat et ferme.

Aussi embarrassée que décontenancée par cette troublante promiscuité qui échauffait tous ses sens, elle balbutia :

— Je suis navrée, je ne voulais pas…

— Moi, je ne suis pas désolé. Absolument pas.

À la sensation de ses mains sur sa taille, à sa manière de la contempler, à l'éclat qui brillait au cœur de ses magnifiques yeux bleus braqués sur son visage, elle tressaillit. La pression de ses doigts sur sa taille s'accentua, exacerbant en elle l'appel impérieux du désir. Une émotion décuplée par la réalité du sexe rigide d'Erik contre son bas-ventre ! Une pulsation délicieuse s'insinua entre ses cuisses, plus vive encore au bord de son intimité. Ses mamelons se durcirent. Son cœur battait fort à ses tempes. Le sang courait plus férocement dans ses veines.

Relève-toi ! Vite ! Éloigne-toi de lui !

Trop tard. À peine percevait-elle cette insidieuse petite voix. L'odeur sensuelle et virile d'Erik, qui n'appartenait qu'à lui, l'enveloppait, l'enivrait. Il exerçait sur elle un pouvoir auquel elle avait le plus grand mal à résister. Le souhaitait-elle, seulement ? Leurs souffles haletants et brûlants se mêlaient pour s'élever ensemble, en une unique volute blanche.

— Ma douce, j'ai atrocement envie de vous, alors à moins que vous ne me vouliez aussi, là, tout de suite, je vous enjoins de…

— Taisez-vous.

S'abandonnant à l'ordre impérieux de son seul désir, elle plaqua sa bouche sur la sienne. Dans un grognement sourd, il répondit instantanément à son baiser, avec une ardeur si intense qu'un besoin dévorant d'en obtenir davantage lui cingla les reins. Les mains et les lèvres d'Erik la parcouraient avec une passion trop longtemps contenue. Elles allumaient en elle un brasier qui menaçait de la consumer. Ses doigts agrippèrent ses fesses, elle s'accrocha à lui. Traversée d'exquis frissons, elle s'offrait sans retenue, n'écoutant plus que le plaisir qui les emportait. Pendant qu'il dénudait son épaule pour y poser les lèvres, son bassin se frotta à…

Un simple craquement, pourtant aussi effrayant qu'un coup de tonnerre, les immobilisa. Des branchages, brisés par des pieds étrangers, à la lisière de la forêt ! En alerte, ils s'arrachèrent l'un à l'autre. D'un geste vif et péremptoire, Erik la repoussa derrière lui pour la protéger du danger. Les broussailles, là-bas, bougeaient ! Quelque chose s'en extirpa. Si vite qu'ils ne distinguèrent d'abord qu'une vague silhouette, comme difforme ou ramassée sur elle-même.

Un mouton. Ce n'était qu'un mouton !

Si Rohna lâcha un soupir de soulagement, Erik gronda un juron et leva son arme.

— Foutue bestiole, tu as mal choisi ton moment !

Chapitre 20

Quelle horreur ! Rohna était mortifiée. Erik entendait-il vraiment frapper cette pauvre bête ? Elle allait se saisir de son bras pour l'en empêcher, quand il s'immobilisa. Trois gamins frêles, une fillette et deux garçonnets, déboulèrent à la suite de l'animal qui bêla en les découvrant. Leurs yeux s'arrondirent face à Erik.

Le garçon le plus âgé n'avait pas plus de dix ans. Il se posta devant les deux autres, avec dans ses mains tremblantes un bâton de berger presque aussi grand que lui. Fixant Erik et son arme, il déglutit avec difficulté avant de lever le menton pour s'exprimer avec une assurance toute feinte :

— Ne le blessez pas, ou il vous en cuira !

— Tu parles du mouton ?

— Oui, seigneur.

— Et tu me menaces, c'est bien ça ? Avec ton bâton ?

— Je… je suis responsable de lui, alors oui, si vous lui faites du mal, je devrai vous en faire aussi.

Quel courage ! Surtout, quelle inconscience ! D'un seul geste, Erik le mettrait à terre, ou pire encore, si l'envie lui en prenait. Celui-ci avait les yeux braqués sur le garçon. Impossible de deviner ce qu'il prévoyait de faire.

— Mon époux, ce ne sont que des enfants, ils…

— Toi, le gamin, tu es bien audacieux de me parler de la sorte. Sais-tu ce que tu risques ?

— Je suis plus petit que vous, seigneur, mais je sais me défendre et où cogner pour empêcher un homme de faire des bébés. Même si vous me tuez, vous ne m'oublierez pas de sitôt.

Son sourire avait tout d'une grimace de défi. Cependant, sa bravade était amoindrie par la peur qui perçait dans sa voix et le tremblement de ses mains.

— Tu parles beaucoup, petit. Je me demande si tu es à la hauteur de ta vantardise.

Erik avança vers lui. Instantanément, les deux plus jeunes glapirent et se blottirent plus étroitement contre leur aîné. Ce dernier, au bord de la panique, changea de tactique :

— Seigneur, faites de moi ce que vous voulez, mais épargnez-les ! Et Dandelion[1], aussi. C'est ma faute s'il s'est échappé du troupeau, pas la sienne ni la leur, précisa-t-il en désignant les deux enfants dans son dos.

Rohna courut s'interposer.

— Baissez votre arme, vous leur faites peur.

— Je l'espère bien, je suis très contrarié. Ils nous ont interrompus alors que les choses devenaient enfin intéressantes.

Elle haussa un sourcil. Était-il sérieux ? Voulait-il châtier ces pauvres petits ? Il était facile d'en douter, car une pointe de douceur perçait dans son ton et dénotait avec la dureté de ses paroles. En vérité, il semblait plus amusé que courroucé ! Les enfants n'en continuaient pas moins de trembler. Elle se retourna vers eux.

— Dandelion, c'est le mouton ?

— Si fait, milady. Le plus beau de la région ! Le plus indocile et têtu, aussi, mais on l'aime beaucoup quand même.

1. Ou « Dent-de-lion », autre nom du pissenlit à l'époque.

Elle sourit face à la fierté manifeste du garçon qui caressait la tête de l'animal.

— Il est superbe, en effet. Je suis Lady Rohna, et voici mon époux, Erik, *ealdorman* de LochHaven.

Le visage de l'enfant perdit toute couleur. Il se mit à balbutier nerveusement.

— Je… je ne savais pas, je ne… Acceptez mes excuses, milady, et vous aussi, messire, je vous en prie. On ne voulait pas vous… Mon père dit toujours qu'on ne doit pas déranger les adultes, surtout quand ils…

Indéniablement très mal à l'aise, il se dandinait d'un pied sur l'autre. Le pauvre semblait sur le point de s'évanouir. Qu'avait-il vu, exactement ?

Erik se passa une main sur le visage.

— Ton nom, petit ?

— Hugh, seigneur. Et voici mon frère, Robert, mais on l'appelle Rob. Ma sœur, c'est la plus jeune. Elle s'appelle Aldith. Ils passent leur temps à me suivre, même quand je leur ordonne de ne pas le faire. Mais je suis leur aîné, je dois veiller sur eux, alors si vous voulez vous en prendre à quelqu'un, que ce soit à moi. Allez-vous me punir, seigneur, pour vous avoir… contrarié ?

— J'y réfléchis encore. Le temps que je me décide, reprenez votre mouton et retournez aussi vite que vos jambes vous porteront auprès de vos parents. Allons, qu'attendez-vous ? Filez avant que je ne change d'avis !

Hugh grimaça en se mordant la lèvre inférieure, visiblement très embarrassé.

— C'est que…

— C'est que quoi ?

Comme Hugh hésitait, Aldith s'agrippa à sa main. Robert se saisit de l'autre. Cela lui donna le courage de continuer.

— Je ne suis pas sûr de retrouver le chemin, monseigneur.

C'est la première fois que nous nous aventurons aussi loin dans ces bois. Aldith est fatiguée, Rob s'est fait mal à la cheville. Dandelion a pris peur à cause d'un renard et il nous a fait courir longtemps.

Rohna les contempla avec encore plus d'attention. Tous les trois paraissaient épuisés. Ils tenaient à peine sur leurs jambes.

— D'où venez-vous ?

— Notre ferme est plus loin, derrière, près de Wolverham.

— Ce village fait partie de notre domaine. Il se trouve à…

— Je le sais, ma douce. Je m'y suis déjà rendu, une fois.

Craignant sans doute de provoquer de nouveau le courroux d'Erik, Hugh s'exclama :

— Monseigneur et milady, ne vous préoccupez pas de nous, nous pouvons nous débrouiller. Il nous suffira de suivre nos traces et…

— Non, Hugh, répliqua Erik en secouant la tête. Il fera bientôt trop sombre pour que vous y voyiez à deux pas dans les bois. Ne les traversez pas. Au lieu de cela, vous prendrez la route là-bas, au bout du champ, que les marchands utilisent et qui vous mènera à Wolverham en toute sécurité. Même si cela rallongera votre trajet, vous ne vous perdrez pas.

— Oui, seigneur.

Hugh se mordit la lèvre, puis passa un licol à Dandelion et le poussa vers son frère et sa sœur.

Rohna posa une main sur le bras de son époux.

— À pied, éreintés comme ils le sont, ils ne seront jamais rentrés avant la nuit. C'est trop dangereux. Je refuse que…

— À vrai dire, ma douce, je retournerais moi-même volontiers à Wolverham. L'*ale* servie à la taverne y est particulièrement goûteuse.

Sur ces mots, en deux enjambées, Erik rejoignit les enfants et se saisit d'Aldith. Si d'abord, Rohna, Hugh et Robert prirent peur, ils se détendirent en entendant les rires de la fillette qu'Erik faisait tournoyer dans les airs. Puis, il la cala sous un de ses bras et attrapa Robert sous l'autre.

— Hugh, occupe-toi de ton mouton, et suis-nous à la forteresse. Vous en repartirez en charrette et sous escorte, jusqu'à votre ferme. Si tes jambes faiblissent d'ici notre arrivée aux écuries, je te porterai toi aussi.

Son ton ne souffrait aucune contestation. Hugh paraissait aussi stupéfait que soulagé, et il obéit aussitôt.

Rohna se rapprocha de son époux, et murmura :

— Vous n'avez jamais eu l'intention de les laisser s'en retourner seuls, n'est-ce pas ?

Il répondit d'un sourire désarmant, puis il prit la tête du petit groupe. Marchant à côté de Hugh, Rohna couvait Erik du regard. Il portait les deux plus jeunes enfants avec une douceur attendrissante. Décidément, cet homme ne cessait de la surprendre ! Quel père attentionné il serait certainement, plus tard, quand le moment viendrait… Cette délicieuse pensée l'accompagna tout au long du chemin, ravivant son espoir en l'avenir. Oui, à l'évidence, elle avait très mal jugé Erik et ne pouvait que le regretter.

Lorsqu'ils atteignirent la forteresse, Erik transportait les trois petits : Hugh dans son dos, accroché à son cou, et les deux autres, maintenus dans ses bras aux muscles saillants. Pas une fois il n'avait faibli sous la charge. Derrière, Rohna conduisait Dandelion, docile. Sur ordre de l'*ealdorman*, les enfants furent menés aux cuisines pour dévorer du ragoût bien chaud pendant que leur escorte, composée de Bjorn et de trois autres hommes, se préparait à les raccompagner chez eux. S'approchant discrètement, sans se faire remarquer, Rohna entendit Erik parler avec Bjorn :

— Si jamais leur père te paraît plus furieux qu'inquiet de leur sort, fais-lui comprendre combien ses petits sont précieux et ce qu'il risque à les punir trop durement.

Le sourire carnassier de Bjorn préjugeait de la menace qui pèserait en effet sur le fermier s'il maltraitait ses enfants.

Erik les déposa lui-même dans la charrette, puis ils tendirent leurs mains en signe d'au revoir alors qu'ils s'éloignaient sur le chemin.

Erik se rapprocha de Rohna.

— Ils ne craignent rien, avec Bjorn et les autres pour veiller sur eux, déclara-t-il.

— Je n'en doute aucunement et vous remercie de les avoir traités avec bonté. Rien ne vous y obligeait.

— Au contraire. Je suis leur *ealdorman*, et par là même responsable de leur sécurité. Ainsi, en grandissant, ces enfants travailleront encore plus dur pour moi sans que je les y force.

Elle sourit, sachant qu'il la taquinait.

— En ce cas, j'en viendrai à regretter de commencer à vous apprécier.

Il se pencha vers elle, visiblement amusé.

— De commencer, seulement ?

— Il faut bien un début à tout, je suppose.

— Vous avez raison. Et à propos de s'apprécier, justement, si nous reprenions là où nous en étions, au pré, avant cette interruption ?

— Je ne suis pas certaine. Cette longue marche ne vous aurait-elle point épuisé ?

— Il ne tient qu'à vous de le vérifier.

Un sourire facétieux s'étira sur ses traits, le rendant plus séduisant encore, si cela était possible. Il plongea son regard dans le sien, l'entraînant dans des abysses d'une captivante beauté. Sans jamais cesser de la contempler, il se saisit de sa main, la porta à sa bouche pour y déposer un baiser. De délicieux frissons la traversèrent. Depuis des jours, il n'avait fait que l'impressionner, l'émouvoir. Il avait respecté sa parole, et même plus encore. N'écoutant que les élans de son cœur, elle murmura, rien que pour lui :

— Ce soir, la nuit est particulièrement belle, et j'aimerais…

— Oui, ma douce ?

— La partager avec vous.

Il la souleva dans ses bras si vite qu'elle en eut le souffle coupé. Ce fut d'un pas encore plus rapide qu'il la porta jusqu'à leur chambre, comme écartant tout risque qu'elle puisse avoir le temps de changer d'avis. D'un coup de pied, il ouvrit puis referma la porte derrière eux, avant de déposer Rohna sur le lit. Qu'il était beau ! Le contempler alors qu'il se dévêtait, avec une hâte tenant de l'urgence, était un spectacle des plus délectables. Son corps était splendide, parfait en tout point. Lorsque ses braies tombèrent à ses pieds, il était prêt pour elle. Incapable de le quitter des yeux, elle ôta sa coiffe, libérant ainsi sa chevelure. Se défaire du reste de ses vêtements s'avérait cependant plus compliqué que de se débarrasser d'habits d'hommes.

— Je vais vous aider.

En un instant, il se retrouva dans son dos, à délacer son corsage. Se faisant, il se pencha sur elle, suivit du doigt la courbe de sa nuque, de son épaule. Ces effleurements combinés à ses mains sur sa peau la faisaient délicieusement tressaillir. Immobile, les yeux fermés, elle savourait sans retenue ces sensations exquises qui grandissaient en elle au rythme de ses caresses, de plus en plus hardies, de plus en plus intimes. Très vite, elle se retrouva entièrement nue devant lui. Au lieu de l'embarrasser, son insistance à la contempler de la tête aux pieds était flatteuse et excitante. L'attente en devint bientôt insupportable. Rien ne pouvait plus l'empêcher de la caresser de nouveau. De l'embrasser. De la faire sienne !

Cette fois, tout était différent. Ils ne feraient pas l'amour parce qu'un pacte les y obligeait, mais parce qu'ils le souhaitaient, tous les deux. Impatiente, elle glissa ses bras autour de son cou, suivit de ses mains le dessin de ses muscles tendus. D'une voix rauque, il lui souffla des mots dans sa langue natale qui ne firent qu'exacerber sa faim de lui.

Seigneur ! Comme elle le désirait ! À la pression de son sexe rigide contre sa chair, aux caresses possessives de ses mains qui parcouraient son corps offert, il la voulait tout autant. Il s'empara de sa bouche en un baiser passionné. Leurs langues se trouvèrent et se lancèrent dans une danse harmonieuse qui la fit se coller encore davantage à lui. Instinctivement, elle arqua les hanches, avide de le sentir en elle.

Mais il s'écarta.

— Pas si vite. J'ai attendu ce moment si longtemps… Je veux que nous en savourions chaque seconde.

Elle n'eut pas l'opportunité de répondre que déjà, ses doigts s'insinuaient entre ses cuisses. Un gémissement lui échappa alors qu'il glissait le long de son sexe, allant et venant, s'attardant ensuite sur la zone la plus sensible. Son corps ne lui appartenait plus, emporté par des vagues de volupté auxquelles il lui était impossible de résister.

— Dites mon nom, ma douce.

Docile, elle obéit. Qu'aurait-elle pu faire d'autre ? Elle ne maîtrisait plus rien. Elle aurait fait n'importe quoi pour qu'il continue ! À peine arrivait-elle à penser. Sans aucune retenue, elle s'abandonnait à la puissance de l'exquise torture qu'il lui imposait. Ce fut plus intense encore lorsqu'il vint remplacer en elle ses doigts par sa langue. Que c'était bon !

Soudain, elle se raidit, secouée de tremblements si forts qu'elle crut mourir.

— Erik !

Son corps, sa volonté lui échappaient. Tout ce qu'elle parvenait à faire était de crier son nom, accompagnant le plaisir absolu de la jouissance. Quand enfin, le monde recommença à prendre forme, il délaissa cette délicate partie de son anatomie pour s'occuper de ses seins tendus aux mamelons sensibles. De sa bouche, de ses doigts, il ravivait en elle les flammes d'un besoin qu'elle avait pourtant imaginé comblé. Quelle erreur ! Il lui prouvait qu'elle en réclamait davantage.

Ne serait-elle jamais rassasiée de lui ? Elle brûlait de le sentir en elle, pleinement. Comme elle aspirait à ce qu'ils ne fassent plus qu'un ! Qu'il se meuve en elle, qu'il satisfasse enfin cette intenable faim de lui qui ne cessait de grandir ! N'y pouvant plus, elle se dégagea d'un coup de reins et se plaça à califourchon sur lui. Son corps se mouvant contre son sexe ferme, il ne lui fut pas difficile de le guider en elle. Les mains d'Erik se posèrent sur sa taille et il l'accompagna au rythme qu'elle lui imposait. D'abord timide, puis beaucoup plus audacieux et sensuel à mesure qu'elle laissait son corps agir à sa guise, savourant les vagues aiguës de plaisir que leurs mouvements lascifs faisaient éclore dans son bas-ventre. La jouissance qui l'emplit soudain fut si forte, si intense, qu'elle eut une fois encore l'impression de mourir de bonheur. Elle ne s'était jamais sentie aussi vivante ! Sous elle, Erik rejeta la tête en arrière et poussa à son tour un cri guttural sous l'ampleur de l'extase.

Pantelant, il l'attira à lui et murmura son nom avant de l'embrasser, jusqu'à ce que le souffle leur manque. Ils se contemplèrent, sans parler, à se noyer dans le regard de l'autre tout en cherchant à reprendre leur respiration. Enfin, elle s'allongea sur lui et il l'enlaça avec une tendresse qui lui fit monter les larmes aux yeux. Comment était-il possible de ressentir tant de plénitude, tant de perfection ? Sous son oreille, dans ce torse dur et pourtant aussi doux que du velours, battait férocement le cœur de guerrier de son époux. Se blottissant plus étroitement contre lui, elle se laissa bercer par les mots caressants qu'il lui murmurait et finit par s'endormir.

Chapitre 21

Un mois plus tard…

Rohna ouvrit lentement les yeux. À moitié assise, la tête surélevée par des coussins dans le lit conjugal qu'elle partageait désormais chaque nuit avec son époux, elle tendit machinalement le bras vers la place à son côté. Celle-ci était vide. Rien d'étonnant. Erik se réveillait toujours très tôt, prenant garde à ne pas la déranger. Bien qu'elle ne soit pas du genre à lambiner, elle se sentait facilement exténuée, ces derniers temps.

Dehors, l'aube se levait à peine. Profitant de la chaleur préservée sous les épaisses courtepointes, Rohna enfouit son visage dans l'oreiller qui portait encore l'odeur enivrante de son époux. Cette nuit avait été tout aussi merveilleuse que les précédentes. Difficile de croire que quelques semaines plus tôt seulement, ils ne s'appréciaient guère ! Si leur mariage n'était pas parfait, tout allait mieux entre eux. Surtout depuis qu'il tenait réellement compte de son opinion et qu'elle avait accepté de céder sans retenue à leur irrésistible attirance mutuelle. Le temps passant, ils se respectaient davantage, s'accordaient réciproquement leur confiance, et si l'amour n'était pas le ciment de leur union, du moins étaient-ils parvenus à un équilibre… des plus agréables.

Comment nier qu'elle appréciait de partager du temps avec son époux, et pas uniquement dans l'intimité de leur chambre ? De plus en plus souvent, elle l'accompagnait lorsqu'il visitait les villages et terres de LochHaven, participait avec lui aux négociations avec les marchands et les notables, parlementait en son nom, sans jamais qu'il lui reproche ses décisions… Bien qu'il n'ait jamais dirigé de fief avant LochHaven, il apprenait très vite et s'y attelait avec volonté et efficacité. Wilford s'était aussi pris d'affection pour son nouveau seigneur, et les notables semblaient l'accepter tout autant. Même le shérif Digby n'émettait plus d'objection à son égard, du moins pas ouvertement. Peu à peu, son époux prenait entièrement sa place dans la vie de leurs gens et dans la sienne, ce qu'elle n'aurait jamais cru possible au jour de leur mariage. À présent, il lui était impossible d'imaginer l'avenir sans lui.

Elle bâilla tout en s'étirant. Bientôt, la maisonnée s'éveillerait et se mettrait au travail. Hors de question de traînasser plus longtemps ! Bronwyn ne tarderait plus à venir l'assister. Ensuite, il lui faudrait pour commencer s'assurer que les serviteurs connaissaient leurs tâches, vérifier l'état des réserves, veiller à ce que…

Seigneur ! Une brusque nausée lui monta jusqu'à la gorge. Exactement comme ces cinq derniers matins… Parfois, cela se produisait aussi en journée. Qu'avait-elle donc mangé pour souffrir ainsi ? Ou peut-être avait-elle pris froid ? La semaine précédente, elle s'était rendue auprès d'une famille dont la mère était alitée, pour leur apporter soutien moral, couvertures et nourriture. La femme se soignait avec des herbes et des prières, sans doute devrait-elle s'y essayer… Cependant, la nausée disparut presque aussi vite qu'elle était venue. Rassérénée, Rohna se leva, mais à peine fut-elle debout qu'elle se précipita vers la cuvette en cuivre qui servait d'ordinaire à la toilette. Juste à temps ! Atteindre le siège d'aisance, un peu plus loin, lui aurait été impossible. Diantre, comme elle se sentait faible ! La tête lui tournait. Chancelant sur ses jambes tremblantes, fébrile, elle s'assit un instant à même le sol sur un tapis de jonc. Il lui fallait reprendre ses esprits. Pourvu que le goût âcre dans sa gorge disparaisse plus vite qu'il ne l'avait fait les fois précédentes !

— Milady ! Que vous arrive-t-il ?

Elle tourna la tête vers Bronwyn, qui courut s'agenouiller devant elle pour écarter délicatement une mèche de cheveux du visage de sa maîtresse, avant de poser une main fraîche sur son front.

— Vous êtes toute pâle, mais je ne crois pas que vous ayez de la fièvre.

— Ne te fais pas de soucis, je vais bien, chercha-t-elle à la rassurer. J'ai mangé quelque chose qui ne me réussit pas, voilà tout. Cela passera.

— Ou il s'agit de toute autre chose.

— Et de quoi donc ?

— Dois-je vraiment vous l'annoncer moi-même ?

Un large sourire s'étira sur le doux visage de Bronwyn. Elle resta là, les mains sur les genoux, à braquer son regard sur Rohna qui prenait la mesure de ce qu'elle voulait dire.

— Non. Impossible. Je ne peux porter un enfant. C'est bien trop tôt !

— Pas depuis votre nuit de noces, milady, et la graine peut germer dès la première fois.

— Bien sûr, mais tu te fourvoies, forcément. Il y a trois semaines encore, j'étais indisposée, je ne peux…

— Les menstrues, au début, cela arrive aussi parfois, milady, et ça n'empêche rien. Vos nausées matinales sont fréquentes. Pensiez-vous que je n'en remarquerais rien ? C'est un signe qui ne trompe pas. Vous êtes enceinte. Un bébé ! Quelle merveilleuse nouvelle ! Je suis si heureuse pour vous !

Bronwyn la serra tout contre elle. Rohna l'étreignit en retour, à la fois décontenancée et envahie d'une multitude d'émotions si puissantes qu'elle se sentait vaciller. Un enfant grandissait-il en son ventre ? Si c'était vrai, Erik en serait fou de joie, lui qui avait toujours clamé vouloir des héritiers.

Quand elle se détacha enfin de Bronwyn, celle-ci persistait à sourire comme si c'était elle la première concernée.

Partageant son enthousiasme, Rohna devait pourtant s'efforcer de raison garder.

— Avant de l'annoncer à quiconque, je dois d'abord m'assurer que nous ne nous trompons pas. J'irai voir la vieille Meggy dès aujourd'hui. D'ici là, n'en parle à personne. Pas même à Ranald. Surtout pas à Ranald !

Bronwyn acquiesça vivement, les joues en feu, comme à chaque fois que le nom de son amant était mentionné.

— Certes, milady. Mais ensuite, quand nous serons certaines que j'ai raison, je le clamerai dans tout LochHaven en chantant et en dansant !

— J'adorerais voir cela, et il est même possible que je t'accompagne, rit Rohna.

— Ce serait merveilleux, milady. Bien, à présent, ce dont vous avez le plus besoin, c'est d'une bonne tisane. Une recette de Meggy, pour soulager les maux des femmes enceintes. Un peu de mélisse, du chèvrefeuille, du thym et du miel pour en adoucir le goût. Vous pouvez en boire toute la journée, si cela vous sied. Je vous en préparerai autant que nécessaire.

— Tu es si gentille, Bronwyn, et si attentionnée. Béni soit le jour où tu es entrée dans ma vie.

— C'est moi qui ai eu beaucoup de chance, milady. Au lieu de vous servir, j'aurais pu être vendue une fois encore à… un monstre.

Compatissante, et sachant combien cette période de l'existence passée de son amie avait été difficile, Rohna lui saisit les mains. Même si ceci était loin derrière elle, certaines cicatrices mettaient très longtemps à guérir. Elle-même continuait à distinguer, parfois, l'hideux visage de Leif dans ses cauchemars.

— Allons, ne gâchons pas ce jour avec de sombres souvenirs, dit-elle. Aide-moi plutôt à me vêtir, s'il te plaît.

La première chose qu'elle ferait ensuite serait de trouver la vieille Meggy, l'accoucheuse la plus expérimentée du fief…

Chapitre 22

La main posée sur son ventre encore plat et le sourire aux lèvres, Rohna remontait le chemin menant du village jusqu'à l'entrée de la forteresse. Accompagnée d'une escorte de deux soldats, elle avait laissé Bronwyn chez Meggy à sa demande. Toutes deux appréciaient de passer du temps ensemble, et la vieille guérisseuse se faisait un plaisir d'enseigner ses connaissances à la jeune galloise.

Concentrée sur ses pensées, Rohna longea un convoi de marchandises. Les conducteurs des chariots attendaient patiemment l'autorisation des gardes pour avancer. Ceux-ci saluèrent Rohna lorsqu'elle entra avec son escorte dans l'enceinte de la forteresse. À cette heure, son époux devait se trouver dans la salle d'apparat, à y écouter des doléances ou à discuter avec Bjorn et Ranald. Qu'elle avait hâte de lui annoncer la nouvelle ! Bronwyn ne s'y était pas trompée : elle était enceinte. La vieille Meggy avait été catégorique. Avec cette certitude, une immense joie la portait. Oubliées les nausées, les peurs, les doutes. Jamais elle ne s'était sentie si épanouie, si heureuse !

Sans se départir de son sourire, elle arpenta les couloirs, puis pénétra dans la plus grande pièce du château, résolue à partager au plus vite son bonheur avec Erik. Cet enfant, ce miracle qu'elle portait en elle, unirait leurs peuples pour toujours. Par son sang et son titre, il serait le lien qui assurerait leur avenir, qui éviterait tout risque de rébellion d'un côté comme de l'autre. S'il naissait mâle, il dirigerait un jour LochHaven de plein droit. S'il s'agissait d'une fille, celle-ci…

Elle s'immobilisa.

Son époux n'était pas seul.

Installé à la table principale, entouré de Ranald et de Bjorn, ainsi que du shérif Digby légèrement en retrait, Erik regardait avec une expression sévère le Nordique qui lui faisait face et qu'elle ne connaissait pas. À côté de lui, Digby paraissait minuscule, et sensiblement mal à l'aise. Si elle avait cru au départ qu'Erik et ses hommes étaient des sauvages, ils avaient l'air terriblement civilisés en comparaison. Les cheveux hirsutes et gras, coiffés en nattes de part et d'autre pour retomber lourdement dans son dos, cet inconnu ressemblait à une brute qui n'avait pas pris de bain depuis des mois, voire des années. Si tant est qu'il se soit déjà lavé une fois dans son existence ! Il eut été facile d'imaginer qu'il revenait d'une longue guerre durant laquelle il se serait vautré dans le sang et les entrailles de ses ennemis. Sa puanteur augmentait à mesure que Rohna l'approchait, ce qui expliquait sans doute le teint verdâtre de Digby qui se tenait près de lui.

Son époux la remarqua au moment même où l'inconnu se retourna vers elle. Qu'il était laid, voire terrifiant ! Il avait un visage rude aux traits grossiers, mangé par une épaisse barbe sombre. Un œil lui manquait. Dans l'autre brillaient intelligence et perfidie. Comment ne pas frémir de répulsion, alors qu'il la détaillait de la tête aux pieds avec lubricité ?

Il fit claquer sa langue.

— Ta femme, Erik ? Elle est encore plus belle que ce qu'on m'en a dit, tu as de la chance.

— En effet. Et si tu ne cesses pas de la regarder, Egill, tu perdras l'œil qu'il te reste.

La menace était sérieuse, énoncée avec une froideur calculée. Pourtant, le dénommé Egill s'esclaffa. Rohna ne sut ce qui, de son sourire ou de son rire, était le plus effrayant.

— Oh ! tu t'y essaierais, Erik du loup blanc, clama-t-il. Et si plus tard, quand l'Angleterre sera entièrement conquise, tu comptes toujours te mesurer à moi, ce sera avec plaisir. En attendant ce jour, revenons à la raison de ma venue. Je te le répète : Ubbe s'inquiète, et il n'y a pas que lui. Ses frères, aussi, commencent à douter sérieusement de ta loyauté.

— Ils n'ont pas à se méfier de moi. Je n'ai qu'une parole.

— Tant mieux ! En ce cas, ils seront ravis d'apprendre que tu les traiteras en alliés et amis, lors de leur arrivée prochaine.

Erik haussa un sourcil.

— Comment ? Ils prévoient de s'attarder en Mercie ? Et de séjourner ici, à LochHaven ?

Rohna frémit. Les fils de Ragnar Lodbrok jouissaient d'une sinistre réputation. Ils ne laissaient que mort et dévastation dans leur sillage. Erik lui-même paraissait inquiet. À l'évidence, il se méfiait aussi grandement d'Egill. Comment le lui reprocher ? Elle ne l'appréciait pas non plus, bien qu'elle vienne à peine de le rencontrer. Quelque chose d'extrêmement désagréable émanait de cet homme, et il ne s'agissait pas que de son odeur putride ou de son aspect repoussant.

Egill esquissa un sourire qui avait tout de celui d'un démon prêt à fondre sur une âme innocente pour la dévorer.

— En effet, du moins l'armée d'Ubbe aura besoin de repos et de provisions, avant d'attaquer le petit roi Burgred pour le mettre à bas de son trône. Nous remportons victoire sur victoire. Son alliance avec ce maudit Alfred de Wessex ne le sauvera pas !

Sa voix était emplie de violence, ses yeux étincelaient de soif de sang. Instinctivement, Rohna posa une main sur son ventre, horrifiée. Si cet homme disait vrai, resterait-il encore quelque chose de la Mercie après leur passage ? Burgred était devenu roi en pleine période de troubles, et les choses n'avaient cessé d'empirer depuis, mais il n'était point mauvais. En dépit de ce que son père pensait de lui, il avait toujours voulu protéger son peuple, tout comme son épouse, Æthelswith, la sœur d'Alfred, ce qui ne faisait que renforcer la valeur de leur traité d'alliance.

Elle ne put s'empêcher d'intervenir.

— Le roi Alfred ne restera pas sans réagir, si vous…

— Alfred est faible, la coupa Egill. Moins que Burgred, sans doute, pourtant, il sera tout autant incapable de nous arrêter. Il ne fera donc rien, s'il ne veut pas qu'on touche à son précieux Wessex. Pas encore, en tout cas. Rassurez-vous, Lady Rohna. Votre mariage avec Erik vous protègera, vous et vos terres.

— En effet, clama Erik avec autorité. Revenons-en au motif de ta visite, Egill. Combien de guerriers d'Ubbe devrons-nous recevoir ?

— Oh ! pas plus d'une centaine ! Du moins, au début. Il ne s'agit que de l'avant-garde, envoyée en éclaireur. Ubbe et le reste des troupes arriveront ensuite.

Cent hommes… pour commencer. Ils dévoreraient leurs réserves de nourriture, au mieux ! La stupéfaction, la peur et la colère pétrifiaient Rohna. Ces guerriers allaient-ils véritablement circuler librement à LochHaven ? Bien sûr que oui. Erik était leur allié et, en cas de refus, les Danois n'hésiteraient pas à se servir par la force, en pillant et en massacrant. Ce que son père voulait éviter à tout prix, en la mariant à l'un d'eux. Erik n'avait pas le choix. Il devait céder.

Les mains de ce dernier se crispèrent. Il était nerveux, tendu. Lui non plus n'appréciait pas ce qu'on lui imposait.

— Autant d'hommes à nourrir et à loger, ce n'est pas rien, Egill.

— Certes, mais ton fief est prospère et, je te connais, tu trouveras un moyen de satisfaire Ubbe.

— Quand arrivera cette avant-garde ?

— D'ici trois ou quatre jours. Pouvons-nous compter sur toi ?

— C'est ce que j'ai dit. Je n'aime pas avoir à me répéter.

— Parfait, en ce cas. Oh ! j'allais oublier ! En plus du gîte et du couvert, les hommes voudront aussi des femmes pour leur tenir chaud. Jeunes et belles, de préférence.

Le shérif Digby, qui jusque-là écoutait sans réagir autrement qu'en roulant des yeux pour marquer sa désapprobation, manqua s'étouffer dans un hoquet d'offuscation. Rohna, elle, était furieuse. Qu'allaient-ils exiger, encore ? C'en était trop ! Elle s'emporta si fort que tous se retournèrent sur elle.

— Nous ne sommes pas vos vassaux ! Nos femmes ne sont pas vos catins !

— Si elles sont aussi fougueuses que vous, très chère, ricana Egill, notre séjour à LochHaven n'en sera que plus mémorable.

Impulsivement, elle leva la main pour le gifler, mais Erik fut plus rapide. D'un coup de poing, il étala Egill à terre. Celui-ci ne semblait aucunement contrarié de ce qu'il venait de se passer. Au contraire, il souriait ! Erik repoussa Rohna derrière lui puis s'adressa d'un ton sec et ferme à son adversaire.

— Que les choses soient claires, Egill. Adresse-toi encore de cette manière à ma femme et, cette fois, je t'écorcherai vif, des pieds à la tête.

— Nous n'aurons pas à en arriver là, répondit Egill en se redressant.

— Je l'espère pour toi. Un autre point se doit d'être éclairci : comme je l'ai promis, je fournirai à l'armée d'Ubbe ce dont elle a besoin, du mieux possible, mais pas au détriment de mes gens. Et certainement pas de nos filles ! Aucune ne couchera contrainte et forcée. Si une seule d'entre elles, une seule, tu m'entends, est prise de force, violentée ou même insultée, j'éventrerai moi-même le coupable. Passe le message à tes hommes et fais-le-leur bien comprendre. Ubbe n'apprécierait d'ailleurs pas davantage que moi que ses guerriers se comportent comme des fientes de troll.

La tension restait palpable. S'ils se toisaient avec une intensité égale, Egill finit par détourner les yeux. Rohna manqua lâcher un soupir de soulagement et aussi, de fierté. À l'évidence, cet homme ignoble avait beau fanfaronner, il craignait son époux !

— Bah, Erik, inutile de t'énerver ! Puisque tu veux préserver les filles de LochHaven, il en sera ainsi, mais ne t'attend pas à ce qu'il en soit de même pour les autres saxonnes rencontrées en dehors de tes terres. Surtout si elles ressemblent à ta femme.

— Maudit *braell*[1] !

Erik se jeta de nouveau sur lui. Il le cloua au sol et le frappa d'un coup de poing si violent cette fois que le Viking en perdit deux dents. Cela ne sembla guère le déranger : la bouche en sang, il riait, pendant que Bjorn et Ranald tentaient avec difficulté de maîtriser Erik. Rohna en était certaine, à présent : Egill était un dément ! Que cherchait-il, à agir ainsi ?

Il s'exclama, une main sur sa bouche :

— Ah, tu n'as pas changé, Erik ! Tu as conservé ta hargne, tant mieux ! Je craignais que la vie facile des Saxons t'ait ramolli ! Je voulais juste le vérifier !

— Je t'avais prévenu, Egill ! Je vais vraiment te tuer !

— Et contrarier Ubbe ?

— S'il le faut !

— Allons, insista-t-il après avoir craché du sang. Tu connais ma nature. Je suis incapable de tenir ma langue et d'empêcher mes pensées de divaguer à voix haute.

— Alors, je te rendrai service en te l'arrachant ! Par les Dieux, je vais te renvoyer à Ubbe en plusieurs morceaux, quoi qu'il en dise !

Erik se débattait furieusement, mais Bjorn et Ranald tenaient

1. Insulte en vieux norrois, signifiant bâtard, de sang impur ou souillé.

bon. Egill en profita pour se redresser, lentement, sans le quitter des yeux.

— Tu n'en feras rien. Parce que, si toi tu l'as oublié, tes amis, eux, en ont parfaitement conscience. Si tu me tues, LochHaven sera mis à feu et à sang. Si je ne reviens pas entier et vivant à Ubbe, l'honneur de ta femme ne sera plus que le dernier de tes soucis.

La mâchoire d'Erik se contracta. À l'évidence, il luttait, tiraillé entre sa colère et sa raison. Après avoir émis un grognement de fureur difficilement contenue, il se calma et ses camarades le libérèrent de leur poigne. Aussitôt, il s'adressa à Egill.

— Disparais, et vite avant que je ne change d'avis.

L'expression d'Egill se fit plus pernicieuse.

— À propos d'Ubbe, veux-tu dire ?

— Sûrement pas. Il ne s'agit que de toi et de moi. Ubbe, lui, est et restera mon ami.

— En ce cas, nous nous reverrons d'ici quelques jours. Que tout soit prêt à notre arrivée, ou Ubbe sera… très déçu.

Sur ce, Egill quitta la salle, non sans avoir jeté un dernier regard à Rohna qui le foudroya du sien en retour, en dépit de la peur et du dégoût qu'il lui inspirait.

Ranald, qui jusque-là s'était tenu coi, s'éclaircit bruyamment la gorge.

— Egill n'est qu'un cancrelat. S'il n'était pas l'un des protégés d'Ubbe, Bjorn et moi, on t'aurait laissé le massacrer.

— Je sais. Ce qui me préoccupe, surtout, c'est qu'il nous cache quelque chose, j'en suis convaincu. Je veux savoir quoi. Bjorn et toi, suivez-le, discrètement, et rapportez-moi ce que vous aurez découvert.

— Avec grand plaisir.

Ranald et Bjorn quittèrent la salle à leur tour, visiblement ravis de remplir la mission que leur chef leur confiait. Quant à ce dernier, il vint rejoindre Rohna pour la prendre dans ses bras.

— Vous êtes toute pâle.

— Cet homme, cet Egill, il est répugnant !

— Il est vrai. Dangereux et sournois, aussi. Ne vous approchez jamais de lui, surtout seule.

— Croyez-vous qu'il chercherait à nous nuire ?

— Pas s'il sait ce qui est bon pour lui. De plus, je vous l'ai assuré, je vous protégerai, quoi qu'il arrive. N'y pensez plus. À présent, laissez-nous, je vous prie. Le shérif et moi avons à parler. En privé.

Pourquoi insistait-il pour l'écarter, soudain ? L'affaire était grave, elle était tout aussi impliquée que lui ! Protester aurait été vain. L'expression à la fois sérieuse et sombre de son époux lui fit comprendre qu'elle ne tirerait aucun avantage à s'obstiner, du moins pour le moment. Plus tard, lorsqu'il serait de meilleure disposition, elle y reviendrait.

Doux Jésus ! Tout allait si bien, jusque-là ! Pourquoi avait-il fallu que ce monstrueux Egill vienne tout gâcher ! Annoncer sa grossesse à Erik devrait également attendre. Feignant la docilité, elle s'inclina et s'éclipsa.

D'un pas décidé, ne sachant que faire d'autre pour le moment, elle se rendit à la chapelle pour prier et remercier le Seigneur pour le petit miracle qui grandissait en elle…

Chapitre 23

— Je ne veux pas que vous partiez.

— Je ne le souhaite pas non plus, mais je le dois, Rohna. Vous le savez aussi bien que moi.

En effet. Il le lui avait clairement expliqué. Au retour de Ranald et Bjorn, la veille au soir, Erik s'était enfermé avec eux pour un long entretien. Rohna ne l'avait pas revu jusqu'au matin. Aux cernes sous ses yeux, il était évident qu'il n'avait pas dormi de la nuit. Les nouvelles n'étaient pas bonnes. Si Egill s'en était effectivement retourné auprès de ses hommes, Bjorn et Ranald avaient affirmé qu'il ne s'agissait pas de guerriers aux ordres d'Ubbe, mais de renégats de l'armée danoise. Ils les avaient clairement vus et entendus, sur les cendres d'une ferme. Celle-ci appartenait au domaine voisin, dirigé par un *ealdorman* pleutre qui avait abandonné les siens au premier signe de bataille et fui pour se réfugier à la cour du roi Burgred. Ce comportement révulsait Rohna. Jamais Erik n'agirait aussi lâchement !

Le pire venait cependant de la tromperie d'Egill. Il avait en réalité trahi Ubbe et quitté son armée. En prétendant intercéder au nom du chef de guerre, ce misérable menteur s'imaginait manipuler Erik et s'emparer facilement de LochHaven. En l'attaquant de l'intérieur, par surprise ! Il aurait suffi qu'on leur ouvre les portes, et il en aurait été fini d'eux. Heureusement, d'après Bjorn et Ranald, ceux qui le suivaient étaient loin d'être aussi nombreux qu'il l'avait assuré lors de son passage à LochHaven : une cinquantaine tout au plus, mais c'était déjà suffisant pour s'en inquiéter. Et d'après les informations glanées par les deux espions, Egill attendait des renforts ! Raison pour laquelle il ne prévoyait pas de quitter son campement avec ses hommes avant deux ou trois jours.

Erik voulait donc agir immédiatement, avant qu'ils ne soient plus nombreux ou qu'ils ne changent d'avis et décident de s'enfoncer dans les terres, vers LochHaven. Il ne pensait plus qu'à éradiquer la menace au plus vite et à occire ce traître d'Egill. Après avoir distribué ses ordres, il s'était préparé au combat, sous les yeux de Rohna, saisie d'inquiétude.

Dans la lumière du petit matin, depuis l'embarcadère où ils se faisaient leurs adieux, l'effervescence régnait. Les hommes allaient et venaient à la hâte. En vue du voyage, des provisions et des armes étaient chargées à bord du *Dragon Écarlate*, le beau navire d'Erik, à la voile rutilante. Des femmes se tenaient à l'écart, regardant les Vikings œuvrer. Certaines s'étaient attachées à ces Nordiques et, comme Rohna, craignaient qu'ils ne reviennent jamais.

— Pourquoi si vite ? insista-t-elle. Ne vaudrait-il pas mieux attendre les renforts promis par votre *jarl* ? Vous auriez alors la faveur du nombre. Ils devraient arriver sous peu, et…

— Impossible. Tarder serait de la folie. Allons, ne vous inquiétez pas. Tout ira bien. De plus, Ranald restera ici pour organiser la défense de la forteresse. Il veillera sur vous.

— Sur Bronwyn, plus encore.

— À l'évidence. Il semble très épris de votre jeune servante. J'imagine qu'il y aura un autre mariage à célébrer, à notre retour.

Impulsivement, elle s'empara de ses mains et les pressa entre les siennes.

— Promettez-moi de me revenir en vie.

Son cœur battait plus vite en songeant qu'elle risquait de perdre son époux, et le père de son enfant à naître, sans qu'il sache même qu'elle était enceinte. Serait-il sage de le lui révéler maintenant ? Cela le rendrait-il plus prudent ou au contraire, plus téméraire ?

Il lui sourit et pencha son visage vers le sien, pour lui murmurer d'une voix suave et taquine :

— Vous manquerais-je déjà, ma douce ?

— LochHaven a… besoin de son *ealdorman*.

— LochHaven, seulement ? Non, inutile de me répondre, je lis la peine et l'inquiétude dans vos magnifiques yeux. Rohna, je vous promets de revenir aussi vite que possible, entier et victorieux. Aucun de ces misérables pouilleux ne pourra m'en empêcher.

— Je prierai pour vous, je…

Il la fit taire d'un baiser tendre, puis passionné, chargé de l'émotion qui les emplissait tous les deux face à leur séparation imminente. Leur fervente étreinte fut brisée lorsqu'il s'éloigna d'elle. Un grand froid s'insinua instantanément en elle, accompagné d'un vide profond. Sans se retourner, il sauta à bord de son navire. Comment ne pas l'admirer ? Il était rayonnant, à arpenter le pont, à dispenser des ordres à l'équipage. Il semblait ne faire qu'un avec son navire. Comme si là était réellement sa place, depuis toujours, et pas auprès d'elle…

Son cœur se serra à cette pensée.

Là-haut, alors que jusque-là le temps était au beau, de lourds nuages sombres s'amoncelaient, poussés par un fort vent venu du nord. Jupes et cheveux étaient soulevés, malmenés. La voile du navire se mit à claquer comme un fouet. À cet instant, un corbeau surgit des cimes de la forêt. De ses ailes, il déchirait le ciel. De ses sinistres croassements, il l'emplissait d'une mélodie lugubre. La tête levée vers lui, Rohna fut parcourue de frissons. Était-ce un signe divin, pour l'avertir d'un malheur à venir ?

Saisie du terrible pressentiment qu'elle ne reverrait plus jamais son époux, elle prit une décision soudaine, dictée par l'émotion…

Arpentant le pont de son navire, à entendre le bois craquer familièrement sous ses pieds, au vent qui fouettait son visage, Erik exultait. Comme cela lui avait manqué ! Jusque-là, il ne s'en était pas rendu compte. Un sentiment de liberté l'envahissait. Certes, ce n'était pas l'océan, mais tout de même !

Pourtant, aussi agréables soient-elles, ces émotions ne pouvaient rivaliser avec la puissance du sentiment de vide qu'il éprouvait. Quitter son épouse était un supplice. La tristesse sur son visage, l'inquiétude dans ses yeux lorsqu'il lui avait fait ses adieux sur le ponton le bouleversaient. Partir était un déchirement auquel il ne s'attendait pas. Pourquoi avait-il la sensation de l'abandonner, alors qu'il ne cherchait qu'à la protéger ? En tuant Egill et ses pillards, il éliminerait la menace et Rohna resterait en sécurité. Ensuite, ils feraient l'amour durant des heures pour célébrer leurs retrouvailles.

La vision du corps nu de sa femme enflamma instantanément ses reins. Cela éveilla en lui une ardeur qui n'aurait pu choisir pire moment pour surgir. Impossible de laisser de telles pulsions le troubler ! Plus tard, à son retour victorieux, tout serait différent. Pour l'instant, seul le combat à venir devait importer. Il se focalisa sur son équipage. Il avait avec lui une quarantaine d'hommes aguerris. Aucun n'en parlait ouvertement, mais sur leurs visages burinés se lisait l'anticipation et la soif de massacrer leurs ennemis. Rien n'était plus méprisable que les traîtres, les déserteurs et les lâches. Egill était tout cela à la fois, et également un menteur. Son aplomb quand il s'était présenté devant lui emplissait Erik d'une rage sauvage. Bientôt, il lui ferait payer ! Ainsi qu'aux misérables qui l'avaient rejoint. Dès qu'Erik et ses hommes les débusqueraient, ils les tailleraient en pièces, aussi féroces et inarrêtables que des *berserkers*[1]. Cela ne saurait tarder, avec Bjorn comme guide jusqu'à leur campement.

Une fois les derniers tonneaux de vivres chargés à bord, il ordonna le départ. Plissant les yeux, il chercha dans la foule le visage de sa femme et s'étonna de ne pas le trouver. Était-elle déjà en chemin pour la forteresse ? Pourquoi ? L'épreuve de son départ lui semblait-elle trop insupportable pour y assister jusqu'au bout ?

Cesse de te poser des questions aussi vaines, Erik ! s'admonesta-t-il. *Concentre-toi sur ton devoir.*

D'ici deux jours, au pire, ils débarqueraient à l'endroit indiqué par Bjorn. Ensuite, des éclaireurs iraient s'assurer que la voie était libre, puis ils se faufileraient au cœur d'un bois pour parvenir en toute discrétion jusqu'au campement d'Egill. L'effet de surprise serait leur perte ! Comment Ubbe réagirait-il, à son tour, en apprenant la trahison d'Egill ? Sans doute était-il déjà au courant ? Si Egill réussissait, comme il le prévoyait, à s'emparer de LochHaven et lui jurait fidélité, encore, Ubbe lui pardonnerait-il ? Une hypothèse qu'Erik refusait d'envisager. Hélas, tout était possible. Peu importait, finalement, aux frères Ragnarsson la manière de prendre l'Angleterre, ou à qui ils la ravissaient, dès l'instant où elle leur appartenait.

Pour empêcher cela, Erik ne pouvait compter que sur son équipage et sur lui-même. S'il se révélait incapable de protéger ses biens et sa famille, que vaudrait-il aux yeux des siens, et aux siens propres ?

Au bout de quelque temps de navigation sur une eau paisible, ils sortirent du territoire de LochHaven. Tout semblait calme

1. En vieux norrois, le terme *berserk* correspondrait à un guerrier-fauve combattant avec une peau d'ours en guise de protection. Dans la mythologie nordique, un *berserk* est assimilé au dieu Odin et serait le symbole d'un guerrier saisi d'une rage incontrôlable qui le rendrait inarrêtable et presque invincible.

alentour. Rien d'étonnant, ils étaient encore à bonne distance de leur destination. Parfois, des villageois ou des pêcheurs les observaient, la plupart si effrayés qu'ils s'enfuyaient à toutes jambes en découvrant la proue à l'effigie d'un dragon féroce. L'armée danoise gagnait chaque jour du terrain, bataille après bataille, et la peur submergeait les Saxons. De telles nouvelles arrivaient chaque jour. Même la pugnacité du pieux roi Alfred de Wessex n'y pouvait rien ! Cette guerre de conquête, les Ragnarsson et leurs alliés la remporteraient, mais tous ne voulaient pas piller et détruire. Quel intérêt y aurait-il à régner sur des ruines ? Certains, parmi les plus avisés, souhaitaient au contraire s'installer sur des terres plus fertiles que celles qu'ils avaient quittées, y fonder une famille et vivre en paix. D'autres, en revanche, les plus vils et les plus brutaux, aimaient juste tuer, violer, saccager… Ces imbéciles étaient incapables de voir à long terme ou d'avoir la moindre véritable ambition. Construire était toujours préférable à détruire. C'était plus ardu, mais tellement plus gratifiant !

Une pluie fine se mit à tomber. Elle faisait fondre la couche de neige sur les branches nues des arbres. Les racines de ceux poussant en bord de berge plongeaient dans l'eau glacée de la rivière. Le *Dragon Écarlate* dut s'écarter pour en éviter certaines, mais cela ne posa nulle difficulté à l'équipage, habitué à ces manœuvres. Cela aidait néanmoins à briser la monotonie. En dehors d'admirer la beauté du paysage d'un hiver qui s'éternisait et d'aiguiser les armes, il n'y avait pour le moment que peu à faire. Quelques hommes entonnèrent un chant marin. Plusieurs voix les rejoignirent, dont celle d'Erik, qui s'éleva forte et claire. Un instant, il ferma les yeux et s'imagina naviguer en mer, sur une eau calme scintillant sous les rayons caressants du soleil. Il entendait presque le cri des mouettes ! Un sourire se dessina sur son visage. Les dieux approuvaient sa décision et le lui faisaient savoir. Ils aimaient ceux qui embrassaient leur destin et ne reculaient jamais devant l'adversité.

Bjorn vint se placer à son côté.

— Je reconnais cet endroit, dit-il. Il nous faut choisir le prochain embranchement, là-bas, qui part sur la droite.

— Combien de temps, ensuite ?

— Cela dépendra de notre vitesse. Si nous continuons à ce rythme, nous devrions accoster au matin.

— Parfait. Je suis impatient d'en finir avec ces cancrelats. J'aurais déjà dû tuer Egill, au lieu de le laisser partir, mais il n'est jamais trop tard pour réparer une erreur.

Bjorn hocha la tête en signe d'assentiment, puis partit rejoindre ses camarades qui manœuvraient la voile, abandonnant Erik à ses pensées. Longtemps, ils naviguèrent sans marquer de véritable halte, autre que pour effectuer leurs besoins naturels et envoyer quelques hommes vérifier qu'il n'y avait aucun danger, ou le moindre signe d'Egill et de ses troupes, dans les parages. S'il était douteux qu'ils aient déjà quitté leur campement, ou parcouru une telle distance en si peu de temps, mieux valait faire preuve de prudence. À bord, les hommes se relayaient aux manœuvres. Certains jouaient aux dés, chantaient ou se racontaient leurs exploits. Plus d'un parlait avantageusement d'une Saxonne qu'ils espéraient retrouver à leur retour. À l'évidence, ses compagnons se plaisaient à LochHaven, et Erik s'en réjouissait.

Ce ne fut qu'à la nuit tombée qu'il s'accorda un peu de repos. Un épais brouillard s'était levé. Il nimbait la rivière de part et d'autre d'une nappe humide et diffuse. Le ciel constellé d'étoiles faisait un toit magnifique. Comme il était agréable de dormir à la belle étoile ! Si seulement Rohna pouvait en profiter avec lui.

Quand le calme sera revenu en Mercie, je l'emmènerai en voyage, se promit-il.

Il ferma les yeux. Le doux clapotis de l'eau contre la coque le berçait. Depuis les bois, un hibou hulula. Sans doute se préparait-il à partir en chasse. Comme ponctuant cette pensée, le rapace vola au-dessus du bateau à tire d'ailes. Erik voulut y déceler un signe de bon augure. Au loin, des lumières minuscules brillaient en haut de collines. Des hameaux endormis où les habitants avaient allumé leurs foyers pour se protéger du froid mordant. Se disant qu'un bon feu de cheminée était toujours agréable, Erik remonta sa couverture jusque sous son menton. Bientôt, l'hiver laisserait place au printemps et… Un bruit inhabituel lui fit tendre l'oreille.

Là-bas ! Le son venait des tonneaux de provisions entreposés dans un recoin du bateau. Comme si on déplaçait quelque chose. Pourtant, aucun de ses hommes ne s'y trouvait. Ils étaient soit aux manœuvres, soit en train de dormir les uns près des autres, sous une grande bâche. En silence, il se leva et se saisit de sa hache. De quoi pouvait-il s'agir ? Des rats, peut-être ? Ces rongeurs avaient la fâcheuse manie de gâter la nourriture et de transmettre des maladies. Les chasser des bateaux était une priorité, avant chaque départ, et aucun d'eux n'aurait dû se trouver là. Sans faire un bruit, Erik progressait, ses yeux cherchant à percer les ténèbres. À peine y voyait-on. *Ici !* Un mouvement furtif, qu'on ne pouvait attribuer à des rats. Une forme humaine venait de se réfugier dans l'ombre, derrière un gros tonneau. Réprimant un juron, Erik bondit sur l'intrus, arme brandie, et… s'immobilisa.

Impossible !

— Par les dieux !

Rêvait-il ? Incrédule, il était partagé entre stupéfaction, inquiétude et colère. Pourtant, même la pénombre qui masquait ses traits délicats ne pouvait le tromper : sa femme était là, devant lui !

— Que faites-vous ici ? Vous devriez vous trouver en sécurité, à la forteresse, et pas à bord de mon navire !

Il s'était emporté si fort qu'elle se figea. Alors qu'elle ouvrait la bouche pour répondre, un sinistre sifflement perça la nuit, leur faisant à tous lever la tête.

Là-haut, des traînées flamboyantes déchiraient le ciel, pour retomber en arc sur le *Dragon Écarlate* et son équipage.

Chapitre 24

Une pluie de flèches enflammées s'abattait sur le pont. Avant que quiconque puisse réagir, le feu dévorait la voile. Des hommes furent eux aussi fauchés par des flèches qui embrasèrent leurs vêtements. Leurs compagnons tentaient d'étouffer les flammes. Une nouvelle volée de flèches suivit la précédente, accélérant la course de l'incendie. Le *Dragon Écarlate* prenait feu de toutes parts ! La fumée masquait la vue, piquait les yeux. La chaleur s'intensifiait, rendant chaque respiration laborieuse.

— À l'eau ! Vite !

Protégeant Rohna de son corps et d'un bouclier agrippé à la va-vite, Erik poussait ses hommes par-dessus bord. Abandonner le navire était leur seule issue ! D'une main, il menait Rohna par la taille. De l'autre, il se débarrassa du bouclier pour relever un de ses compagnons, blessé à la jambe, et le guider à travers la fumée jusqu'au rebord. Bjorn en portait un autre. Il sauta par-dessus bord, le guerrier toujours sur son dos.

Erik avait envie de hurler. C'était un massacre, une attaque organisée qui n'entendait épargner aucun d'entre eux. Comment était-ce possible ? Qui étaient ces foutus archers ? Des hommes d'Egill ? Quelqu'un d'autre, qui les aurait pris pour des Vikings avides de raids et de rapines ? Pourtant, les éclaireurs avaient assuré qu'il n'y avait aucun danger ! Lui auraient-ils menti ? Egill les aurait-il convaincus de le trahir ?

Plus tard, les réponses ! Avant tout, il fallait sauver sa femme ! Elle toussait, pleurait, s'accrochait à lui de toutes ses forces. D'un mouvement leste, il la souleva. Tout en l'étreignant férocement, il sauta par-dessus le bastingage. L'eau glaciale était presque un délice, après l'insoutenable chaleur de l'incendie qui continuait à faire rage. Rohna accrochée à son cou, il nagea jusqu'à la rive opposée, mettant le plus de distance possible entre les archers et eux. Ils se hissèrent sur la berge, pantelants, le souffle court. Erik jeta un œil alentour. Nombre de ses hommes étaient saufs, mais d'autres étaient blessés. Et le pire était qu'il en manquait une bonne dizaine. Étaient-ils morts ? Égarés sur l'autre rive ? Perdus dans la rivière ? Au milieu de l'eau, le *Dragon Écarlate* crachait des flammes.

Malédiction !

Un bras passé autour de sa femme, il l'obligea à se relever. Elle s'accrochait à lui, tremblante, et il la serra contre lui de toutes ses forces en criant des ordres aux rescapés, qui se redressaient à leur tour.

— Abritez-vous sous les arbres ! Vite, avant que…

Une bande de brigands venait de surgir des fourrés. Des pouilleux grimaçants, en pleine forme, s'imaginant une victoire facile. Ils levèrent leurs armes, s'avancèrent vers leurs proies en braillant. À près d'un contre deux, le résultat restait incertain, mais Erik et ses hommes étaient de valeureux Nordiques du clan du loup blanc : ils ne reculeraient pas.

— Rohna, restez en arrière ! Cachez-vous !

Empli d'une violente fureur, il se saisit de sa hache. Puisque ces maudits lâches réclamaient du sang, il leur en donnerait ! Poussant son cri de guerre, il chargea. Ses hommes valides l'imitèrent.

Comme porté par une énergie divine, avec l'impression qu'Odin lui-même guidait son bras, Erik était déchaîné. Esquivant avec aisance les coups portés par ses adversaires, il frappait, tailladait, tranchait sans pitié les chairs de ses ennemis qui tombaient tout autour de lui. Il ne pensait qu'à la vengeance et, surtout, à protéger son épouse. Quel sort affreux lui réserveraient-ils, s'il ne remportait pas la victoire ? Hors de question que cela se produise ! Peu lui importait qui ils étaient, d'où ils venaient, ils devaient mourir ! Un de ses hommes se retrouva à terre, face à un Viking qui brandissait une épée au-dessus de lui, souriant alors qu'il s'apprêtait à l'achever. Sans hésiter, Erik lança sa hache à toute volée sur le misérable. Elle se ficha entre ses deux yeux, et il s'écroula. Sans s'arrêter, Erik plongea en avant pour éviter un coup de lance, agrippa un *scramasaxe*[1] tombé dans l'herbe boueuse et contra l'attaque d'un ennemi qui avait surgi droit devant lui.

Partout, ce n'était que cris et coups. Bientôt, pourtant, le chaos cessa pour ne laisser qu'un étrange silence. Celui qui n'existait qu'à la fin d'une âpre bataille, comme si le temps était suspendu, jusqu'à ce que les gémissements des blessés ne ramènent les survivants à la réalité. Erik et ses hommes avaient gagné ! Leur rage et leur soif de revanche avaient sans doute fait la différence contre ces adversaires plus nombreux, mais aussi trop sûrs d'eux.

— Erik ! Erik !

Rohna se jeta dans ses bras. Elle tremblait comme une feuille, mais elle était vivante.

— Êtes-vous blessée ?

— Non, je n'ai rien, grâce à vous et à vos compagnons. Je… je me suis cachée, personne ne m'a trouvée. J'avais mon couteau avec moi, mais je n'ai pas eu à m'en servir. Tout ce sang, sur vous, est-ce que…

— Ce n'est point le mien.

1. Épée à lame courte.

— Grâce à Dieu ! Mais d'autres ont besoin de soins.

Déjà, elle déchirait le bas de sa robe pour en faire des pansements de fortune. Sur un équipage de quarante hommes, douze restaient introuvables, cinq étaient morts, huit blessés au point de nécessiter de l'aide pour se tenir debout, trois ne passeraient sans doute pas la nuit et douze semblaient relativement indemnes. Il faudrait dénicher un abri facile à garder et à protéger, le temps qu'ils reprennent des forces.

Bjorn faisait partie des moins touchés.

— On les a tous eus, dit-il, mais il en reste, de l'autre côté de la rive. Ces foutus archers de malheur.

— Nous les chasserons plus tard, tous jusqu'au dernier. D'abord, il faut penser à nos blessés. Que ceux qui le peuvent aident les autres, nous partons !

— Et le *Dragon Écarlate* ? On l'abandonne ?

Erik tourna le regard vers son navire que le feu continuait à dévorer. Ses poings se crispèrent. Son ventre se noua douloureusement face à cette horrible vision.

Il secoua la tête en serrant les dents.

— Peut-on faire autrement ? Je doute qu'il en reste grand-chose au matin et, pour cela aussi, ils paieront.

Rohna faisait de son mieux pour assister les blessés. Dieu soit loué, aucun d'eux n'avait rendu son dernier souffle depuis qu'ils avaient trouvé refuge dans une masure abandonnée. Une demeure avec une petite grange attenante, qui avait semblait-il abrité des cochons. Une famille vivait ici encore quelques semaines plus tôt. Six couchages et une poupée d'enfant faite de paille tressée en témoignaient. Où étaient ces gens, à présent ? Ils n'avaient trouvé aucun corps. Si les déserteurs d'Egill étaient passés par là avant eux…

Elle pria pour ces innocents.

Faites que cette famille leur ait échappé, ou que leurs âmes immortelles soient sous votre protection, si le pire est arrivé…

Le silence régnait dans la pièce où les survivants s'étaient rassemblés. Des couvertures miteuses étaient étendues sur les blessés. Ils n'avaient eu ni le temps ni l'énergie d'enterrer leurs morts. Erik avait assuré que cela serait fait, plus tard, arguant avec raison qu'il valait mieux se consacrer aux vivants, en premier lieu. Un homme toussa, cracha du sang. Pour lui aussi, elle pria, regrettant de ne rien pouvoir faire de plus pour cet homme qui s'était si vaillamment battu. L'équipage de son époux l'avait impressionnée. Avec quelle fougue et quel courage ils avaient chargé leurs ennemis ! Aucun n'avait reculé, formant de leurs corps un mur infranchissable entre ces monstres et elle. Grâce à leur sacrifice, elle était indemne et n'avait même pas eu à se défendre. À son tour, à présent, de veiller sur eux.

Elle frictionnait des mains et des bras pour faire circuler le sang, et les aider à se réchauffer. Blottis les uns contre les autres, les Nordiques se transmettaient leur chaleur, mais ce n'était pas suffisant pour tous. Leurs vêtements ne parviendraient jamais à sécher ainsi ! Hélas, ils avaient renoncé à allumer un feu dans l'unique foyer, pour ne pas se faire repérer. Si des sentinelles avaient été postées à l'extérieur, les précédentes n'avaient-elles pas failli en affirmant qu'aucun danger ne pointait ? Ces hommes ayant péri au cours de la bataille sur la berge, Erik n'avait pu les interroger.

Rohna s'efforçait de sourire, pour redonner confiance aux blessés. Pourtant, en son for intérieur, elle était terrorisée. Combien d'ennemis les menaçaient, encore ? Si ces archers et leurs vils compagnons les trouvaient, alors que les hommes étaient épuisés et pour certains diminués, la bataille ne tournerait peut-être pas en leur faveur cette fois-ci…

La porte en bois grinça. Erik se tenait dans l'encadrement. Ses larges épaules le remplissaient presque entièrement. Le cœur de Rohna cogna fort dans sa poitrine quand elle ancra son regard au sien. Qu'aurait-elle fait, s'il faisait partie des blessés, ou encore des morts ? Comment aurait-elle réagi ? Par la grâce miséricordieuse de Dieu, elle n'avait pas à faire face à une telle épreuve : en dehors d'égratignures, il était sauf. La possibilité qu'il en soit autrement l'horrifiait.

Il la contemplait avec une attention soutenue. Son regard scintillant d'une lueur vive semblait détailler chacun de ses traits, comme pour les graver dans sa mémoire… ou s'assurer de leur réalité. Brusquement, il prit une longue inspiration, murmura quelque chose à Bjorn qu'elle ne saisit pas, avant de venir à elle. Son expression était très tendue. Sa bouche tressaillait nerveusement.

— Nous devons parler, tout de suite.

Son ton était ferme, autoritaire. S'il lui était impossible de déceler ses pensées, elle le supposait grandement fâché contre elle. À raison ! Ne lui avait-elle pas désobéi ? Docilement, elle le suivit dans un recoin isolé où ils pourraient converser sans déranger les hommes qui dormaient.

Aussitôt, il agrippa son bras et l'attira à lui. Sa bouche se tordit en un rictus. À l'évidence, de puissantes émotions contraires l'assaillaient.

— Vous avez transgressé mes ordres. Pourquoi ? Vous deviez rester à LochHaven !

— Je… je le sais, j'ai réagi impulsivement, mais… j'avais peur de ne jamais vous revoir, autrement.

— Par les dieux !

— Reprochez-le-moi autant que vous le voulez, je n'en ai cure ! Je recommencerais, sans hésiter !

Il s'emporta en la serrant si fort qu'elle craignit qu'il ne l'écrase sous sa poigne de fer.

— Quelle folie vous a prise ! Ne comprenez-vous pas combien

c'est dangereux ? Vous n'auriez jamais dû me suivre ! Comment espérez-vous que je sois entièrement consacré à ma mission, si je dois en plus vous protéger ?

— Cela n'a pas semblé vous déranger, plus tôt, sur la berge. Vous avez combattu avec la férocité d'un de vos dieux de la guerre !

— Bon sang, vous ne savez plus ce que vous dites, et vous n'imaginez pas combien je suis furieux ! Peut-être plus que je ne l'ai été de ma vie entière ! Je n'ai jamais eu aussi peur, non plus, ajouta-t-il d'un ton noué par l'émotion. J'étais terrifié pour vous. S'il vous était arrivé malheur, je… je crois que j'en serais devenu fou.

Rohna déglutit avec difficulté. Les larmes lui montaient aux yeux, tant elle ressentait sa sincérité, sa crainte et sa peine. Impulsivement, elle se blottit contre lui. Qu'il était délicieux et rassurant de savourer la sensation de son corps chaud et ferme contre le sien ! De ses bras qui l'entouraient, de ses doigts qui se glissaient sur sa nuque, de son cœur solide qui battait si fort sous son oreille ! Les mots n'étaient plus nécessaires, entre eux.

Le simple fait d'être vivants et l'un auprès de l'autre suffisait à les combler, en cet instant qu'elle aurait souhaité éternel.

Chapitre 25

Le lendemain, Rohna se réveilla au chant des oiseaux. L'esprit cotonneux, elle était courbaturée et encore épuisée. Après avoir passé des heures à panser et à soigner, elle avait fini par sombrer dans le sommeil dans les bras d'Erik. Il ne se trouvait plus à son côté, mais près de la porte avec Bjorn et un jeune guerrier nommé Sven. Entre eux et elle, les blessés dormaient. Leurs visages avaient retrouvé des couleurs. Une bouffée de soulagement l'envahit : ils survivraient ! Même les plus livides, au nombre de trois, paraissaient recouvrer des forces. Leurs torses se soulevaient en rythme à mesure de leurs respirations régulières. Avec précaution, pour ne pas bousculer ceux qui se reposaient encore, elle se fraya un chemin jusqu'à son époux et ses compagnons.

Les bras croisés, Erik fronçait les sourcils en écoutant Sven.

— Aucun signe ni aucune trace d'eux. C'est comme s'ils avaient renoncé à nous chercher.

— Je n'en crois rien, répliqua Erik. Une embuscade de cette ampleur a minutieusement été préparée. Ils nous attendaient, j'en mettrais ma main à couper. S'ils savaient que nous venions et connaissaient le chemin que nous allions emprunter, cela ne peut signifier qu'une chose : on nous a trahis. Pour de l'or et de belles promesses, certains vendraient père et mère.

Bjorn opina de la tête.

— À l'évidence. Mais qui ? Aucun des nôtres n'en serait capable. Même Rurik et Ulf, les éclaireurs qu'on aurait pu soupçonner, se sont battus à nos côtés sur la berge. Ils ont combattu et sont morts avec bravoure. Ils ont toujours été loyaux, sinon ils en auraient profité pour se retourner ouvertement contre nous.

— Tu as raison, Bjorn. Je refuse également de croire que l'un d'entre nous puisse être aussi méprisable. Pourtant, s'il ne s'agit d'eux, quelqu'un a forcément informé Egill.

— Et pourquoi pas un Saxon ? s'enquit le jeune Sven.

Rohna fit un pas en avant pour prendre la parole.

— Impossible, mes gens sont tout aussi loyaux que les vôtres ! Auriez-vous oublié que nous ne formons plus qu'un peuple ?

Erik soupira en la couvant d'un regard tendre.

— Certes, mais cela n'empêche rien, et certainement pas la duplicité. Certains pourraient feindre m'accepter en tant qu'*ealdorman* de LochHaven et chercher à m'évincer en s'alliant avec Egill.

Rohna ne sut que répondre, car c'était l'entière vérité. Le fait qu'on ait pu les trahir, qu'on souhaite le trépas de son époux et que cette attaque soit le résultat de la félonie d'une personne en qui elle ait pu avoir confiance la révulsa.

Erik l'attira à lui.

— Ne vous inquiétez point, ma douce. Nous réglerons cela plus tard, dès notre retour à LochHaven. Vous ne risquez rien auprès de moi. Je vous protégerai. Toujours.

Elle acquiesça. N'avait-il pas déjà maintes fois prouvé qu'il en était capable ? Cependant, ce n'était point pour elle qu'elle avait peur, mais pour lui ! Et pour leur enfant à naître…

Bjorn se racla la gorge.

— Que fait-on maintenant, Erik ?

— Cela me rend fou, mais nous devons renoncer à arrêter Egill, pour le moment. Dès que les blessés seront en état de voyager, nous repartirons pour LochHaven. Pour cela, nous aurons besoin d'un moyen de transport. Sven a repéré un hameau, à quelques lieues d'ici.

Le jeune Nordique confirma.

— J'ai grimpé tout en haut d'un grand chêne et j'ai aperçu des chevaux, dans un pré.

— Bien. Prends deux hommes avec toi, et assure-toi que la voie est libre jusque-là. Profites-en pour rapporter des provisions.

Sven acquiesça puis tourna les talons. Erik s'adressa alors à Bjorn.

— Toujours pas de survivant, à la rivière ?

— Non, personne, et les cadavres de ceux qui se sont noyés ont été emportés par le courant. J'ai laissé quatre hommes en arrière là-bas, pour qu'ils poussent encore un peu les recherches. Ils seront de retour d'ici une heure ou deux.

— Et le *Dragon Écarlate* ?

— Il n'en reste plus grand-chose. La voile est partie en fumée, et il faudra des semaines voire des mois pour réparer la coque, au mieux. J'ignore même s'il sera possible d'en récupérer quelque chose.

Erik se renfrogna. La colère et la tristesse se lisaient sur ses traits tourmentés. La perte de son navire le blessait terriblement. Rohna posa une main sur son bras pour l'assurer de son soutien.

— Il sera réparé ou reconstruit, déclara-t-elle sur un ton plein de promesses.

— Espérons-le. Dès que vous serez en sécurité à LochHaven, je réunirai…

Un cri retentit depuis l'extérieur. Un signal d'alerte !

— Bon sang !

Erik réagit instantanément. Il repoussa Rohna en arrière, puis agrippa sa hache et fonça vers la porte qui s'ouvrit à la volée à l'instant où il y parvenait.

— Par les Dieux !

Sven se tenait devant lui, la main plaquée sur sa taille d'où s'échappait du sang.

— Ils sont là ! Ils nous sont tombés dessus depuis la cime des arbres, ils ont tué Ulrik et…

Erik le saisit pour le jeter à l'intérieur, tout en s'écriant :

— Aux armes ! Nous sommes attaqués !

Ses hommes le suivirent sans hésiter. Ceux qui étaient le plus gravement blessés luttèrent pour se lever et en faire autant. Bientôt, ce fut un chaos indescriptible de fureur et de hurlements, de mouvements rapides et de silhouettes se jetant les unes sur les autres. Sur le seuil, Rohna était tétanisée. Cette violence ne cesserait donc jamais ? Partout, lui semblait-il, des ennemis surgissaient du couvert de la forêt. Depuis quand les espionnaient-ils ? Pourquoi les sentinelles, cette fois encore, ne les avaient-elles pas repérés plus tôt ? À moins que… Sven l'avait dit : ils venaient de la cime des arbres. C'était là que ces lâches se cachaient !

Erik et ses hommes ne cédaient pas un pouce de terrain. Acharnés, ils rendaient coup pour coup, taillaient, tranchaient, frappaient en poussant des cris de guerre gutturaux. Rohna ne parvenait pas à détacher les yeux de son époux. Avec quelle férocité il bataillait ! Comment pouvait-elle autant s'émerveiller tout en étant terrifiée ? Le moindre de ses mouvements lestes et harmonieux était stupéfiant. Il était façonné pour le combat. Chacun de ses gestes était calculé. Le moindre de ses coups portait avec une efficacité surnaturelle. Hélas, si ses hommes et lui luttaient âprement, leurs adversaires étaient trop nombreux. Sans cesse, il en venait. Certains différaient des autres. Ils ne portaient ni bouclier ni armure d'aucune sorte. Uniquement vêtus de peaux de bêtes, leurs yeux étaient exorbités et ils… bavaient ? Plus que de sembler humains, ils avaient tout d'animaux enragés ! Leurs hurlements lugubres accompagnaient leurs coups brutaux et ils paraissaient insensibles à la douleur. L'un d'eux eut le bras sectionné si profondément qu'il pendait à son côté, inerte, presque à se décrocher. Cela ne l'arrêtait pas : au contraire, il n'en était que plus exalté ! Erik l'abattit d'un puissant coup de hache dans le crâne. Même ainsi, la tête ouverte, le guerrier fou continua à essayer de répliquer, avant d'enfin s'écrouler.

Des démons ! Rohna en était persuadée, il ne pouvait en être autrement. Aucun homme normal ne chercherait à se battre encore après un coup pareil ! Elle serra plus fermement le manche de son couteau. Difficile avec ses doigts qui tremblaient ! Quelques blessés n'avaient pu trouver la force de rejoindre leurs camarades et si elle ne pouvait décemment pas se lancer dans la bataille pour aider Erik et les autres, du moins ferait-elle en sorte de protéger ceux-là. Mobilisant toute sa volonté, faisant fi de la terreur indicible qui lui intimait de se sauver à toutes jambes, elle se figea sur le seuil. Pourrait-elle vraiment faire barrage si l'un de ces monstres voulait entrer ? Inutile de se cacher derrière la porte, un simple coup de vent aurait pu la faire tomber, alors un Viking acharné…

Ce qu'elle aperçut l'emplit d'un effroi tel qu'elle en oublia tout le reste. Sans plus réfléchir, n'écoutant que son instinct, elle fonça vers l'homme hirsute qui brandissait une immense hache à deux mains dans le dos de son époux. Celui-ci, occupé à batailler contre un autre, n'avait rien vu du danger. Il allait se faire tuer !

— Erik ! Attention !

Dieu merci, il entendit son avertissement et réagit promptement. En un éclair, il acheva son adversaire, puis se retourna et enfonça sa lame dans le cou du Viking à la hache, qui s'effondra. Hélas, il se retrouva face à deux autres et n'esquiva que de peu le premier coup porté. Occultant le danger, Rohna sauta sur le dos d'un des assaillants. Celui-ci voulut la projeter à terre. Elle s'accrochait à lui tant et si bien qu'il n'y parvenait pas et était tout aussi incapable de s'en prendre à Erik.

Le guerrier beugla et se saisit brutalement des cheveux de Rohna pour la tirer par-dessus lui. Faisant fi de la douleur, elle le frappa de son couteau, dans le cou et le torse, jusqu'à ce qu'il la relâche et qu'il s'effondre enfin. Elle l'avait tué ! Pantelante, sous le choc de l'exploit qu'elle venait d'accomplir, elle peinait à se relever quand une vision d'horreur se dévoila à elle : Erik se retrouvait encerclé par six ennemis. Courageusement, il tenait bon. Pour combien de temps ? Le cœur battant à tout rompre, elle bondit pour l'aider, ou périr avec lui, quand une paire de bras la saisit et la ramena brusquement en arrière.

Si lutter pour se dégager s'avéra vain, son impuissance ne fut pas ce qui la fit hurler comme jamais : les Vikings se jetaient tous ensemble à la curée sur son époux ! En un instant, ils le masquèrent à sa vue sous l'imposante masse de leurs corps hideux entremêlés.

— Lâchez-moi ! Lâchez-moi ! Erik !

— Cesse de beugler, femme. Il est mort.

Cette voix ! Horrifiée, elle se retourna vers celui qui la contraignait. Son sang se glaça dans ses veines. Impossible !

Et pourtant… Leif, ce maudit scandinave qu'elle espérait ne jamais revoir de toute son existence, la tenait une fois encore à sa merci ! Le sourire qu'il lui adressait était empli de noirceur et d'avidité.

— Comme Egill me l'avait promis, on se retrouve, Saxonne. Enfin ! Que les dieux m'en soient témoins, tu vas adorer le sort que je te réserve car cette fois, je te jure que je ne faillirai pas…

Chapitre 26

Rohna s'était débattue. Longtemps. De toutes ses forces, de tout son désespoir, de toute sa rage. Elle avait bourré Leif de coups qui, hélas, n'avaient fait que l'amuser. Ce monstre se moquait de sa détresse ! Il s'était cependant lassé de sa rébellion et avait fini par l'assommer pour qu'elle se tienne enfin tranquille. Lorsqu'elle entrouvrit les paupières, encore sonnée et la nuque douloureuse, il faisait sombre et il neigeait. La clarté des flocons devant ses yeux se détachait dans l'obscurité du crépuscule, semblable à de petites lumières, qui n'éveillèrent pourtant en elle aucun espoir. Son tortionnaire l'avait menée dans un campement. Son campement. Ou plutôt celui d'Egill, dont elle percevait la voix tonnante à défaut de le voir, puisqu'elle ne pouvait franchement relever ou tourner la tête, ballottée comme elle l'était. Egill riait. À l'évidence, il était fort satisfait de l'issue de l'embuscade contre Erik et son équipage.

Maudit soit-il !

Elle refréna avec peine ses larmes, aiguillonnées par l'ampleur de son chagrin. Erik était mort, assassiné par ces démons, et elle ne le reverrait plus jamais. Il ne connaîtrait jamais son enfant ! Ce n'était pas juste !

La voix joviale et détestable d'Egill retentit, exacerbant sa colère déjà immense :

— Notre espion nous a bien renseignés ! Grâce à lui, Erik ne nous gênera plus et LochHaven sera à nous ! Enfin, à notre allié, ce qui s'avérera du pareil au même. Ce soir, nous boirons à sa santé !

Qui était ce sale traître, qu'il évoquait ? Qui les avait vendus à leurs ennemis, pour se débarrasser d'Erik et prendre sa place à la tête de LochHaven ? Quand elle le découvrirait, elle le ferait pendre ou pire encore ! Son sang bouillonnait dans ses veines. Hélas, il n'y avait rien qu'elle puisse faire, à l'instant. Brinqueballée sur l'épaule de Leif comme un vulgaire paquet de linge, elle avait les poignets entravés. Qu'aurait-elle pu faire, même libre de ses mouvements ? Elle n'était point une guerrière éprouvée. Les Vikings étaient nombreux. Trop nombreux ! Certains jouaient aux dés, d'autres affûtaient ou nettoyaient leurs armes, se réchauffaient autour d'un feu. Beaucoup se retournaient sur Leif et son fardeau, et elle frémit en sentant le poids de leurs regards concupiscents Des acclamations vulgaires et enthousiastes les accompagnaient, tandis qu'ils progressaient entre les tentes.

Rohna fulminait. Ces misérables se gaussaient de son tourment, de son malheur ! Comme elle aurait voulu les faire taire, tous, pour toujours ! Si Dieu accordait facilement sa miséricorde, elle, elle ne pardonnerait jamais à ces monstres ! Cette fois, elle chercha vraiment à refréner ses larmes. Montrer la moindre faiblesse à ces hommes était inacceptable. Ce qu'elle souhaitait vraiment, en dépit de sa terreur, c'était la vengeance ! Quitte à y laisser la vie !

Une petite voix intérieure, qui ressemblait à celle de sa défunte nourrice, refroidit ses ardeurs :

Non, Rohna. Tu as déjà pris assez de risques. Ton enfant. Pense à ton enfant !

Seigneur ! Comment avait-elle pu l'oublier ? Quelle imbécile elle était de s'être comportée aussi inconsidérément ! À songer simplement à la revanche, comme si le prix à payer n'avait aucune importance ! Seule la vie qu'elle portait devait compter. L'étincelle qui perpétuerait l'héritage de sa famille, et celui d'Erik. Cet enfant était tout ce qu'il lui resterait de son époux. Pour cela, pour lui, pour eux, elle refusait de s'abandonner au désespoir. Il lui fallait rester en vie.

Elle écarterait donc, pour le moment, sa soif de riposte et trouverait le moyen de s'échapper. Ensuite, une fois de retour à LochHaven, elle veillerait à l'anéantissement de ces meurtriers.

Erik, oh, Erik, que ne donnerais-je pour vous avoir auprès de moi…

Hélas, l'espoir était vain. N'était-ce point la hache de son époux, que Leif brandissait avec ferveur en clamant à tous qu'il avait vaincu Erik du clan du loup blanc ?

Plus loin, enchaînés les uns aux autres par les chevilles, des villageois saxons la contemplaient avec une profonde angoisse. Les pauvres hères ! Depuis quand étaient-ils prisonniers ? Crasseux et les yeux cernés, amaigris, nul doute qu'ils souffraient depuis trop longtemps. Des enfants étaient parmi eux. Comment ne pas frémir face à ces innocents, à la merci de ces barbares ? La famille qui vivait dans la masure où ils s'étaient réfugiés se trouvait-elle ici ? Quelle importance. D'où que viennent ces gens, cela ne changerait rien à l'horreur de leur sort… et elle était impuissante à les secourir.

Leif la fit entrer dans une tente et la jeta sans ménagement à terre. Elle atterrit sur un tapis poussiéreux, à peine assez épais pour amoindrir sa chute. Le souffle coupé, elle trouva néanmoins la force de se retourner vers son bourreau. Si seulement un regard pouvait tuer, elle l'aurait foudroyé sur place ! À la lueur de l'unique brasero qui répandait sa chaleur à l'intérieur, les traits de son ravisseur n'en étaient que plus effrayants.

Il s'avança vers elle. D'instinct, elle recula. Du moins, essaya. Dans cet espace confiné, elle n'avait nulle échappatoire.

— Laissez-moi partir, ou vous le regretterez.

— J'aimerais beaucoup voir ça, ma belle. Qui donc me le ferait payer ? Erik ? J'en doute fort. À moins que les morts puissent revenir ! Egill le voulait vivant pour l'étriper lui-même, mais je suppose qu'on n'obtient pas toujours ce que l'on souhaite. Du moins en ce qui le concerne, parce que moi je suis plutôt chanceux. Erik ne t'a pas abîmée, j'en suis heureux. À mon tour d'en profiter.

— Comme si vous le pouviez ! L'auriez-vous oublié ? Vous êtes incapable de prendre une femme, encore moins de la satisfaire ! Vous êtes maudit par vos dieux et le mien !

Elle n'avait pu s'empêcher de répliquer avec toute la force de sa haine. Un sourire mauvais et lubrique s'étira sur le visage de Leif.

— Ce n'était qu'une faiblesse passagère. Ma queue sait à nouveau se réveiller. Tu pourras le constater par toi-même. D'ailleurs, continue à m'invectiver, ça m'excite plus qu'une femme docile !

Il tendit une main, qu'elle frappa pour l'éloigner d'elle.

— Ne me touchez pas ! Mon époux en vaut des milliers comme vous ! Vous n'êtes pas digne de prononcer son nom !

Le regard de Leif s'assombrit. Ses narines frémirent.

— Prends garde à tes paroles, petite Saxonne. J'ai pour ordre de ne pas te tuer, mais Egill ne m'a jamais fait promettre de ne pas te dresser.

Elle lui cracha au visage. Il la gifla en retour. Si brutalement qu'elle eut l'impression d'avoir heurté un roc en pleine course. À moitié assommée, elle n'eut pas la force de lutter quand il l'agrippa. Son souffle puant courait sur sa peau, lui donnait la nausée.

— Âme damnée, vous pourrirez en enfer !

— Je n'ai pas d'âme, et je ne crois pas en ton enfer chrétien, je ne crains donc rien.

Elle glapit lorsqu'il plaqua ses mains toujours liées aux poignets sur son entrejambe, où son sexe durcissait comme il ne l'avait jamais fait auparavant, quand elle était déjà sa captive. Horrifiée, comprenant qu'il était en effet capable de la prendre de force, elle lutta contre la pulsion de se débattre, pour changer de tactique. Se sachant impuissante à le repousser physiquement, elle devait ruser, gagner du temps !

Elle s'obligea à esquisser un sourire, qui devait surtout ressembler à une grimace tant masquer son dégoût était difficile. Elle l'espérait néanmoins assez convaincant pour duper Leif.

— Vous avez raison, je vous concède ma défaite, ainsi que celle de mon époux. Vous l'avez vaincu et comme il se doit, je vous appartiens, à présent.

Prononcer ces mots qu'elle ne pensait en rien lui arrachait la gorge. Pourtant, elle le devait. Leif serait-il suffisamment sot et imbu de lui-même pour s'y laisser prendre ? Il la contemplait avec sidération, pour finalement esquisser un rictus narquois et satisfait.

— Ainsi, tu te rends à l'évidence, femme. Bien, cela nous facilitera les choses, à toi comme à moi. Si je te blesse, ta valeur sera moindre et Egill me le reprochera. Tant que j'ai besoin de lui, je préfère éviter de le contrarier.

Elle resta silencieuse, notant dans sa tête cette information. Egill contrôlait Leif, du moins ce dernier le craignait-il assez pour lui obéir. Semer la discorde entre eux pourrait s'avérer son unique chance de salut, avant de les détruire.

Elle baissa les yeux, feignant la soumission.

— Ainsi, vous espérez une rançon pour moi ?

— En vérité, pas seulement. Ton futur époux a insisté pour qu'on te donne à lui… vivante et entière, mais peu lui importe si je profite de toi avant qu'il te mette dans son lit.

Son futur époux ? Qu'est-ce que cela signifiait ? Qui oserait… Bien sûr. Le traître ! Celui qui les avait vendus aux Vikings ! Voilà donc ce qu'il préparait, ce qu'il espérait ! Elle devait découvrir son identité !

— Qui est cet homme ? J'estime avoir le droit de le savoir.

— Oh ! ça, tu aimerais bien, je n'en doute pas. Seuls Egill et moi pourrions te répondre, mais tu l'apprendras toi aussi bientôt, fais-moi confiance.

Son rictus s'élargit, et elle se retint de hurler sa peur, sa colère et sa frustration. Pourtant, se maîtriser était indispensable, bien qu'elle se soit juré d'enfoncer une dague dans le cœur du traître avant qu'il ne puisse la toucher et mettre la main sur LochHaven.

Puisque Leif refusait de lui révéler la vérité, un autre le pourrait peut-être.

— Je souhaiterais voir Egill, annonça-t-elle. Maintenant. J'ai des informations qui devraient l'intéresser.

— Vraiment ? À quel sujet ?

— Un sujet d'importance.

Il se gratta la nuque, circonspect.

— Pourquoi est-ce que tu ne m'en parles pas à moi, d'abord ?

— Je… détachez-moi, et peut-être le ferai-je.

Penchant la tête pour mieux feindre la soumission, elle joignit les mains devant elle. Pourvu que sa ruse fonctionne ! Sa seule et unique chance résidait dans le fait que Leif ne la considère pas comme une menace. Au bout de quelques instants suspendus, il haussa un sourcil, puis les épaules, et se saisit d'un couteau. Le cœur battant, elle resta immobile pendant qu'il tranchait les liens entravant ses poignets. La corde trop serrée avait laissé sa marque sur sa chair, et Rohna se frictionna la peau pour aider le sang à y circuler de nouveau. Déjà, Leif reposait le couteau sur une table, derrière lui. Impossible de l'atteindre sans passer d'abord sur son corps énorme. Jamais elle n'y parviendrait avant qu'il ne l'arrête. Du regard, elle chercha une autre arme éventuelle. Hélas, les deux épées, la lance et la hache qui se trouvaient encore plus loin d'elle seraient de toute façon trop lourdes à manier.

Leif croisa les bras et la toisa de ses yeux torves. Il s'impatientait.

— Alors, et ces informations ?

Elle tressaillit, son esprit fusant. Il lui fallait inventer, vite ! Ou user d'une tout autre tactique pour se rapprocher de l'arme. Réprimant son dégoût, elle fit jouer ses doigts sur le torse du Viking. Qu'il était difficile de feindre le désir !

— Plus tard, souffla-t-elle.

— À vrai dire, ma belle, tu as raison, cela peut attendre. Viens-là.

D'un geste vif, il l'attira à lui. Une profonde nausée la saisit. Si férocement qu'elle dut mobiliser toute sa détermination pour ne pas le gifler et le repousser. Simulant l'acceptation, elle se focalisa sur son objectif pendant qu'il plaquait ses lèvres sur les siennes et collait son bassin au sien. La prescience de son sexe rigide pressé contre elle lui souleva le cœur. Réprimant son écœurement, elle se déplaçait imperceptiblement pour se rapprocher du couteau. Leif ne paraissait se rendre compte de rien, satisfait de sa victoire sur elle. Du moins il se l'imaginait ! Elle tendit le bras. Un peu, encore un peu… Enfin ! Ses doigts effleurèrent le manche de l'arme. Dès qu'elle le put, elle s'en saisit et en plaqua aussitôt la lame sous le menton de Leif, l'obligeant à libérer ses lèvres.

La menace ne semblait pourtant guère l'effrayer.

— Eh bien, pour une surprise. Que crois-tu donc faire, ma belle ?

En réponse, elle appuya davantage, faisant perler le sang.

— Qui est le traître ? Dis-moi son nom !

D'un geste qu'elle ne vit pas venir, il lui attrapa le poignet qui tenait l'arme et le lui tordit férocement. En retour, elle lui envoya un coup de genou dans l'entrejambe, si fort qu'il la lâcha en beuglant.

— Sorcière ! Tu vas me le payer !

Certaine qu'il tiendrait parole, elle bondit dans l'intention de le poignarder franchement, cette fois. Hélas, il se glissa de côté, mais elle réussit à lui taillader la joue jusqu'au sang. Dans un grognement bestial, il se jeta sur elle. Clouée au sol, immobilisée par le poids de son bourreau, elle fut forcée de lâcher le couteau. Sa fureur à se débattre fut vaine, ses efforts ne portaient pas. Elle avait beau le pousser de toutes ses forces, il était beaucoup trop lourd ! Prise de panique, elle ne pensait à rien d'autre qu'à sa survie et celle de son enfant. Si elle révélait à Leif qu'elle était enceinte d'Erik, dans l'espoir fou qu'il l'épargne, elle se remplissait d'illusions. Au contraire, il s'en servirait contre elle !

Elle tenta de le mordre. Il la cogna, l'assommant à moitié. Sa main avide arrachait le devant de sa robe, sa bouche cherchait à la faire taire, à la posséder. Tout en lui la répugnait ! Des larmes de rage brûlaient ses joues.

Au-dessus d'elle, il éructait, les yeux injectés de sang. Sa poigne était douloureuse, mais ce n'était rien face à l'ignominie du sort qu'il lui réservait. Pendant que d'une main il lui maintenait les poignets en arrière, l'autre se faufilait le long de sa cuisse, comme un immonde serpent. Dans un élan éperdu, elle se débattit de plus belle, se contorsionnant pour se dégager.

— Non ! Non !

Il n'avait que faire de ses protestations. Elle était perdue. Continuer à lutter ne menait qu'à accroître l'excitation du Viking. N'était-ce qu'un jeu, pour lui, alors que son monde à elle s'écroulait ? Dehors, le vent grondait entre les arbres, faisant furieusement bruisser les feuilles, en écho à la rage qui montait en elle à mesure que son désespoir grandissait.

Leif était trop fort. Elle échouerait à le repousser de cette manière. Alors, elle s'obligea à s'immobiliser, à feindre l'acception de son sort. Il lâcha un grognement, de satisfaction ou de déception, impossible de le déceler, puis enfouit son visage entre ses seins. Quelle affreuse épreuve ! Mobilisant sa volonté pour oublier son dégoût et entièrement se focaliser sur son objectif, elle tourna la tête sur le côté, à la recherche de… Là ! Il était là ! Le couteau gisait au sol à une courte distance, sur le tapis.

Encore un peu, Rohna, tu peux y arriver ! s'encouragea-t-elle. Étirant son bras et ses doigts au maximum, à s'en faire mal, elle n'abandonna pas. Il lui fallait cette arme ! Leif se redressa au moment précis où ses doigts se refermaient sur le manche du couteau.

— Qu'est-ce que…

Elle le frappa de toutes ses forces, plusieurs fois, au cou et à la gorge. Sans se retenir, elle se déchaînait sur lui. L'ardent appel de la vengeance, aiguillonné par l'effroi, l'emplissait de sa toute-puissance. Son corps était comme possédé, elle ne maîtrisait plus rien. Leif essaya de l'arrêter, mais il était trop tard, pour lui. Sa bouche n'émettait plus que de pitoyables gargouillements. Ses yeux se révulsèrent. Quand il tomba à genoux, ce fut pour tendre une main vers elle, l'autre collée à sa gorge, cherchant en vain à empêcher son sang de couler. Enfin, il s'effondra sur le tapis.

Rohna le contempla plusieurs minutes, le cœur battant à tout rompre, le souffle court, les mains tremblantes, mais ses doigts tenaient toujours fermement l'arme qui venait de lui sauver la vie. C'en était terminé. Leif était mort. Plus jamais il ne lui ferait de mal ! Ni à elle, ni à son enfant, ni à personne. Erik était vengé. Du moins, c'était un début… Elle ne pouvait cependant pas perdre de temps à se féliciter de cette victoire. Il lui fallait fuir tant qu'elle le pouvait encore. Pantelante, les jambes flageolantes, sous le coup de l'exploit qu'elle venait d'accomplir, elle n'eut que le temps de se retourner : l'entrée de la tente se soulevait sur une haute silhouette.

Chapitre 27

Egill contemplait avec stupeur le carnage. Un de ses Vikings contraignait Rohna, pendant qu'un autre était penché sur le cadavre de Leif. Lorsqu'ils étaient subitement entrés dans la tente, elle n'avait pu leur échapper. À présent, quel espoir lui restait-il ?

— Il est mort, confirma l'homme.

— Je le vois bien, qu'il est mort ! Ce que j'aimerais savoir, c'est comment cet imbécile a pu périr des mains d'une Saxonne !

À la surprise de Rohna, Egill paraissait plus étonné et curieux que mécontent. La perte de Leif ne le touchait guère. Il s'approcha d'elle, un étrange éclat dans les yeux.

— Mourir ainsi, tué par plus faible que soi, est une honte pour un guerrier, déclara-t-il. Tant pis pour Leif, il l'a sans doute mérité. Quant à vous, milady, votre bravoure est admirable, pourtant elle me met dans une position difficile. Leif était un idiot, mais un idiot utile, et ses hommes vont réclamer justice. Devrais-je vous livrer à eux ?

Bien que tremblant de terreur, elle trouva la force de le défier.

— Faites donc. Ils me tueront, et vous n'obtiendrez rien de plus de ce misérable qui vous a promis LochHaven !

— Ah, ainsi, Leif n'a pas su tenir sa langue, mais cela n'a plus aucune importance. Concernant ce traître, s'il en est un pour vous, de mon point de vue, cet homme est un allié de valeur. Du moins… tant qu'il fait exactement ce que je lui ordonne.

— De qui s'agit-il ? J'exige de connaître son nom !

Un sourire narquois s'étira sur les lèvres fines d'Egill. De si près, il sentait encore plus mauvais que dans son souvenir.

— Que m'offrirez-vous, en récompense de cette information ? Oh ! ne vous méprenez pas, je n'ai pas l'intention de vous obliger à coucher avec moi. Vous n'êtes pas désirable au point que j'en oublie mes intérêts, cependant nous pouvons trouver un accord qui nous conviendra à tous les deux.

Elle haussa un sourcil, circonspecte et méfiante.

— Que voulez-vous ? Faire de moi votre nouvelle marionnette ?

— En quelque sorte. Épousez-moi de votre plein gré, et nous dirigerons ensemble LochHaven. Je tuerai mon allié avant qu'il ne puisse y trouver à redire, et vous comme moi y trouverons notre compte. Qu'en pensez-vous ?

— Que vous pouvez pourrir en enfer ! Jamais je ne vous céderai ! Vous êtes un monstre ! Par votre faute, mon époux est mort !

L'expression d'Egill s'assombrit. D'un geste brusque, il se saisit du menton de Rohna.

— Votre impertinence mérite punition, femme. Ensuite, vous serez beaucoup plus docile et…

— Egill !

Tous les regards se tournèrent vers l'entrée de la tente. Un colosse se tenait là, le corps et le visage recouverts de sang et de boue, au point qu'il en était méconnaissable. D'une main, il lâcha à terre le cadavre d'un Viking. De l'autre, il portait une lance… qu'il projeta sur le guerrier qui avait examiné Leif. Foudroyé, traversé par la lance de part en part, l'homme s'effondra. Il n'avait pas touché le sol que le colosse bondissait sur Egill pour le repousser violemment sur le côté. La tête de ce dernier cogna contre un coffre en chêne. Il beuglait de douleur pendant que son adversaire envoyait son poing en plein visage du Viking qui entravait Rohna. Ce dernier retomba en arrière, le nez en sang. Elle fut libérée de sa poigne pour se retrouver dans les bras de son sauveur.

Son cœur se mit à battre si fort dans sa poitrine qu'il semblait prêt à exploser. Était-ce seulement possible ? Rêvait-elle ? Cet homme qui se portait à son secours… Erik ! Il était vivant ! Avec émotion, elle se blottit contre lui, l'étreignant de toutes ses forces. Pouvait-elle y croire ? Sa peau chaude, son torse solide, son odeur si reconnaissable… tout cela témoignait de sa réalité !

Merci, Seigneur, merci !

Des larmes coulèrent sur ses joues, qu'elle ne chercha point à contraindre tant le bonheur et le soulagement la submergeaient.

— Par quel miracle ? Je vous croyais mort !

— Plus tard, les explications. Vous allez bien, ma douce ? Ils ne vous ont pas fait de mal ?

Dans sa voix grave perçaient sa crainte et sa colère que le pire ne soit arrivé.

— Je… oui, je vais bien. Egill ne m'a pas touchée, et Leif n'a pas eu le temps de…

— Mais il a essayé, n'est-ce pas ?

Les pupilles d'Erik flamboyaient d'une fureur indicible à la vue de ses vêtements déchirés, de ses cheveux défaits… rien d'étonnant à ce qu'il devine ce qui avait failli se passer. Elle ne parvint qu'à hocher la tête pour acquiescer.

— Cette misérable chiure de troll, où est-il ?

— Elle l'a tué, le crois-tu ? Cette petite femme a occis un géant !

Egill se relevait, une main frottant sa blessure au front. Du sang s'en écoulait et maculait ses doigts. Au lieu de gémir de douleur, pourquoi souriait-il encore comme un dément ? Erik se posta instantanément devant Rohna, qui se recula pour se tenir à l'écart. Les deux hommes se faisaient face, presque accroupis, tels deux prédateurs sauvages prêts à bondir l'un sur l'autre dans le but de s'entretuer.

Egill cracha à terre, aux pieds d'Erik.

— J'ignore pourquoi Hel[1] n'a pas voulu de toi, mais cela va vite changer. Mes guerriers sont là, dehors. Il me suffit de…

— J'en doute. Ils ont déjà fort à faire, s'ils vivent encore. Mes compagnons s'en assurent.

— Tu mens ! Ton équipage a été massacré !

Un sourire en coin se dessina sur le visage d'Erik.

— Il faut croire que non.

Comme ponctuant ses paroles, des cris retentirent depuis l'extérieur. Des voix masculines paniquées se mêlaient à des bruits de course précipités… et à des hurlements furieux.

— Au feu ! Au feu !

L'expression d'Egill changea du tout au tout. De moqueur, il devint grave et livide. Ses traits se déformèrent sous l'effet de la colère et il pointa fébrilement Erik du doigt.

— Qu'as-tu fait, misérable ? Qu'as-tu fait ?

— J'ai anéanti tous tes projets, comme je vais t'anéantir, toi !

Erik plongea sur lui. Ils s'empoignèrent et roulèrent au sol, en une lutte féroce. Le brasero manqua se renverser lorsqu'ils le heurtèrent. Des braises tombèrent sur le tapis. Rohna se précipita pour empêcher qu'il prenne feu. Impossible de faire davantage que cela ! De plus, son époux n'avait aucunement besoin de son secours. À califourchon sur Egill, il le martelait de coups violents. Jamais elle ne l'avait vu si brutal, si déterminé à tuer. Bien qu'Egill ne parvienne pas à prendre le dessus, il répliquait. Lui aussi frappait, ruait, beuglait, appelait ses hommes à l'aide… sans que personne ne vienne. Dehors, on combattait aussi, on

1. Fille du dieu Loki et de la géante Angrboda, Hel est dans la mythologie nordique la déesse guerrière des morts.

courait, on hurlait dans un chaos indescriptible. D'où surgissaient ces renforts providentiels ? Impossible pour Rohna de le découvrir déjà. Le duel entre son époux et Egill capturait toute son attention.

Ce dernier cracha :

— Par les dieux, pourquoi refuses-tu de périr, Erik ? Maudit sois-tu !

— Il est vrai que Hel n'a pas voulu de moi, pas encore. En revanche, toi, tu ne tarderas plus à la rejoindre !

Les coups redoublèrent de part et d'autre. Les deux hommes roulaient au sol, entremêlés. Ils se mouvaient si vite qu'il était bien difficile de les suivre. Comment aider Erik ? Rohna avait déjà du mal à éviter de se prendre un mauvais coup sur leur passage. Rien ne semblait pouvoir les arrêter. Soudain, Erik lâcha un grognement de douleur. Une de ses blessures s'était rouverte, et pour cause ! Egill l'avait frappé au ventre, et une tâche écarlate grandissait rapidement sur le bandage de fortune qui le recouvrait. Egill cogna encore et encore au même endroit puis voulut porter un autre vil coup à l'entrejambe d'Erik. Ce dernier esquiva de justesse en roulant prestement sur le côté. Hélas, la douleur l'affaiblissait, émoussait ses réflexes. Lâchant un juron, Egill se saisit de l'épée de Leif.

— Non !

Rohna s'accrocha à son bras pour l'empêcher de frapper. De toutes ses forces, elle le retint en arrière, jusqu'à ce qu'il la repousse brutalement… avant de se jeter sur elle.

Dans un rugissement bestial, il enserra fermement sa gorge et la positionna devant lui, de sorte qu'elle devienne un bouclier entre Erik et lui.

— Sale garce ! Si je dois mourir aujourd'hui, ce ne sera pas seul ! Recule, Erik, ou elle rejoindra Leif dans la tombe !

— Misérable pourriture, tu n'es qu'un lâche qui se cache derrière une femme ! Affronte-moi, plutôt !

— Pourquoi, alors que la victoire est à ma portée ? J'ignore comment tu as survécu, et qui sont ces hommes qui te soutiennent, mais si tu ne leur ordonnes pas de se rendre, tout de suite, je te jure que ta catin le paiera !

Les narines d'Erik frémissaient. Ses prunelles brûlaient d'un feu ardent, mélange de haine et de peur extrême, un poing pressé contre sa blessure au ventre, l'autre se contractant nerveusement. Rohna voulut parler, lui enjoindre de ne pas se préoccuper d'elle et d'occire Egill qui de toute manière la tuerait, qu'il obtempère ou non ! Hélas, elle parvenait à peine à respirer. Déjà, sa vue se brouillait.

La pression sur sa gorge s'accentua encore quand Erik tenta un pas en avant.

— N'essaie même pas, le prévint Egill, ou il en sera fini d'elle. Ordonne à tes hommes de se soumettre. Maintenant !

Rohna se sentait partir. Elle suffoquait ! Déjà, les ténèbres commençaient à l'envelopper.

Erik leva haut ses mains.

— Très bien, je me rends. Tu as gagné. Relâche-la.

— Non ! Pas avant que tu n'aies donné tes ordres !

Erik reculait ! Il capitulait, pour la sauver ! Dans un ultime sursaut d'énergie, avant de risquer de s'évanouir, elle envoya un coup de pied dans le genou d'Egill. Surpris, celui-ci la libéra suffisamment pour qu'elle s'écarte et qu'Erik puisse s'élancer à l'attaque. Quand elle se releva, tout était fini. Au pied de son époux gisait le cadavre d'Egill, la nuque brisée.

Erik enjamba le corps pour se précipiter vers elle et l'étreindre avec force et tendresse. Leurs bouches se rejoignirent et ils s'embrassèrent avec la passion bouleversante des amants retrouvés.

Quand ils se séparèrent pour reprendre leur souffle, Erik ne put retenir une grimace de douleur.

— Vous souffrez, murmura-t-elle. Votre blessure…

— Elle peut attendre. D'abord, partons d'ici. J'ai un ami, là dehors, qui est très impatient de faire votre connaissance…

Il glissa un bras autour de ses épaules, et elle passa le sien autour de sa taille. Ainsi enlacés, à se soutenir l'un l'autre, ils sortirent de la tente sans un regard en arrière.

Chapitre 28

Depuis leur départ du campement en flammes, Rohna n'avait pas quitté les bras d'Erik. Celui-ci ne l'aurait de toute manière pas laissée s'en échapper : il était trop heureux et soulagé de la savoir en vie et en sécurité. Comme il avait eu peur de la perdre ! Les dieux en soient remerciés, en dehors d'égratignures, elle était indemne. À présent, Egill et Leif étaient morts, ceux qui les suivaient avaient connu le même sort. Erik faisait voile avec sa femme et les membres survivants de son équipage vers LochHaven. Trois *langskips* remontaient la rivière Mersey. Celui où ils se trouvaient naviguait en tête. C'était le plus impressionnant des trois navires et il appartenait à Ubbe Ragnarsson. En vérité, Erik pouvait bénir le moment où ils s'étaient retrouvés. Alors qu'il se croyait perdu, que Rohna avait été enlevée et que les hommes de Leif s'apprêtaient à lui porter le coup fatal, Ubbe et ses guerriers avaient surgi pour les terrasser. Ensemble, ils avaient ensuite suivi les traces de leurs ennemis et planifié l'attaque du campement. Ubbe et les siens y avaient mis le feu, s'étaient occupés de combattre le gros des troupes ennemies pendant qu'Erik portait secours à Rohna.

Arpentant le pont, Ubbe, le fils né hors union de Ragnar Lodbrok, et pourtant son digne héritier légitime tout comme ses frères, dispensait ordres et conseils. Les rameurs redoublèrent d'ardeur et entonnèrent avec entrain le mariage malheureux du dieu Njord[1] avec Skadi la géante. Bientôt, quand le vent se lèverait suffisamment, ils pourraient rentrer leurs avirons pour hisser la voile et se laisser porter. Le temps était au beau, mais si Erik trouvait l'air frais vivifiant, Rohna tremblait encore en dépit de la chaleur qu'il lui communiquait et du manteau fourré prêté par Ubbe.

Il la serra plus étroitement contre lui.

— D'ici peu, nous festoierons devant un bon feu, lui assura-t-il.

— Dieu vous entende ! Sans votre courage et l'aide salvatrice d'Ubbe et de ses hommes, je n'ose imaginer ce que…

— Oubliez cela. Et puisque nous parlons de courage, vous n'en manquez pas, vous non plus. Bien au contraire ! Par Odin, quand je pense que vous avez occis ce fils de troll de Leif !

— Vos leçons m'ont grandement aidée.

— Sans doute, mais tout de même le mérite en revient à vous seule. Vous m'impressionnez. De plus en plus chaque jour, je dois l'admettre.

Elle rougit à son compliment, et son cœur se gonfla de tendresse pour elle. S'il l'avait perdue… inutile de songer à ce qui n'était pas, pour ne plus se consacrer qu'au présent et à leur avenir. En premier lieu, il leur faudrait s'occuper de débusquer le traître saxon. S'ils ignoraient encore son identité, cela ne saurait durer. Comment ce cafard avait-il pu s'imaginer l'évincer ? Épouser sa femme ? Dès qu'Erik aurait mis la main sur lui, cette charogne souffrirait mille morts.

Lentement, Rohna leva les yeux vers lui. Des yeux d'une teinte si magnifique qu'elle lui évoquait immanquablement celle des jeunes pousses printanières.

1. Dieu de la mer dans la mythologie scandinave.

— Erik ?

— Oui, ma douce ?

— Il y a quelque chose que je dois vous…

— Alors, vous deux, est-ce que le voyage vous plaît ?

La voix tonitruante les fit se retourner. Ubbe Ragnarsson venait vers eux de sa démarche nonchalante, aussi à l'aise sur le pont d'un navire que tout bon Nordique qui se respectait. Il était aussi fort qu'Erik, et encore plus gigantesque. Son sourire affable ne pouvait duper ses interlocuteurs : si l'on était son ami, on ne risquait rien de lui. Dans le cas contraire… De l'avis d'Erik et de nombreux autres, Ubbe était un homme loyal. Plus posé, cordial et réfléchi que ses frères, il ne s'en montrait pas moins impitoyable avec ses ennemis et ceux qui se retournaient contre lui, comme le fourbe Egill l'avait constaté à ses dépens.

Depuis leurs premiers combats côte à côte, Ubbe était d'une certaine manière devenu un frère pour Erik. Plus encore après qu'il se soit sans hésiter porté à son secours et à celui de Rohna.

— Comment pourrions-nous nous plaindre, Ubbe ? Sans ton aide, nous ne serions plus de ce monde, déclara-t-il. Nous te devons beaucoup, ma femme et moi, et nous ne l'oublierons pas.

— Bah, tu aurais fait pareil pour moi. Sans tes précieuses indications, nous aurions passé une éternité à retourner toute l'Angleterre avant de massacrer ces foutus déserteurs. Dire que je faisais confiance à Egill ! Comment ce minable a-t-il osé me trahir ? Il fomentait ma perte ! C'est la sienne, seule, qu'il a trouvée. Dommage que tu l'aies tué si vite, j'avais prévu pour lui une fin mémorable.

— À l'évidence.

Voir Egill subir le supplice de l'aigle de sang[1] comme Ubbe l'aurait souhaité aurait sans nul doute été un spectacle délectable, pourtant Erik était soulagé que Rohna n'ait pas eu à y assister.

Le sourire d'Ubbe s'élargit, carnassier, dévoilant ses dents blanches.

— Bah, sa tête pourrissant au bout d'une pique donnera à réfléchir à ceux qui envisageraient de l'imiter ! S'il t'avait tué, Erik, ou s'il avait blessé ton épouse, je ne me le serais pas pardonné. Une femme si belle et si courageuse, capable de se battre comme une véritable guerrière danoise, quelle chance tu as !

Sur ce, sans prévenir, il serra Rohna dans ses bras en riant, avec enthousiasme et ferveur. S'il s'était agi d'un autre que lui, Erik lui aurait arraché la gorge pour tant de familiarité, mais il n'y avait nulle sensualité dans cette étreinte. Juste de la joie et l'exubérance coutumière d'Ubbe lorsqu'il était heureux.

En plus de Rohna, une trentaine de prisonniers avaient été libérés. Qu'auraient pu faire d'eux les Vikings d'Ubbe ? Ces Saxons n'avaient que la peau sur les os. De pauvres hères en haillons qui auraient fait de bien piètres esclaves. Du moins était-ce ce qu'Erik avait argué. La plupart étaient donc directement retournés à leurs foyers, ou à ce qu'il en restait, avec la promesse en retour de clamer les louanges d'Ubbe le sauveur.

Celui-ci libéra Rohna de sa fougueuse étreinte. Elle lui sourit avec une chaleur qui exprimait sa reconnaissance à son égard.

— Seigneur Ubbe, déclara-t-elle, soyez assurés que pour toujours, vous serez le bienvenu à LochHaven.

— Merci, jeune dame. À vrai dire, j'apprécie qu'on me nomme

1. Supplice consistant à tailler un aigle sur le dos de la victime, ou à trancher ses côtes le long de sa colonne vertébrale, pour ensuite les déployer comme les ailes d'un aigle et extraire les poumons de sa poitrine.

seigneur, cela sonne agréablement à mes oreilles. Je préférerais roi, cela dit, mais cela viendra en son temps !

Erik approuva. Un roi sage et brave tel qu'Ubbe à la tête de la Mercie, voire de l'Angleterre, serait un bienfait pour tous, Nordiques comme Saxons. Personne, en dehors sans doute du roi Alfred de Wessex, ne doutait plus que les Nordiques gagneraient cette guerre.

Ubbe se racla la gorge.

— Je suis navré pour ton navire, Erik. Le *Dragon Écarlate* était un bon bateau.

— Il est vrai, et il m'a loyalement servi, durant des années. Plus tard, j'enverrai des hommes chercher ce qu'il en reste. S'il ne peut être réparé, eh bien, je suppose que je devrai en faire construire un autre, même si je doute reprendre la mer avant très longtemps. J'ai un foyer à protéger, désormais.

D'un geste tendre, il attira Rohna à lui. Elle lui sourit et l'enlaça en retour. Ubbe leva les yeux au ciel et soupira tout en riant.

— Ah, jamais je n'aurais cru voir cela un jour ! Sincèrement, Erik, tu es béni des dieux. Mais si jamais vous vous ennuyez avec lui, Rohna, ou s'il vous traite mal, prévenez-moi et je me ferai un plaisir de vous enlever à lui.

Il gratifia Erik d'une accolade virile et, tout en continuant à rire, les abandonna sur le pont pour se lancer dans une partie de dés avec certains de ses hommes.

Erik lâcha un petit grognement involontaire, qui n'échappa pas à Rohna, visiblement amusée.

— N'ayez pas l'air si contrarié, mon époux. Ubbe plaisantait.

— Vraiment ? Ce serait dommage, car en vérité, sa proposition me semble fort tentante. Il est plutôt bien bâti et si j'en crois de plus ce qu'il affirme, il sera roi bientôt. Si j'étais une femme, ou si j'avais la chance de découvrir qu'il aime les hommes en secret, je n'hésiterais pas moi-même à…

— N'y pensez même pas !

Ils s'esclaffèrent ensemble. Qu'il était bon de rire ! Ce fut meilleur encore quand elle se hissa sur la pointe des pieds pour glisser ses bras autour de son cou et effleurer ses lèvres des siennes.

— Je n'accepterai jamais un autre que vous, lui susurra-t-elle avec conviction.

— Tant mieux, parce que je ressens la même chose. Vous êtes à moi, ma douce, comme je suis à vous. Pour toujours.

Il se pencha pour l'embrasser plus profondément, regrettant qu'ils ne puissent trouver aucune réelle intimité avant leur retour à LochHaven. Impossible de faire l'amour à sa femme avec tous ces gens autour d'eux ! Son désir pour elle s'avérait si impérieux qu'il en devenait insoutenable. Jamais voyage ne lui avait semblé aussi long ! Il se réconforta en se persuadant que l'attente n'en rendrait leurs retrouvailles que plus intenses et passionnées.

Mais… Pourquoi le repoussait-elle, à présent ? Et pour quelle raison le dévisageait-elle ainsi ? Ses yeux scintillaient d'un éclat tellement vif d'amour et de tendresse qu'il se sentit vaciller.

— Ma douce ? Tout va bien ?

— Plus que cela.

Elle sourit. Ses joues s'empourprèrent, et elle se saisit de sa main pour la poser sur son ventre. Il la contempla sans d'abord comprendre. Puis un frisson intense le traversa.

— Vous… vous voulez dire que…

— Si fait, mon amour. Notre enfant grandit dans mon ventre. Je suis enceinte.

Une tempête de bonheur absolu explosa en lui à cette nouvelle. Père ! Il allait devenir père ! Incapable de prononcer le moindre mot tant l'émoi le terrassait, il dévora le visage adoré de sa femme de baisers, avant de la faire tournoyer dans les airs, indifférent aux regards curieux portés sur eux.

Plus rien d'autre n'existait pour lui que sa merveilleuse épouse, leur enfant à naître et la joie indescriptible d'un avenir auprès d'eux…

Épilogue

La fête battait son plein dans le grand pré. Tous les villageois de Twyfyrde étaient venus assister aux noces de Bronwyn et de Ranald. Rayonnante dans sa robe de mariée pourpre, offerte par Rohna parmi ses plus belles tenues, la jeune galloise dansait joyeusement au milieu de la ronde. Depuis la table du banquet où il buvait avec ses amis, Ranald couvait sa bien-aimée d'un regard adorateur.

— Si tu continues à sourire aussi béatement, le railla Bjorn, tu resteras la mâchoire coincée. Tu fais déjà assez peur comme ça.

— Vas-y, moque-toi autant que tu veux, peu m'en chaut ! Tu serais heureux toi aussi si tu épousais une femme merveilleuse comme ma Bronwyn ! Ça ne risque pas d'arriver, cela dit. Avec ta sale trogne, c'est à peine si une fille saine d'esprit parviendrait à te regarder plus d'une seconde sans s'évanouir !

— Il est vrai, comment nier que ma beauté divine en a subjugué plus d'une ? Allez, mon ami, laisse-moi te resservir et trinquons ensemble ! À ma splendeur et à ta chance ! Pas à celle ton épouse, hélas, parce que la pauvre ignore encore ce qui l'attend à vivre avec toi, surtout ce soir, pendant que tu la… Eh !

Si Bjorn recula juste à temps pour éviter le coup de poing de Ranald, dans la vivacité de son mouvement, il chuta en arrière et se retrouva au sol, les pieds en l'air… et sa bière renversée sur lui. Au lieu de s'en contrarier, il s'esclaffa, accompagné des rires de Ranald et Erik.

— Te voilà vengé, Ranald !

— Ah, toi, au moins, tu me comprends, Erik. Tu sais ce qu'est l'amour, le vrai, et la bénédiction d'avoir rencontré des femmes qui nous tolèrent !

— Il est vrai qu'il leur en faut du courage ! Gloire à elles !

Rohna, qui revenait essoufflée de la danse, avait surpris leur conversation. Quel plaisir de contempler tous ces visages heureux ! Après tant de malheurs, le mariage de Bronwyn et Ranald était une nouvelle source de joie qui scellait encore un peu plus l'alliance entre leurs peuples. À en croire les autres couples qui se formaient, ces épousailles ne seraient pas les dernières ! De bonnes nouvelles qui emplissaient son cœur d'allégresse, tout comme le bonheur de Bronwyn, plus radieuse que jamais.

Les dernières semaines s'étaient écoulées comme dans un rêve. Au grand soulagement de tous, le traître avait rapidement été démasqué. Il ne s'agissait point du shérif Digby, comme Rohna l'avait d'abord redouté. Ce dernier avait au contraire mené une prompte enquête et découvert que le coupable était un petit seigneur voisin de LochHaven. Durant des années, cet homme ambitieux avait insisté, en vain, pour obtenir la main de Rohna. Il n'avait jamais accepté d'être évincé, encore moins par un barbare païen ! Une fois pris au piège, il avait facilement avoué, crachant sa haine et son dédain envers Erik qu'il jugeait indigne d'être *ealdorman*. Il n'avait émis aucun regret d'avoir fomenté sa perte en espionnant pour Egill. Au contraire, il n'aurait fait qu'écouter la voix de Dieu pour agir au mieux pour la Mercie ! Après avoir signé une complète confession de ses crimes, le traître avait été jugé, puis pendu sur la place publique. De l'accord de tous, son fief avait été rattaché à LochHaven. Il était depuis dirigé avec diligence par Wilford, ravi d'avoir obtenu un titre et des terres en récompense de ses loyaux services.

Ubbe et nombre de Nordiques, dont Erik, avaient estimé l'exécution du traître trop douce, mais le nouvel *ealdorman* avait finalement concédé cette décision à la justice saxonne. Le principal était là : ce lâche ne nuirait plus jamais.

Des provisions avaient été fournies à Ubbe et à ses troupes qui, après avoir séjourné à LochHaven, étaient repartis pour guerroyer à Repton[1], contre le roi Burgred. Rohna avait eu beau tenter de l'en dissuader, elle savait depuis le départ qu'elle ne serait pas écoutée. Depuis longtemps, Ubbe et ses frères entendaient détrôner Burgred et rien ne les ferait changer d'avis. Chaque soir, elle priait pour le repos des âmes des défunts, pour le rétablissement des blessés et pour la clémence des vainqueurs envers les survivants. Pour le salut de tous, elle aspirait au retour de la paix. Dieu fasse que celui qui remplacerait Burgred sur le trône soit bon et juste envers le peuple de Mercie !

Leur avenir en dépendait, et en particulier celui de son enfant. Ces derniers temps, son ventre avait beaucoup grossi. Au point où elle avait dû changer de garde-robe et commençait à avoir du mal à monter les marches. Heureusement, cela ne l'empêchait pas de pleinement prendre part à la fête ! Juste était-elle plus rapidement fatiguée et à bout de souffle. Elle vint s'asseoir auprès d'Erik qui l'embrassa tendrement.

— Te voilà, ma douce. À en croire ton sourire et tes joues empourprées, la danse était plaisante.

— Elle aurait pu être encore meilleure, si tu m'avais rejointe.

— Je suis un piètre danseur, je te l'ai déjà dit et je préfère

1. Village anglais situé dans le Derbyshire, où se trouvait alors une abbaye et la nécropole des rois de Mercie.

t'admirer plutôt que de te marcher sur les pieds. À vrai dire, les danses saxonnes me restent étrangères.

Bjorn esquissa un sourire.

— Ah pour sûr, Erik, tu as encore beaucoup à apprendre et à découvrir ! Milady, votre époux étant surtout un fieffé maladroit, je me propose de prendre sa place… dans la ronde ! Uniquement dans la ronde ! Je le jure ! termina-t-il en riant alors qu'Erik menaçait de le frapper pour le punir de son audace.

Ranald, hilare, attrapa Bjorn par le col et le souleva aussi aisément que s'il s'était agi d'un sac de linge.

— Toi, tu es soûl et tu viens avec moi avant que notre cher Erik ne te trucide. Et puis j'ai hâte de rejoindre ma femme ! Avec de la chance, nous trouverons en chemin une fille assez charitable et désespérée pour avoir pitié de toi. Erik, lady Rohna, je ne vous remercierai jamais assez tous les deux pour nous avoir offert un si beau mariage, à Bronwyn et à moi.

Bjorn et Ranald chahutaient joyeusement en quittant les lieux pour se rapprocher des danseurs. Dès que Bronwyn aperçut Ranald, elle courut se jeter dans ses bras.

La joue posée sur l'épaule d'Erik, Rohna murmura d'un ton rêveur :

— Regarde-les, comme ils sont heureux ! Notre enfant aura vite des amis de son âge pour jouer avec lui. Je souhaite que Bronwyn nous annonce très bientôt une grande nouvelle.

— Jamais je ne l'aurais imaginé avant ce jour, mais Ranald sera un bon père.

— Comme tu le seras, toi. Je n'en doute aucunement.

Son bras passé autour de ses épaules, il l'étreignit plus étroitement.

— Et toi, mon amour, tu seras la meilleure des mères. Je n'arrive pas à croire en mon bonheur, je ne suis pas certain de le mériter, mais je n'abandonnerai ma place à personne. Jamais.

— Tu ferais bien, car je ne te laisserais pas faire, si tu te mettais seulement à l'envisager. Je t'aime, Erik. Tellement que mon cœur a du mal à le supporter, parfois.

— Je ressens la même chose pour toi, ma douce. Que ton père, le *jarl* Oldavson et le destin soient bénis ! Quel imbécile j'ai été d'avoir seulement douté de leur grande sagesse !

Il rit et elle lui sourit en retour. Impulsivement, il se pencha pour l'embrasser. Aussitôt, alors que leurs lèvres se liaient en un baiser à la fois tendre et passionné, la flamme du désir se ranima entre eux. Comme à chaque fois qu'ils se touchaient, ou simplement, s'effleuraient. Bientôt, ils se sentirent seuls au monde. Ils s'appartenaient l'un l'autre, pour toute l'éternité, et personne ne pourrait jamais rien y changer…

TOUTES VOS ENVIES DE ROMANCES HISTORIQUES SONT CHEZ HARLEQUIN

Victoria

CONQUÊTE.
RÉBELLION.
SEDUCTION.

HIGHLANDERS

HONNEUR.
FIERTÉ.
BRAVOURE.

LES HISTORIQUES

HISTOIRE.
AVENTURE.
DÉSIR.

Aliénor

AUTHENTIQUE.
EXQUISE.
INTRÉPIDE.

DISPONIBLES DANS
VOS POINTS DE VENTE HABITUELS

HARLEQU
www.harlequi